HEYNE <

Das Buch

Berlin: An einem Dezembersonntag soll MyView der Weltöffentlichkeit präsentiert werden. Bei dem geheimen Projekt wurde eine bahnbrechende Technologie entwickelt: Mithilfe eines Chips im Sehnerv kann das Blickfeld eines Menschen live auf einen Bildschirm übertragen werden. Einen Tag vor der Präsentation entdeckt die junge Wissenschaftlerin Nina Kreutzer Videostreams, die durch die Augen von sechs ihr unbekannten Menschen blicken lassen. Menschen, die offensichtlich nicht wissen, dass ihnen ein Chip implantiert wurde – und die jetzt einer nach dem anderen ermordet werden. Zusammen mit dem Polizisten Tim Börde beginnt für Nina ein Wettlauf gegen die Zeit …

Der Autor

Michael Meisheit, 1972 in Köln geboren, studierte an der Filmakademie Baden-Württemberg Drehbuch und ist seit über zwanzig Jahren im deutschen Fernsehgeschäft aktiv. Heute lebt Meisheit mit seiner Familie in Berlin-Kreuzberg, gegenüber von Polizeiabschnitt 52 und in Fußentfernung vom Tempelhofer Flughafen – also mitten in seiner Geschichte.

MICHAEL MEISHEIT

WIR SEHEN DICH STERBEN

THRILLER

WILHELM HEYNE VERLAG
MÜNCHEN

Sollte diese Publikation Links auf Webseiten Dritter enthalten, so übernehmen wir für deren Inhalte keine Haftung, da wir uns diese nicht zu eigen machen, sondern lediglich auf deren Stand zum Zeitpunkt der Erstveröffentlichung verweisen.

MIX
Papier aus verantwortungsvollen Quellen
FSC® C014496

Verlagsgruppe Random House FSC® N001967

Vollständige deutsche Erstausgabe 11/2019

Redaktion: Lars Zwickies
Printed in Germany
Umschlaggestaltung: © Steigenberger Werbeagentur, steigenberger.li,
unter Verwendung eines Fotos von © Rekha Garton, Arcangel Images
Satz: Vornehm Mediengestaltung GmbH, München
Druck und Bindung: GGP Media GmbH, Pößneck
ISBN: 978-3-453-43982-5

www.heyne.de

PROLOG

In der Ferne sah er es schon: das moderne Wohnhaus, das die anderen Bauten in der Straße um ein Geschoss überragte. Entsprechend kostspielig waren die Dachgeschosswohnungen, von deren Terrassen aus man den Reichstag sehen konnte. Die Dachterrasse von Liz geriet in sein Blickfeld. Er zog das Tempo noch einmal an. Die Straßen von Mitte waren wie jeden Freitagnachmittag verstopft, weswegen er sich fürs Laufen entschieden hatte. Er war ein guter Läufer. Das regelmäßige Joggen am Morgen zahlte sich aus. Für die Strecke vom Gendarmenmarkt bis zur Spree hatte er keine fünf Minuten gebraucht. Als er die Straße überquerte, um zur Ebertbrücke zu gelangen, hörte er hinter sich Reifen quietschen. Hupen. Er drehte sich nicht einmal um. Genauso wenig, wie er dem Mann aufgeholfen hatte, den er an der Ecke von Unter den Linden umgerannt hatte. Er lief einfach immer weiter. Denn Liz ging nicht an ihr Handy. Bei einer Frau, die mit diesem Gerät verwachsen war, hieß das nichts Gutes.

Der Läufer wischte sich den Schweiß von der Stirn. Er trug seine gefütterte Winterjacke, die ihm bei den eisigen Temperaturen gute Dienste erwies, aber nicht für einen

Sprint ausgelegt war. Doch er hatte keine Zeit, sie zu öffnen oder sich ihrer zu entledigen. Er kam nicht einmal auf die Idee. Er dachte nur daran, was der General gesagt hatte. Dass man »alle Spuren verwischen« musste. Und Liz war eine Spur. Wie hatte er nur so naiv sein können? Wenn man sich mit Söldnern einließ, dann würden sie früher oder später auch das tun, was sie am besten konnten: töten. Der General hatte es nicht explizit ausgesprochen, aber der Läufer war trotzdem losgerannt, sobald er die Wohnung verlassen hatte. Er hatte die Waffen darin gesehen. Den Sprengstoff. Die ganze Sache drohte aus dem Ruder zu laufen. Und zwar so richtig.

Er sprintete die Tucholskystraße hoch, bog um die nächste Ecke. Der gläserne Eingang des Neubaus war nun zu sehen. Was hatte Liz sich gefreut, als sie die Wohnung hatte kaufen können. Im Herzen ihrer Lieblingsstadt, mit Ausblick, Pool im Haus und einer coolen Eingangshalle. Wochen zuvor war dies bei ihrem Assistentinnengehalt noch undenkbar gewesen. Aber dann hatte sie sich als Freiwillige gemeldet, und damit waren alle finanziellen Probleme für immer gelöst. Der Läufer hatte ihr dazu geraten. Er kannte das warme Gefühl der finanziellen Sicherheit und wollte, dass diese wunderschöne Frau es auch genießen konnte. Dass sie zu dem exklusiven Club der Reichen gehörte, die sich um nichts sorgen mussten. Jetzt verfluchte er seinen Rat. Jetzt hatten sie Sorgen. Sie alle. Seinetwegen.

Seine Lunge brannte von der hastig eingeatmeten kalten Luft. Er spürte jeden Muskel in seinen Beinen. Doch gleich war er am Ziel. Wobei: Er wusste nicht einmal, ob Liz zu Hause war. Mittags war sie es noch gewesen, wie er auf ihrem Stream hatte sehen können. Aber nach dem Treffen mit dem General hatte er keine Zeit gehabt, wieder zur Firma zurückzukehren. Nicht zum ersten Mal fluchte er, weil es außerhalb des Inner Circles keine Möglichkeit gab, die Streams anzuschauen.

Wie ein Staffelläufer warf er sich die letzten Meter nach vorne und streckte die Hand nach der Klingel im sechsten Obergeschoss aus. Er knallte mit dem Knie gegen die Wand, während er wie wild auf den Knopf drückte. Mit der anderen Hand rüttelte er an der Haustür, die natürlich verschlossen war. Durch die Glasfront konnte er in die große Eingangshalle mit den Briefkästen und den bodentiefen Spiegeln schauen. Am anderen Ende der Halle befand sich der Aufzug, mit dem man direkt in Liz' Wohnung gelangte. Neben dem Aufzug gab es eine Glastür zum Treppenhaus. Dort wischte der Hausmeister gerade mit einem Mopp den Boden. Der Mann stand mit dem Rücken zur Tür, also konnte er den Läufer nicht sehen. Offensichtlich hörte er auch nicht das Trommeln gegen die Glasscheibe. Er zog einen großen Müllsack auf einem Gestell mit Rollen hinter sich her und verschwand. Der Läufer wollte gerade wahllos auf die Klingeln der anderen Hausbewohner drücken, als er eine weitere Tür im Eingangsbereich entdeckte. Die Tür mit der Aufschrift »Pool«. Genauso hätte dort »Hoffnung« stehen können. Natürlich, es gab eine ganz harmlose Erklärung dafür, dass Liz nicht ans Telefon ging: Sie schwamm. Nichts liebte sie mehr. Das musste es sein!

Er rannte los. Einmal um das ganze Gebäude. Seine Beine nahmen es ihm übel. Doch es war nicht weit. Schon bald tauchte der Gehweg unten an der Spree auf. Er raste die Treppe hinunter und nutzte den Schwung, um an der Hauswand hinauf zu dem schmalen Vorsprung vor der großen Fensterfront des Pools zu gelangen. Von unten konnte man nicht in das Schwimmbad hineinblicken. Nicht nur, weil der Weg tiefer lag, sondern auch, weil die Scheibe von außen verspiegelt war. Die Reichen und Schönen wollten unbeobachtet ihre Körper enthüllen. Der Läufer konnte das Sims mit seinen verschwitzten Händen packen. Er zog sich mit aller Kraft daran hoch, stieß sich diesmal das andere Knie am Mauerwerk, aber schaffte es dennoch, sein Bein auf den Vorsprung zu heben. Danach war es nicht mehr schwer. Er sprang auf und ging ganz nah an die Scheibe. Mit den Händen neben den Augen blockte er das Tageslicht ab, um drinnen etwas erkennen zu können.

Da war sie. Liz. Sie zog im klaren Wasser alleine ihre Bahnen, hatte alles um sich herum vergessen. Der Läufer bekam zum ersten Mal wieder Luft. Mit der Erleichterung kamen auch die Schmerzen. In der Lunge, in den Hüften, den Knien, an den Füßen. Aber das war ihm alles egal. Liz lebte. Er war nicht zu spät gekommen. Für ein paar Sekunden genoss der Läufer das gleichmäßige Auf und Ab von Liz' Po im Wasser. Dann wendete sie am Ende der zwanzig Meter langen Bahn. Sie schwamm nun auf ihn zu, die blonden Haare zu einem Zopf gebunden, eine silberne Schwimmbrille vor ihren strahlend blauen Augen. Der Läufer hämmerte mit der Faust gegen die Scheibe, winkte wie wild. Als sie fast am Ende der Bahn war, blickte Liz auf, entdeckte ihn und stoppte. Sie blieb im Wasser stehen, das ihr genau bis zu den Brüsten reichte. Ihre Stirn legte sich in Falten, ihre Handbewegung simulierte einen Scheibenwischer.

»Bist du bescheuert?«, konnte er von ihren Lippen ablesen.

»Du bist in Gefahr!«, schrie er.

Sie verzog das Gesicht, zeigte auf ihre Ohren. Sie konnte ihn nicht hören. Die Fenster hielten nicht nur den Winter draußen, sondern auch jeglichen Schall. Er winkte Liz zu sich. Sie schüttelte ungläubig den Kopf und watete mit sichtbarem Missmut durch das Wasser in seine Richtung. Dem Läufer wurde schmerzhaft bewusst, wie sehr er es in der letzten Zeit übertrieben hatte mit seinen Versuchen, Liz zu einem Date zu überreden. Da sie nicht ahnte, in welcher Gefahr sie schwebte, konnte sein bizarrer Auftritt von ihr nur als weitere Anmache gedeutet werden. Als Versuch, sie einmal mehr in dem knapp geschnittenen Badeanzug zu sehen, der ihn schon einmal zu nicht angebrachten Komplimenten getrieben hatte. Entsprechend bemühte er sich, den Blick nicht nach unten wandern zu lassen, als Liz aus dem Wasser stieg und sich die Schwimmbrille vom Gesicht zog. Einen Meter von der Scheibe entfernt blieb sie stehen und blickte ihn fragend an.

»Du bist in Gefahr!«, schrie er noch einmal und artikulierte dabei so deutlich, wie es nur ging: »Gefahr!«

Sie zuckte gequält mit den Schultern. Entweder verstand sie ihn nicht, oder sie verstand ihn sehr gut, aber glaubte ihm nicht. Angestrengt zeigte sie zum Ausgang und zeigte dann mit ihrer Hand eine Fünf. Er sollte zur Haustür kommen. Sie würde in fünf Minuten dort sein. Ohne seine Reaktion abzuwarten, wandte sie sich ab und ging am Pool entlang zu den Duschen. Der Läufer wollte sie nicht gehen lassen, noch einmal an die Scheibe hämmern, die Ernsthaftigkeit der Situation betonen, doch durch zehn Zentimeter Glas konnte er unmöglich erklären, was passiert war, und vor allem, was ihr drohte. Er blickte Liz hinterher, sah ihren Po, wie er um die Ecke in Richtung der Duschen verschwand. Er wollte gerade wieder nach unten klettern, als er noch einmal Bewegung hinter der verspiegelten Scheibe wahrnahm. War Liz ausgerutscht? Er stand bereits einige Zentimeter entfernt von dem Fenster, es konnte auch eine Reflexion gewesen sein, aber für einen Moment hatte er geglaubt, Liz auf die Fliesen fallen zu sehen. Er presste das Gesicht wieder an die Scheibe. Doch es war nichts zu erkennen. Das Schwimmbad war leer. Hatte er sich das eingebildet? Aus Erschöpfung? Aus Angst? Er schaute genauer hin. Was war das auf den weißen Fliesen am Ausgang? Eine Rille? Ein Schatten? Blut? Es war zu weit weg, die Sicht zu schlecht.

Mit einem unguten Gefühl setzte sich der Läufer wieder in Bewegung. Er kletterte von dem Vorsprung, lief die Treppe hoch, die Straße entlang, um die Ecke, zur Haustür. Er versuchte, ruhig zu bleiben. Alles war gut. Doch als er am Eingang ankam, war die Angst längst wieder da. Er wollte nicht warten, nicht einmal fünf Minuten. Schnell drückte er auf fast alle Klingeln des Hauses. Irgendjemand meldete sich über die Gegensprechanlage.

»DHL, ein Paket für Sie«, murmelte er.

Der Summer. Er drückte die Tür auf. Während weitere Stimmen aus der Gegensprechanlage erklangen, betrat er die Eingangshalle. Wärme schlug ihm entgegen. Er hatte nie aufgehört zu schwitzen, ignorierte es auch jetzt. Mit schnellen Schritten ging er zu der Tür mit der Aufschrift »Pool«. Er riss sie auf und eilte den Gang entlang, in dem es nach Chlor roch und noch einmal ein paar Grad wärmer war als in der Eingangshalle. Als er um die nächste Ecke bog, sah er die große Doppeltür mit Glasfenstern, die in den Poolbereich führte. Hinten an der Decke konnte er die Lichtreflexionen des Wassers ausmachen. Doch seine Aufmerksamkeit wurde von dem Hausmeister angezogen, der im Eingangsbereich des Schwimmbads angekommen war und dort den Boden wischte. Der Läufer drückte die Tür auf, der Mann blickte zu ihm, nickte und wischte dann weiter mit seinem Mopp den Boden. Er hatte sich Plastikschoner über die Schuhe gezogen und ging gewissenhaft seiner Arbeit nach. Neben ihm stand das Müllsackgestell auf Rollen, an dem auch ein Putzeimer befestigt war. Außer dem Mann war niemand zu sehen. Der Läufer blickte den Gang zu den Duschen und Umkleiden der Damen entlang.

»Ist da eben eine junge Frau reingegangen?«, fragte er.

»Bin gerade erst gekommen«, antwortete der Hausmeister freundlich. »Hab niemanden gesehen.«

Er lächelte verbindlich und wischte weiter. Der Läufer atmete tief durch. Wenn irgendetwas passiert war, hätte der Hausmeister das bestimmt mitbekommen. Liz war in Ordnung. Sie duschte oder zog sich um. Sie würde gleich bei ihm sein. Er würde sie in Sicherheit bringen.

»Liz«, rief der Läufer trotzdem in Richtung Duschen.

Es kam keine Antwort. Doch er konnte nicht einfach in die Damendusche platzen. Das würde Liz' Vertrauen in ihn nicht gerade steigern. Sie musste ihm bei dem, was er ihr zu beichten hatte, vertrauen. Er spürte, wie der Schweiß ihm aus allen Poren floss.

»Ich warte draußen«, sagte er zum Hausmeister.

Der nickte kurz und arbeitete weiter. Er drückte den Wischmopp in seinem Eimer aus. Obwohl der Läufer gehen wollte, blieb sein Blick an dem Putzwasser hängen. Es war sehr, sehr dunkel. Dabei waren die Fliesen überhaupt nicht schmutzig. War das Wasser nicht sogar rot? War da nicht auch ein roter Spritzer an der grauen Hose des Hausmeisters? Der Blick des Läufers fiel auf den schwarzen Sack in dem Gestell. Er hatte ihn bisher nicht wahrgenommen, doch jetzt sprang ihm regelrecht ins Auge, wie voll der Sack war, wie sehr der Inhalt das Ding nach unten zog. Etwas Großes, Schweres musste sich darin befinden. Etwas das ... das ein Gesicht hatte. Dem Läufer blieb die Luft weg, als er die Umrisse einer Nase, eines Mundes und eines Paares Augenhöhlen in dem Plastik ausmachte. Er riss den Kopf hoch und sah, dass der Hausmeister ihn direkt anschaute.

»Wollten Sie nicht gehen?«, fragte er höflich.

Der Läufer ging nicht. Er rannte. Er rannte um sein Leben.

1

Berlin-Mitte
Samstag, 10:00 Uhr

Franziska traute ihren Augen nicht. Jemand war an ihrem Computer gewesen. Sie sah es am »N«. Die Taste war schon seit Tagen locker. Weil Franziska bisher keine Zeit gehabt hatte, sich eine neue Tastatur zu besorgen, hatte sie sich beim Schreiben einen sanften Druck auf das N angewöhnt. Jetzt aber war es abgebrochen. Die Taste lag lose an ihrem Platz auf der Tastatur. Jemand musste sie mit hartem Anschlag überstrapaziert haben – jemand mit höherer Zugangsberechtigung als sie. Denn als Franziska das Einloggprotokoll aufrief, entdeckte sie eine Kennung, die auf den Inner Circle der Firma hinwies. Nur eine Handvoll Leute konnte diese Kennung verwenden. Drehten denn jetzt alle durch?

Franziska ließ ihren Blick durch das Großraumbüro wandern, das sie von ihrem Eckplatz aus gut überblicken konnte. Die noch tief stehende Sonne schien durch die Fensterfront auf eine Armada modernster Computer. In dem aufwendig sanierten Altbau hatte man für die IT-Experten eine besonders schöne Etage eingerichtet:

hohe Decken, Sitzecken zum Entspannen, Espressomaschinen so weit das Auge reichte, sogar den obligatorischen Tischkicker gab es. Überall klackerten die Tastaturen, Kaffeegeruch durchzog den Raum. Die gesamte IT-Abteilung war auf den Beinen, und das, obwohl es Samstagmorgen war. Auch im Innenhof des komplett von GEM belegten Gebäudes herrschte geschäftiges Treiben. Eine Bühne wurde aufgebaut, eine Dachplane gegen das launige Dezemberwetter installiert, Monitore in jeder Ecke aufgestellt. Morgen Abend würde dort die große Präsentation stattfinden, die seit Wochen alle nervös machte. Nervöser, als es sonst bei der Vorstellung neuer Software der Fall war. Aber ging deswegen einer der Chefs so weit, dass er sich nachts an Franziskas Computer schlich?

Auch wenn sie eigentlich tausend andere Dinge zu tun hatte, durchforstete sie das gesamte System, um herauszufinden, was der unbekannte Eindringling gemacht hatte. Auf den ersten Blick konnte sie nichts finden, aber irgendwann blieb sie am Volumen der gestreamten Daten hängen. Es war deutlich höher als in der letzten Zeit, dabei waren die Streams für die Präsentation noch gar nicht gestartet. Tatsächlich: Als sie sich tiefer ins System vorgearbeitet hatte, entdeckte Franziska gleich acht neue hochauflösende Videostreams, die permanent mit Daten gefüttert wurden. Aus dem Inner Circle heraus. Aus dem Bereich der Firma, den sie seit drei Jahren nicht mehr betreten durfte – weder räumlich noch virtuell. An die Quelle der Daten würde Franziska nicht herankommen, aber auch wenn die Streams gut versteckt waren, so musste sie doch das Ziel finden können. Schließlich war sie die technische Verantwortliche für die Videostreams von GEM. Wenige Minuten später hatte sie acht fast identische Internetadressen gefunden, auf denen die Streams zu sehen waren. Externe Adressen mit dem Namen foryoureyesonly.de und einer komplizierten Buchstabenfolge. Passwortgeschützt.

Eigentlich hätte Franziska an dieser Stelle ihre Suche einstellen können. Jemand aus der Führungsetage hatte Streams installiert, die sie nicht sehen sollte. Das war bei der strengen Geheimhaltung, die GEM seit einiger Zeit betrieb, nicht einmal verwunderlich. Weiterzuforschen konnte ihr Ärger einbringen. Aber Franziska war nach wie vor empört, dass jemand an ihrem Arbeitsplatz gewesen war. Sie ahnte sogar, wer, schließlich hatte ihre Affäre mit ihm Franziska den Zugang zum Inner Circle gekostet. Christoph Becker war der Head of Research bei GEM. Sie hatte schon mit ihm an der Humboldt-Universität zusammengearbeitet, bevor der Internetmogul Ruby sie alle zu GEM geholt hatte. Der Milliardär war für dieses Projekt aus seiner Wahlheimat Amerika nach Berlin zurückgekehrt. Ruby – der eigentlich Philipp Rubinski hieß – hatte die Affäre seines plötzlich wichtigsten Mannes mit einer untergeordneten IT-Expertin als lästig empfunden. Franziska war sicher, dass er Christoph zur Beendigung der Affäre gedrängt hatte. Daraufhin war Franziska aus dem ultramodernen Untergeschoss mit den Forschungseinrichtungen in die IT-Abteilung versetzt worden. Von ihrem neuen Arbeitsplatz aus hatte sie zwar einen wunderschönen Blick auf den Gendarmenmarkt, aber trotzdem hatte es sie geschmerzt, das alte Projekt nicht weiterverfolgen zu dürfen. Kein Tag verging, an dem sie nicht darüber nachdachte, GEM zu verlassen. Eigentlich hatte sie zu ihrem kürzlich gefeierten dreißigsten Geburtstag woanders durchstarten wollen, aber niemand zahlte so gut wie Ruby. Mit der Überzeugung, dass ihr mehr Wissen über das Geschehen im Inner Circle zustand, setzte Franziska ein Brute-Force-Programm auf die Passwortsuche an. Mit roher Gewalt wurden nun alle erdenklichen Passwörter durchprobiert. Die Innenseiten ihrer Hände wurden feucht, während sie auf den Monitor starrte und auf das Ergebnis wartete.

»Schicke Bluse.«

Franziska zuckte zusammen. Sie hatte Martin nicht kommen hören. Der junge IT-Mann mit der Nickelbrille stand linkisch vor ihrem Schreibtisch und missbrauchte die gelobte Bluse, um einen Blick auf Franziskas Brüste werfen zu können. Franziska seufzte innerlich. Sie hasste diese Nerds. Gut, sie war letztlich selbst einer von ihnen. Aber einer mit überdurchschnittlich großer Oberweite, weswegen sie in jeder IT-Abteilung für Unruhe sorgte. Sie wusste, dass sie mit ihren störrischen dunkelblonden Haaren und dem Mondgesicht keine auffallende Schönheit war. Umso mehr ärgerte es sie, wenn die Männer nur ihr Dekolleté beachteten. In früheren Jahren hatte sie sogar versucht, ihren Körper so gut es ging zu verhüllen. Weite Tops, Halstücher. Aber aus dem Alter war sie heraus. Nicht sie hatte das Problem, sondern die Kerle. Wenigstens brachte es nun einen Vorteil: Martin nahm nicht wahr, was auf Franziskas Bildschirm geschah. Sie wechselte mit einem Klick auf ein anderes Fenster und fixierte Martin genervt.

»Hast du nichts zu tun?«, zischte sie.

»Doch, doch.«

Er seufzte, bewegte sich aber nicht von der Stelle.

»Das Neueste gehört?«, sagte er stattdessen. »Irgendwelche Islamisten haben schon mal vorsorglich wegen morgen protestiert.«

Das war Franziska tatsächlich neu. Die Spekulationen darüber, was bei der Präsentation von GEM am nächsten Tag der Weltöffentlichkeit gezeigt werden könnte, nahmen absurde Züge an. Offiziell sollte eine neue Version des Bildbearbeitungsprogrammes Vision vorgestellt werden. Das Programm, mit dem Ruby zum Milliardär geworden war und mit dem er seit den Neunzigerjahren den Markt beherrschte. Aber Ruby und seine Firma GEM hatten längst weitere Geschäftsfelder erschlossen. Von Social-Media-Netzwerken bis hin zu Weltraumflügen war alles dabei. Vor einigen Jahren hatte er versucht, von Dubai aus ein Online-Netzwerk für muslimische Frauen aufzubauen, um sie aus ihrer Isolation zu holen. Das Projekt war am Widerstand in den arabischen Ländern, aber auch am Desinteresse der Frauen gescheitert. Es hatte sich allerdings mittlerweile herumgesprochen, dass es bei der Präsentation am nächsten Tag ein »One last thing« geben würde – wie es Apple gerne zelebrierte. Eine Überraschung zum Schluss, die angeblich alles Bisherige in den Schatten stellen sollte. Einige Gerüchte besagten, dass es die Neuauflage des Frauennetzwerkes sein würde. Solch ein politisch heikler Vorstoß würde natürlich die

Geheimhaltung erklären, die es in der letzten Zeit gegeben hatte. Aber Franziska glaubte nicht daran. Dafür war Christoph zu aufgeregt gewesen, als Franziska ihn das letzte Mal bei einer internen Besprechung gesehen hatte. Mit dem Frauennetzwerk hatte er nichts zu tun, seine Expertise lag woanders. Sie hatte natürlich einen Verdacht, und wenn Martin sie endlich allein ließe, könnte sie den vielleicht bestätigen, wie ein Blick auf ihren Bildschirm offenbarte: Eine Leiste blinkte. Das Brute-Force-Programm hatte ein Passwort gefunden.

»Okay«, sagte sie zu Martin. »Sonst noch was?«

»Mann, hast du mal wieder 'ne Laune.«

Er seufzte erneut und ging mit einem letzten Blick auf ihre schicke Bluse davon. Sie wartete, bis er außer Sichtweite war, dann klickte sie auf das Fenster mit den Streams. Sie hatte acht Unterfenster geöffnet, die offensichtlich alle mit demselben Passwort geschützt gewesen waren. Bis auf zwei, die schwarz waren, zeigten alle Streams bewegte Bilder. Franziska lief ein Schauer über den Rücken. Gänsehaut. Mit offenem Mund starrte sie auf die Streams: ein Einkaufsregal in einem Supermarkt; eine herrliche Berglandschaft; ein Taxi, das an einer Tankstelle betankt wurde; ein Mann beim Frühstück; der Blick aus einem Dachgeschossfenster auf eine Großstadt; ein Fernseher, auf dem eine Kinderserie lief. Natürlich waren die Bilder für sich genommen nichts Besonderes. Die Perspektiven dagegen schon. Jeder Stream zeigte die persönliche Sicht eines Menschen auf sein Leben. Es war, als ob Franziska durch die Augen dieser Leute blickte. Nein, Franziska wusste es besser: nicht als ob. Sie schaute durch deren Augen.

Christoph und Ruby hatten es also tatsächlich geschafft. Franziska war sich nun sicher: MyView war die Sensation, die am nächsten Tag der Welt präsentiert werden sollte. Eine Mischung aus Aufregung, Stolz und Enttäuschung machte sich in der Informatikerin breit. Sie war schon bei den Vorgängerprojekten und dem Anfang von MyView dabei gewesen. Sie hatte bei den Grundlagen für diese bahnbrechende Erfindung geholfen und die Basis für die Streams geschaffen, mit denen Bilder aus den Sehnerven der Probanden übertragen werden konnten. Aber sie hatte nicht miterleben dürfen, wie es die Mannschaft um Christoph letztlich geschafft hatte. Trotzdem glühten ihre Wangen, während sie die Streams betrachtete. Die Bildqualität variierte stark. Während die ersten Streams schwarz-weiß waren und eher wie die Grafik eines frühen Gameboys wirkten, nahmen die Pixelaussetzer stetig ab. Bei den letzten drei Streams kamen Farben hinzu, die zunächst noch teilweise falsch wiedergegeben wurden. Das Logo der Aral-Tankstelle wirkte eher türkis als blau. Der letzte Stream allerdings war gestochen scharf und farblich korrekt – wie bei einem Spielfilm. Offensichtlich sah Franziska eine Evolution der Chips, die die Sehnerven auslasen. Als die Person an der Tankstelle kurz auf ihr Handy schaute, sah sie Datum und Uhrzeit. Ihr entfuhr ein »Wow«. Die Streams liefen in Echtzeit. Franziska wurde Zeuge eines neuen Kapitels der Menschheitsgeschichte.

Fasziniert betrachtete sie ein Leben nach dem anderen. Beim vorletzten Stream blieb sie hängen. Das Bild war beim Blick aus dem Fenster unscharf geworden –

dabei war es ansonsten ein sehr guter Stream in Farbe und ohne viele Aussetzer. Erst als eine Hand durch das Bild wischte, verstand Franziska, dass die Person weinte. Sie blickte durch die eigenen Tränen unbestimmt in die Ferne – hinweg über die dampfenden Kamine der Altbauten um sie herum. Nun verließ sie das Fenster und ging in ein liebevoll eingerichtetes Badezimmer mit einer freistehenden Wanne unter der Dachschräge. Bei einem kurzen Blick in den alten Messingspiegel sah man, dass es eine kleine, schlanke Frau um die vierzig war, die noch ihren Seidenpyjama trug. Im nächsten Moment allerdings nicht mehr, denn sie zog die Hose herunter und setzte sich auf die Toilette. Franziska konnte mit der Frau einen Blick in ihren Intimbereich werfen und sah Dinge, die sie ganz sicher nicht sehen sollte.

Im Großraumbüro von GEM passierte eine Kollegin Franziskas Arbeitsplatz. Franziska klickte den Stream schnell weg. Ihr war es unangenehm, dass sie diese intimen Momente beobachten konnte. Erst die Tränen, dann auch noch die Situation auf der Toilette. Daran musste man vor der Markteinführung noch arbeiten. Niemand wollte, dass diese Bereiche des eigenen Lebens zu sehen waren. Bei dem Gedanken durchzuckte es Franziska. Die Frau hatte sich so unbefangen benommen, es war schwer vorstellbar, dass sie wusste, dass jemand zuschaute. War ihr vielleicht gar nicht klar, dass sie einen Chip in ihren Sehnerv eingepflanzt bekommen hatte? Franziska scannte die weiteren Streams nach Hinweisen. Dabei fiel ihr der letzte auf. Dort war jetzt kein Fernseher mehr zu sehen, sondern ein Gebilde aus Lego, das eine zarte

Hand geschickt mit weiteren Steinen ergänzte. Sie gehörte einem Kind, das kaum älter als zehn Jahre sein konnte. Niemals hätten Ruby und Christoph die Genehmigung bekommen, für einen Test ein Kind zu operieren. Da es die Bilder aber gab, konnte es nur eins bedeuten: Die Operationen waren ohne Wissen der Probanden erfolgt. Noch einmal »Wow«. Hatte Franziska ein Problem damit? Nein. Sie wusste, dass Christoph ein verantwortungsvoller Forscher war und sicher sehr gut alles abgewogen hatte, bevor er sich zu diesem Schritt entschloss. Die Operationen mussten ungefährlich gewesen sein. Und sie waren es wert gewesen. Während sie auf die verbliebenen Streams schaute, kam ihr ein anderer Gedanke: Vielleicht würde ihr diese Entdeckung einen Weg zurück in den Inner Circle eröffnen. Schließlich hatte Christoph ihren Computer benutzt. Er kannte sie. Er musste wissen, dass sie die Streams entdecken würde. Der Passwortschutz war nicht besonders stark gewesen, die Spuren nicht verwischt. Vielleicht wollte er, dass sie es wusste?

Während sich ein Gefühl in ihr ausbreitete, das sie seit langer Zeit begraben hatte, fiel ihr Blick auf den vierten Stream mit der Person in den Bergen – den Händen nach zu urteilen ein nicht mehr ganz so junger Mann. Bisher hatte man nur gesehen, wie er einen steilen Weg hinaufstieg, ab und an die wunderbare Aussicht genoss. Doch mittlerweile unterhielt er sich mit einem Wanderer, dem er begegnet war. Der große und kräftige Mann wirkte mit seiner Allwetterjacke etwas zu dünn gekleidet für die sicher nicht besonders hohen Temperaturen zu dieser

Jahreszeit. Er trug weder Schal noch Mütze, dafür aber Handschuhe. Obwohl die Qualität dieses Streams dürftig war und die Farben fehlten, irritierte Franziska etwas an dem Wanderer: Er wirkte zwar freundlich, während er mit dem Probanden redete. Doch obwohl sein Mund lächelte, wirkten seine dunklen Augen kalt. Oder war das den groben Pixeln geschuldet? Plötzlich kam der Mann näher auf den Betrachter zu. Franziska beschlich ein unangenehmes Gefühl. Im nächsten Moment passierte es schon. Der Mann packte den Probanden und schob ihn vor sich her. Am plötzlich wild hin und her huschenden Blick des Probanden erkannte Franziska dessen Panik. Er wehrte sich, rang mit dem Angreifer. Aber er hatte keine Chance. Unaufhörlich wurde er weitergeschoben. Er blickte hinter sich, und Franziska stockte der Atem. Dort ging es steil bergab in eine Schlucht. Für einen Moment wurde er nicht geschoben. Wahrscheinlich hatte er in Todesangst alle Kräfte mobilisiert, um dagegenzuhalten. Aber der andere Mann war zu stark. Im nächsten Moment gab es einen Ruck, dann wurde der Blickwinkel nach oben gerissen. Kurz sah Franziska nur den wolkenlosen Himmel. Doch schon kam der Mann mit der Allwetterjacke ins Bild, der dem Stürzenden nachschaute. Er hielt plötzlich einen kleinen Rucksack in der Hand, den er dem Probanden vor dem finalen Stoß vom Rücken gerissen haben musste. Innerhalb kürzester Zeit entfernte der Mann sich so weit, dass Franziska ihn nicht mehr erkennen konnte. Dafür schien der Stürzende sich in der Luft zu drehen. Sie sah durch seine Augen die Felswand. Dann sah sie den Boden. Dafür, dass der Mann schon eine gefühlte Ewigkeit stürzte, war er noch verdammt weit entfernt. Doch es dauerte nur noch eine Sekunde. Der felsige Boden kam so nah, dass man ihn nicht mehr erkennen konnte. Im nächsten Moment wurde das Bild schwarz. Auch wenn ihr Computer keinen Laut von sich gab, glaubte Franziska, den Aufprall des Körpers hören zu können. Sie saß regungslos an ihrem Schreibtisch und spürte erst jetzt, dass sie innerhalb von wenigen Sekunden ihre schicke Bluse durchgeschwitzt hatte. Ihr Herz raste.

2

Berlin-Wilmersdorf
Samstag, 10:45 Uhr

Tim hasste es, Berichte zu schreiben. Er war nach wie vor glücklich, endlich bei der Mordkommission angekommen zu sein, mit Leib und Seele Polizist war er ja sowieso, aber die Ausführlichkeit, die seitens der Staatsanwaltschaft bei den Berichten erwartet wurde, ging ihm auf die Nerven. Zumal der Fall eindeutig war. Eine Kneipenschlägerei im Milieu war eskaliert, ein Messer gezogen worden. Zehn Leute hatten gesehen, wie das Opfer erstochen worden war. Der Täter war geständig. Trotzdem musste Tim jedes Detail niederschreiben, das sie ermittelt hatten. Er hatte es diesmal auch nicht geschafft, die Schreibarbeit auf seinen Kollegen Henk abzuladen. Lustlos tippte Tim auf seiner Tastatur herum. Henk nannte Tims Schreiben »Partisanenmethode«.

»Stündlich ist mit einem Anschlag zu rechnen«, sagte er fast jedes Mal, wenn er Tim vor dem Computer sah.

Auch jetzt saß sein erfahrener Kollege am Schreibtisch gegenüber und ließ seine Finger nur so über die Tasten sausen. Angeber.

An solchen Tagen sehnte Tim sich danach, dass das Telefon klingeln und einen neuen Einsatz ankündigen würde. Aber ausgerechnet an diesem Samstag war es besonders ruhig. Alle Kollegen der dritten Mordkommission waren mit der Nachbearbeitung ihrer Fälle beschäftigt. Mittags sollte ein Zeuge in einem ungeklärten Mordfall reinkommen, das war es.

Selten war bei einer Bereitschaft so wenig los gewesen. An einem Samstag in der Millionenstadt Berlin, in der sich doch immer jemand fand, der jemand anderem Übles wollte.

»Tim!«, hörte er die tiefe Stimme seines deutlich älteren Kollegen. »Damenbesuch.«

Tim schaute auf und freute sich, Andrea in der Tür stehen zu sehen. Eine willkommene Abwechslung. Die attraktive Kollegin mit den kurzen braunen Haaren und der ewigen schwarzen Lederjacke war mit dreiunddreißig Jahren nur wenig älter als Tim und galt ebenfalls noch als Neuling im LKA. Sie kam zu ihm und schob ihren Po in der engen Jeans auf seinen Schreibtisch, was Henk mit einem jovialen Grinsen in Tims Richtung quittierte. Wenn der wüsste.

»Was hast 'n du schon wieder ausgefressen?«, fragte Andrea schmunzelnd.

»Häh? Wieso?«

»Gestern Abend bei der Sache mit dem toten Freier fragt mich einer vom SEK: ›Habt ihr den Börde dabei?‹ Als ich mit dem Kopf schüttele, sagt er: ›Gott sei Dank‹.«

Tim rollte mit den Augen.

»Die gehen mir echt auf den Sack«, gab er entnervt

von sich. »Nur weil ich letztens nicht auf die Babysitter warten wollte und den Typen allein verhaftet hab.«

Er deutete auf den ungeliebten Bericht vor ihm. Der Messerstecher aus der Kneipe war nach seiner Tat abgehauen, aber gleich mehrere Leute in der Kneipe hatten seine Adresse gekannt.

»Du hast alleine seine Wohnung gestürmt?«, fragte Andrea ungläubig.

Hörte Tim da Bewunderung durch? Die Vorstellung gefiel ihm. Er antwortete nicht, sondern zuckte nur mit den Schultern.

»Junge, brauchste gar nicht auf cool machen«, mischte sich Henk ein. »Der Kerl hatte ein Messer. Du hattest keine Ahnung, was in der Wohnung los war.«

»Der Kerl war stockbesoffen. War überhaupt kein Problem.«

»Das nächste Mal wartest du auf die Kollegen vom SEK.«

Tim winkte ab. Henk hatte ihn schon genug mit dem Thema genervt. Aber auch Andrea schüttelte den Kopf. Die Bewunderung hatte er sich dann wohl doch nur eingebildet.

»Leute, ich muss den Bericht zu Ende schreiben, okay?«, sagte Tim, um das leidige Gespräch abzukürzen.

Er schaute Andrea auffordernd an, die aufstand.

»Pass bloß auf dich auf«, sagte sie. »Wär schade um dich.«

Mit einem kessen Grinsen verließ sie den Raum. Tim musste ebenfalls grinsen. Er schaute ihr hinterher. Vielleicht etwas zu lang.

»Respekt: kein Jahr bei uns und schon die heißeste Kollegin flachgelegt«, kam es von Henk über den Schreibtisch.

So viel zu »wenn der wüsste«, wobei Tim sicher war, dass Henk nur spekulierte. Sie waren eben alle Ermittler und damit gute Beobachter.

»Da geht deine Fantasie mit dir durch, Henk«, entgegnete Tim lachend.

Dabei waren Andrea und Tim vor einigen Wochen nach einem langen Dienst und ein paar Bier tatsächlich in seiner Wohnung gelandet. Auf seinem Esstisch hatte Andrea erstaunliche Flexibilität offenbart. Erfreulicherweise machte sie kein großes Ding daraus. Im Gegenteil: Es schien eher Tim zu sein, der einer Wiederholung nicht abgeneigt gegenüberstand. Aber natürlich wollte er es auch nicht übertreiben. Nicht mit einer Arbeitskollegin. Deswegen schaute er Henk mit einem Pokerface an. Der musterte ihn.

»Ich würd's dir nicht verübeln«, sagte sein Kollege. »Du, wenn ich nicht verheiratet wäre …«

»Klar, Henk.«

Der Fünfzigjährige mit der Halbglatze und dem karierten Hemd, auf dem ein Kaffeefleck prangte, war ganz sicher nicht das, worauf Andrea stand. Henk war ein netter Kerl, der Tim aber manchmal mit seinen altmodischen Sprüchen auf die Nerven ging. Man hatte immer das Gefühl, dass er nur noch auf seine Pensionierung wartete. Damit war er das genaue Gegenteil von Tim, was wahrscheinlich einer der Gründe war, warum dieser ausgerechnet den bequemen Henk als Partner bekommen hatte.

Tim wandte sich wieder seinem Bericht zu. Im selben Moment meldete sein Computer eine neue Mail. Ausnahmsweise kein weiterer Hinweis auf Fortbildungen oder die bald anstehende Weihnachtsfeier. Die Mail kam von außen: »Hallo! Heute Morgen um 10:12 wurde in einem mittelhohen Gebirge ein Wanderer von einem Mann in eine tiefe Schlucht gestoßen. Ich habe dieses Ereignis zufällig über einen Stream im Internet beobachtet. Das Opfer war mit einer Kamera ausgestattet. Ich weiß leider nicht, wo genau es geschah, und auch nicht, wer das Opfer ist. Der Täter war zwischen vierzig und fünfzig Jahren alt. Groß und von sportlicher Statur. Er hatte dunkle Haare mit Geheimratsecken und dunkle Augen. Er trug eine Allwetterjacke und Jeans. Dazu Lederhandschuhe. Er hat dem Opfer einen kleinen dunklen Rucksack weggerissen. Mehr kann ich leider nicht sagen, aber wenn das Opfer gefunden wird, sollte der Tod nicht als Unfall abgetan werden. Grüße. Eine Bürgerin.«

Tim stöhnte genervt. Die eben noch aufkeimende Hoffnung, dass er sich vor weiteren Schreibarbeiten drücken konnte, war schnell wieder zerstört worden. Die Mail war zwar nicht ganz in die Kategorie »Außerirdische versuchen, mich zu entführen« einzuordnen, aber ein neuer Fall war das ganz sicher nicht. Abgesehen von der äußerst vagen Ortsbeschreibung konnte ein Vorfall, den jemand »im Internet« gesehen hatte, alles Mögliche sein. Dennoch schaute er auf den Absender, der nach einem eigens für diese Nachricht eingerichteten Mailkonto klang. Die »Bürgerin« wollte anonym bleiben. Dass sie Tim direkt anschrieb, konnte nur bedeuten, dass sie bei früheren Fällen schon miteinander zu tun gehabt hatten. Seine dienstliche E-Mail-Adresse war nicht öffentlich, aber natürlich gab er sie regelmäßig bei Ermittlungen heraus. Der infrage kommende Personenkreis war nach gut einem Jahr LKA gar nicht mal so klein.

»Liebe Bürgerin«, schrieb er zurück. »Meinen Sie das ernst? Dann melden Sie sich vernünftig bei mir. Telefon siehe unten. Gruß Börde.«

An einem normalen Tag hätte er wahrscheinlich nicht einmal geantwortet, geschweige denn in den Polizeimeldungen nachgeschaut, ob es tatsächlich einen Toten »in einem mittelhohen Gebirge« gegeben hatte. Nicht zum ersten Mal verfluchte er dabei die Steinzeitmethoden, mit denen sie arbeiteten. Es gab keine Möglichkeit, direkt in Fallbearbeitungen von Kollegen außerhalb von Berlin zu schauen. Sie wussten nicht einmal, welche Leichen die Brandenburger hatten. Aber für solche Situationen hatte Tim gelernt, die gesammelten Pressemeldungen der deutschen Polizeidirektionen im Internet zu durchforsten. Nachdem seine Suche wenig überraschend keinen Toten im Gebirge hervorbrachte, legte er bei Google einen Alert mit den entsprechenden Begriffen an. Dann widmete er sich wieder seiner Messerstecherei.

Als am Nachmittag eine Mail zu dem Alert hereinkam, hatte Tim die Sache mit dem Wanderer schon fast vergessen. Mittlerweile hatte die Mordkommission eine Leiche, die Kollegen würden jeden Moment vom Tatort zurückkommen. Obwohl er mehr oder weniger darum gebettelt hatte, hatte der Adler – wie sie ihren Chef nannten – ihn und Henk nicht rausgeschickt. »Schreibt eure Berichte fertig.« Doch nun verkündete Google, dass es einen neuen Treffer zu den Begriffen »Wanderer Sturz Berg« gab. Die Polizeiinspektion Garmisch-Partenkirchen hatte eine Meldung herausgegeben, nach der am Vormittag in den Ammergauer Alpen ein Mann um die sechzig gefunden worden war, der bei einer Wanderung in den unteren Lagen des Kofel in eine Schlucht gestürzt war. Niemand hatte den Unfall beobachtet. Die Identität des Mannes hatte man bisher nicht feststellen können. Tim griff sofort zum Hörer und rief die Kollegen in Garmisch an. So erfuhr er, dass der Tote gegen 11 Uhr von Wanderern entdeckt worden war. Der Gerichtsmediziner hatte später festgestellt, dass er noch nicht lange dort gelegen haben konnte. Der Todeszeitpunkt war auf den Zeitraum von 10 bis 10 Uhr 30 eingekreist worden. Von einem möglichen zweiten Mann wusste man nichts. Man wusste ja nicht einmal, wer der Tote war, dem zu allem Überfluss noch ein Fels auf den Kopf gefallen war, sodass man nicht viel von ihm erkennen konnte.

»Liebe Bürgerin, es gibt einen Toten. Man wird die Sache als Unfall abhaken, wenn Sie sich nicht melden. Telefon siehe unten. Gruß Börde.«

Tim hatte das Achselzucken des Kollegen aus Garmisch fast am Telefon hören können, als er diesem von der Mail berichtet hatte. »Zufall«, »Spinnerei«. Doch Tim reichte das nicht.

»Also, die Alpen sind jetzt aber echt nicht mehr in Berlin«, sagte Henk, als er sah, wie Tim auf seinem Computer eine Fallakte zu dem unbekannten Toten anlegte. »Hast du Langeweile?«

Er stand hinter Tim an dessen Schreibtisch und überflog die Mail von der Unbekannten.

»Nee, aber ein Bauchgefühl.«

»Ach Gott, das Bauchgefühl«, stöhnte Henk und rollte mit den Augen. »Sicher, dass das nicht der Döner von gestern Abend ist?«

Er klopfte Tim auf den Bauch, der in der letzten Zeit wieder etwas mehr Fett angesetzt hatte – dabei hatte der Winter gerade erst begonnen. Auch wenn überall sonst die Muskeln noch überwogen, nahm Tim sich vor, wieder öfter in den Kraftraum zu gehen.

»Die Frau wird sich noch mal melden«, stellte Tim fest.

»Ach, die Frau! Darum geht es. Um eine Frau mal wieder.«

»Henk!«

Henk lachte und verließ das Büro.

»Komm, Ingo und Frank sind zurück. Lass uns hören, was sie für 'ne Leiche haben. Eine aus Berlin!«

Dann war er verschwunden. Tim schaute noch einmal auf die gerade angelegte Datei und speicherte sie im System. Die Frau würde sich melden. Das wusste er einfach.

3

Berlin-Tiergarten
Samstag, 19:30 Uhr

Franziska zögerte noch einmal, bevor sie auf die Klingel an dem Neubau unweit des Gleisdreiecks drückte. Sie befand sich am Karlsbad, einer ruhigen Seitenstraße, die sie von früher kannte. Als Christoph in dem Haus gewohnt hatte. Jetzt wohnte dort nur noch seine Ex-Freundin Nina. Ausgerechnet die Frau, deren Beziehung Franziska damals zerstört hatte, wollte sie nun um Hilfe bitten. Sie wusste nicht, wen sie sonst fragen konnte. Sie hatte auch so schon den ganzen Tag kaum noch funktioniert. Nur mit Mühe hatte sie die nötigste Arbeit verrichtet, war dann viel zu früh aus dem Büro gegangen und irrte seitdem mit ihrem Laptop durch die Stadt, unfähig, einen Entschluss zu fassen. Die Mail des Polizisten hatte ihr klargemacht: Man musste der Polizei mehr Informationen geben. Doch letztlich war Franziska zu dem Schluss gekommen, dass sie das ja nicht selbst tun musste.

Sie drückte auf den kalten Messingknopf. Nichts passierte. Als sie schon fast resignierte, hörte sie ein Knacken in der Gegensprechanlage und dann eine sonore Männerstimme.

»Wer ist da?«

»Mhm, hallo ... Ich wollte zu Nina. Ist sie da?«

»Wer sind Sie denn?«

»Franziska. Eine Freundin ... von früher.«

Die Behauptung, eine Freundin zu sein, kam ihr nicht leicht über die Lippen. Nina würde es garantiert nicht so sehen. Aber dass sie wieder mit einem Mann zusammenlebte, gab Franziska Hoffnung. Vielleicht würde Ninas Hass zumindest so weit abgeschwächt sein, dass sie sich die Bitte der ehemaligen Mitstreiterin anhören würde. Während ihrer gemeinsamen Arbeit an der Universität hatten sie eigentlich ein recht gutes Verhältnis gehabt. Vor der Sache mit Christoph.

»Nina ist unterwegs«, hörte sie die Stimme aus der Gegensprechanlage. »Müsste aber bald wieder da sein. Wollen Sie oben auf sie warten?«

»Äh, nee, ich ... mhm ... komme dann einfach später noch einmal.«

Wenn Nina nach Hause kam und Franziska alleine mit ihrem neuen Typen in der Wohnung vorfand, würde das nicht gerade die schönen Erinnerungen hervorrufen.

»Wie Sie möchten«, sagte die sympathische, tiefe Stimme.

»Danke«, murmelte Franziska und ging fröstelnd zurück über die Straße. Gegenüber der Häuserzeile befand sich ein kleiner Park. Dort gab es eine Bank mit Blick auf das Haus. Franziska wusste das, weil sie dort ein paarmal spätabends heimlich auf Christoph gewartet hatte. In dem Park war nicht viel los, es war längst dunkel. Als sie sich auf die kalte Bank setzte, kamen die Erinnerungen an damals hoch. Es war fast vier Jahre her. Christoph und Nina leiteten ein Team an der Humboldt-Uni, das sich einem wahnwitzigen Forschungsprojekt verschrieben hatte: Sie wollten Blinden das Sehen ermöglichen. Nina war trotz ihres jungen Alters bereits Diplom-Biologin und promovierte Medizinerin, die während ihrer zwei Studien die Grundlagen dafür geschaffen hatte, den Sehnerv mit digitalen Informationen von außerhalb des Körpers zu füttern. Christoph sollte als Koryphäe aus der Elektro- und Informationstechnik die Bilder einer Kamera so umrechnen, dass man sie direkt in den Nerv einspeisen konnte. Genau dabei half Franziska mit ihrem Hintergrund im Bereich Multimedia-Anwendungen. Leider gelangen ihnen über mehrere Jahre nicht die erwünschten Erfolge. Schließlich sollte das Projekt seitens der Universität eingestellt werden. Da erschien es allen wie ein Wunder, dass Ruby sich dafür interessierte und alle zu GEM holen wollte. Nur dummerweise interessierten ihn nicht so sehr die Blinden, er versprach sich mehr vom umgekehrten Weg: wie man aus den Sehnerven digitale Informationen auslesen konnte. Nina wollte das nicht, Christoph schon. Es kam zum Streit zwischen den beiden Forschern. Franziska wollte die fragile Situation nicht ausnutzen, doch als Christoph eines Abends frustriert und angetrunken im Labor ihre Lippen mit den seinen gesucht hatte, hatte sie nicht lange gezögert. An das, was danach auf einer eigentlich für Probanden gedachten Liege geschehen war, erinnerte sich Franziska mit einem leisen Seufzen.

Ertappt schreckte sie hoch, weil genau in diesem Moment Nina an ihr vorbeijoggte. Die große schlanke Frau war wie immer eine Erscheinung: Ihre langen, schwarzen Haare hatte sie zu einem Pferdeschwanz gebunden, der bei jedem Schritt in der Luft wippte. Der körperbetonte Trainingsanzug deutete an, dass Nina kein Gramm Fett zu viel an ihrem Körper hatte. Mit Schrecken erinnerte sich Franziska daran, wie diszipliniert Nina schon damals gesund gegessen und regelmäßig Sport getrieben hatte. »Verbissen« hatte Christoph das genannt, was in vielerlei Hinsicht auf Nina zutraf. Als Nina am Haus ankam, sah Franziska im Licht der Türlampe ihr schmales Gesicht mit den hohen Wangenknochen. Neben Nina hatte sich Franziska immer wie ein Kind gefühlt, und das nicht nur, weil sie acht Jahre jünger war. Nina war wahrscheinlich als Mädchen schon erwachsen gewesen. Fast hätte Franziska ihren Einsatz verpasst, doch das Bild des stürzenden Wanderers trieb sie an. Sie eilte über die Straße.

»Nina?«, krächzte sie dabei.

Nina hatte die Tür bereits aufgeschlossen, schaute aber nun zu Franziska. Im Gegenlicht sah diese nur die dampfende Silhouette, aber sie war sicher, dass Nina nicht lächelte.

»Was machst du denn hier?«, hörte Franziska die kritische Stimme.

»Ich muss mit dir reden«, antwortete sie.

Nina lachte zynisch. Als Franziska ihre Augen sah, schwand die Hoffnung, dass sich ihr Hass gelegt haben könnte.

»Ich hab keine Zeit«, sagte Nina knapp und wollte ins Haus.

»Christoph hat es geschafft«, rief Franziska schnell. »MyView.«

Nina stoppte und schaute Franziska noch einmal kritisch an. Sie wirkte nicht sonderlich überrascht.

»Die Präsentation morgen?«, fragte sie.

»Du weißt davon?«

»Ich habe eine Einladung bekommen.«

Noch ein bitteres Lachen, das Franziska sogar verstand. Sie hätte ihr an Christophs Stelle keine Einladung gesendet.

»Bisher war ich mir nicht sicher, ob's wirklich schon so weit ist«, fuhr Nina fort. »Aber dass du hier auftauchst …«

Sie verstummte. Franziska machte noch einen Schritt auf sie zu.

»Es gibt ein Problem«, erklärte sie.

»Interessiert mich nicht. Ihr müsst alleine klarkommen. Christoph und du.«

Jetzt wollte sie endgültig ins Haus, doch Franziska hielt sie am Arm. Reine Muskelmasse.

»Christoph und ich … das gibt's schon seit Jahren nicht mehr. Ich weiß offiziell überhaupt nichts von dem Durchbruch. Aber ich … ich habe heute was gesehen … Es ist jemand gestorben.«

Nina zog die Augenbrauen hoch, sagte aber nichts. Franziska zögerte. Zwischen Tür und Angel konnte man die Geschichte nun wirklich nicht erzählen. Nina machte leider keine Anstalten, sich zu bewegen. Doch Franziska wusste, dass die Frau immer der moralische Kompass der

Gruppe gewesen war. Also sagte sie: »Christoph und Ruby sind zu weit gegangen. Sie haben die Chips Leuten eingepflanzt, die davon nichts wussten.«

»Was?«

Franziska nickte.

»Komm mit hoch«, sagte Nina und hielt Franziska die Tür auf.

Wortlos folgte Franziska Nina über die Treppen in die dritte Etage. Sie hätte lieber den Aufzug benutzt. Als sie oben ankamen, rang Franziska nach Luft, während Nina nicht einmal schneller atmete. Sie schloss die Tür auf und ging in die Wohnung.

»Bin wieder da, Papa!«, rief sie.

Papa? Franziska verzog das Gesicht. Nina wohnte nicht mit einem neuen Typen zusammen, sondern mit ihrem Vater. Im nächsten Moment kam der ältere Herr mit den vollen, grau melierten Haaren schon in den perfekt aufgeräumten Flur. Er war über sechzig, aber wirkte sehr fit. Ähnlich wie seine Tochter. Er trug eine Anzughose und ein Hemd. Alte Schule. Beim Anblick seiner tiefschwarzen Sonnenbrille erinnerte sich Franziska daran, dass er blind war. Er war einer der Gründe gewesen, warum Nina ihre Forschung überhaupt erst begonnen hatte. Trotzdem hatte Franziska ihn nie persönlich kennengelernt.

»Da war eine junge Frau«, begann er ins Nichts hinein zu reden.

»Ja, die ist hier bei mir.«

»Ah, wie schön. Guten Abend. Ich bin der Werner.«

Seine Stimme klang jünger, als er war. Er streckte seine Hand in Richtung Tür aus und verfehlte Franziska nur um wenige Zentimeter. Nina ließ die beiden einfach im Flur stehen und ging in die geräumige Wohnküche.

»Äh, ja, guten Abend. Franziska.«

Sie nahm die gereichte Hand. Werner drückte verbindlich, aber auch nicht zu fest zu. Er hielt den Griff einen Moment länger, als es üblich war, schaute Franziska direkt an.

»Ich bin blind, nicht taub«, sagte er mit einem Schmunzeln.

Franziska merkte selbst, dass sie ziemlich laut geredet hatte.

»Tut mir leid«, sagte sie gedämpfter.

»Kein Problem. Es ist eher andersrum: Viele Blinde haben ein besonders gut ausgeprägtes Gehör.«

»Ah, klar. Macht Sinn.«

Nina war mit einer Flasche Wasser zurückgekehrt, aus der sie nun trank. Franziska blickte sie hilfesuchend an und signalisierte, dass sie gerne mit ihr alleine sprechen wollte. Ninas Blick verdüsterte sich.

»Im wahrsten Sinne des Wortes«, redete Werner weiter. »Die Blindheit hat die anderen Sinne geschärft. Auch den Tastsinn.«

»Papa«, ging Nina dazwischen. »Ich muss mit Franziska etwas besprechen.«

»Möchten Sie vielleicht mit uns essen?«, fragte er in Franziskas Richtung.

»Nein.«

Die Antwort kam von Nina. Werners Augenbrauen hoben sich. Er hatte nun auch verstanden, dass Franziska nicht besonders willkommen war.

»Wir gehen in mein Zimmer.«

Nina zeigte Franziska den Weg. In der Wohnung gab es drei Zimmer, das wusste Franziska von früher. Damals waren es Wohn-, Schlaf- und Arbeitszimmer gewesen. Das Wohnzimmer gab es noch, aber die anderen beiden Räume waren nun zwischen Vater und Tochter aufgeteilt. Während sie an der offenen Tür des Wohnzimmers vorbeigingen, sah Franziska das Sofa, auf dem sie eines Abends Christoph vernascht hatte. Schnell ging sie weiter in Ninas Raum, das ehemalige Schlafzimmer. Es war damals tabu gewesen. Jetzt befand sich dort außer einem nicht allzu großen Bett ein Schreibtisch mit einem Computer. In einem Regal standen zahllose wissenschaftliche Bücher, aber auch eine Reihe von eher kitschigen Liebesschnulzen. Das hatte Franziska nicht erwartet. Nina schloss die Tür hinter sich. Franziska sah noch, wie Werner mit der Hand an der Wand in sein Zimmer zurückkehrte. Sicher ein Grund für die penible Ordnung. Für ihn war es natürlich hilfreich, wenn kein unnötiger Kram im Weg lag.

»Ich mag es nicht, wenn jemand vor meinem Vater Geheimzeichen macht.«

»Okay, sorry. Ich … heute … Was ich dir jetzt sage, das sollte wirklich niemand …«

Franziska wusste nicht, wie sie anfangen sollte. Nina schüchterte sie längst wieder ein.

»Schieß los!«, sagte Nina fordernd. »Was ist passiert?«

Sie setzte sich mit ihrem Jogginganzug auf den ergonomischen Arbeitsstuhl vor ihrem Schreibtisch und schaute Franziska erwartungsvoll an. Als Sitzgelegenheiten kamen nur das Bett oder ein viel zu kleiner Hocker, auf dem man seine Füße hochlegen konnte, infrage. Franziska setzte sich auf den Hocker. Mit den Knien fast neben den Ohren begann sie zu berichten, was passiert war. Wie sie die Streams gefunden hatte, wie sie hatte beobachten müssen, dass einer der Probanden Opfer eines Mordes geworden war. Und auch, wie sie anonym einem Polizisten den entsprechenden Hinweis gemailt hatte.

»Bei uns im Haus hat mal ein Arschloch seine Frau erschlagen. Ich musste als Zeugin aussagen, weil ich die Schreie gehört hab und so. Der Kommissar war echt nett.«

Zum ersten Mal während ihres Berichts musste sie lächeln. Denn der gutaussehende Polizist hatte ein wenig mit ihr geflirtet. Die Mischung aus knallhartem Cop und großem Jungen hatte sie durchaus angemacht. Deswegen war sie auch ein wenig traurig bei dem, was sie nun sagte: »Jetzt hat der Typ zurückgeschrieben. Sie haben die Leiche gefunden und wollen mehr wissen. Aber wenn ich da hingehe, kann ich meinen Job vergessen und ... Ich dachte, dass du das vielleicht machen könntest.«

»Was?«

Nina war nicht begeistert.

»Er weiß nicht, wer ihm geschrieben hat«, versuchte es Franziska weiter. »Du kannst sagen, du bist irgendwie auf die Seiten mit den Streams geraten, als du wegen MyView recherchiert hast. Hey, ja, wegen der Präsentation. Du hast doch die ...«

»Zeig mir die Streams«, unterbrach Nina sie.

Franziska verstummte. Sie holte den Laptop aus ihrer Tasche und klappte ihn auf. Die Streams waren noch geöffnet, weil Franziska sie sich im Laufe des Tages immer wieder angeschaut hatte. Nach wie vor waren drei Streams schwarz. Auf den anderen ging der Tag der Probanden in den Abend über. Franziska stellte den Laptop auf den Schreibtisch von Nina, die sofort von den Bildern gefangen war: Jemand surfte in einer dunklen Wohnung auf seinem Computer im Internet. Der Mann, der tagsüber mit dem Taxi unterwegs gewesen war, saß mit zwei kleinen Jungen am Tisch und war mit einem alten Kinderpuzzle beschäftigt, während man kurz seine Frau in der Küche beim Kochen sehen konnte. Wieder jemand anders las ein Buch. Die Frau, deren Intimbereich Franziska kannte, ging mit ihrem Hund im Wald spazieren. Das Kind fuhr auf dem Rücksitz eines SUV durch eine Großstadt und schaute aus dem Fenster. In der Ferne sah man kurz den Fernsehturm. Mutter und Tochter befanden sich also in Berlin.

»Die Streams laufen über eine normale Internetseite«, erklärte Franziska. »Ich dachte erst, der Seitenname ist kompliziert. Ist er aber nicht. Nur foryoureyesonly.de und dann die Anfangsbuchstaben von diesem Saint-Exupéry-Zitat.«

Es war in der IT ein beliebtes Verfahren, für Passwörter einen einprägsamen Sinnspruch zu nehmen und ihn auf die Anfangsbuchstaben der einzelnen Wörter zu reduzieren, inklusive Groß- und Kleinschreibung. Franziska hatte sogar ein Programm, mit dem man die bekanntesten Sprüche entschlüsseln konnte. Es hatte keine fünf Minuten gebraucht, um das Zitat zu finden. Aber das interessierte Nina überhaupt nicht. Sie war elektrisiert von den Streams. Ihre Augen rasten zwischen den Bildern hin und her.

»Er hat es geschafft«, sagte sie ungläubig.

Für einen Moment ging ihr Blick zur Zimmertür. Franziska verstand. Nina dachte an ihren Vater. Was würde dieser Durchbruch für ihn bedeuten? Für die Forschung von damals?

»Du hast keine Ahnung, wie der Chip funktioniert«, stellte Nina mehr fest, als dass sie fragte.

Franziska schüttelte den Kopf.

»Und wie funktionieren die Streams?«, fragte Nina. »Du sagst, sie sind live. Wie kann das sein?«

»Ich gehörte nur am Anfang zum Team. Deswegen kann ich auch nur spekulieren: Ruby hatte damals einen extrem kleinen Sender entwickelt, der mit einer winzigen Lithium-Ionen-Zelle mehrere Wochen lang laufen konnte. Ich vermute, dass sie ihn noch einmal verkleinert und zusammen mit dem Chip in den Sehnerv gepflanzt haben.«

»Eine ziemlich riskante OP«, stellte Nina fest, ohne ihren Blick von den Streams abzuwenden.

Soviel Franziska wusste, arbeitete Nina mittlerweile als Augenärztin im Virchow-Klinikum der Charité, wo sie insbesondere bei Notfällen mit Augenverletzungen hinzugezogen wurde. Wahrscheinlich wäre sie auch in der Lage gewesen, den Chip einzupflanzen.

»Aber die Leute tragen nicht einmal eine Brille«, verteidigte Franziska instinktiv ihren Arbeitgeber. »Sie scheinen keine Probleme nach der OP gehabt zu haben.«

»Wir sehen nicht alle«, stellte Nina fest und zeigte auf die schwarzen Streams.

»Die Lithium-Ionen-Zellen halten nicht ewig. Die ersten sind vielleicht schon durch.«

Diese mögliche Erklärung galt jedoch nur für die Streams eins und zwei. Der vierte Stream war schwarz, weil der Proband ermordet worden war.

»Nina«, setzte Franziska noch einmal mit ihrem Anliegen an. »Wenn du zur Polizei gehst, werden die bei GEM auflaufen. Und dann erfährst du, wie …«

»Warte«, unterbrach Nina. »Sie haben einen Sender im Chip. Okay. Aber wie kommt das Bild ins Internet? Die Probanden müssen dann doch einen Empfänger dabeihaben. Und das wissen sie nicht?«

»Sie brauchen keinen Empfänger«, erklärte Franziska. »Der Sender sendet direkt aus dem Sehnerv ins Handynetz.«

Das wusste sie noch aus den Anfangstagen des Projekts. Ruby war von Beginn an auf eine möglichst simple Nutzung scharf gewesen. Die Technik dafür hatte er größtenteils mitgebracht. Ihm hatte nur der Zugang zum Auge gefehlt.

»Ins normale Mobilfunknetz?«, fragte Nina ungläubig.

»Von der Telekom. LTE-Standard.«

»Wow.«

»Ja, wow«, wiederholte Franziska. »Ich vermute, dass die Daten in einem Rechner im Untergeschoss von GEM landen. Dort werden dann die Streams erstellt. Die man natürlich nur dort unten sehen kann. Aber diese Kopien hier hat Christoph irgendwie aus dem Inner Circle herausgeleitet, damit mehr Leute sie sehen können. Warum, weiß ich nicht.«

»Christoph?«

»Kann auch Ruby gewesen oder einer von seinen Topleuten. Aber warum sollten die an meinen Arbeitsplatz gehen? Ich vermute, dass Christoph wollte, dass ich es sehe.«

Nina atmete tief durch. Der Blick, den sie Franziska schickte, sagte alles. Die Vergangenheit kam hoch.

»Es tut mir leid, was damals passiert ist«, sagte Franziska, ohne genau zu wissen, warum.

Wahrscheinlich hielt sie Ninas vorwurfsvollen Blick nicht aus.

»Ach ja?«, fragte Nina spöttisch. »Jetzt auf einmal? Warum musste das sein? Warum ausgerechnet Christoph?«

Für einen Moment bröckelte Ninas perfekte Fassade, und die Verletzung dahinter kam zum Vorschein.

»Er war der einzige Typ, der mir nie auf die Brüste gestarrt hat«, erklärte Franziska. »Sondern immer in die Augen.«

Nina lachte höhnisch. Wahrscheinlich hatte sie gar keine Antwort erwartet. Sie machte längst wieder dicht.

»Ja, die Augen. Die haben ihn schon immer fasziniert.«

Franziska wusste nicht mehr, was sie sagen sollte. War es ein Fehler gewesen, zu Nina zu gehen? Sie versuchte, von dem Thema abzulenken.

»Es gibt auch ein Werbevideo für MyView«, rief sie etwas zu laut.

Sie hatte sich im Laufe des Tages die Seite foryoureyesonly.de genauer angeschaut und ein Video gefunden, das wahrscheinlich bei der Präsentation am Abend und später im Internet gezeigt werden sollte.

»Es erklärt ganz gut, was Ruby mit MyView vorhat«, murmelte sie. »Willst du es sehen?«

Nina nickte stumm – die Ablenkung funktionierte. Franziska hatte das Video bereits aufgerufen und startete es nun. Man sah das Logo von GEM und dann Hochglanzbilder, die mit einer sympathischen Frauenstimme unterlegt waren. Erst gab es Bilder aus einem Forschungslabor und von Augenoperationen. Auch wenn es suggeriert wurde, waren es keine Bilder aus dem Hauptquartier von GEM – dort sah es anders aus. Der Werbefilm war mit Schauspielern besetzt und sehr professionell gemacht. Auch als dann die vermeintlichen Streams präsentiert wurden und der Zuschauer durch die Augen eines jungen Mannes und einer jungen Frau schaute, vermutete Franziska, dass sie auf herkömmlichem Weg gefilmt worden waren. Die Art und Weise, wie MyView die Welt verändern sollte, wurde trotzdem klar: »Sie müssen nie wieder eine Kamera mitnehmen. Nie wieder einen magischen Moment durch das Zücken Ihres Handys unterbrechen. Nie mehr einen Laptop auf den Sonnenuntergang richten, damit die Daheimgebliebenen ihn sehen können. Alle sehen, was Sie sehen. Ihre Erinnerungen werden zu Filmen.«

Das war nur eine der möglichen Nutzungen für MyView, das mit enormem Speicherplatz kombiniert werden sollte, auf dem alle »Erinnerungen« der Nutzer abgelegt werden konnten. Im nächsten Teil des Videos wurde auf das Thema Sicherheit eingegangen. Man sah Eltern, die sich davon überzeugen konnten, dass es ihrem Spross gut ging, weil sie durch seine Augen sahen, wie er auf einem Spielplatz spielte. Man sah Räuber, die mit vorgehaltener Waffe Geld verlangten und wenig später mit Hilfe dieser Bilder von der Polizei verhaftet wurden. Die freundliche Frauenstimme versprach eine drastische Eindämmung der Kriminalität dank MyView – schon allein wegen der Abschreckung. Und bei einem Autounfall könne MyView helfen, die Schuldfrage zu klären. Während dieses Teils schüttelte Nina immer wieder mit dem Kopf. Sie war alles andere als angetan.

Der Spot schloss mit der Ankündigung, dass die Präsentation der Startschuss für die Suche nach hundert Freiwilligen war, die sich den Chip einpflanzen lassen würden. Kostenlos und mit Rundumbetreuung. Erst nach dieser Testphase sollte MyView in den Handel kommen. Die ersten hundert Nutzer wurden zu Pionieren und zukünftigen Berühmtheiten erklärt: »Lassen Sie die Menschheit die Welt durch Ihre Augen sehen.«

»Das ist das Ende der Privatsphäre«, zischte Nina unheilvoll, kaum dass Franziska das Video weggeklickt hatte. »Das Schlimmste ist, dass diese Idioten es freiwillig tun werden. Orwell hätte seine Freude.«

Franziska erinnerte sich, dass Nina auch aus moralischen Gründen dagegen gewesen war, dass Ruby das Forschungsprojekt übernahm – und wie scharf sie seine Pläne kritisiert hatte. Es hatte Franziska schon damals ermüdet.

»Ist doch eh schon so. Die Leute lieben es nun einmal, ihre Erinnerungen festzuhalten«, widersprach sie reflexartig.

Sie deutete auf einen der nun wieder sichtbaren Streams, in dem der Vater mit dem Handy ein Foto von seinen Kindern beim Puzzeln machte.

»Du findest das auch noch gut, oder was?«, fragte Nina verständnislos. »Denk doch mal fünf Sekunden nach. Wir landen direkt im Überwachungsstaat.«

Vielleicht war es keine gute Idee gewesen, Nina mit dem Video abzulenken.

»Man kann doch selbst entscheiden, ob man es einschaltet oder nicht«, verteidigte Franziska das Projekt.

Darauf hatte der Spot mehrfach hingewiesen.

»Ach ja?«, fragte Nina spöttisch. »Kann man?«

Sie deutete auf die Streams auf Franziskas Bildschirm. Die Leute dort konnten natürlich nichts ausschalten, weil sie keine Ahnung von den Chips hatten. Franziska wusste nicht, wie sie da widersprechen sollte. Für einen Moment schauten beide Frauen stumm auf den Laptop.

»Das ist ja ein Kind«, sagte Nina plötzlich entsetzt und zeigte auf den letzten Stream.

Das konnte man sogar sehr genau sehen. Denn das Mädchen machte ein Selfie. Es saß auf dem Rücksitz eines Autos und hielt das bunte Handy über sich. Da es draußen bereits dunkel war, konnte man erst nicht allzu viel erkennen. Aber als der Blitz aufleuchtete, sah man für einen Moment gestochen scharf das entstandene Foto: Das Mädchen war vielleicht zehn Jahre alt, hatte lange schwarze Haare und wache dunkle Augen. Es lächelte nett in die Kamera, aber wirkte dabei trauriger, als sie in ihrem Alter sein sollte. Im nächsten Moment war das Foto schon wieder weg. Der Blick des Mädchens ging zur Fahrerin, von der man nur eine Silhouette erkennen konnte: Wahrscheinlich hatte die Mutter das Mädchen wegen des Blitzes ermahnt. Hinter der Mutter sah man die überfüllten Straßen der Großstadt. Die Kleine schaute wieder auf ihr Handy. Dort schloss sie die Foto-App und öffnete ein Spiel.

»Die haben den Chip einem Kind eingepflanzt?«, fragte Nina voller Empörung.

»Das hat mich auch gewundert.«

»Gewundert? Sag mal, Franziska, was stimmt mit dir nicht? Du guckst dir das den ganzen Tag an, siehst sogar, wie einer von denen ermordet wird. Und bist zu feige, um damit zur Polizei zu gehen?«

»Für den Toten kann GEM nichts. Es war Zufall, dass …«

»Ja, und? Diesem Kind was einzupflanzen ist ein Verbrechen!«

Sie zeigte empört auf den Stream mit dem Mädchen im Auto. Franziska kam sich schon wieder ganz klein vor. Wie früher. Nina hatte das immer geschafft – bevor Franziska mit Christoph im Bett gewesen war.

»Deswegen will ich ja, dass du zur Polizei gehst«, murmelte sie. »Hey, vielleicht erfährst du dann mehr über den Chip. Das wär doch auch für die Forschung von damals interessant. Blinde sehend zu machen.«

Sie schaute demonstrativ zur Tür. Nina sagte nichts. Sie starrte weiter auf den Stream des Mädchens. Es schaute aus dem Autofenster. Man konnte die Reflexion der Kleinen sehen. Schließlich nickte sie. Zögerlich noch, aber es sah so aus, als ob sie sich dazu durchringen konnte, an Franziskas Stelle zur Polizei zu gehen. Franziska schöpfte gerade Hoffnung, als sie aus dem Augenwinkel in einem Stream eine vertraute Gestalt entdeckte.

»Scheiße, nein!«, entfuhr es ihr.

Sie sprang von ihrem Hocker auf und ging ganz nah an den Laptop heran. Im siebten Stream war die Spaziergängerin im Wald einem Mann begegnet und hatte ein Gespräch begonnen. Er ließ ihren Hund an seiner Hand schnuppern und streichelte ihn. Dabei lächelte er freundlich. Auch wenn man diesmal Farben sehen konnte, gab es keine Zweifel: Das war der Mörder vom Morgen. Er trug dieselbe Allwetterjacke und dieselben Handschuhe.

»Was ist?«, fragte Nina besorgt.

»Der Typ. Das ... Der hat den Mann in den Bergen umgebracht«, erklärte Franziska mit einem hilflosen Wimmern.

»Was?«, rief Nina.

Sie sprang ebenfalls auf.

»Wir müssen was tun!«

Doch da passierte es bereits. Der Mann zog plötzlich eine Pistole mit Schalldämpfer aus seiner Jacke und richtete sie auf den Hund, der im nächsten Moment auf dem Spazierweg zusammenbrach. Der Blick der Frau war auf das tote Tier gerichtet. Als sie aufschaute, blickte sie in die Mündung der Pistole. Es gab einen kurzen Lichtblitz, dann wurde der Stream schwarz. Der Mann hatte ihr direkt ins Auge geschossen.

4

Berlin-Wilmersdorf
Samstag, 20:15 Uhr

»LKA Berlin, Börde am Apparat.«

Franziska war erleichtert, sofort die vertraute Stimme des Kommissars zu hören. Sie gab ihr einen Hauch von Sicherheit, nachdem ihre Welt aus den Fugen geraten war. Sie saß neben Nina in deren Smart, dessen Motor soeben aufheulte. Nina gab Gas und raste mit dem kleinen, aber doch erstaunlich flinken Wagen zur zweispurigen Straße am Landwehrkanal.

»Es ist wieder passiert«, stammelte Franziska in den Hörer. »Dieser Kerl von heute Morgen aus den Bergen, der … der … Er hat noch jemanden umgebracht. Eine Frau und ihren Hund. Hören Sie mich?«

Am anderen Ende der Leitung herrschte Stille, egal wie fest sie sich das Handy ans Ohr presste.

»Ja«, kam die Stimme des Kommissars zurück. »Sie sind die Frau, die den Toten in den Alpen gemeldet hat?«

»Ja, und jetzt ist noch jemand gestorben. Sie müssen da hin. Den Typen fassen. Sonst bringt er einen nach dem anderen um.«

Zu diesem Schluss waren Nina und sie sehr schnell gekommen: Franziska hatte morgens nicht zufällig einen Mord beobachtet. Das Erscheinen der Streams hing damit zusammen. Ein Proband nach dem anderen wurde ermordet. Wahrscheinlich waren deswegen auch schon zwei Streams schwarz.

»Ich glaube, die Frau war in München …«

»Langsam, langsam!«, ging der Mann beruhigend, aber auch entschlossen dazwischen. »Wo sind Sie?«

»Auf dem Weg zu Ihnen. Eine Freundin fährt mich.«

Franziska wusste genau, wo der Kommissar saß. Sie hatte damals für ihre Zeugenaussage das LKA in der Keithstraße aufsuchen müssen. Es war nicht besonders weit entfernt von Ninas Wohnung. Aber selbst wenn: Nina hätte Franziska keine Wahl gelassen. Sie war immer schon eine Frau der Tat gewesen. Sofort hatte sie Franziska am Arm gepackt und sie mitsamt Laptop aus der Wohnung geschleift. Ihrem Vater hatte sie nur schnell zugerufen, dass sich das Abendessen verzögere, und schon waren sie im Treppenhaus nach unten gerast. Im Auto hatte Nina Franziska dann auch so weit, dass sie schon von unterwegs die Polizei anrief.

»Sie müssen sofort was tun«, sagte sie eindringlich, wie Nina es ihr eingebläut hatte. »Sonst ist der Typ weg. Und dann sind noch andere Menschen in Gefahr.«

Nina nickte. Sie schaute auf den Laptop in Franziskas Schoß. Die verbliebenen vier Probanden hatten keine Ahnung, in welcher Gefahr sie schwebten. Sie spielten Computer, puzzelten, lasen oder blickten aus dem Autofenster.

»Okay, langsam«, sagte der Polizist am Handy. »Sie

haben gerade einen weiteren Mord beobachtet? Sie wissen wieder nicht, wo?«

»Nicht genau. Ich habe aber heute Nachmittag gesehen, dass die Frau zum Einkaufen gefahren ist. Da waren viele Münchener Autokennzeichen. Das können wir uns nachher anschauen, ich hab's auf dem Laptop. Aber können Sie nicht schon einmal Polizisten in die Wälder von München schicken?«

»Sie haben den Mord aufgezeichnet?«, fragte der Polizist erstaunt.

»Ja. Aber nur den zweiten. Und ich muss das erst bearbeiten. Das dauert.«

Franziska hatte die Daten der Streams komprimiert, sonst hätte sie niemals so viel auf ihrem Laptop speichern können. Sie hatte damit direkt nach dem Vorfall am Morgen begonnen, um irgendetwas in der Hand zu haben. Nina raste über eine rote Ampel und zeigte dabei keine Anzeichen von außergewöhnlicher Anspannung. Die Frau hatte Nerven aus Stahl.

»Es war ein Wald?«, fragte der Mann. »Kein Park?«

Franziska hörte das Klackern einer Tastatur.

»Ja. Nadelbäume. Dicht. Keine anderen Menschen.«

»Haben Sie irgendetwas Markantes gesehen? Es gibt verdammt viele Wälder in und um München.«

Wahrscheinlich sah er das gerade auf Google Maps.

»Nein, ich … Keine Ahnung. Wir müssen die ganze Aufzeichnung anschauen.«

Franziska resignierte. Es würde ewig dauern, bis sie herausgefunden hatten, wo genau die Frau sich befunden hatte.

»Wir sind gleich bei Ihnen«, sagte Franziska in den Hörer.

»Okay, ich bin im vierten Stock«, sagte der Polizist und korrigierte sich umgehend: »Ich komme Ihnen entgegen. Bis gleich.«

»Danke. Bis gleich.«

Franziska drückte das Gespräch weg und atmete aus. Sie schaute zu Nina, die sich auf das Rasen durch die dunkle Stadt konzentrierte.

»Mach wenigstens schon mal die Aufzeichnung sichtbar«, befahl Nina.

Wenigstens. Der Vorwurf war nicht zu überhören. Während Franziska sich an die Aufzeichnung machte, schüttelte Nina den Kopf.

»Du hast den ganzen Tag vertrödelt«, schimpfte sie.

»Ich konnte doch nicht wissen, dass er … dass er noch mal …«

Sie verstummte. Nina entgegnete nichts, um sie zu entlasten. Sie nahm eine Kurve mit mehr als fünfzig Stundenkilometern. Franziska musste sich festhalten. Es war nicht mehr weit. Sie bogen bereits in das Wohnviertel, in dem sich das Gebäude des LKA befand. Nina bretterte durch eine Nebenstraße. Franziska konnte wegen des wackelnden Fahrzeugs kaum etwas auf ihrem Laptop erkennen. Doch die Aufzeichnung des Streams war sowieso noch nicht sichtbar. Der Computer rechnete. Im nächsten Moment bogen sie schon in die Keithstraße. Franziska sah auf der linken Seite den wuchtigen Bau, der bereits mehr als hundert Jahre auf dem Buckel hatte. An der Wand hing ein beleuchtetes Schild mit dem Polizeiwappen und der Aufschrift »LKA 1 – Delikte am Menschen«. Nina bremste auf der anderen Straßenseite vor dem Haupteingang.

»Kommst du mit rein?«, fragte Franziska, während sie sich hastig abschnallte.

»Na klar«, antwortet Nina und lächelte sogar kurz.

Franziska spürte für einen Moment Verbundenheit zu Nina. Es tat ihr wirklich leid, dass sie sie damals so verletzt hatte. Sie schnappte sich ihren Laptop und sprang aus dem Wagen. Sie eilte um das Auto herum, während Nina die Fahrertür öffnete. Franziska hatte die Straße bereits halb überquert, als sie registrierte, dass von links ein Auto auf sie zukam. Sie schaute direkt in die Scheinwerfer. Doch der Wagen bremste nicht, sondern beschleunigte. Geblendet vom Licht wusste Franziska nicht, wohin sie ausweichen sollte. Aber sie hatte sowieso keine Chance. Sie spürte, wie der Wagen mit großem Tempo ihren Oberschenkel rammte. Im nächsten Moment knallte ihr Kopf auf die Windschutzscheibe. Benommen nahm sie wahr, wie zuerst ihre Beine und dann ihr ganzer Körper abhoben. Während sie kopfüber durch die Luft flog, dachte sie an den Mann, der vom Berg gestürzt war. Wie er auf den Boden geprallt war. Dann kam ihr eigener Aufprall, und es war vorbei.

5

Berlin-Wilmersdorf
Samstag, 20:20 Uhr

Der Windstoß des vorbeirasenden Wagens hatte Nina beinahe mitgerissen. Ein Schritt weiter nach vorne und auch sie wäre erfasst worden. Doch sie war unversehrt. Dafür lag Franziska zwanzig Meter weiter auf dem Asphalt, ihr Körper unnatürlich verrenkt. Der Wagen, der ihr das angetan hatte, machte eine Vollbremsung, die mehr als zu spät kam. Nina rannte los. Zu der Frau auf der Straße. Einen Moment lang glaubte sie, dass der Fahrer des Unfallwagens dasselbe vorhatte. Doch nicht er, sondern sein Beifahrer stieg aus. Im Dunkeln sah Nina eine Männergestalt, die Franziska keines Blickes würdigte, sondern sich noch einmal zehn Meter weiter nach etwas bückte. Als der Mann sich erhob, erkannte Nina den Laptop, mit dem er zurück zu dem Wagen rannte.

»Hey«, schrie Nina. »Bleib hier!«

Natürlich verhallte ihr Schrei ungehört. Die Beifahrertür war noch nicht einmal geschlossen, da schoss der Wagen schon wieder los. Mit quietschenden Reifen bog er um die nächste Ecke in den Berliner Stadtverkehr.

Nina hörte das Hupen anderer Autos, dann kniete sie sich zu Franziska. Die junge Frau sah noch schlimmer aus als aus der Ferne. Blut trat an mehreren Stellen ihres Körpers aus. Sie lag schon nach wenigen Sekunden in einer Lache. Am Schlimmsten hatte es den Kopf erwischt, mit dem sie ungeschützt auf den Boden geknallt war. Nina zog Franziskas Schal vom Hals und improvisierte einen Druckverband. Dabei schaute sie auf. Von dem Gebäude des LKA kamen mehrere Männer in ihre Richtung gelaufen.

»Erste-Hilfe-Koffer!«, schrie sie den ersten an. »Aus meinem Auto. Schnell!«

Der junge Polizist in Zivil, aber ohne Jacke blieb vor Franziska stehen und schaute mit harter Miene auf den entstellten Körper.

»Was war das für ein Wagen?«, fragte er nach Luft schnappend.

Sie konnte es nicht fassen.

»Bist du taub?«, motzte sie ihn an. »Ich brauche den Erste-Hilfe-Koffer!«

»Sani kommt«, entgegnete er vergleichsweise ruhig. »Haben Sie den Wagen gesehen? Kennzeichen?«

»Ich bin Ärztin und brauche meinen …«

Sie verstummte, weil der nächste ankommende Polizist tatsächlich einen Notfallkoffer mit sich brachte. Er hockte sich zu ihr. Während sie versuchten, die Blutungen zu stoppen, raste ein ziviler Polizeiwagen mit Blaulicht und Sirene an ihnen vorbei.

»Hey! Können Sie was zu dem Wagen sagen?«, blaffte der andere Polizist sie an.

Er hatte ein Funkgerät in der Hand und schaute sie erwartungsvoll an.

»Dunkler BMW«, sagte sie. »Berliner Kennzeichen, irgendwas mit A. Mehr … Es war zu dunkel.«

»Scheiße«, fluchte er und gab ihre dürftige Beschreibung über den Funk an die Kollegen weiter.

»Er hat da vorne an der Ecke gewartet«, fiel Nina ein. Mit dem Kinn deutete sie auf die Straßenecke hinter dem LKA-Gebäude, während sie mit den Händen auf eine von Franziskas Wunden drückte. In der Ferne hörte sie eine weitere Sirene. Der Rettungswagen.

»Er hat gewartet?«, fragte der Polizist ungläubig. »Sicher?«

Nina konnte nicht antworten. Sie hatte nach dem Puls von Franziska gefühlt und keinen gefunden. Es trat immer noch Blut an verschiedenen Stellen aus. Der Rumpf war fast zerrissen. Die Erkenntnis versetzte ihr einen Stich: Franziska war tot. Trotz allem sah ihr Gesicht mit den geschlossenen Augen friedlich aus. Als ob sie lediglich schlief. Nina wurde wütend auf sich selbst, weil sie der jungen Frau auf dem Weg zum LKA auch noch Vorwürfe gemacht hatte.

»Der Wagen hat gewartet?«, fragte der stehende Polizist ungeduldig.

Nina schaute zu ihm auf, sah im Gegenlicht nur unvollständig seine Gesichtszüge. Was war das für ein gefühlloses Arschloch?

»Die Frau ist tot«, sagte Nina bissig.

»Das sehe ich«, erwiderte er betont. »Und ich versuche gerade, weitere Tote zu verhindern. Auch wenn's schwerfällt. Also: Sie haben den Wagen vorher schon gesehen?«

Nina rappelte sich auf. Sie spürte erst jetzt, wie kalt es war. Nach wie vor trug sie nur ihren verschwitzten Jogginganzug. Sie versuchte, sich zu konzentrieren.

»Als ich um die Ecke bog, stand er im Weg. In zweiter Reihe. Ich hab mich über ihn geärgert.«

»Konnten Sie in den Wagen schauen?«

Sie schüttelte den Kopf. Ihr Blick fiel auf Franziskas Leiche, die nun im unwirklichen Blaulicht des stoppenden Rettungswagens lag. Nina war extreme Situationen von ihrer Arbeit gewohnt. Sie war auch schon an furchtbare Unfallorte gebracht worden. Aber das hier war anders. Es wirkte irreal. Immer mehr Polizisten in Zivil kamen aus dem Gebäude. Einige Uniformierte sperrten bereits die Straße ab.

»Warum hat er da vorne noch einmal gestoppt?«, fragte der Polizist Nina.

»Er hat Franziskas Laptop aufgehoben.«

»Sie kannten die Frau?«

Der Polizist klang erstaunt. War der immer so langsam? Nina schaute ihn an, konnte ihn im Scheinwerfer des Rettungswagens endlich genauer erkennen. Anfang dreißig, dunkle, strubbelige Haare, markantes Gesicht mit Dreitagebart. Das dunkle Hemd mit den hochgekrempelten Ärmeln lag eng an seinem muskulösen Körper. Die Kälte schien ihm nichts auszumachen. Nina erinnerte sich an Franziskas Lächeln, als sie über »ihren« Kommissar gesprochen hatte. Das musste er sein.

»Ich hab sie hergebracht«, erklärte Nina.

»Dann kommen Sie mit«, sagte er. »Drinnen können Sie sich auch waschen.«

Er schaute auf ihre Hände. Erst jetzt nahm Nina wahr, dass sie blutrot waren. Genau wie ein Stück ihres Oberteils. Viel zu viel Blut. Niemand hätte diesen Verlust überleben können.

6

Berlin-Wilmersdorf
Samstag, 20:50 Uhr

Das LKA-Gebäude, in dem den ganzen Tag professionelle Ruhe geherrscht hatte, brummte plötzlich wie ein Bienenstock. Überall liefen Kollegen herum, manche mit konkreten Aufgaben, viele aus reiner Neugierde. Es kam nicht täglich vor, dass jemand direkt vor der Tür starb. Zunächst verbreitete sich die Theorie einer besonders brutalen Fahrerflucht, doch Tim wusste mehr: Es war Mord. Tim erkannte dabei eine Präzision, die er nur ausgebildeten Kräften zutraute. Polizei, Militär, Sondereinheiten. Wer sonst würde vor einem Polizeigebäude warten, sein Opfer eiskalt überfahren und dann auch noch ein Beweisstück einsammeln, während hinter ihm die Hölle losbrach? Was ihn aber noch weit mehr beunruhigte: Warum hatte der Wagen vor dem Gebäude gewartet? Woher hatten die Täter gewusst, dass die junge Frau auf dem Weg zum LKA gewesen war? Die merkwürdige Freundin der jungen Frau hatte geschworen, dass niemand außer Tim von ihrer Fahrt zum LKA gewusst hatte. Deswegen hatte er die Ärztin mit einem Kaffee in den Verhörraum gesetzt und war durch die vollen Flure zu seinem Computer geeilt. Natürlich hatte er das Telefonat mit der Frau in dem Moment aufgezeichnet, als er begriff, dass sie ihm die E-Mail geschickt hatte. Auch wenn er oft mit dem Computersystem der Polizei auf dem Kriegsfuß stand, einen Vorteil schätzte er: Es wurde penibel registriert, wer sich Akten, Aufzeichnungen und sonstige Daten anschaute.

»Das war doch keine normale Fahrerflucht? Tim?«

Ein Kollege aus der ersten Mordkommission stand in der Tür.

»Lass mich jetzt mal«, blaffte Tim. »Tür zu!«

Der Kollege zuckte mit den Schultern und tat, wie ihm geheißen. Das Stimmengewirr von draußen verstummte. Tim fand die Aufzeichnung des Telefonats. Er blickte auf den Vermerk darunter und machte große Augen. Eine halbe Minute nach Beendigung des Gesprächs hatte es sich jemand angehört. Dieselbe Person hatte eine Stunde zuvor die von ihm erstellte Datei zu dem mysteriösen Todesfall in den Alpen aufgerufen. Auch wenn es ihn freute, dass sein Instinkt richtig gewesen war, bereitete ihm die Kennung des Kollegen Bauchschmerzen. Denn es war die seines Chefs, des Leiters der dritten Mordkommission Lorenz Adler.

Für einen Moment stand Tim verunsichert vor seinem Computer. Der Adler? Nein. Den Mann kannte er schon seit seiner Kindheit. Er war einer der Gründe gewesen, warum Tim zur Polizei gegangen war. Als es am Anfang nur für die Schutzpolizei im Abschnitt 52 gereicht hatte, war es der Adler gewesen, der Tim angetrieben hatte, sich für den gehobenen Dienst zu bewerben und dann auch das Studium durchzuziehen, das ihm alles andere als leichtgefallen war – Tim war mehr der praktische Typ. Der Adler hatte Tim danach in seine Mordkommission geholt und vom ersten Tag an hinter ihm gestanden. Egal, wie ungestüm Tim manchmal vorgegangen war. Der Adler war wie ein Vater für ihn. Er war das genaue Gegenteil eines Polizisten, der auf die andere Seite wechselte. Außerdem wäre er nicht so blöd gewesen, derart offensichtliche Spuren zu hinterlassen. Es musste eine andere Erklärung für seine Kennung bei den Aufzeichnungen geben.

Die Tür flog auf. Henk. Selbst Tims gemütlichen Kollegen hatte die Sache aus der Ruhe gebracht.

»Das ist ja 'ne schöne Scheiße! Vom Tatfahrzeug keine Spur. Und ... diese Frau im Verhörraum? Soll ich mit der reden?«

»Nein«, schoss Tim sofort heraus. »Niemand redet mit ihr. Niemand geht zu ihr.«

»Was ist denn los?«

»Warte!«

Tim eilte auf den Flur. Er ignorierte die fragenden Blicke der Kollegen. Schnurstracks ging er in das Büro des Adlers. Tatortermittler Peter war bei ihm und berichtete von ersten Erkenntnissen zu der toten Frau auf der Straße.

»Kannst du kurz raus, Peter?«, sagte Tim ansatzlos.

»Was?«

Der Kriminaler schaute ihn irritiert an. Der Adler sah sofort, dass es Tim wichtig war. Er nickte Peter zu. Dieser zuckte mit den Schultern, nahm seinen Kram und ging nach draußen. Tim schloss die Tür. Der Adler saß hinter seinem wie immer überfüllten, aber doch irgendwie sortierten Schreibtisch und schaute Tim mit seinen scharfen Augen an. Er war trotz seiner fast sechzig Jahre ein sportlicher Typ mit kurzgeschorenen grauen Haaren. Cordhose, verwaschenes Hemd. Er machte sich nichts aus Mode. Er machte auch nie viele Worte. Deswegen begann Tim von alleine zu reden: »Geh mal ins System und such meine Aufzeichnung von dem Telefonat mit dem Opfer.«

Der Adler runzelte die Stirn und drehte sich zu seinem Computer. Er klickte sich schnell durch die entsprechenden Seiten auf seinem Bildschirm.

»Anhören?«, fragte er.

»Nein, guck, wer es sich direkt nach dem Telefonat angehört hat.«

Tim beobachtete sehr genau das Gesicht des Adlers, während dieser die Stelle auf dem Bildschirm fixierte. Wie nicht anders erwartet, sah Tim Erstaunen.

»Ich hab mir das nicht angehört«, sagte der Adler reflexartig.

»Du hast dir auch nicht eine Stunde davor meinen Bericht durchgelesen?«

Der Adler schüttelte den Kopf.

»Ich war mit der Leiche von Ingo und Frank beschäftigt.«

»Kann jemand an deinem Platz gewesen sein?«

»Ich war seit Stunden nicht aus dem Zimmer raus. Nicht mal pinkeln. Was ist das, Tim?«

Tim atmete tief durch. Für ihn formte sich immer mehr ein Bild, das niemandem gefallen konnte.

»Jemand ist in unserem System. Er hat weitergegeben, dass die Frau auf dem Weg zu mir war – mit Beweisen in zwei Mordfällen. Die Typen hatten sich schon draußen postiert, wahrscheinlich nach meinem Bericht. Dann wussten sie ganz genau, wen sie überfahren mussten.«

Die Miene des Adlers verdunkelte sich. Er sagte nichts, sondern griff in seine Schublade und holte sich eine Zigarette heraus. Während er sie anzündete, schüttelte er den Kopf. Selbstredend durfte man im gesamten Gebäude nicht rauchen.

»Mordfälle?«, hakte er nach.

Tim erzählte seinem Chef so knapp es ging, was an diesem Tag geschehen war. Von der anonymen Mail über den gefundenen Toten bis hin zu der Behauptung des Opfers, dass derselbe Täter eine weitere Person getötet hatte und noch mehr töten werde.

»Wer weiß davon?«, fragte der Adler, als Tim fertig war, und blies Rauch in den Raum.

»Nur wir zwei. Und ich hab eine Frau im Verhörraum sitzen, die alles mitbekommen hat. Sie hat das Opfer hergebracht.«

Der Adler zog ein letztes Mal an seiner Zigarette.

»Es sind Menschen in Gefahr«, betonte Tim. »Wir müssen schnell was tun. Und wir müssen was tun, ohne dass es dieser Pisser, der unser System überwacht, mitbekommt.«

»Das ist ein Polizist, Tim. Man kann nicht von außen in das System.«

»Dann … dann …«

Tim verstummte. Natürlich war ihm immer klar gewesen, dass es auch bei der Polizei schwarze Schafe gab. Aber dass er plötzlich seinen eigenen Leuten nicht mehr vertrauen konnte, kratzte an ihm. Wenigstens blieb der Adler ruhig. Er schien weit weniger überrascht und behielt wie immer einen klaren Kopf.

»Wir können nur mit Leuten arbeiten, denen wir hundertprozentig vertrauen. Kleine Gruppe. Nicht hier. Unter dem Radar.«

»Okay«, stimmte Tim sofort zu.

»Bericht nur an mich, Tim. Und … ein bisschen weniger große Klappe als sonst, okay?«

Tim wollte reflexartig einen flapsigen Spruch wie »Ja, Papa« bringen, aber er biss sich auf die Zunge – denn der Adler war spürbar angespannt. Also nickte Tim gehorsam. Eine Sache brannte ihm allerdings noch unter den Nägeln: »Wir brauchen die Zeugin. Sie muss mit uns arbeiten.«

Der Adler drückte seine Zigarette in einer leeren Kaffeetasse aus und schaute Tim kritisch an.

»Eine Zivilistin?«

»Ja«, erklärte Tim, der seine Fassung wiedergefunden hatte. »Sie ist die Einzige, die überhaupt weiß, was es mit diesen Videos auf sich hat. Und sie ist tough. Ärztin. Die ist belastbar.«

»Es geht nicht um belastbar. Es geht darum, ob wir sie in Gefahr bringen.«

»Ich passe auf sie auf.«

Der Adler seufzte. Er war nicht glücklich. Aber wer war nach den Ereignissen der letzten halben Stunde schon glücklich?

7

Berlin-Wilmersdorf
Samstag, 21:15 Uhr

»Man sieht nur mit dem Herzen gut, das Wesentliche ist für die Augen unsichtbar«, murmelte Nina und ergänzte »MsnmdHgdWifdAu« auf ihrem Handy hinter der Internetadresse. Die Seite existierte nicht. Die Streams blieben verborgen. Nina fluchte leise. Sie war sicher, dass es dieses Zitat von Saint-Exupéry war, das Franziska gemeint haben musste. Christoph liebte es. Das waren doch die Anfangsbuchstaben? Sie wünschte sich, dass sie Franziska hätte aussprechen lassen.

Schon viel zu lang saß Nina in dem kargen Raum, in dem ein Tisch und auf beiden Seiten je zwei Stühle standen. An der Wand befand sich ein weiterer, kleinerer Tisch mit einem Computer darauf. Auf der Tastatur lag ein laminiertes, gelbes Pappschild mit der Aufschrift »Vernehmung – bitte nicht stören« und einer Schnur. Nina wäre es recht gewesen, wenn endlich mal jemand »störte«. Wann kam der Polizist wieder, der sie lieblos mit einem Becher Kaffee und einer Decke in dem Raum zurückgelassen hatte? Sie hatte sich kurz die Hände und das Gesicht waschen dürfen und ihm einige Fragen zu ihrer Person beantworten müssen. Dann war er davongeeilt, als ob es jetzt irgendetwas Wichtigeres zu tun gäbe.

Sie tippte weitere Varianten der möglichen Adresse in ihr Handy. Alle Buchstaben klein, alle Buchstaben groß. Mit Komma. Mit Punkt. Auch wenn Franziska gesagt hatte, dass es eigentlich ganz einfach war. Es brachte alles nichts. Also googelte Nina nach anderen Zitaten des berühmten Schriftstellers. In dem Moment flog die Tür auf. Der Polizist war zurück. Er griff sich das gelbe Schild und hängte es draußen an die Tür, während auf dem Flur andere Polizisten vorbeieilten. Dann schloss er die Tür und setzte sich mit bedeutungsvollem Blick zu Nina. Sie schaute nur kurz auf, denn sie hatte ein weiteres Zitat gefunden.

»Okay«, begann der Polizist. »Ganz schwierige Situation. Ich brauche Ihre Hilfe. Erst mal müssen Sie mir erklären, was es … Hören Sie mir zu?«

Er klang sauer. Denn Nina murmelte: »Die Zukunft soll man nicht voraussehen wollen, sondern möglich machen.«

»Moment«, sagte sie und tippte die entsprechenden Buchstaben auf ihrem Handy ein.

Aus dem Augenwinkel sah sie, dass er wütend wurde. Es war Nina egal. Sie musste die Streams finden.

»Was machen Sie da?«, fuhr er sie an. »Können Sie mal aufhören?«

Auch die neue Buchstabenfolge brachte kein Ergebnis.

»Ich versuche, die Streams zu rekonstruieren, auf denen wir die Probanden sehen können.«

»Probanden?«, fragte er irritiert.

»Sie haben keine Ahnung, worum's hier überhaupt geht. Kann das sein?«

»Wie soll ich die haben, wenn Sie mir nicht einmal zuhören?«

»Ach so, wenn ich Ihnen zuhöre, dann wissen Sie mehr?«, fragte Nina spöttisch.

Der Mann war für einen Moment sprachlos. Offensichtlich wieder so ein Polizist mit großer Klappe und wenig Hirn, wie Nina sie leider manchmal bei ihrem Notdienst erleben musste.

»Sie sind so 'ne ganz Schlaue, ja?«, versuchte er es nun provozierend. »Passen Sie auf: Wir haben keine Zeit für Wortklaubereien. Was ist mit diesen Streams? In knappen Worten.«

Er schaute gehetzt zur Tür, als ob er fürchtete, dass jeden Moment jemand hereinkommen und sie stören könnte. Trotz Schild. Nina sah ein, dass sie seine Hilfe brauchte. Also erklärte sie, was sie wusste: »Es gab ursprünglich acht Streams, mit denen man in Echtzeit genau das sehen konnte, was acht Menschen gerade selber sehen. Wahrscheinlich sind vier dieser Leute nun tot. Zwei Streams waren schon außer Betrieb. Franziska hat den Mann in den Bergen sterben sehen. Wir haben gemeinsam gesehen, wie derselbe Mörder die Frau mit dem Hund erschossen hat. Man muss kein Genie sein, um darauf zu kommen, dass die restlichen vier die nächsten Opfer sein werden, wenn wir sie nicht rechtzeitig finden.«

»Diese Leute haben eine Kamera auf der Schulter, oder wo?«

Der Polizist schaute sie fragend an. Sie war sich nicht sicher, ob er die nächste Information intellektuell verkraften konnte.

»Nein, die Bilder stammen direkt aus ihren Sehnerven. Wir sehen, was sie sehen.«

»Quatsch, jetzt mal ehrlich. Wie entstehen die Bilder?«

Er konnte es tatsächlich nicht verstehen. Nina seufzte innerlich.

»Das war kein Witz«, insistierte sie. »Diesen Menschen ist ein Chip in ihren Sehnerv eingepflanzt worden, von dem via Mobilfunknetz die Bilder übertragen werden. Das Ergebnis geheimer Forschungen. So geheim, dass die Probanden selbst es nicht einmal wissen.«

»Sie verarschen mich.«

Nina tat der Mann fast schon leid. Auch für sie war es schwer vorstellbar, dass es tatsächlich funktionierte. Dabei hatte sie jahrelang mit ihrer Forschung die Grundlagen dafür geschaffen. Sie suchte nach Worten, um es glaubwürdiger zu machen. Doch der Polizist überraschte sie: »Okay, ich sehe, dass Sie es glauben. Muss für den Moment reichen, auch wenn ich … Wer steckt dahinter? Was haben Sie damit zu tun?«

Nina mochte seinen Pragmatismus. In wenigen Sätzen erklärte sie die Rollen von GEM, Ruby, Christoph und auch ihre eigene. Beinahe verhakte sie sich bei dem Versuch, die persönlichen Verhältnisse zwischen ihr selbst, Christoph und auch Franziska herauszuhalten, aber da hörte der Mann sowieso kaum noch zu. Er hatte immer öfter zur Tür geschaut und auch auf sein Handy.

»Können Sie die Streams wiederfinden?«, fragte er ungeduldig.

»Ich weiß es nicht. Ich muss Varianten ausprobieren. Aber wenn Sie zu GEM gehen, müssen die Ihnen die Adressen der Probanden geben. Das ist der schnellste Weg.«

Sie wusste, dass die Ermittlungen das Aus für MyView bedeuteten. Wahrscheinlich würde Christoph sogar für die illegalen Operationen in den Knast wandern. Aber dann war es halt so. Er war selbst schuld.

»Wir können nicht zu GEM gehen«, stellte der Polizist entschlossen fest.

»Was?«

»Wenn das alles stimmt, was Sie sagen, dann werden die einen Teufel tun und uns Adressen nennen. Die töten Menschen, um Spuren zu verwischen. Die lassen uns nicht mal rein. Dieser Ruby hat Milliarden. Der wird Anwälte auf uns hetzen, bis wir gar nicht mehr arbeiten können. In der Zwischenzeit sind die vier Leute längst tot.«

Nina entfuhr ein tiefer Seufzer. Irgendwie hatte sie schon in dem Moment, als sie Franziska vor ihrer Haustür gesehen hatte, gewusst, dass es auf das Folgende hinauslaufen würde: »Dann lassen Sie mich mit Christoph reden. Wir standen uns mal sehr nah.«

»Christoph Becker? Das ist der, der die Forschung zu diesen Chips leitet? Der wahrscheinlich die Streams installiert hat?«

Nina nickte. Der Polizist schaute sie irritiert an.

»Der steckt doch ganz vorne mit drin.«

»Aber nicht bei den Morden«, entgegnete Nina.

»Und das wissen Sie woher?«

Nina stockte. Ihr wurde mulmig. Nicht für eine Sekunde hatte sie daran gedacht, dass Christoph mit dem Killer etwas zu tun haben könnte. Für sie war das ganz klar Rubys Ding. Wenn sie ehrlich war, hatte sie keine Argumente, die diese Theorie stützten. Im Gegenteil: Christoph war Rubys engster Vertrauter. Er hatte damals ihre Beziehung für dieses Projekt zerstört. Er hatte ein Kind heimlich operieren lassen. Trotzdem: ein Killer? Morde? Das war nicht Christoph.

»Vielleicht wollte er den Mörder durch die Streams stoppen? Franziska sagte, er musste wissen, dass sie sie finden würde.«

Sie sah Mitleid in den Augen des Polizisten.

»Sie waren ein Paar?«, fragte er vergleichsweise sensibel.

Er schob ihre Suche nach einer Verteidigung auf ihre früheren Gefühle für Christoph. Doch sie empfand längst nichts mehr für ihn. Außer vielleicht bodenlose Enttäuschung. Es gefiel ihr nicht, dass der Polizist das Gespräch in diese Richtung lenkte.

»Okay«, sagte Nina entschlossen. »Wir wissen nicht, ob er mit drinsteckt. Aber was ist die Alternative? Wenn Sie nicht gegen GEM vorgehen, sterben die Probanden.«

»Deswegen müssen Sie die Streams finden. Mit denen können wir die Leute identifizieren und zu ihnen gelangen, bevor der Killer es tut.«

Nina schüttelte den Kopf. Sie wusste nicht, ob sie das schaffen konnte. Es musste einen anderen Weg geben.

In dem Moment piepste das Handy des Polizisten. Er schaute auf die Nachricht, nickte erfreut und kramte in seiner Hosentasche. Dann zog er einen Schlüsselbund mit zwei großen und einem kleinen Schlüssel hervor. Er legte ihn vor Nina.

»Für mich sieht das so aus«, begann er seine Theorie zu erklären. »Bei GEM wurden illegale Versuche an Menschen unternommen. Für dieses MyView. Ein Projekt, das die Welt auf den Kopf stellen wird. Morgen Abend soll das Ergebnis der Öffentlichkeit vorgestellt werden. Maximale Aufmerksamkeit. Ruby und/oder Ihrem Ex ist der Arsch auf Grundeis gegangen wegen der illegalen OPs. Also müssen jetzt noch vor dem Abend alle Spuren beseitigt werden. Genauer gesagt: Die Probanden müssen weg. Wenn das so ist, dann haben wir nicht viel Zeit.«

Nina konnte sich nach wie vor nicht vorstellen, dass Christoph für MyView über Leichen gehen würde. Den Rest konnte sie sich allerdings schon vorstellen.

»Was sollen die Schlüssel?«, fragte sie.

»Die gehören zu meiner Wohnung. Bergmannstraße 131, ganz oben. Börde. Ich möchte, dass Sie jetzt dort hinfahren und warten. Ein …«

»Was?«, ging Nina ungläubig dazwischen.

»Keine Angst, ich mache Ihnen kein unmoralisches Angebot …«

Er zeigte kurz ein jungenhaftes Grinsen, als ob sie sich über ein solches »Angebot« hätte freuen sollen.

»Ich brauche echt Ihre Hilfe. Es geht nur so. Ein Kollege wird kommen. Junger Typ, Kemal, bester IT-Experte der Polizei. Einer, dem man hundertprozentig vertrauen kann. Er bringt seinen Kram mit. Mit ihm finden Sie diese verdammten Streams. Dann rufen Sie mich sofort an, und dann schauen wir weiter.«

»Warum in Ihrer Wohnung?«, fragte Nina nach wie vor ungläubig.

Das war doch kein normales Ermittlungsvorgehen. Der Polizist zögerte, schaute noch einmal zur Tür. Dann sagte er: »Wir haben bei uns einen Maulwurf. Deswegen wurde Ihrer Freundin hier aufgelauert.«

»Was?«

»Ich weiß nicht, wer es ist. Aber ich weiß, dass er mitliest. Die gute Nachricht ist: Der Maulwurf hat keine Ahnung, dass ich ihn entdeckt habe. Deswegen bleibe ich hier und tue so, als ob ich ganz normal ermittle. Verstehen Sie?«

Nina nickte. Sie war schließlich nicht dumm. Trotzdem klang ihr das zu naiv.

»Diese Leute in dem BMW. Die haben mich doch gesehen. Wie …«

»Keine Angst. Keiner weiß, wer Sie sind. Nur mein Chef und ich. Wir benutzen einen anderen Namen für Sie. Sie sind einfach eine Freundin, die das Opfer hierhergebracht hat und nichts weiß. Deswegen verabschiede ich mich gleich freundlich auf dem Flur von Ihnen. Es muss so aussehen, als ob Sie mit der Sache nichts mehr zu tun haben und nach Hause fahren. Vielleicht können Sie ein bisschen drauf achten, ob Ihnen gefolgt wird.«

Nina entfuhr ein spöttisches Lachen. War das sein Ernst?

»Sie sind die einzige Chance für diese Leute mit den Chips im Sehnerv«, stellte er fest.

Wie billig. Aber es funktionierte. Vor Ninas innerem Auge erschien das Gesicht des traurigen Mädchens aus dem Auto. Natürlich wollte sie helfen, es zu finden. Auch die anderen Probanden. Sie hatte es sich nur ein wenig anders vorgestellt, und sie mochte es nicht, von diesem Kerl herumkommandiert zu werden. Er hatte kein einziges Mal »bitte« gesagt.

»Okay«, antwortete sie trotzdem.

»Sehr gut. Ich bin übrigens Tim.«

Er lächelte und reichte ihr seine Wohnungsschlüssel.

8

Berlin-Kreuzberg
Samstag, 21:45 Uhr

Wie achtete man darauf, ob man verfolgt wurde?

Während Nina mit dem Smart Richtung Kreuzberg fuhr, schaute sie alle drei Sekunden in den Rückspiegel. Samstagabend war wie immer viel los in der Stadt. Besonders die Taxis hatten Hochbetrieb. Im Dunkeln sah Nina nur die Scheinwerfer der anderen Autos. Marken oder Kennzeichen konnte sie nicht erkennen. Die meisten Scheinwerfer bogen irgendwann ab oder überholten. Das beruhigte sie nur halb. Würde jemand sie mit etwas Abstand verfolgen, hatte sie keine Chance, es zu bemerken. Sie dachte darüber nach, verschlungene Umwege zu fahren, doch die Zeit drängte. Der Killer war zwar am frühen Abend noch in München gewesen, also war zumindest das Kind in Berlin sicher, aber es gab keine Garantie, dass eins der anderen Opfer nicht in seiner Nähe lebte und noch heute ins Visier geriet. Sie hatten schon viel zu viel Zeit verloren.

Nina fuhr zielstrebig zu der von Tim genannten Adresse. Das Haus lag auf der Ecke der beliebten Bergmannstraße und dem stark befahrenen Mehringdamm. Es wimmelte von Leuten und Autos. Dafür mangelte es an Parkplätzen, selbst für den Smart, den man eigentlich in die kleinste Lücke stopfen konnte. Einer der Gründe, warum sich Nina für das Auto entschieden hatte. Als sie endlich Platz in einer Seitenstraße gefunden hatte, sah Nina, wie hundert Meter hinter ihr ein anderes Fahrzeug in einer Einfahrt stoppte. Als sie ausstieg, stieg dort auch jemand aus. Ein Mann mit einem langen Mantel. Mehr konnte sie aus der Entfernung nicht erkennen. Sie ging los. Er ging auch los. Vor Ninas innerem Auge tauchten die Bilder von Franziska auf. Wie der Wagen sie traf. Wie sie durch die Luft geschleudert wurde. Wie sie vor ihr auf dem Asphalt verblutete. Es war so schnell gegangen. Nina schaute sich immer wieder um. Der Mann folgte ihr in gleichbleibendem Abstand. Sie spürte, wie ihre Knie weich wurden. Sie rannte los. Mit dem Gefühl, dass sie jederzeit eine Kugel oder etwas anderes im Rücken treffen konnte. Als sie sich das nächste Mal umsah, war der Mann verschwunden. Hektisch suchte sie mit ihren Blicken die ganze Straße ab. Nicht zu wissen, wo der Angreifer war, entpuppte sich als noch schlimmer, als ihn im Nacken zu spüren. Sie verfluchte diesen Tim, weil er sie alleine losgeschickt hatte. Doch plötzlich ein Lachen. Der Mann kam mit einer Frau im Arm aus einem Hauseingang. Die beiden turtelten miteinander. Er brachte sie zu seinem Auto in der Einfahrt, dann fuhr das Paar davon.

Nina atmete tief durch. Es war zu viel verlangt. Eigentlich hatte sie noch nicht einmal verarbeitet, was Franziska zugestoßen war. Für einen Moment überlegte sie, ob sie nicht einfach nach Hause fahren sollte. Ihr Vater wartete auf sie. Sie trug immer noch ihre Laufsachen und darüber eine Jacke, die Tim von einer Kollegin geliehen hatte, damit man die Blutflecken nicht sah. Sie sehnte sich nach einer Dusche.

9

Berlin-Wilmersdorf
21:50 Uhr

Tim konnte es selbst kaum glauben, aber zum ersten Mal schrieb er gerne einen Bericht. Denn er fälschte ihn. Der Bericht sollte den Maulwurf glauben lassen, dass die Ermittler vollkommen im Dunkeln tappten. Seit der Adler ihm die verdeckte Operation aufgetragen hatte, spürte Tim dieses ganz besondere Kribbeln. Es ging um etwas. Natürlich waren auch Ermittlungen nach einem Mord wichtig und spannend, aber dabei war das Verbrechen bereits geschehen, und es galt ein Puzzle zu lösen. Doch in diesem Fall konnten und mussten sie Menschen retten. Tim liebte die Herausforderung. Endlich war mal richtig was los. Diesmal flogen seine Finger nur so über die Tastatur.

Im üblichen Polizeijargon führte er in seinem Bericht aus, dass es vor dem Gebäude einen Autounfall mit Todesfolge gegeben hatte und dass der Fahrer des Wagens geflüchtet war. Sie ermittelten zwar »in alle Richtungen«, aber im Grunde ging er als zuständiger Kriminalist davon aus, dass es sich um eine der leider immer wieder vorkommenden Fahrerfluchten handelte. Jemand war in einem Wohngebiet mit überhöhter Geschwindigkeit gefahren, hatte eine Frau übersehen, die im Dunkeln über die Straße gelaufen war. Der Schock oder die Notwendigkeit, den eigenen Alkoholkonsum zu vertuschen, hatte den Fahrer auf das Gas anstatt auf die Bremse treten lassen. Niemand hatte ihn gesehen oder gar das Kennzeichen seines Fahrzeugs.

»Sag mal, und diese Tote in München?«

Tim hatte nicht mitbekommen, dass Henk in ihr gemeinsames Büro gekommen war. Eigentlich hatte der Adler ihn zurück zu den Ermittlungen geschickt, die Ingo und Frank rund um die Berliner Leiche vom Nachmittag anstellten. Doch dort war die Sachlage sehr viel einfacher als in Tims Fall, denn es gab einen betrogenen Ehemann. Henk stellte Tim einen Becher mit dampfendem Kaffee hin. Sich selbst hatte er auch einen mitgebracht.

»In den Wäldern um München ist keine Leiche gefunden worden«, erklärte Tim schulterzuckend. »Schien mir eh alles abenteuerlich, was die Frau da erzählt hat. Auch schon die Sache mit dem Mann in den Bergen.«

»Und ihre Aufzeichnungen?«, hakte Henk nach.

Tim fluchte innerlich. Er hatte vergessen, dass die Aufzeichnungen, welche den zweiten Mord zeigten, in seinem Telefonat mit der Frau erwähnt worden waren. Henk hatte das Gespräch zumindest auf Tims Seite mitgehört.

»Aufzeichnungen?«, fragte Tim, um Zeit zu gewinnen.

»Hat sie nicht gesagt, sie hätte diese merkwürdigen Morde aufgezeichnet?«

»Äh, ja, aber … Wir haben nichts gefunden. Auf ihrem Handy war nichts.«

Dass die Mörder den Laptop der Toten von der Straße aufgelesen hatten, wusste nur Tim. Er musste trotzdem unbedingt noch etwas über die angeblichen Aufzeichnungen in den Bericht schreiben.

»Na ja, du, aber irgendwie …«, setzte Henk an. »Ist doch nicht auszuschließen, dass sie wirklich was wusste und dass das da draußen doch kein Unfall war. Oder seh ich Gespenster?«

Henk stand mit seinem Becher vor Tim und sah ihn mit dem naiven Blick an, den er manchmal bei Befragungen benutzte, um sein Gegenüber in Sicherheit zu wiegen. Verhörte Henk Tim? Hatte er etwas mit dem Maulwurf zu tun?

»Aber Henk, wie soll die denn jemand hier finden? Wusste doch keiner, dass sie zu uns kommen würde.«

»Und wenn der Wagen denen gefolgt ist?«

Henk ging zu seinem Platz und setzte sich.

»Und der wartet, bis sie vor dem LKA ankommt, um sie ausgerechnet dann zu überfahren? Schon ein bisschen abenteuerlich, oder?«

Henk musterte Tim etwas länger als üblich.

»Komisch, heute Nachmittag hatte ich das Gefühl, du brennst darauf, dass das mit diesem Toten in den Bergen ein Fall wird.«

»Ja, heute Nachmittag. Aber jetzt … jetzt will ich in den Feierabend. Ich bin müde.«

Er lächelte und versuchte es mit einem Gähnen. Es war gar nicht so leicht, so etwas zu spielen. Besonders glaubwürdig war es für einen Samstagabend auch nicht.

Allmählich beschlich ihn das ungute Gefühl, dass Henk längst durchschaute, was los war. Tim konnte nur hoffen, dass die Fragen seines Kollegen lediglich professionelle Neugierde waren – der in ihnen allen verwurzelte Reflex, einen Fall lösen zu wollen. So spannend die Sache mit dem Maulwurf auch war: Tim wollte nicht ausgerechnet Henk auf der falschen Seite wissen.

»Und die Zeugin?«, fragte sein Kollege.

»Eine Nachbarin. Sie hat das Opfer nur hergefahren und keine Ahnung von irgendetwas.«

Er hatte sich aus dem Melderegister den Namen einer tatsächlichen Nachbarin der Toten gesucht, den er in den Bericht geschrieben hatte. Nur der Adler und er wussten, dass die Zeugin in Wirklichkeit Nina Kreuzer hieß. Beim Gedanken an sie musste Tim schmunzeln. Die nichtsahnende Zeugin hatte sie beim Abschied deutlich besser gespielt als er gerade eben seine Müdigkeit. Sie war eine kluge und engagierte Frau. Er war froh, dass sie ihnen half.

Henk wollte noch etwas entgegnen, doch in diesem Augenblick erschien der Adler in der Bürotür. Wortlos schaute er Tim an. Mehr brauchte es beim Adler nie, damit man wusste, was zu tun war. Tim stand auf und folgte seinem Chef auf den Flur. Dort war es wieder etwas ruhiger geworden. Neben dem Wasserspender stoppte der Adler.

»Ich hab das mit der Fahrerflucht jetzt auch nach oben und an die Einsatzzentrale weitergegeben«, erklärte er leise. »Es wird nach dem Wagen gesucht. Mehr passiert nicht.«

»Sehr gut«, antwortete Tim freudig.

»Ja, aber … Das können wir nicht lange durchhalten. Und wenn irgendwas schiefgeht, wenn noch mehr Tote auftauchen oder jemand Wind von unserer kleinen Sondereinheit bekommt, dann dampft die Kacke. Wir brauchen in den nächsten vierundzwanzig Stunden Ergebnisse.«

»Werden wir haben«, stellte Tim selbstbewusst fest und grinste.

Der Adler fixierte Tim. Der Mann war nie ein Ausbund an Fröhlichkeit gewesen, doch so ernst hatte Tim ihn noch nicht erlebt – dabei kannten sie sich schon eine halbe Ewigkeit.

»Tim, das ist kein Spiel«, sagte der Adler scharf. »Wenn du diesmal einen Fehler machst, zu schnell vorpreschst, ist nicht nur ein Kollege sauer. Dann ist jemand tot. Wenn du Pech hast, du selbst.«

Tim bereute sein Grinsen. Er wurde ebenfalls ernster und legte dem Adler seine Hand auf den Arm.

»Das ist mir klar. Ich hab alles im Griff. Okay?«

Noch einen Moment lang musste Tim dem harten Blick des Adlers standhalten. Dann nickte sein Chef.

»Pass einfach nur auf dich und die anderen auf«, sagte er deutlich weicher.

Tim lächelte und nickte ebenfalls. Das würde er tun.

10

Berlin-Kreuzberg
22:00 Uhr

Nina war vor der Haustür in der Bergmannstraße angelangt. Auf der obersten Klingel stand der Name Börde. Der kleine Moment der Schwäche war überwunden. Dafür brauchte Nina nicht einmal an das unschuldige Mädchen zu denken. Sie würde sich auch zu Hause nicht ausruhen können, wenn sie nicht wusste, was hier gespielt wurde. Was Christoph gemeinsam mit diesem unsäglichen Ruby angestellt hatte.

Die Haustür schloss nicht richtig, sie ließ sich einfach aufdrücken. Mit einem Kommissar im Haus schienen die Leute sich sicher zu fühlen. Es gab keinen Aufzug, also mühte sich Nina die fünf Etagen durch das nach Linoleum riechende Treppenhaus nach oben. Als sie die Wohnungstür aufschloss, kam sie sich für einen Moment wie ein Einbrecher vor. Sie wunderte sich, dass der Polizist ihr vertraut hatte. Schließlich wusste er nicht viel über sie. Im Grunde konnte sie ja durchaus mit den Leuten von GEM unter einer Decke stecken. Sie war nicht sicher, ob ihr diese Art von Naivität gefiel. Sie ging in die Wohnung des Polizisten, schaltete das Licht an und schloss die Tür hinter sich.

Sie befand sich in einem ausgebauten Dachgeschoss, dessen Schrägen an manchen Stellen bis zum Boden reichten. Von der Eingangstür aus führte in die eine Richtung ein kleiner Flur zu zwei Zimmern und einem Bad, dessen Tür offen stand. In der anderen Richtung sah man das sehr große Wohn- und Esszimmer, das nahtlos in eine offene Küche überging. Sie hatte den Polizisten Tim falsch eingeschätzt und eine karge oder chaotische Wohnung erwartet. Doch neben gemütlichen Möbelstücken im Wohnbereich mit viel Holz und Stoff fiel besonders die moderne und gut ausgestattete Küche auf. Über einer Kochinsel mit großem Herd hingen an der Abzugshaube alle möglichen Küchenutensilien. Dahinter thronte ein doppeltüriger Kühlschrank. Der Mann kochte und aß gerne. Das zeigte auch der massive Esstisch, an dem locker zehn Menschen Platz finden konnten. Eins passte zu ihren Erwartungen: Der Fernseher war deutlich größer als das Bücherregal, auf dem sich aber immerhin ein schönes Familienfoto befand. Die beiden Frauen auf dem Bild rechts und links von Tim konnten nicht verbergen, dass sie seine Mutter und große Schwester waren – das identische Lächeln verriet sie.

Nina dachte kurz darüber nach, die anderen Zimmer zu inspizieren. Aber das ließ schon allein die Zeit nicht zu.

Sie zog die fremde Jacke aus und setzte sich mit ihrem Handy an den Tisch. Sofort machte sie dort weiter, wo sie im Revier aufgehört hatte. Sie ließ eine Internetseite mit Zitaten von Saint-Exupéry geöffnet und gab deren Anfangsbuchstaben in eine zweite Browserseite ein. Nichts davon passte. Als sie bereits bei absurd langen Zitaten angelangt war, hörte sie ein Rumpeln im Treppenhaus. Vor Schreck ließ sie fast ihr Handy fallen. Es klopfte an der Wohnungstür.

»Hallo?«, hörte sie eine junge Stimme. »Kemal hier.«

Nina stand auf und huschte zur Tür. Klang das nicht viel zu jung für den angekündigten Kollegen?

»Man sieht nur mit dem Herzen gut, das Wesentliche ist für das Auge unsichtbar«, sagte der Mann lustlos hinter der Tür.

Nina atmete durch. Das war das Passwort, das sie mit Tim vereinbart hatte. Etwas anderes war ihr auf die Schnelle nicht eingefallen. Sie hatte immer noch das Gefühl, dass dieses Zitat gemeint sein musste. Sie öffnete die Tür. Draußen stand ein junger Mann mit Brille und kurzen, schwarzen Haaren. Er wirkte nicht älter als Mitte zwanzig, trug Jeans und eine zu große Winterjacke. Neben ihm standen zwei gepolsterte schwarze Koffer, wie man sie von Filmdreharbeiten oder Konzerten kannte. Dem Schweiß auf Kemals Stirn nach zu urteilen hatte er sie die Treppen des Altbaus hinaufgeschleppt.

»Hi«, sagte er und schnappte nach Luft. »Wo soll ich hin?«

Als er das Blut auf ihrem Jogginganzug entdeckte, runzelte er die Stirn. Er sagte nichts dazu.

»Hi. Ich bin Nina. Zum Tisch vielleicht?«

Er nickte und trug die Koffer an Nina vorbei zu dem großen Esstisch. Dort begann er sofort, den Inhalt auszupacken und aufzubauen. Er hatte mehrere Bildschirme, Festplatten und Tastaturen dabei. Dazu noch einige Geräte, die Nina nicht auf Anhieb identifizieren konnte. An einem USB-Stick hing eine blaue Glasperle, die Nina als Nazar erkannte. In jedem türkischen oder arabischen Imbiss fand man die größeren Varianten davon. Amulette, die laut orientalischem Volksglauben gegen den »bösen Blick« schützen sollten. Nina fand das an diesem Abend äußerst passend.

»Du bist auch bei der Mordkommission?«, fragte Kemal, während er routiniert Kabel verlegte.

»Äh, nee«, antwortete Nina überrumpelt. »Ich bin Ärztin.«

»Bei der Pathologie?«

»Nein, ich bin Augenärztin im Virchow-Klinikum.«

Kemal verharrte mit einem WLAN-Router in der Hand. Mit der anderen Hand schob er die Brille weiter hoch auf seine Nase.

»Eine Zivilistin?«

Sie nickte. Das überraschte ihn.

»Die lassen Sie mitarbeiten?«

»Ich glaube, sie hatten keine Wahl. Ich bin die einzige Zeugin.«

Kemal zuckte mit den Schultern. Er nahm es hin und baute weiter seine Sachen auf.

»Ich soll Ihnen helfen, irgendwelche Streams im Internet zu finden?«, fragte er.

Nina nickte.

»Hat man Ihnen noch mehr gesagt?«, hakte sie nach.

»Nur, dass das hier geheim ist, aber so richtig. Dass

es um Morde geht. Klar. Und dass wir auf den Streams irgendwelche Leute identifizieren sollen. Tim sagte, Sie könnten mir das alles besser erklären.«

Nina musste schmunzeln. Es überraschte sie nicht, dass Tim den schwierigen Part auf sie abgeschoben hatte. Wahrscheinlich glaubte er selbst nach wie vor nicht, was sie ihm über die Sache mit den Sehnerven erzählt hatte. Also wiederholte sie ihren Bericht für Kemal. Der war zwar im ersten Moment ebenfalls skeptisch, aber als technisch interessierter Mensch und Leser von Science-Fiction-Romanen sprang er schneller auf die Geschichte von dem Blick durch fremde Augen an. Er interessierte sich insbesondere für die Funktionsweise der Datenübertragung und lauschte konzentrierte jedem Wort, das Nina von Franziskas Bericht wiedergeben konnte. Ähnlich wie diese wirkte er eher angetan von der technischen Neuerung, als dass ihn die Gefahr der totalen Überwachung oder das Ende der Privatsphäre beunruhigten. Als sie fertig war, klatschte er in die Hände und sagte: »Cool! Also los!«

Nina hatte während ihres Berichts nicht mitbekommen, dass er die Computeranlagen bereits zum Laufen gebracht hatte. Auf dem Esstisch standen nun ein großer und zwei kleine Bildschirme. Auf dem großen war ein Internetbrowser zu sehen. Kemal wusste bereits von der Sache mit dem Zitat und den Anfangsbuchstaben. Auch wie sich die restliche Internetadresse zusammensetzte. Mit flinken Fingern tippte er eine erste Variante ein, ohne dass Nina etwas gesagt hatte. Aber es war eine der Varianten, mit denen auch sie schon gescheitert war.

»Verstehe. Nehmen Sie sich doch eine Tastatur und versuchen Sie's parallel dort.«

Er deutete auf einen der anderen Monitore. Gleichzeitig hatte er auf dem dritten Monitor eine Website mit Zitaten aufgerufen. Der Junge war schnell. Das gelegentliche Hochschieben seiner Brille ließ ihn zwar etwas unbeholfen wirken, aber Nina fühlte sich mit ihm an ihrer Seite der Aufgabe gewachsen.

»Woher kennen Sie Tim?«, fragte sie, während beide die unmöglichsten Buchstabenkombinationen durchprobierten.

»Sie wollen wissen, wieso er gerade mir vertraut?«

Dumm war er auch nicht. Sie nickte.

»Er würde wahrscheinlich sagen: Bauchgefühl.«

Kemal schmunzelte.

»Nee, im Ernst. Mein Bruder ist sein bester Kumpel. Tim kannte mich schon als Baby. Er hat mich davor bewahrt, Jura studieren zu müssen. Wie meine Mutter es wollte. Die mag Computer nicht.«

Er grinste schief – ohne Nina anzuschauen.

»Aber Polizei, das war was Seriöses.«

Er lachte, als ob es das nicht wirklich war. Dann vertiefte er sich in das nächste Zitat von Saint-Exupéry. Er hatte sogar eine Version von *Der kleine Prinz* auf einem Tablet geöffnet. Sie probierten es mit Sätzen aus dem Buch. Sie versuchten ebenfalls englische Varianten sowie die französischen Originalzitate. Nichts davon funktionierte, und es wurde immer willkürlicher. Zwischendurch klingelte Ninas Handy. Das Display zeigte ihren Vater an. Als sie aus dem LKA-Gebäude gekommen war, hatte sie ihn kurz angerufen und gesagt, dass sie nicht wusste, wann sie nach Hause kommen würde und dass er schon mal essen sollte. Sie hatte keine Zeit gehabt, ihm mehr zu erklären. Sie hätte nicht einmal gewusst, was. Aber wenn sie weiter so erfolglos waren, würde sie schneller wieder zu Hause sein als zunächst angenommen. Noch während sie das dachte, wurde sie wütend. Es konnte doch nicht so schwer sein.

»Es muss das Zitat mit den Augen sein«, sagte Nina. »Das passt zu dem Projekt. Das passt zu Christoph. Es ist das Bekannteste. Wir machen irgendetwas falsch.«

»Ich hab schon groß, klein, vorwärts, rückwärts, Anfangsbuchstabe, Endbuchstabe … Was können wir noch machen?«

Blitzschnell hatte er die Anfangsbuchstaben noch einmal ergänzt. Der Cursor blinkte in der Eingabezeile des Browsers vor ihnen.

»Sie sind sicher, dass es nur foryoureyesonly.de, Slash und dann die Buchstaben des Zitats sein soll?«

»Das hat sie so gesagt. Ja.«

Plötzlich schaute er sie an.

»Es sind acht Streams?«

Sie nickte.

»Die waren alle auf einer Seite?«

Nina zuckte mit den Schultern.

»So sah es auf ihrem Bildschirm aus.«

Kemal wandte sich wieder seiner Tastatur zu und ergänzte am Ende der Buchstabenfolge eine Eins. Die Seite gab es nicht. Dann fügte er einen Strich hinzu und eine Eins. Die Seite wurde weiß, und es erschien die Aufforderung, ein Passwort einzugeben. Kemals schwarze Augenbrauen schossen in die Höhe. Es war das erste Mal, dass keine Fehlermeldung kam.

»Es gibt einen Passwortschutz?«

»Davon weiß ich nichts. Es lief, als Franziska kam. Aber … aber das muss es sein.«

Hoffnung keimte in Nina auf. Kemal probierte bereits den Namen der Seite als Passwort aus. Es funktionierte nicht. Aber man konnte weitere Passwörter eingeben.

»Kein guter Schutz«, murmelte er.

Nina konnte ihm bei dem, was er nun auf den diversen Bildschirmen veranstaltete, kaum folgen. Nach kürzester Zeit wurden automatisch zahllose Passwörter in dem Eingabefeld ausprobiert. Kemal lehnte sich zurück und schaute Nina an. Sie sah die Hoffnung in seinem Gesicht.

»Kann einige Minuten dauern.«

»Okay, okay. Gut.«

Sie sah auf dem Display des Computers, dass es fast 11 Uhr abends war. Wahrscheinlich wollte ihr Vater ins Bett gehen und hatte deswegen angerufen. Er mochte es nicht, wenn er nicht wusste, wo sie steckte. Seit Mama gestorben war, hatte er nicht mehr viel in seinem Leben außer ihr. Sie nahm das Handy und rief ihn zurück.

»Ich muss kurz mit meinem Vater …«, sagte sie und stand auf.

»Klar«, sagte Kemal und wartete weiter.

»Ja?«, hörte Nina die Stimme ihres Vaters, während sie durch Tims Wohnzimmer streifte.

»Papa, sorry, mir ist jetzt echt was dazwischengekommen. Das kann die ganze Nacht dauern.«

»Arbeitest du?«

Sie log ihn nicht gerne an, aber das war für den Moment keine schlechte Ausrede.

»Mhm, ja, eine Schicht für einen Kollegen.«

»Aber nicht für diese Franziska. Die mochtest du nicht, oder?«

Nach dem, was Franziska zugestoßen war, kam es Nina kleinlich vor, wie sie sich am Abend der jungen Frau gegenüber verhalten hatte. Egal, was früher einmal geschehen war. Sie hatte ihr sogar noch ein schlechtes Gewissen wegen der Toten gemacht.

»Sie war okay«, hörte sie sich sagen.

»War?«

»Ich meine, sie ist okay. Du, Papa, ich muss los. Schlaf gut.«

»Ich bin hellwach.«

Er hatte am Morgen lange geschlafen. Ohne das Tageslicht wahrzunehmen, war es für ihn manchmal schwierig, in den richtigen Schlafrhythmus zu kommen.

»Dann guck doch noch einen Film. Du, ich muss jetzt wirklich.«

Er seufzte. Immer dieser Seufzer.

»Pass auf dich auf«, sagte ihr Vater.

»Bis morgen, Papa.«

Sie drückte das Gespräch weg und stellte die Legofigur zurück. Sie hatte gar nicht gemerkt, dass sie sie aus einem Regal genommen und damit gespielt hatte. Bei genauerer Betrachtung erkannte sie Han Solo aus *Krieg der Sterne*. Er stand neben einem aus Legosteinen zusammengebauten Raumschiff. Davon gab es gleich mehrere in dem Regal.

Hatte Tim Kinder, oder waren das Spuren seines inneren Kindes?

»Ich dachte, Ihr Vater ist blind?«, hörte sie Kemal.

Er hatte natürlich das Telefonat mitgehört. Bei ihrem Bericht über MyView hatte sie kurz ihren Vater erwähnt.

»Es gibt Filme mit Audio-Beschreibungen für Blinde. Mein Vater liebt Filme. Er war früher Kameramann.«

»Oh, dann ist aber blind werden doppelt blöd«, entfuhr es Kemal spontan.

»Ich weiß«, sagte Nina mit all der Last, die sie bei diesem Thema verspürte.

Kemal wirkte betroffen. Die Bemerkung tat ihm leid. Doch in dem Moment sah Nina, dass das Programm mit der Passwortsuche gestoppt hatte.

»Ein Treffer«, rief sie.

Kemal riss den Kopf herum. Sie sahen beide das auf einer leeren Seite eingebettete Fenster eines Streams. Obwohl der Stream nur ein schwarzes Bild zeigte, rannte Nina sofort zum Esstisch.

»Der erste Stream war immer schwarz«, erklärte sie. »Wahrscheinlich ist die Person schon tot.«

Kemal setzte sich in seinem Stuhl aufrecht hin. Er änderte die Zahl in der Internetadresse auf eine Zwei. Wieder eine Passworteingabe. Kemal probierte die gerade gefundene Buchstabenkombination. Ein weiterer Stream erschien. Dasselbe Bild wie zuvor: ein schwarzer Stream. Kemal ballte triumphierend die Faust. Er änderte die Zahl auf eine Drei, gab wieder das Passwort ein, und plötzlich zeigte der Stream bewegte Bilder. Sehr grobe Pixel, keine Farbe. Aber es war eindeutig ein großer Fernseher zu erkennen, auf dem jemand ein Fußball-Game spielte.

»Das ist es«, stieß Nina ehrfürchtig hervor.

Sie hatte denselben dunklen Raum gemeinsam mit Franziska gesehen. Dieselben Hände, die nun die Steuerung einer Spielekonsole hielten.

»Machen Sie die anderen auf, schnell!«

Kemal schob das Fenster mit dem Game zur Seite und öffnete weitere, in die er blitzschnell die Internetadresse kopierte, aber die Zahlen am Ende variierte. Die Passwortabfragen überwand er in Bruchteilen einer Sekunde. Ein Stream nach dem anderen erschien. Die vier war wie am Nachmittag schwarz – der Tote in den Bergen. Dann kam die fünf. Sie war auch schwarz.

»Nein!«, entfuhr es Nina.

Kemal stockte kurz, hielt die Luft an und klickte weiter. Auch die sechs war schwarz, auf der sieben hatten sie die Frau im Wald sterben sehen, und die acht, das kleine Mädchen … Als ein weiteres schwarzes Bild erschien, wurde es Nina schlecht. Sie schloss die Augen. Das durfte nicht sein.

»Wir sind zu spät«, hauchte sie.

Erst als ihr die Luft wegblieb und ihr ganzer Körper sich verkrampfte, merkte Nina, wie wichtig ihr dieses Mädchen in der kurzen Zeit geworden war. Furchtbare Bilder tauchten vor ihrem inneren Auge auf: Das Mädchen flog durch die Luft wie Franziska, knallte mit dem Kopf auf den Boden. Blut quoll heraus. Ein Schuss in ihr Auge. Blut überall.

»Irgendwas ist mit denen anders«, hörte Nina Kemals Stimme.

Sie öffnete die Augen und sah, dass er auf die Streams fünf, sechs und acht deutete. Tatsächlich war das Schwarz ein anderes als bei den anderen Streams. Heller, mit Flecken durchsetzt. Besonders beim letzten Stream konnte man kleine Punkte sehen, sogar einen Strich. Plötzlich bewegte sich der Strich. Nina zuckte zusammen. Dann verstand sie. Sie musste über ihre eigene Dummheit lachen.

»Die schlafen«, rief sie freudig. »Die haben die Augen geschlossen. Na klar.«

Kemal atmete tief durch.

»Allah!«, stieß er erleichtert hervor.

Nina ließ sich erschöpft auf den Stuhl neben ihn fallen, ohne ihren Blick vom Monitor zu nehmen. Der Strich bei dem Mädchen bewegte sich erneut. Er zeichnete sich durch ihre geschlossenen Augen auf der Netzhaut ab. Sie sahen also etwas, was das Mädchen selbst im Schlaf gar nicht sehen konnte, denn sie träumte. Die Sehnerven funktionierten trotzdem. Eine spannende wissenschaftliche Erkenntnis, die Nina jenes Kribbeln spüren ließ, das sie von damals kannte, wenn sie bei der Forschung einen kleinen Durchbruch erzielt hatten. Doch sie forschten nicht. Sie versuchten, das Kind und die anderen zu retten. Nina konzentrierte sich auf die Streams. Das Mädchen schlief unruhig. Der Strich stammte von einem Nachtlicht oder einer geöffneten Tür, durch die Licht in ihr Zimmer fiel. Bei den beiden Erwachsenen war es dunkler im Raum. Aber nach einer Weile sah man auch dort eine leichte Bewegung der kaum sichtbaren Punkte.

»Wir haben's«, verkündete Kemal stolz am Handy, das er sofort gezückt hatte. »Vier Leute. Sie leben alle noch.«

Noch. So wichtig dieser Schritt auch gewesen war und so erleichternd die Lebenszeichen – Nina wusste, dass die eigentliche Arbeit nun erst begann. Sie mussten diese Leute finden, bevor der Killer es tat.

11

München
Samstag, 23:15 Uhr

Auf dem Campingplatz im Norden von München herrschte friedliche Ruhe. Anfang Dezember waren Campingplätze nie besonders gut besucht. Die meisten hatten nicht einmal geöffnet. Ole besaß einen Plan mit allen Plätzen, die ganzjährig Unterstellmöglichkeiten für sein Wohnmobil boten. Sein ganzer Stolz gab hinter ihm ein leises Brummen von sich, während er auf dem Platz davor in der kalten Nacht ein Malzbier aus der Flasche trank. Er hatte in der maximal möglichen Entfernung zu den wenigen anderen Wohnmobilen oder Wohnwagen geparkt, sodass deren Bewohner das Brummen bestimmt nicht hören konnten. Und wenn doch, dann würden sie sicher eine Heizung oder Ähnliches dahinter vermuten. Was in gewisser Hinsicht ja auch stimmte. In zwei anderen Wagen brannte noch Licht. Es waren keine Urlauber, sondern wahrscheinlich Handelsvertreter oder Wanderarbeiter. Leute, die beruflich das Wohnmobil nutzten. Wie er.

Ole trank den letzten Schluck Malzbier und stieg

zurück in das sieben Meter lange, weiße Fahrzeug. Es war ein sogenanntes Alkovenmobil, das über der Fahrerkabine Platz für ein Doppelbett hatte. Zwei weitere Personen konnten im hinteren Teil auf einem geräumigen Doppelbett schlafen. Genügend Platz für Ole und seine Familie, wenn sie im Sommer damit durch die Welt fuhren. Er hatte den Wagen bereits vor zehn Jahren gekauft und seitdem in seiner kleinen Werkstatt immer weiter verbessert. Von außen wirkte er wie jedes andere Wohnmobil. Ole hatte Wert darauf gelegt, dass es nicht aus der Masse herausstach, über keine einprägsamen Ausstattungsmerkmale verfügte. Außen. Innen sah das anders aus. Als er die Tür hinter sich schloss, war das Brummen deutlicher zu vernehmen. Er hatte zwei Jahre gebraucht, um die Lautstärke so weit zu senken. Nun störte es ihn nicht einmal mehr beim Schlafen. Er schlief vorne. Bei seinen beruflichen Fahrten verzichtete er auf das hintere Bett. Dort deckte ein massives Brett den darunter befindlichen Hohlraum ab, in dem in den Ferien die Koffer und Fahrräder verstaut werden konnten. Jetzt befand sich dort ein fast zwei Meter breiter Edelstahltank. Genauer gesagt waren es zwei Tanks, ein etwas kleinerer in einem größeren. In dem Außentank wurde Wasser erhitzt – daher rührte das Brummen. Im Innentank befand sich eine Natronlauge. Und an Tagen wie diesem auch eine Leiche. Da die Frau eher zart gewesen war, hatte sogar noch ihr Hund mit hineingepasst.

Ole ließ den Deckel über dem Hohlraum ein Stück hochfahren und überprüfte die Messinstrumente. Alle Werte waren, wie sie sein sollten. Am nächsten Morgen würde von Hund und Frauchen nur noch eine braune Brühe übrig sein. Bei großen Menschen blieb manchmal ein Stück Knochen übrig, meistens vom Oberschenkel. Aber da hatte Ole bei der Frau wenig Sorgen. Auch Goldzähne hatte sie keine gehabt, und ein Herzschrittmacher würde ihn überraschen. Selbst wenn: Solche Reste vergrub er getrennt voneinander irgendwo im Wald. Die sämige Flüssigkeit dagegen würde er am Morgen an der Entsorgungsstation des Campingplatzes durch den Abwasserschlauch in die Kanalisation leiten. Eine umweltfreundliche Methode. Eine völlig unauffällige noch dazu. Manchmal unterhielt er sich dabei sogar mit anderen Campern, die auf ihren Platz an der Station warteten.

Um das Wohnmobil so auszustatten, noch dazu mit einem hermetisch verschlossenen Tank und leichten Umbaumöglichkeiten für die Reisezeiten, hatte Ole ziemlich tüfteln müssen. Er hatte keine Ausbildung als Ingenieur oder Schlosser. Er hatte überhaupt keine Ausbildung. Aber er war immer schon ein Erfinder gewesen und hatte sich über die Jahre alles Notwendige angeeignet. Durch seine Arbeit hatte er genügend Geld verdient, um die alte Scheune neben dem Haus der Familie zu einer Werkstatt auszubauen. Dadurch war es auch für Nadine und das Finanzamt glaubwürdiger, dass er mit Umbauten und Reparaturen von Wohnmobilen sein Geld verdiente.

Beim Gedanken an Nadine schaute Ole auf die Uhr. Es war noch nicht Mitternacht. Sie war bestimmt noch wach und wartete auf seinen Anruf. Also nahm er sein Handy heraus und rief sie über Facetime an. Schon nach wenigen Sekunden erschien auf dem Display die Frau, die für Ole sein Leben bedeutete. Sie war dreiunddreißig, fast genau zehn Jahre jünger als er. Aber sie sah trotz der beiden Geburten immer noch aus wie ein großes Mädchen. Strahlend blaue Augen, lange blonde Haare, weibliche Formen, die man sogar in ihrem Fernseh-Jogginganzug gut erkennen konnte. Für Ole war sie die schönste Frau der Welt.

»Hallo, Süßer«, rief Nadine freudig.

»Na?«, brummte er ins Handy. »Noch nicht geschlafen?«

»Quatsch«, sagte sie mit ihrem unverwechselbaren Lachen. »Hab noch Fernsehen geschaut. Läuft doch *Supertalent.*«

Nadine liebte Castingshows. Sie hatte sich selbst für einige beworben, und Ole verstand beim besten Willen nicht, warum sie nie angenommen wurde. Sie konnte sogar singen. Manche sagten, sie sei zu klein. Aber was hatte die Größe mit Singen zu tun?

»Kommst du jetzt erst von der Arbeit?«, fragte sie.

»War noch mit dem Kunden essen. Kennst du doch. Man muss sich einschleimen, bis die mal was kaufen.«

»Und wie sieht es aus?«

»Sehr gut! Ein Großauftrag. Gleich acht Spezialeinbauten. Danach brauche ich jahrelang nichts mehr zu verkaufen.«

»Nicht übermütig werden«, antwortete sie lachend. »Wir haben doch große Pläne!«

Nadine konnte nie genug bekommen. Dabei stimmte es, was Ole sagte. Nach diesem Auftrag würde er nie wieder arbeiten müssen. Acht Jobs, noch dazu in recht kurzer Zeit. Eigentlich hatte Ole dem Auftraggeber eine absurde Summe genannt, weil er mittlerweile von seinen tatsächlichen Umbauten von Wohnmobilen einiger ausgewählter Kunden (und dem Ersparten) ganz gut leben konnte. Aber der Mann hatte keine Sekunde lang gezögert, der Bezahlung zuzustimmen. Mit dem Geld konnten sie Nadines Traum wahr machen und ein Jahr lang in Kalifornien leben. Vielleicht auch für immer. Wenn sie das mit der Schule der Kinder hinbekommen würden.

»Zeig mir die Mädchen«, sagte er zu Nadine.

Sie stand vom Sofa im Wohnzimmer auf. Ole sah kurz den Fernseher und das große Fenster, aus dem sie bei Tageslicht über die Felder bis hinunter ins Tal blicken konnten. Die Siedlung hieß nicht umsonst »Schöne Aussicht«. Ein kleiner Ort im Bergischen Land, der offiziell zu Leverkusen gehörte. Die Stadt, in der Nadine aufgewachsen war. Ole war liebend gerne zu ihr gezogen, denn in seiner Heimat Hamburg hatte ihn nichts gehalten. Nach ein paar Jahren hatten sie das Haus gekauft, die Kinder waren geboren worden. Er liebte das Haus. Für Kalifornien würde er es verlassen. Nein, nicht für Kalifornien. Für Nadine und ihren Traum vom Haus am Meer.

Oles Frau stieg die Stufen in den ersten Stock hinauf und schlich leise in das Zimmer von Jana. Seine Große schlief friedlich. Die Zehnjährige war mindestens genauso eine Schönheit wie ihre Mutter. Bei den dunkleren Haaren und den braunen Augen hatten sich Oles Gene durchgesetzt, aber ansonsten glücklicherweise nicht. Ihre feinen Gesichtszüge waren identisch mit denen von Nadine. Seine Frau drehte das Handy um und lächelte entzückt in die Kamera. Dann machte sie sich auf den Weg zu Finja. Doch noch während sie auf dem Flur unterwegs war, hörte Ole ein Piepsen aus dem Handy. Jemand rief ihn an. Das passte ihm gar nicht.

»Scheiße«, zischte er. »Beeil dich. Ein Anruf.«

»Willst du nicht erst drangehen?«, flüsterte Nadine.

»Mach!«

»Sei nicht so garstig!«

Nadine schaute ihn kritisch an. Ole hasste es, wenn sie das tat. Aber er sagte nichts. Er wollte Finja sehen. Schließlich kam Nadine zu dem kleinen Blondschopf. Oles Tochter hatte mal wieder ihre Bettdecke weggetreten und lag quer im Bett. Das hatte sie schon immer gemacht. Ole musste lächeln, aber wegen des Piepsens konnte er den Moment nicht genießen.

»Deck sie zu!«

»Das musst du mir nicht sagen«, kam es von Nadine gereizt zurück. »Ich bin ihre Mutter.«

»Ich muss auflegen. Schlaf gut.«

»Ole!«

Er drückte das Gespräch weg. Für Nadines Empfindlichkeiten hatte Ole jetzt keinen Nerv. Er würde ihr von der Dienstreise ein teures Geschenk mitbringen, dann war alles wieder gut. Missmutig schaute er auf sein Display, wo der Name seines Auftraggebers erschien. Kein gutes Zeichen. Anrufe während der heißen Phase waren nie ein gutes Zeichen. Am Abend zuvor hatte er bereits seinen ganzen Ablaufplan auf den Kopf stellen müssen, weil ein Job hatte vorgezogen werden müssen. Ole hoffte, dass es nicht wieder um so etwas ging.

»Ja?«, meldete er sich.

»Habe ich Sie geweckt?«, kam es zurück.

»Nein.«

»Wo sind Sie?«

»In der Nähe von München.«

Ole zog es vor, dass seine Auftraggeber so wenig wie möglich über seine Arbeit wussten. Umgekehrt wollte er nur das Notwendigste über die Zielpersonen wissen. So war es besser für alle, falls mal etwas schiefging.

»Wir müssen das Tempo anziehen«, verkündete sein Auftraggeber.

»Was? Wieso?«

»Die Polizei schaut sich Nummer drei genauer an. Sie hätten ihn verschwinden lassen sollen.«

»Dann hätte ich heute nicht noch eine geschafft. Ich hab's Ihnen gesagt: Das ist sportlich, acht Leute in einer Woche.«

Eigentlich war er ganz zufrieden mit der Lösung in den Bergen gewesen. Die Zielperson hatte es ihm mit dieser einsamen Wandertour am Morgen leichtgemacht. Ole setzte sich auf das Brett über dem Hohlraum mit dem Tank. Seine ganze Konzentration war bei dem Telefonat.

»Haben die eine Spur?«, fragte Ole.

»Nein, sie tappen im Dunkeln. Aber sie sind aufmerksam. Die anderen vier brauchen wir bis morgen Abend.«

»Das geht nicht«, antwortete Ole reflexartig.

»Sie müssen sie nicht alle verschwinden lassen. Hauptsache das Auge ... Sie wissen schon.«

Dieser Auftrag war nicht wie frühere. Die bloße Anzahl der Zielpersonen war schon ungewöhnlich. Aber noch ungewöhnlicher war der Wunsch des Auftraggebers gewesen, dass auf jeden Fall das jeweils rechte Auge aller Personen zerstört werden musste. Allerdings nicht immer auf dieselbe Art. Es sollte nicht auffallen, auf keinen Fall ein Zusammenhang zwischen den Personen herstellbar sein. Deswegen war Ole am Morgen extra noch dem Mann in den Bergen hinterhergeklettert und hatte einen Felsen auf seinen Kopf fallen lassen.

»Das ist trotzdem nicht zu schaffen«, erklärte Ole zunehmend ungehalten.

»Sie bekommen noch einmal fünfzigtausend, wenn Sie es doch schaffen.«

Ole stockte. Woher nahm dieser Kerl so viel Geld? Konnte er darauf vertrauen? Der Mann war ihm durch einen guten Freund aus Hamburger Zeiten vermittelt worden. Ole hatte schon zwei Jobs für ihn erledigt. Vor einigen Jahren. Damals schien es aber um einen Nebenbuhler und das andere Mal um einen Streit gegangen zu sein. Eher persönliche Sachen. Diese Nummer hier hatte eine völlig andere Dimension. Ganz normale Leute aus ganz Deutschland, deren Augen irgendetwas Besonderes an sich hatten. Das roch danach, dass man einen Zusammenhang zwischen diesen Menschen herstellen konnte. Vier von ihnen an einem Tag zu ermorden würde nur noch mehr Aufmerksamkeit auf dic ganze Sache lenken. Ole war stolz darauf, dass er nicht mal einen Punkt in

Flensburg hatte oder dass sonst etwas über ihn bei der Polizei bekannt war.

»Zu riskant«, sagte er.

»Hunderttausend«, kam es aus dem Hörer zurück.

Ole seufzte. Das würde eine kurze Nacht werden.

12

Berlin-Kreuzberg
Samstag, 23:30 Uhr

FIFA 20 hieß das Game, das Nina sich nun schon eine ganze Weile anschaute. Sie hatte sich lange nicht mit Computerspielen beschäftigt und war überrascht, wie realistisch die Simulation des Fußballmatches wirkte. Der Proband vor dem Fernseher war sehr gut darin. Er schoss ein Tor nach dem anderen. Leider tat er sonst nichts, sodass sie in der Frage, wer er war oder wo er sich befand, keinen Schritt weitergekommen waren. Sie hatten lediglich festgestellt, dass er für das kleine und heruntergekommene Zimmer ziemlich teure Technik verwendete. Soweit das bei den groben Pixeln möglich war, hatte Kemal die Marken von Fernseher, Spielekonsole und weiteren Geräten identifiziert. Er schätzte alles zusammen auf einen Wert von mehreren tausend Euro. Vom Rest des Raums erkannte man in der Dunkelheit nur Schatten, wenn der Mann kurz zur Seite blickte. Kemal zeichnete alles auf und konnte in kürzester Zeit auf die letzten Aufnahmen zurückgreifen. Bei den wenigen gelungenen Standbildern hatten sie einen klapprigen Schreibtisch mit einer modernen Computeranlage, ein Regal mit Büchern und DVDs, zwei Spieleposter und eine Menge Pizzakartons ausgemacht. Kein Bett – in der Wohnung mussten sich noch weitere Zimmer befinden. Standbilder der Hände mit den Controllern und dem ab und zu sichtbaren Rest des Körpers deuteten darauf hin, dass der Proband nicht ganz so jung war, wie das Zimmer vermuten ließ. Behaarte Hände, angeknabberte Fingernägel. Er trug ein T-Shirt und Boxershorts sowie Socken am Ende der behaarten Beine.

»Muss der nicht mal pinkeln?«, stöhnte Kemal, als nach einem Sieg ein weiteres Spiel startete.

Ninas Blick wanderte zu den anderen Streams, auf denen sich leider nichts tat. Die Leute schliefen. Wenn sie Pech hatten, würden sie das bis zum Morgen tun, ohne irgendetwas über sich preiszugeben. Das Warten raubte Nina den letzten Nerv. Immerhin hatte sie Zeit gehabt, die Beschaffenheit der Streams genauer zu analysieren. Die übertragenen Bilder waren erstaunlich *klug*. Anders konnte Nina sie nicht bezeichnen. Sie zeigten nicht einfach nur das, was die Probanden wahrnahmen, sondern verwandelten es in ein brauchbares Fernsehbild. Die unscharfen Ränder wurden entfernt, hektische Bewegungen wurden gedämpft, kurzes Blinzeln mit den Augen wurde herausgerechnet. Und das alles schon bei dem Schwarz-Weiß-Bild mit den groben Pixeln. Am Nachmittag hatte sie die anderen gesehen. Besonders der Stream des kleinen Mädchens kam einem Film sehr nahe. Nina konnte nur ahnen, welch ausgefeilte Software hier half. Sie erinnerte sich, dass Ruby seinen Programmierer

Jayden damals mitgebracht hatte – das Gehirn hinter der Bildbearbeitungssoftware, die GEM großgemacht hatte. Einer der weltweit führenden Experten, wenn es um maschinelles Lernen ging – seine Software entwickelte sich von selbst weiter. Wahrscheinlich waren diese kleinen Wunder sein Werk. Sie hatte den Amerikaner damals als arroganten Schnösel erlebt, der sich Ruby gegenüber einiges hatte herausnehmen können. Wie kein anderer. Wenn man sich die Qualität seiner Software vor Augen führte, verstand sie nun auch, warum.

Würde es mit dieser Software möglich sein, gefilmte Bilder in Impulse zu verwandeln, die das Gehirn eines Blinden verarbeiten konnte? Hier war die Forschung nach wie vor nicht weiter gekommen, als nach riskanten Operationen am Gehirn mit viel zu aufwendigen Apparaturen Lichtblitze in der Wahrnehmung der Probanden zu generieren. Sie hatte nach dem Desaster mit Christoph und Ruby zwar der Forschung den Rücken gekehrt und ihre Facharztausbildung beendet, um im Krankenhaus arbeiten zu können. Doch sie hatte den Stand der Forschung weiterverfolgt und sich dabei mit Wissenschaftlern in aller Welt ausgetauscht. Die Fortschritte waren nicht annähernd so groß wie das, was GEM gelungen war. Nirgendwo war ein Durchbruch in Sicht, der ihrem Vater sein Augenlicht wiedergeben konnte. Dabei blieb nicht mehr viel Zeit. Irgendwann wäre er zu alt für die notwendigen Operationen.

Es klopfte an der Tür.

»Tim hier«, hörten sie. »Ich würde gerne in meine Wohnung.«

Man hörte ihn lachen. Nina fand es mäßig komisch. Sie ging zur Tür und öffnete sie. Im Treppenhaus stand außer dem Kommissar auch noch eine Frau Ende zwanzig. Man konnte trotz Winterjacke ihren kompakten, muskulösen Körperbau erkennen. Kurze rotblonde Haare, ernster Blick aus braunen Augen, der durch die Sommersprossen konterkariert wurde.

»Darf ich reinkommen?«, fragte Tim mit einem Schmunzeln.

Er war erstaunlich gut gelaunt für die ernste Lage und späte Stunde. Mit dem halblangen, dunklen Kaschmirmantel über Hemd, Jeans und Sneakers machte er eher den Eindruck, ein Start-up gründen zu wollen, als einen Mörder zu suchen. Aber es stand ihm. Nina trat zur Seite. Die beiden kamen herein.

»Das ist Mel, Kollegin aus dem MEK«, stellte er die Frau an seiner Seite vor. »Sie wird uns unterstützen, wenn es ernst wird.«

Als die Neuankömmlinge Mantel und Jacke auszogen, konnte Nina erahnen, was damit gemeint war: Sie trugen beide Schulterhalfter mit Pistolen. Wenn sie einen der Probanden identifizierten, konnte es ganz schnell zu einer Konfrontation mit dem Killer kommen. Nina ließ sich ihr Unbehagen bei dieser Vorstellung nicht anmerken.

»Nina Kreuzer«, stellte sie sich vor und reichte der Frau die Hand.

»Freut mich, Sie kennenzulernen«, sagte diese höflich und schüttelte die Hand mit festem Druck.

»Leute, wir werden die Nacht zusammen verbringen,

wir sollten uns duzen«, sagte Tim, der bereits zu Kemal unterwegs war und einen Blick auf die Streams warf. Mel lächelte Nina kurz an und zuckte mit den Schultern. Sie wirkte distanziert, aber nicht unfreundlich.

»Was heißt MEK?«, fragte Nina.

»Mobiles Einsatzkommando«, erklärte Mel. »Wir observieren und sind für Zugriffe auf Leute zuständig, die in Bewegung sind.«

Das schien Nina passend. Sie fragte sich, nach welchen Kriterien Tim die junge Frau ausgewählt hatte.

»Sie ist die Tochter meines Chefs«, rief er, als ob er Ninas Gedanken gelesen hätte. »Und eine verdammte Kampfmaschine.«

»Er übertreibt«, korrigierte Mel, während sie ebenfalls zu Kemal ging und ihn kurz grüßte.

»Hallo, Mel«, sagte er mit einem unsicheren Lächeln, das Nina vorher noch nicht bei ihm gesehen hatte.

Nina wusste nicht, ob die Kampfmaschine ihm Angst machte oder ob er auf sie stand. Wahrscheinlich beides.

»Man sieht wirklich durch seine Augen«, stellte Tim fest. »Unfassbar.«

Genau wie Mel konnte er den Blick nicht von dem Stream mit dem Computerspiel abwenden. Sie waren sichtlich beeindruckt. Dabei war dies der schlechteste Stream, noch dazu mit einer langweiligen »Handlung«. Wie würden sie erst staunen, wenn das Mädchen ihre Augen öffnete?

»Haben Sie was rausgefunden?«, fragte Nina Tim. »Über die Opfer?«

»Ich dachte, wir duzen uns.«

»Okay. Hast du?«

Tim schaute noch einen Moment bei dem Fußballspiel zu, riss sich dann los. Bedauernd schüttelte er den Kopf.

»Eine Frauenleiche in München wurde bisher nicht gefunden. Der Mann in den Bergen ist noch nicht identifiziert. In Garmisch behandeln sie ihn weiter als Unfall und machen Wochenende. Nicht leicht, den Leuten Druck zu machen, wenn man nicht sagen kann, worum's geht.«

»Kann man es wirklich nicht sagen?«, hakte Nina nach.

Wenn man ein Opfer identifizierte, würde man vielleicht herausfinden können, wo es operiert worden war. Das konnte der direkte Weg zu den anderen sein. Doch Tim schüttelte den Kopf. Kompromisslos. Dann wandte er sich an Kemal: »Solange in den Streams nichts passiert, musst du nach dem Maulwurf suchen. Wie kann der es schaffen, den Account vom Adler zu nutzen? Sitzt er in der Behörde oder draußen? Ist er ein Polizist? Irgendwas!«

Der Nachdruck, mit dem er den Befehl aussprach, zeigte Nina, dass ihn das Problem mit dem möglichen Verräter in den eigenen Reihen besonders beschäftigte. Sie hoffte, dass sie nicht nur deswegen diese Top-Secret-Aktion veranstalteten, sondern dass sie ihnen wirklich bei der Suche nach den noch lebenden Probanden half. Kemal rückte mit seinem Stuhl zu einem der kleineren Monitore. Während die vier Streams auf dem großen weiterliefen, rief er das Informationssystem der Polizei auf.

»Ich dachte, man kann sich von außen nicht einloggen«, stellte Mel erstaunt fest, als Kemal genau dies tat.

»*Man* vielleicht nicht«, antwortete er mit einem etwas zu coolen Grinsen und schob seine Brille hoch.

»Das ist 'ne mobile Computereinheit von uns«, zerstörte Tim den Zauber. »Damit geht das.«

»Wieso kriegen wir die nicht?«, fragte Mel empört.

»Wahrscheinlich, weil ihr zu nett fragt.«

Er grinste und ging in die Küche. Mel setzte sich zu Kemal und betrachtete auf dem dritten Monitor die Standbilder des Computerspielers. Nina stand unschlüssig herum. Sie fühlte sich wie ein Fremdkörper zwischen den drei Polizisten.

»Hunger?«, fragte Tim sie, während er den Kühlschrank aufriss. »Ich mache uns was.«

Genau in dem Moment, als er es sagte, spürte Nina, wie hungrig sie eigentlich war. Seit dem Mittag hatte sie nichts gegessen, und sie hatte immerhin eine Stunde Jogging in den Beinen. Trotzdem hatte sie das Gefühl, dass es Wichtigeres zu tun gab, als mitten in der Nacht Essen zu kochen. Tim holte ein Stück frischen Thunfisch aus dem Kühlschrank. Dazu kamen Tomaten, Sardellen, Kapern, Knoblauch, Chilis und noch einiges mehr aus anderen Schränken.

»Wollen Sie … willst du jetzt wirklich kochen?«, fragte Nina.

»Beim Kochen kann ich am besten nachdenken. Setz dich. Erzähl mir mehr über das Projekt. MyView? Mhm?«

Er deutete auf einen Barhocker vor der Kochinsel. Nina schaute noch einmal zu den Streams. Mel hatte ein Auge darauf. Kemal ebenfalls, während er sich parallel tief in das Computersystem der Polizei bohrte. Also setzte sich Nina zu Tim in die Küche. Schon stand ein Bier vor ihr, das er soeben geöffnet hatte. Er öffnete weitere Flaschen, die er an Mel und Kemal weitergab.

»Alkoholfrei«, sagte er, bevor Nina protestieren konnte.

Der Mann war wirklich gut darin, ihre Gedanken zu erahnen. Vielleicht war er doch nicht so ein begriffsstutziger Polizist, wie sie erst gedacht hatte. Sie nahm das Bier und prostete Tim und den anderen zu.

Während der Kommissar die Zutaten für eine Soße vorbereitete und Nudelwasser aufsetzte, erzählte Nina ihm alles, was sie über das Projekt MyView wusste. Über Ruby, über die Präsentation am nächsten Tag, über Christophs Arbeit. Sie sparte nicht mit ihrer Kritik an der totalen Überwachung, die MyView über die Menschheit bringen würde. Zu ihrer Überraschung sah Tim das aber nicht so eng. Ihn interessierten vor allem die Vorteile.

»Wenn du als Krimineller jederzeit damit rechnen musst, gefilmt zu werden … das würde einiges ändern.«

»Bitte, das ist doch Quatsch«, regte sich Nina auf. »In London wimmelt es von Kameras. Es hat nichts an der Kriminalitätsstatistik geändert. Die Täter planen die Kameras einfach ein.«

»Na ja, aber dieses MyView hätte eine ganz neue Qualität«, entgegnete Tim.

»Genau, dann wird den Leuten einfach ins Auge geschossen.«

Das war sehr harsch herausgekommen, denn Nina hatte anders als Tim gesehen, wie genau das passiert war.

»Für die Leute in den Streams ist es kein Segen«, sagte er versöhnlich. »Da bin ich bei dir.«

Er hackte mit flinken Fingern den Knoblauch klein und wechselte das Thema: »Deine Forschung damals ging in die andere Richtung?«

Nina beruhigte sich wieder und nickte. Sie erzählte ihm von dem Vorgängerprojekt von MyView, für das sie viele Jahre ihres Lebens verwendet hatte. Schon ihre Diplomarbeit im Biologiestudium hatte sich mit der Funktionsweise des Sehnervs und der Möglichkeit, ihn zu manipulieren, beschäftigt. Nebenbei erwähnte Nina auch ihren blinden Vater. Sie hatte ihn zwar nie als Probanden in der Forschung benutzt, aber durch seine Blindheit natürlich viel erfahren, was ihr geholfen hatte.

»Für ihn hast du diese Forschungen gemacht?«, fragte Tim, während er die ersten Zutaten mit Weißwein ablöschte.

Sardellen, Knoblauch, Chili, Oliven und Kapern wurden in der Pfanne zu einer zischenden Masse. Ein betörender Geruch stieg Nina in die Nase. Eigentlich redete sie nicht gerne über ihren Vater, aber in diesem Moment an der Theke des Polizisten war sie so entspannt wie lange nicht mehr. Sie trank einen weiteren Schluck Bier.

»Durch ihn bin ich auf das Thema gekommen, klar«, sagte sie. »Aber ›für ihn‹ ist übertrieben.«

Das war es nicht. Aber das musste niemand wissen.

»Er war nicht immer blind?«, fragte Tim und warf gehackte Tomaten in die Pfanne.

Nina schüttelte den Kopf.

»Was ist passiert?«

»Autounfall. Bei Glatteis gegen einen Baum.«

»Scheiße … Warst du dabei?«

»Auf dem Rücksitz. Ich war zehn.«

»Dir ist nichts passiert?«

»Ich war angeschnallt.«

»Er nicht?«, fragte Tim erstaunt.

»Ein alter Wagen. Der Gurt zog nicht richtig. Mein Vater hatte ihn nicht ganz reingedrückt, es aber nicht gemerkt.«

»Scheiße.«

Tim schaute sie betroffen an.

»Mit dem Kopf durch die Scheibe?«, fragte er. »Hat das Lenkrad ihn nicht gebremst?«

Die Entspannung war wieder verflogen. Nina bereute es, dass sie ihren Vater überhaupt erwähnt hatte. Sie hasste diese Gespräche. Immer und immer wieder von damals zu erzählen. Von dem schlimmsten Moment in ihrem Leben. Mit denselben Sätzen. Aber natürlich fragten die Leute immer wieder danach.

»Er war Beifahrer. Meine Mutter ist gefahren.«

»Oh. Fuck.«

»Es war nicht ihre Schuld«, sagte Nina schnell.

Tim musterte sie, während er mit einer Hand in der Pfanne rührte. Nina trank von ihrem Bier. Wieso redeten sie jetzt eigentlich über sie und ihren Vater? Es ging doch um etwas ganz anderes.

»Niemand war schuld«, sagte Tim. »Oder?«

Nina zögerte. Wenn sie nun das Thema wechselte, war das zu auffällig, oder? Wenn sie noch länger schwieg, allerdings auch. Sie schüttelte den Kopf. Bevor Tim nachhaken konnte, erlöste Mel sie.

»Hier macht einer die Augen auf!«, rief sie vom Esstisch herüber.

Ninas Vater war schnell vergessen. Tim und Nina eilten zu dem Monitor. Tatsächlich: Auf dem fünften Stream sah man schemenhaft ein Schlafzimmer – aus der liegenden Perspektive. Es war der Taxifahrer.

»Das Bild ist viel besser«, stellte Kemal fest.

Trotz Dunkelheit waren die Pixel kleiner als bei dem Mann an der Spielekonsole. Am Vorhang sah man sogar Farbe. Es war der erste Stream, der nicht schwarz-weiß war.

»Es wird von Stream zu Stream besser«, erklärte Nina. »Eine Evolution des Chips.«

Der Mann richtete sich auf. Alle suchten das Bild nach Hinweisen danach ab, wo sich dieses nicht besonders auffällig eingerichtete Schlafzimmer befinden konnte. Kurz ging der Blick des Mannes zurück zum Bett, wo man die Statur einer Frau sehen konnte, die neben ihm schlief. Allerdings nur von hinten. Sie war zugedeckt. Man konnte nicht einmal ihre Haarfarbe erkennen.

»Hoffentlich macht er das Licht an«, flüsterte Kemal, als ob er wollte, dass der Mann ihn nicht hörte.

Doch den Gefallen tat er ihnen nicht. Er ging durch einen kleinen Flur mit weiteren Zimmertüren direkt ins Bad. Dort schloss er die Tür hinter sich und steuerte die Toilette an. Im Dunkeln. Nur diffuses Licht von draußen erhellte den Raum.

»Ho!«, rief Kemal überrascht, als der Mann beim Sitzen nach unten schaute und man kurz die Umrisse seines erigierten Penis sehen konnte, den er mit der Hand unsanft in Richtung Kloschüssel drückte.

Das war auch für die anderen ohne Vorwarnung gekommen. Alle waren mehr oder weniger peinlich berührt.

»Hatte wohl 'nen schönen Traum«, sagte Mel schmunzelnd, während der Proband an die Wand gegenüber starrte.

»Muss nicht sein«, erklärte Tim trocken. »Man kriegt nachts immer wieder 'nen Ständer. Einfach so. Besonders wenn man pinkeln muss.«

Kemal schob sich verlegen seine Brille auf die Nase.

»Ich trinke dann immer einen Schluck kaltes Wasser«, fuhr Tim fort. »Dann geht's weg.«

»Das war jetzt mehr, als ich wissen musste«, sagte Mel.

Tim grinste Nina an, die sich auf den Stream konzentrierte. Dort gab es keinen einzigen brauchbaren Hinweis. Aus dem Muster der Handtücher konnte man nicht auf den Ort schließen. Die Gummi-Enten am Rand der Badewanne waren auch nicht sehr ergiebig. Man sah allenfalls, dass die Verhältnisse beengt waren und die Familie nicht gerade im Geld schwamm. Der Putz blätterte an zwei Stellen von der Wand. Der Mann stand schließlich auf und zog ab. Alle wurden aufmerksam, als er sich dem Waschbecken näherte. Denn darüber befand sich ein Spiegel.

»Du nimmst das auf, ja?«, fragte Tim wieder sehr viel ernster.

Kemal nickte. Der Mann trat ans Becken und wusch sich die Hände.

»Schau auf«, flehte Kemal. »Schau dich an, Mann.«

Doch der Proband war nicht an seinem Spiegelbild interessiert. Er trocknete die Hände ab und verließ das Bad wieder. Alle stöhnten auf. Dann ging er schnurstracks zurück ins Schlafzimmer, wo er ins Bett kletterte. Bevor er sich hinlegte, beugte er sich noch einmal über die Frau. Da man ihren Kopf auf dem Monitor nur in liegender Position sehen konnte, kippten alle vier Zuschauer ihre Köpfe ebenfalls zur Seite. Trotzdem war von der schlafenden Frau nicht viel zu erkennen. Dafür sahen sie, wie der Mann liebevoll ihre Wange streichelte. Es berührte Nina. Sie hatten Kinder und waren sicher schon seit vielen Jahren zusammen. Aber dieser Mann liebte seine Frau immer noch so sehr, dass er sie im Schlaf anschauen und berühren musste. Dann kuschelte er sich an seine Liebste. Man sah nur noch ihren Nacken. Schließlich schloss er die Augen.

»Das hat gar nichts gebracht«, fluchte Tim, der den zarten Moment nicht zu schätzen wusste.

Nina sah in seinem Gesicht, dass er angespannter war, als sie vorher den Eindruck gehabt hatte. Er wartete noch kurz, aber da auf dem Stream nichts mehr geschah, stand er wieder auf und ging zurück in die Küche. Dort brodelte der Wassertopf neben der Pfanne mit der Tomatensoße.

»In zehn Minuten können wir essen«, sagte er und rührte um.

13

Berlin-Kreuzberg
Sonntag, 0:15 Uhr

Das Pastagericht gehörte zu den leckersten, die Nina je gegessen hatte. Vielleicht war es auch der Hunger, der sie so denken ließ. Oder einfach die ungewöhnliche Situation, an die sie sich garantiert ihr Leben lang erinnern würde. Sie saß mit den drei Polizisten am Esstisch neben den Computern, trank ihr Bier und hörte, was Kemal über seine Suche im System der Polizei zu berichten hatte. Es gab tatsächlich Spuren, dass ein Fremder den Account von Tims Chef verwendet hatte, um an die Datei des Telefonats mit Franziska zu gelangen. Wer genau es gewesen war, ließ sich nicht herausfinden. Immerhin hatte Kemal aber ermitteln können, dass die Person sich bei ihrem Zugriff in einem Gebäude des ehemaligen Flughafen Tempelhof am Platz der Luftbrücke aufgehalten hatte.

»Wir sitzen da«, sagte Mel genussvoll mampfend.

Auch die anderen liebten Tims Essen. Er zuckte mit den Schultern.

»Da sitzt auch der Polizeipräsident, das SEK, der Personenschutz, AO/D – über tausend Leute. Meine Güte, sogar das Fundbüro ist da … Kannst du das nicht weiter einkreisen? Abteilung?«

Tim hatte sich mit der Frage an Kemal gewandt. Der junge Mann kaute zu Ende und sagte kopfschüttelnd: »Der Typ weiß, was er tut. Das Gebäude rauszufinden war schon echt nicht leicht. Aber er wird nicht im Fundbüro sitzen. Das ist ein Polizeicomputer.«

Tim nickte enttäuscht. Für einen Moment aßen sie alle stumm ihre Pasta.

»Ich wundere mich nur, dass der so schnell deine Datei mit der Mail dieser jungen Frau gefunden hat«, ergänzte Kemal. »Der muss seit Tagen alles überwacht haben.«

»Na ja, die haben diesen Killer losgeschickt, der ein Opfer nach dem anderen besucht«, spekulierte Tim. »Währenddessen überwacht ein Kontaktmann die Polizei – ob wir irgendwie einen Zusammenhang herstellen. Ergibt schon Sinn, wenn man das kann.«

»Dann muss jemand vierundzwanzig Stunden am Tag rumsitzen und alle Systeme durchforsten«, wandte Kemal ein.

»Dafür sind wir ausgebildet«, sagte Mel lapidar.

Tim hatte bei Kemals Satz den Kopf gehoben. Er aß nicht mehr weiter.

»Was?«, fragte Mel ihn.

»Dann muss er doch jetzt auch da sitzen«, sagte Tim.

Mel zuckte mit den Schultern. Tim sprang plötzlich auf und griff sich sein Pistolenhalfter.

»Kemal, kannst du mir eine Liste machen, wer Vierundzwanzig-Stunden-Dienst hat? Wer heute Nacht offiziell in dem Gebäude sitzen sollte? Schick sie mir auf mein Handy, ja?«

Nina verstand. Er wollte schauen, ob dort um diese Zeit noch jemand saß, der eigentlich keinen Dienst hatte. Kemal ging sofort zum Computer.

»Ich komme mit«, sagte Mel und aß schneller.

»Nein«, sagte Tim. »Ich will nur gucken. Kein Zugriff.«

Mel wirkte enttäuscht.

»Und wenn er dich sieht? Tim?«

Aber Tim hörte Mel nicht. Seine Aufmerksamkeit war von den Streams gefesselt. Er deutete auf denjenigen mit dem Computerspieler.

»Er beendet FIFA«, stellte Kemal fest.

Nina ließ nur ungern das Essen stehen, aber angesichts dieser Neuigkeit eilte sie nun doch um den Tisch. Alle bauten sich vor den Monitoren auf. Man sah, wie der Proband von Stream drei nach etwas suchte. Dann fand er eine Fernbedienung und schaltete damit den Fernseher aus. Jetzt brannte nur noch eine Schreibtischlampe. Wieder starrten sie zu viert gebannt auf den Stream. Nina hoffte, dass er einen Blick aus dem Fenster werfen würde, dass irgendwo in der Wohnung etwas mit einer Adresse darauf lag oder dass er ihnen zumindest einen Blick in den Spiegel gönnen würde. Doch zunächst verließ der Mann nun das Zimmer. Ein karger Flur kam zum Vorschein. Als das Licht eingeschaltet wurde, stießen Nina und Tim fast mit den Köpfen zusammen, weil sie beide näher an den Stream heranwollten. Man sah eine Garderobe mit ein paar Jacken und darunter einen chaotischen Stapel an Schuhen.

Mehr nicht. Details waren angesichts der Bildqualität schwer auszumachen.

»Er geht auf die Toilette«, sagte Kemal warnend. »Diesmal sogar mit Licht.«

»Penisalarm«, fügte Mel hinzu.

Kemal schob nervös die Brille höher auf die Nase. Das Thema behagte ihm nicht. Besonders vor Frauen. Doch seine Sorge war unnötig. Dieser Mann pinkelte zwar sogar im Stehen, aber dabei schaute er nur auf den Strahl, mit dem er mehr oder weniger die Toilettenschüssel traf. Es schien fast so, als ob er Kemal zuliebe den Blick weiter nach unten vermied. Selbst als er fertig war und noch ein wenig auf der Stelle hüpfte, schaute er nicht an sich herab. Dann wandte er sich um. Man sah in dem kleinen, schmuddeligen Bad das Waschbecken neben der Tür. Mit einem Spiegel darüber. Dieses Mal würden sie ihn sehen können. Es war hell. Der Mann war wach. Er musste einfach in den Spiegel blicken. Doch zum Entsetzen aller ging er schnurstracks zurück in den Flur. Ohne sich die Hände zu waschen.

»Üüü«, entfuhr es Mel. »Ekelig.«

Wieder ging es durch den Flur, diesmal in ein anderes Zimmer, auf dessen Boden ein geräumiger Futon lag. Daneben fand sich ein Ikea-Schrank, bei dem bereits eine Tür schräg hing. Die Möbel waren alles andere als neu und passten nicht zu den kostspieligen Geräten aus dem Wohnzimmer. Auch im Schlafzimmer war es nicht besonders aufgeräumt. Ein Wäscheberg auf dem Boden, einige Comics am Bett. Manche Gegenstände verwuchsen in dem Stream irreal mit ihrer Umgebung. Ein

Computerfehler, vermutete Nina. Umziehen musste der Mann sich nicht. Er schaltete das Licht aus und legte sich ins Bett. So wie er gewesen war. Mit Socken. Er starrte noch einen Moment an die dunkle Decke. Dann schloss er die Augen.

»Mist«, sagte Kemal.

Wieder nichts.

»Geh mal zurück in den Flur«, forderte Tim, der sehr ruhig und konzentriert zugeschaut hatte.

Während die vier Streams der Schlafenden weiter geöffnet blieben, holte Kemal auf einem anderen Bildschirm das Gesehene zurück. Als der Proband das zweite Mal durch den Flur gegangen war, hatte sein Blick die Garderobe gestreift.

»Stopp«, rief Tim. »Kannst du das irgendwie besser machen?«

Er deutete auf eine kleine Ablage neben der Garderobe. Tatsächlich lag dort Papier. Die Qualität des Streams ließ es nicht zu, dass man irgendetwas davon genau erkannte. Es konnten Briefe sein, Notizzettel oder auch Werbung. Kemal probierte ein wenig mit den Einstellungen herum, aber es brachte nichts.

»Das Ausgangsmaterial ist zu schlecht«, erklärte er bedauernd.

Alle schauten sich die Vergrößerungen so genau an, wie sie konnten. Buchstaben oder Telefonnummern konnte man unmöglich ausmachen. Ein paar Farbkleckse waren zu erkennen. Bei einem davon stutzte Nina. Auf einem Papier war oben ein blauer Umriss zu sehen, der sie an etwas erinnerte. Es sah aus wie ein Hai oder wie …

»Robben und Wientjes«, entfuhr es ihr.

Die anderen sahen es nun auch: Der Klecks war das Logo des berühmten Autoverleihers. Die blaue Robbe.

»Die gibt's nur in Berlin«, stellte Tim erfreut fest. »Und es sieht mir nicht so aus, als ob er gerade neu von Berlin in diese Wohnung gezogen ist. Sehr wahrscheinlich ist er also hier in der Stadt. Sehr gut!«

Er lächelte Nina an. Auch wenn es nur ein minimaler Schritt war, freute es sie. Mindestens zwei der verbliebenen Probanden befanden sich in Berlin. Das würde es leichter machen, zu ihnen zu kommen, wenn man sie identifizierte. Und es war weit weg von München.

»Okay, guckt weiter«, sagte Tim. »Vielleicht findet ihr noch mehr. Ruft mich dann sofort an. Ich mach mich auf Maulwurfsuche.«

Nina hatte das Bedürfnis, »Pass auf dich auf« zu sagen, was sie dann auch tat. Tim lächelte und nickte. Dann verschwand er und ließ die anderen drei mit den Streams zurück.

14

Berlin-Tempelhof
Sonntag, 0:30 Uhr

Der Bau am ehemaligen Flughafen Tempelhof gehörte zu den größten zusammenhängenden Gebäuden der Welt. Gott sei Dank befanden sich die Polizeieinheiten nur in einem vergleichsweise kleinen Bereich davon. Der Flughafen war von Tims Haus zu Fuß gut zu erreichen. Einfach den Mehringdamm hoch, bis er zum Tempelhofer Damm wurde. Tim war schon öfter dort gewesen – in den letzten Jahren zu Besprechungen oder offiziellen Anlässen beim Polizeipräsidenten. In seiner Kindheit allerdings auch, weil seine Mutter dort geputzt hatte. Mehr als einmal hatte er sie nach der Schule von der Arbeit abgeholt oder aufgesucht, wenn er Geld fürs Kino brauchte. Ohne diese Besuche wäre er sicher nicht Polizist geworden. Hier hatte er den Adler kennengelernt, der damals eine Zeit lang im Stab des Polizeipräsidenten arbeitete und ihn einmal mit Blaulicht im Polizeiwagen mitfahren ließ. Das war ein Highlight seiner Kindheit gewesen. Die starken SEK-Männer in ihren schwarzen Overalls, die beeindruckenden Waffenarsenale, die freundlichen Führungskräfte, die seine Mutter immer mit Respekt behandelt hatten, das kindliche Gefühl, in einem Gebäude der Guten zu sein – das hatte Tim geprägt. Seine damalige Nachbarschaft in Neukölln und seine kleinkriminellen Freunde hätten ihn auch problemlos auf die dunkle Seite der Macht ziehen können. Aber Tim war einer von den Guten geworden.

Auch nachts um halb eins herrschte auf der Straße noch Verkehr. Im leichten Nieselregen stapfte Tim den Bürgersteig entlang. Ein bedauernswerter afrikanischer Blumenverkäufer kam ihm entgegen, dessen Nacht wohl nicht so gut gelaufen war. Er trug noch einen großen Strauß bei sich und steuerte damit die nächste Bar an. Für einen Moment überlegte Tim, ob er Nina ein paar Rosen mitbringen sollte. Einfach so, als Gag, um sie etwas zu entspannen. Selten hatte er eine Frau gesehen, die so angespannt und verschlossen war. Ihr defensiver Blick, das oft ausdruckslose Gesicht. Sie erzählte ihm nicht alles. Zumindest ließ ihre Körpersprache das erahnen: Sie war nicht einfach nur eine Ex-Kollegin der toten Frau – das Verhältnis der beiden war sicher nicht unkompliziert gewesen. Genauso wenig wie das Verhältnis zu ihrem Vater. Wenn sie über die beiden sprach, wich sie Tims Blick aus. Allerdings glaubte er nicht, dass dies etwas mit dem Fall zu tun hatte. Was sie ihm über GEM, Ruby und ihren Ex-Freund Christoph Becker erzählt hatte, stimmte mit dem überein, was Tim schon auf dem Revier im Internet recherchiert hatte. Dort hatte er auch herausgefunden, dass sie eine sehr engagierte Augenärztin war, die sich darüber hinaus sogar ehrenamtlich für blinde Kinder einsetzte. Tim musste zugeben, dass sie ihn beeindruckte und auch ein wenig verwirrte. Das mit den Blumen war aber trotzdem keine gute Idee. Wahrscheinlich würde ihr Humor nicht dafür reichen, und auch wenn nun alle Probanden schliefen, wusste er nicht, wie viel Zeit er überhaupt für die Aktion am Flughafengebäude haben würde.

Er eilte weiter, bis er die »Hungerharke« sah – das Denkmal zur Erinnerung an die Luftbrücke der Alliierten. Er ging an dem kleinen Park rund um die Skulptur mit den drei Streben vorbei und kam zum Haupteingang des Teilgebäudes, das die Adresse *Platz der Luftbrücke 6* trug und zur Polizei gehörte. Dort hatte Kemal den Maulwurf verortet. Wie nicht anders zu erwarten, brannte in den Büros kein Licht mehr. An der vorderen Seite waren die administrativen Büros untergebracht, in denen man mehr oder weniger zivile Arbeitszeiten hatte. Da es auch keine besondere Lage in der Stadt gab, schlief wahrscheinlich sogar der Polizeipräsident friedlich zu Hause in seinem Bett.

Auch als Tim die beiden Flanken des alten Nazibaus entlangjoggte, sah er nirgendwo Licht. Es half nichts: Er musste in den Innenhof. Noch einmal mindestens genauso viele Büros hatten hier ihre Fenster. Mit seinem Dienstausweis würde er an dem Nachtpförtner vorbeikommen. Das Problem war allerdings, dass er Tims Besuch im Computer registrieren würde. Wenn der Maulwurf sein Handwerk verstand, würde er alle Schritte des Kommissars, der für die Tote in der Keithstraße zuständig war, genau überwachen. Deswegen hatte Tim sich auch beim Verlassen des LKA ordnungsgemäß in den Feierabend abgemeldet. Würde seine Dienstnummer nun wieder im

System auftauchen, könnte er dem Maulwurf auch gleich sagen, was Sache war. Er musste anders an dem Pförtner vorbeikommen. Als Tim eine Idee kam, kehrte er auf dem Absatz um und rannte zurück zum Mehringdamm.

Fünfzehn Minuten später betrat er die Eingangshalle des Gebäudes. Mit dem Strauß Rosen auf dem Arm. Den Blumenverkäufer hatte er kurz vor der Bergmannstraße eingeholt und ihm doch noch ein gutes Geschäft für den Abend beschert. Nun stellte Tim sich mit den Blumen vor die Pförtnerloge. Er hoffte inständig, dass der Mann eine romantische Ader hatte.

»Sind die für mich?«, fragte der ältere Herr schmunzelnd und kam zu Tim.

Der freute sich. Humor war seiner Sache sicher nicht abträglich.

»Äh, nee, sorry, vielleicht das nächste Mal. Die hier sind für die schönste Frau der Welt.«

Komischerweise musste Tim bei diesen Worten an Nina denken. Ein Gedanke, den er schnell abschüttelte.

»Ah! Verstehe«, sagte der Pförtner lachend. »Aber wat wollen Sie hier damit?«

»Sie ist eine Kollegin ...«

Er zückte seinen Dienstausweis und hielt ihn dem Mann unter die Nase. Dabei sagte er: »Sie muss morgen arbeiten, und ich will sie überraschen.«

»Ui, ui. Aber Sie können nicht hier auf sie warten.«

»Nee«, sagte Tim mit einem Lachen. »Ich will nur die Blumen vor die Bürotür stellen.«

»Na jut«, erwiderte der Pförtner und nickte. »Sie sind mir ja einer.«

Er nahm den Ausweis und wollte ihn an den Scanner halten. Tim ging sofort dazwischen: »Stopp, stopp. Können wir vielleicht nicht scannen? Ich bin ja nicht dienstlich hier und ... die Süße soll noch ein bisschen rätseln, ob die Blumen wirklich von mir sind.«

Er zwinkerte dem Pförtner zu und nahm sich seinen Ausweis zurück.

»Und dat soll funktionieren?«, fragte der Pförtner.

»Ich hoffe es«, antwortete Tim und ging weiter, bevor der Mann zu lange nachdenken konnte.

»Halt«, rief er plötzlich.

Tim seufzte innerlich. Die Geschichte war dann doch zu blöd gewesen. Er drehte sich zu dem Pförtner um und schaute ihn fragend an.

»Warten Sie!«

Er verschwand in seinem Raum. Während Tim noch überlegte, ob er dem Mann zur Not auch die Wahrheit sagen konnte, kam dieser mit einer schlichten Blumenvase aus Glas zurück.

»Die Rosen wollen Sie doch nicht einfach auf den Boden legen, oder?«

Tim lachte erleichtert und nahm die Vase an sich.

»Sie sind ein Schatz!«, rief er und meinte es so.

Vier Minuten später betrat Tim den großen Innenhof des Gebäudes. Die Blumen hatte er in der Vase mit etwas Wasser vor dem erstbesten Büro abgestellt. Dort würde am nächsten Tag tatsächlich jemand überrascht sein. Aufmerksam taxierte er die Fenster zum Hof. In einer Ecke im Erdgeschoss waren gleich drei von ihnen hell erleuchtet. Er wusste, dass dies der Vierundzwanzig-Stunden-Dienst des SEK war. Die harten Jungs, die man rief, wenn es irgendwo brenzlig wurde. Kemal hatte Tim die Liste mit den Namen der Männer, die in dieser Nacht Dienst hatten, geschickt. Fast die Hälfte davon kannte Tim. Die Mordkommission brauchte mehr oder weniger regelmäßig Unterstützung, wenn die Lage unübersichtlich wurde. Mit einigen von ihnen hatte Tim sich bei entsprechenden Einsätzen angefreundet. Bei den anderen war er jedoch spätestens seit seinem eigenmächtigen »Wohnungssturm« weniger gut gelitten.

Gegenüber des SEK auf der anderen Seite des Gebäudes brannte in der Einsatzzentrale das Licht. Hier gingen alle telefonischen Notrufe ein. Sie wurden von dort den Polizeidistrikten in den Stadtteilen zugewiesen. Ansonsten konnte Tim nirgendwo Licht sehen. Doch als sich seine Augen an die Dunkelheit gewöhnt hatten, entdeckte er zwei Etagen über dem Licht des SEK ein blaues Flackern. Jedes Geräusch vermeidend, ging er ein Stück in den Hof hinein und sah dann deutlich das charakteristische Licht eines Bildschirms. Natürlich konnte auch nur jemand vergessen haben, seinen Computer herunterzufahren, doch nachdem Tim eine Weile hochgeschaut hatte, sah er einen Schatten, der sich bewegte. Jemand saß vor dem Gerät. Tim zählte die Fenster vom Eingang aus ab und machte sich auf den Weg.

Durch das Treppenhaus gelangte er in die Etage, in der sich das fragliche Büro befinden musste. Auch der endlos scheinende Flur gehörte zum SEK. Hier befanden sich die Büros der Leitung und Ähnliches. Es war absolut still.

Nur ein paar Notbeleuchtungen erhellten den Flur. Vereinzelt standen Stühle an der Wand, gelegentlich auch eine Vitrine mit Auszeichnungen für die Einheiten. Die Büros waren allesamt geschlossen. Nirgendwo schien Licht durch den Türspalt. Als Kind war Tim besonders gerne hier oben gewesen, weil der damalige SEK-Chef immer ein paar Süßigkeiten für ihn hatte. Tim zählte die Türen. Er kam zu dem Büro, in dem sich seiner Ansicht nach jemand befinden musste. Auch dort war die Tür geschlossen. Er legte vorsichtig sein Ohr daran. Nichts zu hören. Auf dem Schild neben der Tür stand ganz banal »LKA 63« – die interne Bezeichnung für das SEK. Kein Name. Tim fluchte lautlos. Das war ihm zu vage. Aber er konnte nicht einfach so in das Büro spazieren. Wenn der Mann darin tatsächlich der Maulwurf war, würde er Tim sofort erkennen. Tim wollte auch nicht die halbe Nacht lang auf dem Flur hocken, in der Hoffnung, dass der Mann irgendwann zur Toilette musste. Während er noch rätselte, zerriss plötzlich ein Brummen die Stille. Eigentlich war es nur die Vibration seines Handys, aber Tim kam das Geräusch in diesem Moment unfassbar laut vor. Er zog das Telefon aus seiner Tasche. Kurz sah er noch, dass der Anruf vom Adler kam, dann hatte er das Gerät auch schon ausgeschaltet. Er hörte Schritte im Zimmer. Mit einem Sprint auf Zehenspitzen flüchtete Tim sich hinter die nächste Vitrine. Keine Sekunde zu spät. Denn nun öffnete sich die Tür, an der er gerade noch gelauscht hatte. Ein Mann stand dort mit dem Licht vom Hof im Rücken. Man konnte ihn nicht erkennen. Tim zog den Bauch ein und hielt den Atem an. Der Mann trat in den

Flur, schaute erst in die andere Richtung, dann in die von Tim. Würde er noch einen Schritt weitergehen, musste er Tim entdecken. Doch er bewegte sich nicht, lauschte einfach nur. Tim sah, dass er eine Waffe am Gürtel trug. Seine Hand ruhte darauf. Unaufgeregt. Es war jemand vom SEK, darauf deutete auch seine muskulöse Statur hin. Tim konnte nicht mehr lange die Luft anhalten. Endlich drehte der Mann ab. Dabei sah Tim das Gesicht für den Bruchteil einer Sekunde. Kannte er ihn? Er war sich nicht sicher. Bei den Einsätzen trugen die Männer vom SEK die meiste Zeit Sturmhauben oder gar Helme. Aber das Gesicht mit den buschigen Augenbrauen und dem markanten Kinn würde er so schnell nicht vergessen. Die Tür schloss sich wieder. Tim atmete aus. Er hatte keine Beweise, aber sein Bauchgefühl sagte ihm, dass er soeben den Maulwurf gesehen hatte.

15

Berlin-Kreuzberg
Sonntag, 7:20 Uhr

Nina schreckte hoch. Sie hatte Franziska gesehen. Wie sie durch die Luft flog. Nein, sie hatte durch Franziskas Augen gesehen. Nina war in ihrem Traum Franziska gewesen. Es hatte sich echt angefühlt. Das Auto. Der Schlag gegen den Rumpf. Der Flug. Der Aufprall auf dem Asphalt. Er hatte sie geweckt. Nina musste sich orientieren. Sie saß auf dem bequemen Sofa in Tims Dachgeschoss, wo sie eingeschlafen sein musste. Da in den Streams nichts mehr passiert war, hatte sie sich nur einen Moment lang ausruhen wollen. Ein Blick auf die Uhr in der Küche verriet ihr, dass es schon nach sieben war. Sie hatte mehrere Stunden geschlafen. Sofort bekam sie ein schlechtes Gewissen. Was hatte sie verpasst?

Ein Blick durch den Raum beruhigte sie. Mel lag am anderen Ende des Sofas und schlief. Kemal saß mit einer Dose Red Bull vor den Monitoren. Er arbeitete an einem der kleineren, während er den großen mit den Streams im Auge behielt. Nina sah schon aus der Ferne, dass die Probanden nach wie vor die Augen geschlossen hatten.

Wo war Tim? War er immer noch nicht von seiner Erkundung zurückgekommen?

Nina richtete sich auf, streckte sich. Sie spürte einen Muskelkater. Vom Joggen konnte der nicht stammen, denn das tat sie regelmäßig. Wahrscheinlich war sie am Abend wieder viel zu angespannt gewesen. Kemal schaute zu ihr herüber. Er nickte ihr lächelnd zu.

»Wo ist Tim?«, flüsterte Nina.

»Ich glaube, er schläft«, antwortete Kemal und zeigte in Richtung der Räume, die Nina noch nicht kannte.

Also stand sie auf und ging noch etwas benommen zum Bad. Irgendwo hörte sie Wasser rauschen, dachte sich aber nichts dabei. Als sie die Tür öffnete, stand sie zwei Meter entfernt von dem nackten Tim. Er stand mit dem Rücken zu ihr unter der offenen Dusche und präsentierte seinen knackigen Po, über den Wasser und Schaum liefen. Die noch halb schlafende Nina war so perplex, dass sie für einen Moment nicht die Augen davon abwenden konnte.

»Willst du dazukommen?«, hörte sie Tims Stimme.

Er hatte sie entdeckt und grinste sie unverschämt an.

»Was? Nein! Sorry.«

»Du wirktest so interessiert.«

Er lachte, während sie schnell die Tür schloss. Kemal hatte Tim gehört.

»Ist er im Bad?«, fragte er peinlich berührt.

»Ja, er ist im Bad«, antwortete Nina genervt.

»Das hab ich nicht mitbekommen.«

Er schaute Nina schuldbewusst an, die abwinkte. Hinter der Tür stoppte das Geräusch des Wassers. Nina wusste nicht, wohin mit sich. Da öffnete sich schon die Tür. Tim hatte sich ein Handtuch um die Hüfte gebunden und trocknete sich mit einem weiteren ab. Er tropfte den Boden voll, aber hatte beste Laune.

»Du kannst rein«, sagte er.

»Nein, hat Zeit. Mach erst mal!«

Sie mochte ihn nicht anschauen. Warum brachte er sie so aus dem Konzept? Ein nackter Mann war ja nun wirklich kein Weltwunder. Auch wenn sie schon lange keinen mehr gesehen hatte. Noch dazu mit solch einem wunderbaren Po. Sein freier Oberkörper mit den definierten Armmuskeln war auch nicht so schlecht. Trotz des kleinen Bäuchleins, das Nina eigentlich ebenfalls sexy fand. Oh Gott, was machte sie? Wieso starrte sie ihn schon wieder an? Das musste am Schlafmangel liegen.

»Hast du den Maulwurf gesehen?«, fragte sie, um das Thema zu wechseln.

Tim musterte sie noch ein bisschen länger. Hatte er mitbekommen, wie sie ihn mit ihren Blicken taxiert hatte? Er sagte nichts dazu, sondern wurde professionell ruhig.

»Ich denke schon. Kemal, zeig mal.«

Er ging zu Kemal, der auf einem der kleinen Monitore eine Personalakte aufrief. Ein junger Mann, schwarze Haare, mit buschigen Augenbrauen und markantem Kinn. Muskulös, konzentrierter Blick aus eisgrauen Augen.

»Matthias Fischer, einunddreißig, seit drei Jahren im SEK«, erklärte Tim, während er sich die Haare trocken rubbelte. »Er saß im Dunkeln an einem Computer, obwohl er nicht Dienst hatte. Das kann natürlich alles Mögliche heißen, aber …«

Er verstummte. Er war sicher, dass er seinen Mann gefunden hatte.

»Kennst du ihn?«

»Nein«, sagte Tim. »Vielleicht ein- oder zweimal gesehen. Wir sind die Personalakten durchgegangen, bis ich ihn wiedererkannt habe. Und Kemal sucht seit Stunden nach irgendeiner Verbindung zu GEM.«

Er deutete auf den anderen Bildschirm, wo diverse Internetbrowser mit Berichten über GEM oder das SEK zu sehen waren. Nina schaute Kemal fragend an, der mit den Schultern zuckte.

»Man findet sehr wenig über ihn. Auffallend wenig. Natürlich sind die Leute vom SEK nicht scharf drauf, dass man sie im Internet findet, aber er hat nicht mal eine Facebook-Seite oder so was. Zu ihm und GEM finde ich erst recht nichts.«

»Vielleicht doch der Falsche«, spekulierte Nina.

Tim schüttelte den Kopf. Er war nun einigermaßen trocken und legte sich das zweite Handtuch um den Hals.

»Kaffee?«, fragte er Nina und machte sich auf den Weg in die Küche.

Sie schaute auf seinen muskulösen Rücken und wünschte sich insgeheim, dass er etwas anzog. Ein Kaffee würde ihr helfen, endlich in die Gänge zu kommen.

»Gerne«, sagte sie, während sie gedankenverloren auf die Streams schaute.

Als plötzlich ein Bild zu sehen war, erschrak sie. Der Taxifahrer hatte ruckartig die Augen geöffnet. Er blickte zur Seite, wo ein Wecker ins Bild kam. Punkt 7 Uhr 30. Eine Hand schaltete ihn aus.

»Der ist wach!«, rief Nina aufgeregt.

Binnen Sekunden war Tim zurück bei Nina. Sogar Mel wachte auf, schüttelte sich und eilte zu ihnen. Man konnte das Schlafzimmer des Taxifahrers besser erkennen, weil es draußen bereits dämmerte. Der Mann blickte zu seiner Frau. Sie lag mittlerweile zu ihm gedreht und öffnete müde die Augen. Als ihr Blick den ihres Mannes traf, lächelte sie. Er sagte etwas zu ihr, sie nickte und schloss wieder die Augen. Sie durfte weiterschlafen.

»Hast du das?«, fragte Tim. »Man konnte sie super erkennen.«

»Ja«, antwortete Kemal fast genervt, weil er sowieso die ganze Zeit alles aufzeichnete.

Aber natürlich: Es war das erste Mal, dass sie jemanden mehr oder weniger erkennen würden. Auch wenn es durch die Lichtverhältnisse kein besonders gutes Bild sein würde. Doch das war wenige Augenblicke später egal. Denn der Mann ging ins Bad, wo er diesmal das Licht einschaltete und sich sogar vor den Spiegel stellte, um sich kurz zu mustern und zu sammeln. Man sah ihn direkt von vorne und mehr oder weniger in Farbe. Die Gruppe vor dem Monitor jubelte. Tim zwinkerte Nina zu. Endlich hatten sie ein Gesicht. Kemal machte sofort ein Standbild auf dem anderen Monitor daraus, sodass er fast den Gang zur Toilette verpasste.

»Guck mal, Kemal«, sagte Mel schnell.

Der arme Kemal musste sich schon wieder einen Penis ansehen, der nun auch noch zu pinkeln begann. Er stöhnte. Mel lachte und klopfte ihm auf die Schulter. Sie war schon sehr viel wacher als Nina. Der kleine Erfolg ermunterte alle.

»Mal gucken, ob wir ihn aufgrund seines Gesichts finden«, sagte Kemal. »Dafür muss er bei uns im System sein.«

»Und wer ist im ›System‹?«, fragte Nina.

»Taxifahrer leider nicht«, erklärte Tim. »Kriminelle, Verdächtige, Kollegen. Wenn er nie etwas mit der Polizei zu tun hatte, wird er nicht zu finden sein.«

Er klang so, als ob er das bedauern würde.

»Ich geh auch noch über eine Fotosuche im Internet.«

Kemal hatte alle Hände voll zu tun. Doch er war nicht der Einzige. Die anderen beobachteten die weiteren Bilder des Taxifahrers genau. Sie alle waren nach den Stunden des Wartens erleichtert, dass endlich etwas geschah. Nach der Toilette und einer kurzen Gesichtswäsche ging der Mann in das Kinderzimmer, um sich seine Kinder anzuschauen. Die beiden Jungs im Alter von ungefähr sieben und neun schliefen noch tief und fest. Aber die Polizisten hatten zwei weitere Standbilder und ungefähre Altersangaben. Mel setzte sich an den dritten Monitor, um nach kurzen Anweisungen von Kemal im Internet nach der Frau und den Kindern zu suchen. Der Mann ging derweil in die Küche, um sich einen Kaffee zu machen. Das erinnerte Tim daran, dass er dasselbe vorgehabt hatte. Ohne den Blick vom Stream zu nehmen, eilte er in die Küche und wollte endlich die Kaffeemaschine anwerfen. Doch genau in dem Moment tat sich etwas in einem anderen Stream.

»Noch jemand«, rief Mel.

Nummer sechs öffnete die Augen. Es war der Stream, von dem Nina bisher am wenigsten mitbekommen hatte. Sie wusste nur, dass es eine Frau war. Als Franziska ihr den Stream zum ersten Mal gezeigt hatte, hatte die Probandin auf einem Sofa gesessen und ein Buch gelesen. Nina hatte nicht erkannt, welches es gewesen war. Nun sah man, dass die Frau Mühe hatte, die Augen offen zu halten. Von draußen fielen in einem Spalt neben den hellen Vorhängen erste Sonnenstrahlen in das Schlafzimmer. Dieser Stream hatte ebenfalls Farbe und eine bessere Qualität als der des Taxifahrers. Der Blick der Frau ging zur Seite, wo ein Mann schlief. Er lag auf dem Bauch. Man sah nur seine lockigen, schwarzen Haare und die freie Schulter. Nina schaute neben sich, wo längst wieder Tim stand und mit der leeren Kaffeekanne in der Hand fasziniert auf den Bildschirm starrte. Auch Kemal und Mel hatten ihre Suche unterbrochen, um den Stream der Probandin zu beobachten, während sich der Taxifahrer in seiner Küche Brote schmierte. Die Frau war auf jeden Fall interessanter. Man sah nun, wie sie die Decke ihres Bettnachbars weiter herunterzog. Der Oberkörper wurde sichtbar. Schließlich der Po. Der Mann schlief nackt. Kemal stöhnte.

»Hier wird einem ja echt was geboten«, sagte Mel mit einem Grinsen.

Dabei war der Körper des schlafenden Mannes nicht halb so ansehnlich wie der von Tim. Doch darüber wollte Nina gar nicht weiter nachdenken. Die Frau in dem Stream dachte sowieso anders. Sie streichelte zärtlich den Hintern ihres Bettgenossen. Im nächsten Moment bewegte sie sich näher heran und küsste ihn direkt auf eine Pobacke.

»Was wird 'n das?«, fragte Kemal mit dem Ausdruck eines unguten Gefühls in der Stimme.

Tatsächlich wachte der Mann durch die Liebkosungen auf und drehte sich um.

»Und noch ein Penis!«, rief Mel erfreut.

Nachdem die Probandin diesen kurz gemustert hatte, schaute sie ihrem Partner ins Gesicht. Dort fand sie ein verschlafenes, aber auch listiges Lächeln. Ein netter Mann um die vierzig. Südländischer Typ mit funkelnden, dunklen Augen.

»Hast du ein Bild?«, fragte Tim schon wieder.

»Von dem Penis?«, fragte Kemal genervt zurück.

Natürlich hatte er ein Bild gemacht – vom Gesicht des Mannes. Keine Sekunde zu früh, denn bald sah man gar nichts mehr. Die beiden knutschten, und die Probandin zählte offensichtlich zu der Kategorie Menschen, die beim Küssen die Augen schlossen. Der Bann war kurz gebrochen. Tim entdeckte die Kaffeekanne in seiner Hand und reichte sie an Mel weiter.

»Kannst du mal Kaffee machen?«

»Och, Mensch, jetzt wird's doch gerade interessant.«

»Ich mache«, sagte Kemal, stand auf und nahm sich die Kanne.

Er war noch nicht ganz in der Küche, als sich die Augen der Frau wieder öffneten. Sie küsste sich am Oberkörper ihres Typen entlang und steuerte auf seine Männlichkeit zu, die seit dem letzten Blick darauf deutlich gewachsen war. Allmählich konnte Nina Kemal verstehen. Das war nun wirklich zu intim. Ihr innerer Widerstand gegen das ganze System MyView meldete sich. Als das Unvermeidliche geschah und die Probandin den Penis in den Mund nahm, wandte sich auch Nina ab.

»Brauchen wir das irgendwie für die Ermittlungen?«, fragte sie genervt.

Nina sah Kemal aus der Küche herüberschauen und gleich wieder erschrocken den Blick auf die Kaffeemaschine richten. Tim lachte.

»Nein, aber ich fürchte, wir können nicht weggucken. Da kann jederzeit ein Hinweis auftauchen.«

»Wenn meine Mutter rauskriegt, was ich hier mache, muss ich meinen Job wechseln«, fluchte Kemal in der Küche.

Alle schmunzelten.

»Melde mich freiwillig, diesen Stream im Auge zu behalten«, sagte Mel.

Sie grinste zwar, aber wirkte auch cool. Es ging ihr nicht um den Voyeurismus. Sie zog den Stream auf einen kleineren Bildschirm und setzte sich davor. Tim schaute zu Nina, die sich lieber auf den Taxifahrer konzentrierte. Der hatte sich nun an den Küchentisch gesetzt und genoss seinen Kaffee und die Brote. Viele Erkenntnisse gewann man bei ihm nicht.

»Ich geh mich kurz anziehen«, sagte Tim.

Er warf einen letzten Blick auf den erotischen Stream, wo Mann und Frau mittlerweile die Rollen tauschten. Sie hatte sich auf den Rücken gelegt und schaute an ihrem eigenen Körper hinab, während der Mann ihre Brüste mit Küssen bedeckte. Tim lachte noch einmal und ging davon. Kemal studierte in der Küche eifrig die Verpackung des Kaffees. Mel saß unbekümmert vor dem Stream.

»Ich könnte auch mal wieder Sex haben«, sagte sie aus tiefem Herzen seufzend.

»Können wir das Thema wechseln?«, rief Kemal aus der Küche.

Mel und Nina schmunzelten einander an. Nina verstand Mel zu gut. Außer einer belanglosen Affäre mit einem Kollegen aus der Augenklinik war seit der Zeit mit Christoph bei ihr nichts mehr passiert. Die Affäre lag auch schon ein Jahr zurück. Aber das war nun wirklich nicht das Thema des Tages. Als sich der Mann mit seinem Mund zwischen die Beine der Frau begab, richtete diese immerhin den Blick an die Decke. Dabei hatte sie kurz die Wand gestreift.

»Kann man das noch einmal sehen?«, rief Nina. »Kemal! Bitte! Da war was!«

Er stand widerwillig in der Küche, aber natürlich kam er zu ihnen. Ohne auf den Stream zu schauen, rief er auf dem anderen Monitor ein weiteres Fenster auf, mit dem man sich die Aufzeichnung anschauen konnte. Mittlerweile stapelten sich dort zahllose Fenster. Kemal fuhr zurück, hielt sich dabei halb die Augen zu, bis Nina »Stopp« rief. Man sah es nun genau: An der Wand hing das Plakat einer Theaterpremiere. *Richard II.* im Berliner Ensemble.

»Berlin«, stellte Mel fest. »Sie ist auch in Berlin.«

»Das BE ist zwar über Berlin hinaus bekannt, aber die Chancen stehen gut«, bestätigte Nina.

Da es ein sehr schlichtes Plakat war, hatte die Frau es offenbar nicht aus ästhetischen Gründen aufgehängt. Sie verband etwas mit der Aufführung.

»Dann sind die drei wahrscheinlich in Berlin«, stellte Kemal fest. »Nur beim Taxifahrer haben wir noch keinen Plan. Im System oder im Internet habe ich ihn bisher nicht gefunden.«

Er deutete auf den anderen Stream, wo der Mann nach wie vor alleine frühstückte.

»Der geht bald zur Arbeit«, sagte Tim hinter ihnen.

Er war aus dem Schlafzimmer zurückgekehrt. Mit frischem Hemd und neuer Jeans. Nina beneidete ihn. Sie hatte das Gefühl, dass ihr Jogginganzug eine unangenehme Dunstwolke ausstrahlte.

»Und wenn er das Haus verlässt«, fuhr Tim fort, »dann haben wir ihn.«

16

Berlin-Kreuzberg
Sonntag, 8:20 Uhr

Die Stimmung am frühen Morgen rund um den Esstisch in Tims Wohnung war erstaunlich gut. Es hatten zwar alle nur wenig geschlafen, und Nina steckte noch der Horror vom Vorabend in den Knochen, aber dass nun immer mehr Bewegung in die Streams kam und die meisten Probanden sich vermutlich in Berlin befanden, machte allen Hoffnung. Nina hatte sich fünf Minuten Auszeit genommen und sich auf der Toilette frisch gemacht, auch wenn der dunkle Fleck auf ihrem Oberteil natürlich bleiben würde. Es gab nun auch Kaffee, und Tim zauberte Rührei sowie ein paar Brote mit Aufschnitt und Käse herbei. Die anderen konzentrierten sich derweil auf den Taxifahrer. Der morgendliche Sex war relativ schnell zu einem Höhepunkt gekommen, nach dem die Probandin an der Brust ihres Lovers wieder eingeschlafen war. Dafür zog sich der Taxifahrer nach einer Dusche und nur einem kurzen Penisalarm – den Mel erneut feierte – seine Sachen an. Es war nur noch eine Frage von Minuten, bis er die Wohnung verlassen würde. Tim verteilte Teller mit

Essen an alle, dann setzte er sich zu ihnen und schaute gespannt auf den Stream des Taxifahrers, der sich bereits seine Jacke anzog.

Genau in dem Moment passierte es. Auf dem großen Monitor hatte Kemal die schwarzen Streams der bereits verstorbenen Probanden nicht vollständig geschlossen, sondern ganz klein gezogen und an den Rand geschoben. Nina traute zuerst ihren Augen nicht, als sie auf einem der Ministreams ein Bild zu sehen glaubte. Sie schaute genauer hin und sah Bewegung. In der eins.

»Das kann doch nicht sein«, rief sie.

Die anderen folgten ihrem Blick. Kemal zog das Fenster sofort größer. Und tatsächlich: Man sah ein gestochen scharfes Bild – besser als die anderen Streams. Viel erkannte man trotzdem nicht, nur eine moderne, aber nicht besonders große Küche, in der ein Espressokocher auf dem Herd seinen Dienst tat.

»Wer ist das?«, rief Tim erstaunt.

Man sah nun, wie die Augen den ganzen Raum absuchten. Es wirkte fast etwas willkürlich, wie sich der Blick von rechts nach links und von oben nach unten richtete. Plötzlich schneller, dann wieder langsamer. Schließlich fixierte der Blick den Espressokocher. Genauso einen hatte Nina früher auch gehabt. Das Gerät ließ Dampf ab, der Espresso war fertig.

»Ich dachte, der ist tot«, sagte Tim fast vorwurfsvoll zu Nina.

»Ich … Franziska war davon ausgegangen«, stammelte sie. »Die eins und die zwei waren schon schwarz, als sie die Streams gefunden hat. Ich weiß es doch auch nicht.«

Tim schaute wieder zu dem Stream. Ganz kurz sah man eine männliche Hand mit einem Smartphone darin durchs Bild huschen. Der Proband hatte telefoniert. Jetzt ging er auf den Espressokocher zu.

»Unglaublich«, sagte Tim.

Doch was dann geschah, war noch unglaublicher. Plötzlich wurde der Stream wieder schwarz.

»Häh?«, sagte Mel.

Alle schauten sich an.

»Ist er jetzt tot?«, fragte Kemal.

»Da war doch niemand bei ihm«, stellte Tim kopfschüttelnd fest. »Und ... Nee, der wurde ausgeschaltet oder ist defekt. Was ist das für ein Stream?«

Er fixierte Nina mit seinem Blick, als ob sie mehr wissen müsste. Aber woher? Sie war mindestens genauso überrascht wie die anderen. Besonders verwunderte sie eine Sache: »Das ist der Einser-Stream. Eigentlich müsste er die schlechteste Qualität von allen haben. Aber er hatte gerade die beste. Das muss ein besonderer Proband sein. Vielleicht haben sie den Stream neu belegt.«

»Was war denn vor der Küche zu sehen?«, fragte Mel. »Er hat doch telefoniert. Vielleicht sieht man das Handy.«

»Du hast das aufgezeichnet?«, fragte Tim Kemal vorsichtig, weil er nicht wieder eine genervte Antwort wollte.

Doch Kemal vorzog das Gesicht und schob linkisch seine Brille auf die Nase.

»Nicht dein Ernst«, fluchte Tim.

»Die schwarzen Streams hab ich nicht aufgezeichnet«, verteidigte sich Kemal. »Weißt du, wie viel Speicherplatz das wegnimmt? Wir würden irgendwann total lahm werden.«

»Ab sofort alle Streams aufzeichnen!«

Kemal machte sich schuldbewusst sofort daran, die entsprechenden Einstellungen vorzunehmen.

»Hast du gesehen, was davor passiert ist?«, fragte Tim Nina.

Sie konnte nur den Kopf schütteln und war schon wieder woanders. Denn der Taxifahrer verließ soeben seine Wohnung. Auch die anderen wurden aufmerksam und ließen den schwarzen Stream Nummer eins links liegen.

»Das nimmst du jetzt aber auf?«, fuhr Tim Kemal an.

»Ja!«

Ohne den plötzlichen Zuwachs an Probanden verarbeitet zu haben, konzentrierte Nina sich nun auf den Mann, der durch ein Treppenhaus nach unten ging. Aus dem ersten Stock. Als er an den Wohnungen im Erdgeschoss vorbeilief, sah man an zwei Türen Namensschilder.

»Köhler und Kowalski«, sagte Mel und notierte sie sich.

Keiner ging darauf ein, denn der Mann öffnete bereits die Haustür und ging auf die Straße. Nina spürte, wie ihr Puls schneller schlug, als sie zahlreiche Autos sah, die in Parktaschen vor dem Haus standen. Das würde ihnen helfen, ihn zu finden. Es war eine Seitenstraße mit großzügiger Bebauung. Plattenbauten mit fünf oder sechs Stockwerken. Ein paar blattlose Bäume fanden sich hier ebenfalls. Eher eine Großstadt. Sicher nicht die beste

Wohngegend. Ein Auto fuhr vorbei. Als der Mann auf den Bürgersteig trat, konnte man die ersten Kennzeichen der parkenden Wagen erkennen. Mel hatte blitzschnell eine entsprechende Datenbank geöffnet und tippte los, während sie referierte: »L, das ist Leipzig, GRM, das ist … Grimma. Bei Leipzig. Noch mal L. Noch mal. Er ist in Leipzig! Garantiert.«

Nina sah, wie Tim die Faust ballte.

»Wir haben ihn gleich.«

Denn nun sah man bereits ein Mercedes-Taxi, auf das der Mann zusteuerte. Auch hier konnte man kurz das Kennzeichen sehen. Wieder Leipzig. Mel hackte es in den Computer, auch sie wirkte positiv gestimmt. Nina dagegen wurde unsicher.

»Leipzig ist weit weg«, sagte sie. »Wie wollen wir an den rankommen?«

Bevor Tim etwas sagen konnte, ging Mel dazwischen.

»Das Auto ist auf ein Fuhrunternehmen Öztürk zugelassen.«

»Nee, also Türke ist der nicht«, sagte Kemal sofort.

»Dann ist er da angestellt«, stellte Tim fest. »Vielleicht sehen wir im Auto seinen Namen. Der muss gut sichtbar angebracht sein. Hat jemand einen Straßennamen gesehen?«

Das hatte niemand. Dafür sahen alle genau hin, als der Mann auf den Fahrersitz kletterte und die Tür schloss. Er machte es sich bequem, schaute auf sein Armaturenbrett. Und tatsächlich: Dort hing das Fahrerschild. Mit Foto und Name.

»Heiko Rupprecht«, las Mel.

Sofort flogen ihre und Kemals Finger über die Tasten. Bei allen machte sich Euphorie breit. Nur bei Nina nicht.

»Wie kommen wir jetzt an ihn ran?«

Tim lächelte sie beruhigend an. Er zückte bereits sein Handy, hatte längst einen Plan.

»Kein Problem. Ich lasse ihn von den Kollegen vor Ort verhaften und behaupte, er wird wegen einer Verbindung zu einem Mord in Berlin gesucht. Das ist unauffällig und gibt uns Zeit, jemanden zu ihm zu …«

Er stockte und schaute mit kritischem Blick auf den Stream.

»Das ging aber schnell«, sagte er verwundert. »Schon der erste Fahrgast.«

Nina folgte seinem Blick. Ein Fausthieb landete in ihrem Magen. So fühlte es sich zumindest an. Denn der Taxifahrer Heiko Rupprecht hatte über den Rückspiegel nach hinten geblickt, wo soeben in aller Ruhe ein Mann einstieg. Ein Mann in einer grauen Allwetterjacke. Ein Mann, den Nina nur zu gut kannte.

»Das ist er«, sagte sie tonlos.

Alle schauten sie erschrocken an.

»Der Mörder?«, fragte Tim.

»Da muss sofort jemand hin«, rief sie panisch. »Man muss ihn warnen.«

Rupprecht unterhielt sich mit dem freundlichen Fahrgast, der in irgendeine Richtung zeigte. Der Fahrer startete den Wagen. Er fuhr mit seinem Mörder auf dem Rücksitz los. Tim war der Erste, der reagierte. Er wählte bereits eine Nummer und wartete.

»Handynummer von Rupprecht«, bellte er dabei Kemal an. »Schnell.«

Kemal tippte los. Nina starrte durch die Augen von Proband Nummer fünf auf die Straße. Sie hatte das Gefühl, dass auch ihr ein Killer im Nacken saß. Ihr ganzer Körper spannte sich an, die Muskeln an ihrem Hals verhärteten sich so sehr, dass es schmerzte. Sie konnte nicht mehr schlucken.

»Hartriegelstraße«, sagte Mel, nachdem sie ein Straßenschild gesehen hatte.

Sie rief eine Karte auf und suchte die entsprechende Straße. Tim erreichte jemanden mit dem Handy.

»Hallo? Ich habe gerade in der Hartriegelstraße eine Person in ein Taxi steigen sehen. Der Mann hatte eine Pistole in der Hand. Taxinummer 3434, Kennzeichen L – OZ 2312. Er fährt jetzt mit Fahrer auf der …«

»Heiterblickallee«, sagte Mel mit der Karte im Auge.

Nina verstand nicht. Sie hatte keine Waffe gesehen. Warum erklärte Tim seinen Kollegen in Leipzig nicht einfach, was los war?

»Heiterblickallee«, wiederholte Tim in den Hörer. »Er bedroht den Fahrer mit der Waffe. Bitte beeilen Sie sich.«

Dann drückte er das Gespräch weg. Nina erschrak und schaute Tim fassungslos an.

»Du kannst doch nicht einfach auflegen«, fuhr sie ihn an. »Du musst sagen, wer du bist. Was das für ein Typ ist.«

»Dann wissen sie, dass wir zuschauen«, zischte er, ohne den Blick von dem Stream zu nehmen.

»Ist doch jetzt egal!«

»Ist es nicht! Wir haben noch vier andere Leute!«

»Handy ist aus«, sagte Kemal, der zwischenzeitlich versucht hatte, Rupprecht auf seinem Mobiltelefon zu erreichen.

»Willst du ihn opfern?«, fragte Nina Tim scharf.

»Quatsch. Die Kollegen werden ihn finden.«

Nina war fassungslos. Sie schaute wieder zum Stream. Der Wagen bog in ein Industriegebiet. Ein Wertstoffhof war zu sehen, Autowerkstätten. Alles war geschlossen. Dort fuhren keine anderen Autos. Am frühen Sonntagmorgen waren natürlich erst recht keine Fußgänger unterwegs. Das gefiel Nina überhaupt nicht. Rupprecht schaute kurz in den Rückspiegel zu seinem Fahrgast, der ungerührt auf dem Rücksitz saß und mit seinen Händen den Weg anzeigte. Das Taxi fuhr langsamer. Rupprecht schien nach etwas am Straßenrand Ausschau zu halten. Er bog noch einmal um die Ecke.

»Ich weiß nicht, ob sie ihn da finden«, sagte Mel mit unheilvoller Stimme.

Auch Nina und Kemal schauten Tim an, dessen Gesichtszüge äußerste Anspannung angenommen hatten.

»Scheiße!«, fluchte er.

Er nahm das Handy noch einmal hoch, wollte auf die Wahlwiederholung drücken. Doch genau in dem Moment verschwamm das Bild auf dem Stream. Man sah kaum noch etwas, dafür wackelte das Bild wild hin und her. Als Nina kapiert hatte, dass Rupprecht eine Tüte über den Kopf gezogen worden war, war es schon zu spät. Das Bild wurde milchig trüb. Der Mann konnte nicht mehr atmen. Sie mussten tatenlos dabei zusehen, wie der Familienvater mit dem Tod kämpfte. Ein Kampf, bei dem er keine Chance hatte. Ein Kampf, der auch Nina die Luft zum Atmen nahm. Auf dem Monitor war kaum noch etwas zu erkennen. Ein Schleier lag darüber, Lichtpunkte flogen umher, rote Schlieren. Das sah man also, wenn man starb. Der Stream wurde schwarz.

»Fuck!«, schrie Tim aus voller Kehle.

Mel saß sprachlos da. Kemal hielt sich hilflos den Kopf. Nina zitterte am ganzen Leib. Ein Teil von ihnen allen war mit dem Mann in Leipzig gestorben.

Auf einem anderen Stream erschien ein Bild. Ein Stoffhase neben einem Kissen mit Pferdemotiven. Das Mädchen war erwacht.

17

Leipzig
Sonntag, 8:45 Uhr

Ole war schlecht gelaunt. Er hatte nur drei Stunden geschlafen und einen stressigen Tag vor sich. Vier Zielpersonen. Er hätte nicht zusagen sollen. Doch dann dachte er wieder daran, dass er mit dem Geld Schluss machen konnte. Er sehnte sich danach. Nie wieder dieser Stress, nie wieder irgendwelchen Leuten am frühen Sonntagmorgen vor ihrem Haus auflauern, nie wieder einen schweren Kerl in irgendeinem Industriegebiet durch die Gegend schleppen. Das Töten selbst machte ihm nichts aus – warum auch immer. Irgendein Psychologe damals in Hamburg im Jugendheim hatte behauptet, dass Ole unter einer antisozialen Persönlichkeitsstörung leiden würde. Ole musste wieder darüber lachen. Er litt überhaupt nicht und war zudem ein sehr sozialer Mensch. Er liebte seine Frau und seine Kinder. Er war gerne mit ihnen zusammen, reiste mit ihnen durch die ganze Welt. Nein, er hatte keine Störung. Er war einfach nur ein Profi. Die Toten taten ihm durchaus leid. Aber sie hatten halt Pech gehabt. Und er machte seinen Job. Das Töten machte ihm auch keinen Spaß. Er hatte andere kennengelernt, damals in Hamburg, die mit einem Glitzern in den Augen erzählten, wie sie ein Leben auslöschten. Die so etwas wie Macht genossen. Wenn jemand krank war, dann die.

Mit einem Ruck hob er den leblosen Körper vom Beifahrersitz. Der Mann hatte noch die Tüte über dem Kopf, mit der Ole ihn erstickt hatte. Die Methode schien ihm in diesem Fall am passendsten, um keine Spuren zu hinterlassen. Gott sei Dank hatte der Kerl sich nicht vor Schreck eingepinkelt. Hatte Ole alles schon erlebt. Er hob den Mann auf die Schulter, zog ihn aus dem Wagen und drehte sich um. Er hatte das Taxi genau so geparkt, dass sich die Beifahrertür auf Höhe der hinteren Tür des Wohnmobils befand. Mit einem Ächzen beförderte Ole den Toten auf die Plane, die er dort auf dem Boden ausgelegt hatte. In der Ferne hörte er Polizeisirenen. Schon zum zweiten Mal. Das war nicht normal für Leipzig am frühen Morgen.

Er beeilte sich. Taxi zu, von außen mit dem Schlüssel der Zielperson abschließen. Es würde dauern, bis man den Wagen gefunden hatte. Und wenn das passierte, dann war er verschlossen und ordnungsgemäß auf einem verlassenen Parkplatz abgestellt. Vielleicht würde man nicht einmal sofort ein Verbrechen vermuten, sondern glauben, dass der Mann abgehauen war. Wenn Ole Glück hatte, gab es Zoff mit der Ehefrau. Wer hatte nicht schon mal darüber nachgedacht, niemals wieder nach Hause zurückzukehren? Ole selbst natürlich nie. Er war glücklich mit Nadine. Er schloss die Tür des Wohnmobils, das er vor dem Job in der Nähe geparkt hatte. Genauer gesagt hatte er schon letzte Woche bei der Vorbereitung der Jobs über Google Maps eine optimale Stelle herausgesucht. Ein verzweigtes Industriegebiet ganz in der Nähe des Wohnorts seiner Zielperson. Hier hatte er am frühen Morgen einen eigentlich gesperrten Weg gefunden, der zwei Industriebrachen verband. Er musste nur ein rostiges Tor aushebeln und wegschieben. Dann konnte er über das Gelände mit dem Taxi zu dem Parkplatz mit dem Wohnmobil gelangen, ohne befahrene Straßen nutzen zu müssen. Jetzt kam es ihm allerdings so vor, als ob die Polizei auf der anderen Seite des Industriegebiets herumfuhr. Dort, wo der Mann gestorben war. Hatte man Ole gesehen? Verdacht geschöpft? Er war froh, dass er das Tor nach der Durchfahrt wieder zugezogen hatte.

Ole stieg in das Wohnmobil, zog sich seine Handschuhe aus und fuhr los. Er hasste es, unter Zeitdruck zu arbeiten. Und der würde nicht so schnell enden. Er verließ das Industriegelände, fuhr durch menschenleere Straßen, die von Bürogebäuden gesäumt wurden, und gelangte bald auf eine Bundesstraße. Er fuhr schnell, aber nicht zu schnell. Ein Blitzer würde ihm das Leben enorm erschweren. Es war nicht mehr weit bis zur Autobahn. Auf der ersten Raststätte würde er kurz haltmachen, um den Taxifahrer in den Tank zu stecken. Am frühen Morgen hatte er die Reste der Frau mit dem Hund auf dem Münchener Campingplatz entsorgt. Dann war er hastig Richtung Norden losgefahren – mit schmutzigem Tank. Um ihn zu reinigen und neu mit Lauge zu befüllen, brauchte er Zeit. Sonst ging etwas schief, oder Ole verätzte sich am Ende noch. Also würde er den Taxifahrer erst später bearbeiten können. Immerhin konnte er die Leiche schon einmal in den Tank stecken – dann war sie luftdicht weggesperrt.

Er schaute in den Rückspiegel. Weit und breit war kein Auto zu sehen. Wahrscheinlich hatten die Sirenen nichts mit ihm zu tun. Wie sollte man auch auf ihn aufmerksam geworden sein? Der Taxifahrer hatte sich sogar gefreut, so schnell einen ersten Kunden zu haben. Niemand hatte ihnen Beachtung geschenkt. Nein, es war alles gut gegangen. Ein Blick auf die Uhr verriet Ole, dass er gut in der Zeit lag. Es war noch nicht einmal neun. Der Tag war noch lang. Er atmete tief durch. Er war ganz schön angespannt gewesen. Dieser verdammte Zeitdruck. Endlich stellte sich die Freude über einen gelungenen Auftrag ein. Ole war optimistisch, dass er sein ambitioniertes Ziel an diesem Tag erreichen würde. Mit Schwung nahm er die Kurve auf den Autobahnzubringer. Dann fuhr er weiter Richtung Berlin.

18

Berlin-Kreuzberg
Sonntag, 9:30 Uhr

»Wie oft noch? Es hätte sich nicht verhindern lassen!«

Tim klang gereizter, als er wollte. Er verstand ja, dass Nina aufgebracht war. Aber dass der Taxifahrer Rupprecht gestorben war, war nun wirklich nicht seine Schuld. Es hätte keinen Unterschied gemacht, ob er sich der Polizei sofort zu erkennen gegeben hätte. Dafür war es viel zu schnell gegangen.

»Aber sie würden den Mörder jetzt haben«, setzte Nina noch einmal nach.

Sie stand mit verschränkten Armen hinter Kemal und Mel, die fünf Sachen gleichzeitig an den Computern machten. Wie ein eingespieltes Team, dabei kannten sie einander nur flüchtig durch Tim.

»Tim!«, fuhr Nina ihn an. »Wieso haben sie den Kerl nicht? So groß ist das Gebiet nicht.«

Sie deutete auf eins der zahllosen Fenster auf einem der Monitore. Dort war eine Karte von Leipzig zu sehen. Das Gebiet, in dem sie den Kontakt zu Rupprecht verloren hatten. Tim hatte sofort noch einmal in Leipzig angerufen. Dieses Mal direkt beim Leiter der Mordkommission, den er flüchtig durch den Austausch über einen Fall im letzten Jahr kannte. Müller hieß er. Ein erfahrener Kriminaler kurz vor der Pensionierung. Tim hatte so oder so keine andere Wahl, als ihm zu vertrauen. Er hatte den Mann am Telefon über die Tatsache eingeweiht, dass es einen Maulwurf gab und dass die Informationen aus Berlin nicht über offizielle Kanäle laufen durften. Dann hatte er ihn über den letzten Standort des Taxis informiert und ihn sogar mit einem Bild des Mörders versorgt. Da dies nur über den Rückspiegel und mit wenig Licht aufgenommen worden war, konnte man den Mann mit dem Allerweltsgesicht nicht besonders gut erkennen. Auch eine Recherche in den Datenbanken der Behörden und im Internet hatte bisher keinen Treffer gebracht. Aber bei der Fahndung in Leipzig konnte man immerhin andere Personen ausschließen. Trotzdem hatte die Leipziger Polizei weder das Taxi noch den Mann gefunden. Von einer Leiche ganz zu schweigen.

»Er war zu clever für die«, antwortete Tim an Nina gerichtet. »Oder da arbeiten Flitzpiepen. Keine Ahnung.«

»Warum hilfst du ihnen dann nicht?«, zischte Nina ihn an.

»Ich habe den Leipzigern alles gegeben, was ich hatte.«

Nina lachte spottend.

»Ist dir eigentlich egal, was mit den anderen passiert?«, fragte sie mit bösartigem Unterton.

»Was soll das denn jetzt? Warum machen wir das hier wohl alles? Nina, ich kann nichts dafür, dass ein Killer durchs Land zieht und Menschen tötet.«

Nina sagte nichts. Sie schaute ihn einfach nur böse an. Tim wünschte sich, dass sie ihren Frust mal richtig rauslassen würde. Er hatte schließlich auch schon eine Kaffeetasse an die Wand geschmissen. Jetzt funktionierte er wieder. Anders als Nina, die nicht über den toten Taxifahrer hinwegkam. Vielleicht war es doch ein Fehler gewesen, sie mitarbeiten zu lassen. Andererseits hatte sie ihnen geholfen und konnte das auch nach wie vor tun.

»Es gibt doch auch gute Nachrichten«, versuchte er es mit weicher Stimme.

»Ach ja?«, fragte sie bissig.

»Erstens: Der Mörder weiß nicht, dass wir zuschauen. Sonst hätte er sich nicht zu erkennen gegeben …«

»Deswegen arbeiten wir weiter undercover, obwohl wir offensichtlich mehr Leute bräuchten«, ging Nina mit sarkastischem Unterton dazwischen. »Keine gute Nachricht.«

Tim überhörte diese Aussage. Komischerweise ärgerten Tim Ninas ätzende Kommentare kaum. Er konnte sie verstehen. Und er hatte das tiefe Bedürfnis, sie zu beruhigen.

»Und zweitens: Wir haben endlich ein Opfer identifiziert.«

Er deutete auf den Monitor vor Kemal, wo immer mehr Informationen über Rupprecht auftauchten. Kemal trug alles zusammen, was Internet und Datenbanken hergaben. Zudem mussten jeden Moment mehr Informationen aus Leipzig kommen, sobald die Kollegen mit der Frau des Opfers gesprochen hatten. Bei dem Gedanken daran, dass man die arme Frau aus dem Bett klingeln und ihr Leben auf den Kopf stellen würde, musste Tim schlucken. Zumal man der Frau nicht einmal die Gewissheit geben konnte, dass ihr Mann tatsächlich tot war. Sie würde nur erfahren, dass jemand die Attacke beobachtet hatte und dass ihr Mann mitsamt Taxi verschwunden war. Da auch die Leiche aus München nie aufgetaucht war, nahm Tim an, dass der Mörder die Toten irgendwie entsorgte. Vielleicht würde man sie niemals finden. Womit das Video die einzige Möglichkeit war, der Frau des Toten Gewissheit zu geben. Ein Grund mehr für Tim, diese Arschlöcher endlich zu stoppen. Die Frau verdiente die Wahrheit. Er legte Nina seine Hand auf den Arm.

»Es kann nicht mehr lange dauern, dann haben wir alle. Der Kerl ist weit weg von Berlin, und es ist nur eine Frage der Zeit, bis einer von denen das Haus verlässt.«

Er deutete auf die drei noch laufenden Streams. Der Computerspieler war noch nicht wach. Die Sexfrau schlief ebenfalls wieder. Aber dafür war das Mädchen nun aufgewacht. Nina schaute zu dem Stream, in dem ein mit viel Geld eingerichtetes Einfamilienhaus zu sehen war. Auf einem großen Fernseher lief ein Film: *Bibi und Tina – Mädchen gegen Jungs*. Tim hatte ihn mit seiner Nichte im Kino gesehen. Das Mädchen im Stream hatte ihn sich selbst ausgesucht. Nachdem sie aufgewacht war, hatte sie zunächst versucht, ihre Mutter im Schlafzimmer zu wecken. Aber die hatte sie abgewimmelt, ohne allzu viel von ihrem Gesicht preiszugeben. Dann hatte sich das Mädchen in der sehr schicken Küche ein Müsli gemacht und sich damit vor den Fernseher gesetzt.

»Der Film läuft noch fast zwei Stunden«, stellte Nina

fest. »Ich hab die Länge nachgeschaut. In der Zeit werden wir nicht viel herausfinden.«

»Vielleicht wird die Mutter bald wach. Dann sehen wir mehr.«

»Sah nicht so aus, als ob die sich für ihr Kind interessiert.«

Nina war für Tims Geschmack manchmal deutlich zu hart. Im Grunde wussten sie noch nichts über diese Familie, und dennoch hatte sie sich bereits ein Urteil gebildet. Tims Handy klingelte. Er schaute auf das Display und sah die Leipziger Nummer. Müller.

»Ja?«, meldete er sich.

»Müller hier. Mhm, also, die Kollegen waren jetzt bei der Ehefrau …«

Er seufzte. Es war offenbar nicht leicht gewesen. Tim hasste nicht ohne Grund diese ersten Besuche bei den Hinterbliebenen.

»Wie Sie wollten, haben sie auch nach Operationen gefragt. Rupprecht wurde vor vier Monaten am Auge operiert. Ein Tumor musste entfernt werden. Bringt das etwas?«

Tim schnippte mehrfach mit den Fingern, damit Kemal ihm zuhörte.

»Wo wurde er operiert? Von wem?«

Auch Nina wurde hellhörig.

»In einer Augenklinik in Berlin. Doktor Luhm.«

»Augenklinik Berlin, Doktor Luhm«, wiederholte Tim, woraufhin Kemal an der Tastatur aktiv wurde.

»Mehr konnte man nicht aus der Frau herausholen«, hörte er am Handy. »Sie ist extrem aufgebracht.«

»Hilft uns schon«, sagte Tim. »Vielen Dank. Was Neues von dem Taxi?«

»Nein. Ich verstehe immer noch nicht, wie Sie Bilder von dem Mord haben können.«

»Erkläre ich Ihnen später. Haben Sie bitte Geduld. Ich melde mich.«

Tim wartete die Antwort von Müller nicht ab, sondern drückte das Gespräch weg. Er schaute zu Kemal, der auf seinem Monitor die Seite der teuren Augenklinik gefunden hatte und immer mehr Informationen über Luhm hervorholte.

»Ich kenne ihn«, sagte Nina. »Einer der besten Augenärzte Deutschlands. Operiert aber nur noch privat in seiner Klinik. Gehst du hin?«

Tim hatte sich gerade noch über den Fortschritt gefreut. Aber nun seufzte er.

»Der wird mit Ruby und deinem Ex-Freund unter einer Decke stecken. Er weiß doch, was er da operiert hat. Wir können ihn nicht direkt ansprechen.«

Nina stöhnte auf. Wie um Tim zu bestätigen, erschienen auf Kemals Monitor Fotos, die Ruby und den Arzt bei der gemeinsamen Eröffnung eines Anbaus zeigten, in dem Patienten unentgeltlich behandelt wurden, wenn ihre Krankenkasse etwas nicht übernahm. Ruby hatte dafür gespendet. Das kam Tim schon arg zynisch vor, denn wahrscheinlich waren dort die Probanden ausgewählt worden. Es gab weitere Fotos von den beiden Männern. Auf dem Bundespresseball. Bei einer anderen Wohltätigkeitsveranstaltung. Luhm war sogar mit Ruby gemeinsam im Olympiastadion bei einem Spiel der Hertha gewesen.

»Die sind Buddys«, stellte Tim fest.

»Er hat eine Kartei mit allen Namen«, entgegnete Nina.

Sie zeigte auf die Streams. Tim nickte.

»An die müssen wir herankommen, ohne dass er es merkt. Notfalls brechen wir da eben ein. Mel, wem vom MEK können wir vertrauen? Wir brauchen ein Team …«

»Da werdet ihr nicht weit kommen«, unterbrach Kemal.

Er hatte bei seiner Suche einen weiteren Artikel über Luhm gefunden. Dieser war drei Tage alt und informierte darüber, dass es nachts in der Klinik ein Feuer gegeben hatte. Ein Kabelbrand. Dabei war niemand zu Schaden gekommen.

»Die Computeranlage im Wert von mehreren tausend Euro wurde vollständig zerstört«, las Kemal.

Tim stöhnte. Natürlich war das kein Zufall. Und natürlich würden sie keine einzige Datei über seine Patienten finden – egal auf welchem Weg sie es versuchten. Wahrscheinlich hatte der Doktor das Gebäude selbst in Brand gesetzt. Ruby würde die mehreren tausend Euro schon lockermachen. Für einen Moment herrschte betroffene Stille in Tims Wohnung. Nur das Klackern der Tasten unter Kemals Fingern war zu hören. Nina schaute Tim schon wieder nicht an. Sie starrte auf den Stream des Mädchens. Tim wusste, dass sie deren Schicksal besonders berührte. Sie hatte das Mädchen als Einzige von ihnen sogar schon gesehen.

»Kemal, lass uns noch mal alles durchgehen, was wir von dem Mädchen haben«, sagte er und setzte sich zu ihm. »Vielleicht haben wir einen Hinweis übersehen.«

Tim suchte Ninas Blick. Er wollte eine Brücke bauen, damit es zwischen ihnen wieder so wurde wie vor Rupprechts Tod. Sie waren ein gutes Team gewesen. Doch Nina starrte mit harter Miene auf den Monitor, der nicht viel mehr als einen Fernseher zeigte, auf dem Bibi und Tina ihre Abenteuer erlebten.

»Nina?«, fragte Tim vorsichtig.

Endlich sah sie ihn an.

»Ich muss mal nach Hause«, sagte sie.

»Was?«

»Ich brauche andere Klamotten, und ich muss duschen.«

»Aber wir brauchen dich hier.«

»Ich hab immer noch das Blut von Franziska an mir«, zischte Nina und deutete auf den Fleck auf ihrem Oberteil.

Sie nahm ihr Handy vom Ladekabel und griff sich die Jacke, die Tim ihr am Abend zuvor gegeben hatte.

»Du kannst hier duschen und …«

»Ich muss einfach mal hier raus«, unterbrach sie ihn. »Ruft mich an, wenn was ist, wobei ich helfen kann.«

Sie ging zur Tür. Auch Kemal und Mel schauten ihr überrascht hinterher.

»Nina!«, rief Tim und sprang auf.

Doch sie knallte ihm die Wohnungstür vor der Nase zu. Tim spürte Wut in sich hochkochen. Sie sollte nicht alleine draußen herumlaufen. Tim wusste nicht, was sie wirklich vorhatte, und auch nicht, ob sie in Gefahr war. Er griff sich seinen Mantel.

»Die Frau wird wach«, hörte er Mel sagen.

Er schaute zu den Streams. Tatsächlich: Die Frau, die sich am Morgen mit ihrem Freund vergnügt hatte, war aufgewacht. Sie schaute neben sich auf das leere Bett. Also richtete sie sich auf. Sie würde nun endlich mehr von ihrer Wohnung preisgeben. Das war jetzt wichtig. Wenn sie dadurch etwas herausfanden, würde Nina schon zurückkommen.

19

Berlin-Mitte
Sonntag, 10:00 Uhr

Nur zu gerne wäre Nina den Jogginganzug losgeworden. Ihr ganzer Körper schrie nach einer Dusche. Aber dafür hatte sie keine Zeit. Sie raste in ihrem Smart mit einem klaren Ziel durch das morgendliche Berlin. Auf dem Beifahrersitz lag ihr Handy, mit dem sie noch auf dem Weg zum Auto den Stream des Mädchens aufgerufen hatte. Sie wollte ihn im Auge behalten, während sie nach Mitte fuhr.

Sie wusste genau, wo sich das Hauptgebäude von GEM befand. Nicht nur, weil die Adresse auf der Einladung für die heutige Präsentation gestanden hatte. Sie war sogar schon in dem massiven Altbau in Mitte gewesen, hatte eine exklusive Führung durch das ganze Haus erhalten. Damals, als Ruby ihnen das Angebot gemacht hatte, die ganze Forschungsabteilung zu übernehmen. Sie konnte sich gut an den überdrehten Milliardär mit dem schütteren Haar und dem Brioni-Anzug erinnern. Ein Nerd, der zu Geld gekommen war. Ein großer Junge, der kein Nein akzeptierte. Auf alle skeptischen Einwände von Nina hatte er mit weiteren Angeboten reagiert. Mehr Geld für die Forschung, mehr

Geld für die Mitarbeiter, teure Gerätschaften, schicke Büros. Aber die Forschung für Blinde ließ sich nicht mit Geld aufwiegen. Bei diesem Besuch hatte sie das Glänzen in Christophs Augen gesehen. Tief in ihrem Herzen hatte sie da schon gespürt, dass es zu Ende gehen würde. Dass sie Christoph verloren hatte. Ihm war es auch vorher nie um die Blinden gegangen. Er wollte ein Pionier sein, eine bahnbrechende Entdeckung machen. Als Wissenschaftler in die Geschichtsbücher eingehen. Nobelpreis und dergleichen. Wofür, war ihm gleichgültig gewesen – immer schon. Das war auch nicht das, was Nina ihm übelgenommen hatte, denn so hatte sie ihn ja kennengelernt. Aber dass er nicht aus Liebe zu ihr weiter auf die Forschung für Blinde hatte setzen wollen, nicht einmal für einen weiteren Tag, das hatte Nina getroffen. Es hatte ihr gezeigt, dass ihre Liebe nur eine Zweckbeziehung gewesen war. Austauschbar. Dafür hatte es gar nicht mehr die lächerliche Geschichte mit Franziska gebraucht.

Ja, Christoph war dem Ruf des Geldes und vor allem der Aussicht auf einen Durchbruch gefolgt. Das passte zu ihm. Aber was nach wie vor nicht zu ihm passte, war alles, was dann geschah. Die Nummer mit dem Auftragsmörder. Operationen an Menschen, die nichts davon wussten. An einem Kind. Christoph hatte auf ungewöhnliche Methoden gesetzt. Bis zur Selbstaufgabe. Aber er war früher immer darauf bedacht gewesen, niemandem zu schaden. Was bei GEM lief, schadete Menschen so sehr, dass das unmöglich in seinem Interesse sein konnte. Spätestens als Nina von der Beteiligung von Doktor Luhm erfahren hatte, war ihr klar gewesen: Ruby hatte Christoph vielleicht für die technische Entwicklung benutzt. Mit dem Rest hatte Ninas Ex-Freund nichts zu tun, auch wenn Tim das nicht glauben wollte. Aber er kannte eben Christoph nicht, und bevor sich der Kommissar immer weiter verrannte und noch mehr Probanden starben, musste etwas geschehen.

Nina bog vom Gendarmenmarkt in die Nebenstraße, in der sich wenige Meter weiter der Firmensitz von GEM befand. Ein aufwendig sanierter Altbau aus dem neunzehnten Jahrhundert, der einen halben Block einnahm. Große Fenster mit Säulen, Stuck unter den Dachvorsprüngen. Vor dem eindrucksvollen Eingang mit einer Steintreppe und zwei Marmorstatuen standen diverse große und kleine Lastwagen. Eine Cateringfirma fuhr groß auf. Zusätzliche Technik wurde nach drinnen gebracht. Ein roter Teppich stand bereit zum Ausrollen. Ruby würde am Abend ein Spektakel veranstalten, bei dem keine Kosten gescheut und keine Menschenleben geschont wurden. Nina fuhr langsam an der Szenerie vorbei und versuchte, ein vertrautes Gesicht zu entdecken. Aber es waren nur temporäre Mitarbeiter zu sehen. Das geschäftige Treiben erhöhte immerhin ihre Chancen, unbemerkt in das Gebäude zu kommen. Es würde nicht leicht werden, zu Christoph zu gelangen, auch wenn sie wusste, dass sich sein Arbeitsbereich im Untergeschoss befand. Ruby hatte damals in schillernden Farben ausgemalt, wie die gemeinsame Arbeit dort unten später einmal aussehen konnte. In einem Hochsicherheitsbereich, in den niemand ohne entsprechende Befugnis hineinkam. Nina musste Christoph herauslocken. Er hatte ihr eine Einladung geschickt. Im Zweifel würde sie deswegen vor allen Leuten eine Szene machen und ihm dabei signalisieren, dass sie ihn alleine sprechen musste. Ruby würde von einer nach wie vor enttäuschten Ex ausgehen und keinen Verdacht schöpfen.

Noch während sie sich diesen Plan ausmalte, sah sie den kleinen Parkplatz neben dem Hauptgebäude. Er gehörte zu GEM. Ein Luxus in diesem Bereich von Berlin, in dem für jeden Quadratmeter unfassbare Summen aufgerufen wurden. Entsprechend zierte die wenigen Stellplätze ein großes VIP-Schild. Das war Rubys Stil. Er liebte es, Privilegien zu vergeben. Nina schaute genauer hin. Tatsächlich fand sie an einem der Plätze ein Schild mit der Aufschrift »Dr. Christoph Becker«. Es stand kein Wagen dort. Christoph war nicht vor Ort. Noch nicht. Sie kannte ihn. An solch einem Tag würde ihn nichts zu Hause halten. Er würde bald kommen. Damit war ihr Plan, ins Gebäude zu gehen, hinfällig.

Nina wendete den Wagen und quetschte ihr kleines Auto in eine Einfahrt auf der anderen Straßenseite, von der aus sie den VIP-Parkplatz und das Geschehen vor dem großen Gebäude im Auge behalten konnte. Sie nahm das Handy hoch und schaute auf den Stream des Mädchens, bei dem sich noch nichts verändert hatte. Ein Blick auf die Uhr verriet, dass seit dem Mord in Leipzig eine gute Stunde vergangen war. Von Leipzig nach Berlin brauchte man mindestens zwei Stunden, wenn man sich um eine Leiche kümmern musste, wahrscheinlich auch noch länger. Nina wollte sich eine halbe Stunde geben. Wenn Christoph bis dahin nicht aufgetaucht war, würde sie zu ihm nach Hause fahren.

Derweil rief sie auf dem Handy die anderen Streams

auf. Die eins und die zwei waren schwarz. Was es mit dem ersten Stream auf sich hatte, hatte sie immer noch nicht verstanden. Bei der drei schlief nach wie vor der Computerspieler. Vier und leider nun auch die fünf waren schwarz. Aber bei der sechs hatte sich etwas getan. Nina sah den Mann, der am Morgen noch Sex mit der Probandin gehabt hatte. Er saß mit einem T-Shirt bekleidet an einem liebevoll gedeckten Küchentisch in einer sonnendurchfluteten Küche. Er lachte sympathisch und erzählte grinsend etwas, während er sich ein Brötchen mit Marmelade schmierte. Das Paar frühstückte. Nina suchte den Hintergrund nach Hinweisen ab, wer diese Menschen waren und wo sie sich befanden. Aber einmal mehr musste sie feststellen, dass Menschen in ihren Wohnungen nicht viele Hinweise hinterließen. Sie dachte darüber nach, ob man an ihrer eigenen Wohnung erkennen konnte, wer sie war. Aber solange man nicht am Schreibtisch einen Brief oder Ähnliches fand, würde einem das wahrscheinlich nicht gelingen. Höchstens die Urkunde mit ihrem Doktor der Medizin im Zimmer ihres Vaters konnte sie verraten. Und die hing auch nur dort, weil er drauf bestanden hatte. Ihre zwei erfolgreichen Studien hatten ihn sehr stolz gemacht. Wobei sie bis heute nicht genau wusste, ob er ihr Interesse an Augenmedizin immer schon auf sich bezogen hatte oder den Zusammenhang erst verstanden hatte, als sie mit der Forschung für Blinde begonnen hatte. Während sie an ihn dachte, packte sie das schlechte Gewissen, weil er nach wie vor allein und ahnungslos zu Hause saß. Eigentlich musste sie längst von der angeblichen Nachtschicht zurück sein.

Sie checkte noch einmal kurz den Stream des Mädchens. Dort hatte sich genauso wenig verändert wie bei dem frühstückenden Pärchen.

»Ja?«, meldete sich Ninas Vater, nachdem sie ihn angerufen hatte.

»Hallo Papa!«

»Wo steckst du denn?«

»Sorry, du. Ich hab im Krankenhaus geschlafen und fahre gleich weiter zu einer Freundin. Ich hatte ihr versprochen, beim Umzug zu …«

»Du musst mich nicht anlügen«, unterbrach er sie. »Du bist eine erwachsene Frau.«

Nina seufzte innerlich. Sie fühlte sich schlecht.

»Ich lüge dich nicht an, Papa.«

»Natürlich tust du das. Und ich weiß auch genau, was los ist.«

Das überraschte Nina. Sie sagte nichts, denn er würde es mit Sicherheit gleich erklären.

»Du hast einen neuen Mann. Das ist doch nichts Schlimmes.«

Nina rollte mit den Augen. Sie wünschte, es wäre so. Sie wünschte, sie wäre die Frau beim Frühstück auf dem Handy.

»Papa, nein …«

»Nina, komm, es war klar, dass das irgendwann passieren würde. Ich gönne es dir. Ich habe auch kein Problem damit, ins Heim zu gehen.«

Jetzt fing die alte Leier wieder an. In diesem superfreundlichen Tonfall, den Nina nicht mehr hören konnte.

»Papa!«, sagte sie.

»Habt noch einen schönen Tag.«

Die Verbindung war weg. Nina rief sofort noch einmal an. Aber ihr Vater ging nicht wieder ans Handy. Nina musste ganz tief durchatmen. Seine Mitleidstour konnte sie jetzt wirklich nicht gebrauchen.

Als sie aufschaute, fuhr ihr der Schreck in die Knochen. Sie hatte wegen der Aufführung ihres Vaters komplett verpasst, dass ein dunkler Porsche Cayenne auf den VIP-Parkplatz gefahren war. Sie wollte ihre Autotür aufreißen, aber im letzten Moment sah sie, dass nicht Christoph aus dem Wagen stieg, sondern ein Chauffeur, der kurz darauf die hintere Tür öffnete. In einem sicher sehr teuren Anzug stieg nun Ruby aus, hatte seinen Blick an sein Smartphone geheftet und eilte begleitet von einer attraktiven Assistentin zum Eingang. Der fast Fünfzigjährige war sichtbar gealtert, seitdem Nina ihn zum letzten Mal gesehen hatte. Blass, tiefe Augenringe. Vielleicht war es auch nur der Stress vor der Präsentation. Oder die Last der Morde, die er in Auftrag gegeben hatte. Die Arbeiter, die ihn erkannten, hielten kurz inne. Ruby hingegen würdigte niemanden eines Blickes. Angespannt eilte er in sein Hauptquartier.

Nina rief wieder die Streams auf. Bei dem Mädchen war das Bild unverändert. Aber als sie das Pärchen in der Küche betrachtete, musste Nina fast lachen. Man sah jetzt das Gesicht des Mannes aus nächster Nähe. Die Frau saß offenbar am Küchentisch auf seinem Schoß. Die beiden knutschten. Im nächsten Moment zog sie ihm das T-Shirt über den Kopf.

20

Berlin-Kreuzberg
Sonntag, 10:35 Uhr

»Nicht schon wieder«, stöhnte Kemal.

Tim sah es auch. Bei dem Pärchen wurde es erneut heißer. Der Mann half der Frau aus ihrem Morgenmantel, unter dem sie nichts trug, wie man bei ihrem kurzen Blick nach unten sehen konnte.

»Die lassen es sich halt gut gehen«, zog Mel Kemal auf. »Gönn ihnen das doch.«

»Och, nee.«

Schon wieder musste Kemal sich einen Penis anschauen. Die Frau hatte ihn aus einer Boxershorts befreit und beschäftigte sich mit ihm. Kemal sah nicht hin.

»Wenn's wenigstens aus seiner Perspektive wäre«, murmelte er.

Mel lachte. Tim musste nur kurz schmunzeln. Es wäre ihm lieber gewesen, wenn das Pärchen sich für einen Spaziergang entschieden hätte. Oder wenigstens am Fenster vögeln würde, mit Blick nach draußen.

»Jetzt reiß dich mal zusammen, Kemal«, raunte er, denn sein junger Kollege hielt sich demonstrativ die Augen zu.

Kemal setzte sich ertappt aufrecht hin und guckte zu, während auf dem Stream die rhythmischen Bewegungen begannen.

»Sorry«, entschuldigte er sich.

Mel sagte Kemal, dass sie das Pärchen wegen weiterer Hinweise scannen würde. Er sollte sich derweil mit dem Mädchen beschäftigen, was sie bis dahin getan hatte. Aber dort gab es immer noch nicht mehr als Bibi und Tina. Wieso wachte der andere Kerl nicht endlich auf? Und was war mit dem ersten Stream, den sie nur kurz gesehen hatten? Tim wurde allmählich unruhig. Es verging zu viel Zeit. Die Leipziger hatten nichts Neues gemeldet. Im Grunde waren sie nicht weiter als am Vorabend. Und nun fehlte ihnen auch noch Nina.

In dem Moment klingelte es an der Tür. Tim sprang sofort auf. Endlich. Erst als er die Tür öffnete und nicht Nina, sondern den Adler sah, merkte Tim an seiner eigenen Enttäuschung, dass er sie vermisste. Nicht nur, weil sie ihnen helfen konnte. Er mochte es nicht, dass sie sich im Streit verabschiedet hatten.

»Morgen«, murmelte der Adler und kam in die Wohnung.

Er zog eine Wolke aus Zigarettenrauch hinter sich her und sah nicht so aus, als ob er viel mehr als die anderen geschlafen hätte. In seiner Hand hielt er eine Sporttasche, die er auf den Boden fallen ließ. Tim sah gleich eine ganze Armada von technischen Geräten darin. Die Störsender, nach denen Tim gefragt hatte.

»Morgen, Chef«, sagte Tim.

Der Adler schaute an ihm vorbei zum Esstisch, wo er

seine Tochter entdeckt hatte. Sie saß vor einem Monitor, auf dem ein Pärchen Sex hatte. Mel hatte ihren Vater natürlich auch schon bemerkt. Sie sah, was er sah. Tim hatte Mel noch nie verlegen erlebt, aber nun hatte sie binnen einer Sekunde einen knallroten Kopf. Kemal sah es mit Überraschung und Interesse.

»Hallo Papa«, sagte Mel kleinlaut.

Der Adler ging ohne ein Wort näher, stellte sich in seinem Trenchcoat hinter sie und starrte auf den Stream. Tim wusste für einen Moment nicht, ob er Mel an den Ohren aus dem Raum schleifen würde. Doch dann blickte der Adler nicht weniger intensiv auf den Stream vor Kemal.

»Das ist so … so echt. Ich hab's ja nicht geglaubt.«

Mel atmete durch. Papa war einfach nur fasziniert von den Streams. Die Polizisten in Tims Wohnung hatten sich schon daran gewöhnt, aber natürlich war es immer noch eine Sensation, durch die Augen anderer Menschen sehen zu können.

»Unglaublich«, sagte der Adler noch einmal.

Dann riss er sich von den Streams los. Er nickte Kemal zu und grüßte seine Tochter mit einem kurzen Händedruck auf die Schulter.

»Was Neues?«, fragte er dabei in Tims Richtung.

Der schüttelte bedauernd den Kopf. Obwohl sie ein Bild von dem Killer hatten, war es nicht gelungen, ihn ausfindig zu machen. Er musste bisher unter dem Radar der Polizei gearbeitet haben. Dass er nicht zum ersten Mal gemordet hatte, war für Tim ein Fakt – so kaltblütig und gut organisiert, wie der Mann vorging.

»Mir ist noch etwas zu Fischer eingefallen«, sagte der Adler. »Matthias Fischer.«

Der mögliche Maulwurf. Natürlich hatten sie nebenbei weiter versucht, irgendetwas über ihn herauszufinden, waren aber auch in dieser Angelegenheit in einer Sackgasse gelandet. Tim war sich längst nicht mehr sicher, ob er wirklich den richtigen Mann gefunden hatte. Noch in der Nacht hatte er den Adler zurückgerufen und ihm von dem SEK-Mann erzählt. Der Adler kannte ihn nur flüchtig und hatte ihm nicht weiterhelfen können. Jetzt vielleicht doch?

»Ich kann mich täuschen, aber ich glaube, er ist einer von den jungen Kerlen gewesen, die Langenhorst zum SEK geholt hat. Kannst du dich an den erinnern?«

»Wer nicht?«

Langenhorst war ein ehemaliger SEK-Leiter, der vor einigen Jahren vorzeitig die Polizei verlassen hatte. Es gab Gerüchte, dass er nicht ganz freiwillig seinen Posten hatte räumen müssen. Ein harter Hund, der aus seiner nationalistischen Gesinnung nie einen Hehl gemacht hatte. So hatte es niemanden überrascht, als er kurze Zeit später bei einem privaten Sicherheitsdienst aufgetaucht war, für den er auch gleich einige seiner ehemaligen Kollegen für dubiose Auslandseinsätze abgeworben hatte.

»Kemal, versuch doch bitte, eine Verbindung zwischen Langenhorst und Fischer zu finden. In alten Einsatzplänen oder Berichten. Wie hieß noch mal dieses Unternehmen von denen?«

»Aragorn«, warf Mel ein. »Die haben damals auch bei uns versucht, Leute zu rekrutieren. Ganz komische

Typen. Haben eine Menge Geld geboten. Aber bei unserer Einheit war niemand interessiert.«

Tim konnte sich an die Abwerbewelle erinnern. Er war damals noch nicht beim LKA gewesen. Aber er hatte mitbekommen, dass Langenhorst in den Spezialeinheiten mehrfach Erfolg gehabt hatte. Gerade bei den etwas älteren SEK-Männern. Denen drohte mit zweiundvierzig die Zurückversetzung auf einen Abschnitt, da sie dann zu alt für das SEK waren. Die Jahre, die sie in ständiger Gefahr für Leben und Gesundheit verbracht hatten, dankte ihnen keiner. Im Gegenteil: In der Zeit beim SEK gab es keine Beförderungen, also stellten sie sich auf dem Abschnitt beim Thema Beförderungen wieder ganz hinten an. Gut ausgebildete und erfahrene Polizisten, deren Können und Wissen verkümmerte, während sie schlecht bezahlt wurden. Natürlich kam da so mancher Familienvater ins Grübeln, selbst wenn der Mann, der ihm viel Geld und einen spannenden Job bot, ein Arschloch war.

»Aragorn ist heute eine mächtige Firma«, erklärte der Adler. »Die halten sich zwar bedeckt, aber ein Kollege aus der Einsatzleitung kennt Langenhorst von früher. Er meinte, die machen Millionenumsätze.«

Tim war elektrisiert. Er blickte zu Kemal, der in den Datenbanken der Polizei fündig geworden war.

»Die ersten … keine Ahnung … gut hundert Einsätze beim SEK hat dieser Fischer unter Langenhorst gemacht. Die kennen sich gut. Hier: Langenhorst hat sogar für Fischer ausgesagt, als der eine Beschwerde wegen Körperverletzung im Amt hatte.«

Plötzlich stieß Mel einen Pfiff aus. Sie hatte Google

befragt und nicht viele Schritte gebraucht, um etwas zu finden.

»GEM steht bei der Security-Firma Aragorn auf der Referenzliste. Hier: Sie waren für die Sicherheit von GEM zuständig, als die in Saudi-Arabien ein Projekt hatten. Ist keine zwei Jahre her.«

Sie hatte außerdem einen Zeitungsartikel gefunden, in dem über die dubiose Rolle von Aragorn im Irak und in Afghanistan berichtet wurde. Tim überflog ihn kurz. Die Mitarbeiter der Security-Firma bewachten nicht nur private Unternehmen, sondern auch Botschaften von Staaten, die keinen guten Ruf in der Weltgemeinschaft genossen. Ein Haufen Söldner, die sozusagen staatliche Aufgaben übernahmen. Ex-Soldaten, Leute aus Einsatzkommandos und Sondereinheiten. Das war nicht weit entfernt von amerikanischen Firmen wie Blackwater. Gegründet hatte die Firma Alexander Kerber, ein ehemaliger Elitesoldat aus den KSK-Einheiten der Bundeswehr. Mel hatte einen Artikel über den fünfzigjährigen Stabsfeldwebel gefunden, der vor zehn Jahren die Armee verlassen hatte. In einem alten Interview machte er seinem Ärger über die fehlende Wertschätzung für Elitesoldaten durch die Bundeswehr Luft. Seine Aussagen erinnerten Tim an das, was die Kollegen des SEK oft ebenfalls kritisierten: schlechte Bezahlung, zu wenig Personal, keine Rücksicht auf die Gesundheit der Soldaten und schon gar keine Perspektive für die Zeit nach dem aufopferungsvollen Dienst. Da Kerber mit dem Interview gegen die Geheimhaltung des KSK verstieß, war ihm auch noch eine Strafe aufgebrummt worden. Wahrscheinlich war dies der Anlass gewesen, sich mit der dubiosen Sicherheitsfirma Aragorn selbstständig zu machen. Tim schüttelte den Kopf. Die Bundeswehr und die Polizei zogen sich solche Leute selbst heran: Kampfmaschinen, die nun unkontrolliert ihr Können gegen die Gesellschaft richteten.

»Dann wissen wir jetzt, mit wem wir es zu tun haben«, sagte er.

Er glaubte, dass Ruby bei diesen Leuten ohne Probleme Hilfe für die Ermordung von unliebsamen Probanden finden konnte. Leute, die sich im Zweifel auch mit staatlichen Organen anlegten. Die genau wussten, wie die Polizei funktionierte.

»Langenhorst hat Fischer für solche Geschichten absichtlich beim SEK zurückgelassen«, spekulierte Tim. »Fischer berichtet an diese Leute. Und die arbeiten für Ruby.«

Er war heilfroh, dass er keine Kollegen in die Nähe von Ruby geschickt hatte.

»Die eins«, rief Kemal in diesem Moment.

Er zog den Stream größer, auf dem plötzlich wieder ein Bild zu sehen war. Jemand saß in einem Auto und schaute an die Wand vor sich. Dann sammelte er sein Handy und eine Mappe vom Beifahrersitz ein. Doch Tim hatte etwas anderes gesehen.

»Da stand was auf dem Schild. Mach mal zurück, Kemal.«

In einem zweiten Fenster fuhr Kemal den Stream zurück. Und tatsächlich: Vor dem Parkplatz des Wagens stand ein Metallschild mit einem Namen. Dem Namen desjenigen, der an dieser Stelle parken durfte: Dr. Christoph Becker.

»Becker?«, rief Mel ungläubig. »Der Wissenschaftler von Ruby?«

Auf dem Livestream stieg der Mann aus seinem Wagen. Ein ziemlich teurer Mercedes. Daneben stand ein Porsche Cayenne vor einem Schild, auf dem in goldenen Buchstaben »Ruby« zu lesen war. Alle schauten ungläubig auf den Stream.

»Wieso parkt ein Proband auf Beckers Parkplatz?«, fragte Kemal.

»Das ist kein Proband«, stellte Tim fest. »Becker selbst hat einen Chip im Auge. Einen, den man ein- und ausschalten kann.«

Man sah nun, wie Becker auf den Haupteingang des ehrwürdigen Altbaus zuging, vor dem eine Gruppe von Helfern Zeug durch die Gegend schleppte. Tim erinnerte sich an die Präsentation am Abend. Dafür wurde alles vorbereitet. Becker und der Blick durch seine Augen gehörten dazu.

»Natürlich«, sagte Mel. »Sie müssen das an jemandem demonstrieren heute Abend.«

Tim nickte. Ruby würde es an seinem wichtigsten Wissenschaftler demonstrieren. Er dachte darüber nach, was diese überraschende Wendung für die Ermittlungen bedeutete, als er Nina entdeckte. Nur kurz am Rande des Blickfelds. Er hatte eindeutig gesehen, wie sie aus ihrem Smart gestiegen war.

»Scheiße«, zischte Tim und riss sein Handy aus der Hosentasche.

»Ist das Nina?«, fragte Mel.

Becker hatte einen Mitarbeiter begrüßt, der eine leitende Funktion bei den Aufbauten zu haben schien, und unterhielt sich nun mit ihm. Dabei bemerkte er nicht, dass sich am Rande seines Sichtfeldes Nina näherte. Auch Kemal und der Adler entdeckten sie nun. Tim fluchte noch einmal. Er hätte wissen müssen, dass sie einen Alleingang versuchen würde. Diese sture Frau.

»Geh ans Handy!«, beschwor er sie, während sie immer näher kam.

Endlich sah man, wie sie stehen blieb und ihr Handy aus der Tasche zog. Nach einem Blick darauf zögerte sie.

»Geh ran!«, schrie Tim.

Schließlich ging Nina einen Schritt zur Seite, verbarg sich halb hinter einem Lastwagen. Sie war fast aus Beckers Blickfeld verschwunden. Dafür hörte Tim sie nun am Handy.

»Habt ihr das Mädchen gefunden?«, fragte sie leise.

»Mach, dass du da wegkommst!«, rief Tim ins Handy.

»Was?«

Sie schaute sich suchend um, als ob sie Tim in der Nähe vermutete.

»Der erste Stream gehört zu Becker«, erklärte Tim. »Er hat ihn gerade eingeschaltet. Ich sehe dich neben einem Laster mit der Aufschrift ›Goldstar Catering‹. Verschwinde von dort. Wir haben Beweise, dass die alle mit drinhängen. Auch dein Ex.«

Nina stand wie gelähmt hinter dem Lkw.

»Hau ab!«, zischte Tim ins Handy.

21

Berlin-Mitte
Sonntag, 10:50 Uhr

Christoph war der erste Stream? Was hatte das zu bedeuten?

»Hörst du mich nicht?«, hallte es aus Ninas Handy. »Du bist in Gefahr! Hier spielen noch ganz andere Leute mit.«

Endlich begriff Nina. Wenn Christoph selbst einen Chip in sich trug, dann waren alle ihre Überlegungen hinfällig. Dann steckte er wirklich mit Ruby unter einer Decke. Sie drehte ab und eilte zu ihrem Wagen zurück. Direkt über die Straße. So schnell, dass sie ein nahendes Auto übersah. Die Erinnerungen an Franziska schossen Nina durch den Kopf. Sie sah sich schon durch die Luft fliegen. Doch der Wagen absolvierte eine Vollbremsung und kam wenige Zentimeter vor ihr zum Stehen. Die Fahrerin des Toyota war kreidebleich und mindestens genauso erschrocken wie Nina. Das war keine Killerin. Mit zitternden Beinen entschuldigte sich Nina durch eine Geste. Sie wollte weiter.

»Nina?«, hörte sie hinter sich die Stimme von Christoph.

Er war durch den Lärm auf sie aufmerksam geworden. Verdammt. Ninas Nackenhaare stellten sich hoch. Was jetzt? Sie konnte einfach davonrennen. Oder ... Nina drehte sich um. Sie sah, wie Christoph mit irritiertem Gesichtsausdruck auf sie zukam. Als er sie erkannte, wurde aus seinem Stirnrunzeln das strahlende Lächeln, das lange Zeit nur für sie reserviert gewesen war. Er war entweder ein verdammt guter Schauspieler, oder er freute sich tatsächlich, sie zu sehen.

»Nina! Alles okay?«

Er schaute zu dem Wagen, der nun mit einer kopfschüttelnden Frau am Steuer weiterfuhr. Nina ging auf Christoph zu. Ihr Blick fiel auf seine wippenden, leicht lockigen Haare, die stellenweise ergraut waren. Dabei war er gerade erst vierzig geworden. Ohne dass Nina ihm gratuliert hatte.

»Ist noch mal gut gegangen«, sagte Nina außer Atem.

Anders als bei Christophs anderer Ex. Wusste er, dass seine Schergen Franziska zu Tode gefahren hatten? Hatte er es sogar angeordnet? Was meinte Tim damit, dass »noch ganz andere Leute« mitspielten? Nina schaute Christoph direkt ins rechte Auge, wissend, dass die anderen sie sehen konnten. Nina fiel auf, dass Christoph in unregelmäßigen Abständen lautstark Luft durch die Nase einzog. Das hatte er früher nicht gemacht. Seine Nase wirkte zudem geschwollen.

»Was machst du hier?«, fragte Christoph.

Nina blickte an ihm vorbei zu den zahlreichen Leuten, die mit dem Aufbau für die Präsentation beschäftigt waren. Sie sah zwei Männer in dunkelblauen Jacken, die nicht mit anpackten, sondern zu Nina herüberschauten. Security. War Nina in Gefahr? Wenn Christoph sich selbst einen Chip hatte einpflanzen lassen, dann wusste er auch von den anderen Operationen. Dann hatte er sie veranlasst. Auch bei dem Mädchen.

»Ich … ich war joggen«, sagte Nina und atmete weiterhin so, als ob sie schon seit einer Stunde lief.

Christoph musterte die Lederjacke, die sie über dem Jogginganzug trug. Es war schwer auszumachen, was in ihm vorging. Nina riss sich zusammen.

»Das muss Freud gewesen sein«, erzählte sie im unverfänglichsten Plauderton. »Dass ich ausgerechnet heute hier vorbeilaufe … Witzig, mhm?«

Sie schaute ihn lauernd an. Nahm er ihr das ab?

»Ja, witzig«, sagte er nur und machte dieses Froschgesicht, das Nina viel zu oft gesehen hatte, als er sich für seine Entscheidung pro Ruby oder für seine Affäre entschuldigt hatte.

Sein schlechtes Gewissen gab Nina die Oberhand. Es ermutigte sie, zumindest einen kleinen Vorstoß zu wagen.

»Wieso hast du mir eine Einladung geschickt?«, fragte Nina. »Was passiert heute?«

Sie deutete auf die Arbeiter, die haufenweise Zeug in das Hauptquartier von GEM schleppten. Christoph grinste.

»Wir präsentieren etwas Neues«, verkündete er vielsagend. »Ich würde mich sehr freuen, wenn du kommst.«

»MyView? Funktioniert es?«

»Komm doch einfach heute.«

Es klang wie ein Versprechen. Nina sah ihm seine Vorfreude an.

»Verkauf mich nicht für blöd, Christoph.«

»Ich darf noch nichts sagen, aber es ist vielleicht auch für dich interessant. Wir werden eine Menge Augenärzte brauchen.«

Das wiederum klang wie eine Verheißung. Nina schüttelte ungläubig den Kopf. Selbst wenn heute kein Killer für GEM Amok laufen würde, zeugte es von ernsthafter Verdrängung, wenn Christoph wirklich annahm, dass sie nun auf den Zug MyView aufspringen würde. Hatte er vergessen, für wie gefährlich sie die totale Überwachung hielt? Er sah ihre Unlust.

»Gib der Sache eine Chance, okay?«, bat er sie freundlich.

Es klang aber auch so, als ob er sich nicht mehr entlocken lassen wollte. Doch Nina konnte jetzt nicht einfach aufgeben. Dieser Mann kannte die Namen der letzten Probanden. Er konnte dabei helfen, sie in wenigen Minuten zu finden.

»Wenn ihr das echt geschafft habt, dann ging es verdammt schnell«, sagte sie. »Wie habt ihr das gemacht?«

Sie spürte das Vibrieren in ihrer Hand. Ihr Handy. Tim konnte zwar nicht hören, was sie sagte, aber er wusste auch so, was Nina tat. Er wollte sie wahrscheinlich stoppen. Christoph schaute irritiert auf das vibrierende Telefon. Nina ignorierte seinen Blick.

»Nina, ich kann jetzt nicht reden. Komm heute Abend einfach vorbei.«

»Wie habt ihr das gemacht, Christoph?«, fragte sie schärfer und schaute ihm bohrend in die Augen.

Er runzelte die Stirn. Christoph wurde unsicher. Im nächsten Moment schaute er verlegen zu Boden. Ein Mann, der nie um etwas verlegen war. Das letzte Mal hatte sie ihn so gesehen, als er ihr die Affäre mit Franziska gestanden hatte. Er fühlte sich offenbar schuldig.

»Christoph«, sagte sie ermahnend.

Er schaute wieder auf. Das Froschgesicht. Er wollte gerade etwas sagen, als hinter ihm einer der Security-Männer erschien.

»Herr Becker? Ruby wartet auf Sie.«

Natürlich. Ruby sah durch Christophs Augen ebenfalls, mit wem sein wichtigster Mitarbeiter sprach. Und wer auch immer noch mit von der Partie war. Christoph gefiel die Aufforderung nicht, aber er schluckte seinen Ärger herunter.

»Sorry, ich muss jetzt wirklich los«, sagte er noch einmal und legte Nina kurz die Hand auf die Schulter. »Komm heute Abend, ja?«

Bevor Nina reagieren konnte, riss er sich von ihr los und folgte dem Security-Mann in das Gebäude. Sie schaute ihm noch einen Moment lang hinterher. Der zweite Mann ließ sie nicht aus den Augen. Das Handy in ihrer Hand hatte kurz aufgehört zu vibrieren, dann aber gleich wieder angefangen. Tim war es wichtig, mit ihr zu sprechen, aber sie stand unter Beobachtung. Also setzte sie sich in Bewegung und joggte an ihrem Auto vorbei davon. Den Wagen musste sie später holen. Nachdem sie um die nächste Ecke gebogen war, nahm sie das Handy hoch.

»Was?«, fragte sie gereizt.

»Hundert Meter weiter biegt ein Zivilwagen der Polizei in die Straße«, hörte sie Tims Stimme mit ungewöhnlicher Schärfe sagen. »Er bringt dich zurück. Sofort.«

22

Berlin-Kreuzberg
Sonntag, 11:20 Uhr

Als Nina in Tims Wohnung kam, empfing er sie mit wütender Miene.

»Was sollte das?«, blaffte er, bevor sie die Tür geschlossen hatte.

»Was heißt ›Es spielen noch ganz andere Leute mit‹?«, fragte Nina ganz ruhig zurück.

Sie hatte keine Lust, auf seine Vorwürfe einzugehen. Denn sie machte sich selbst schon welche. Außerdem hatten sie noch immer nichts erreicht. Keiner der drei überlebenden Probanden war in Reichweite. Nina sah am Esstisch auf den Monitoren vor Kemal und Mel, dass der Computerspieler nach wie vor schlief. Die Sexfrau hatte ausnahmsweise keinen Sex, sondern räumte die Küche auf. Das Mädchen schaute immer noch den Film, der allmählich auf das Ende zulief. Der Stream von Christoph war schwarz. Sie hatte ihn noch auf dem Weg zum Polizeiauto aufgerufen und gesehen, wie Christoph einen Aufzug bestiegen hatte, woraufhin die Verbindung abgebrochen war.

»Nina, ich hab dich was gefragt«, zischte Tim, dessen Blick sie auswich.

»Ich kann mir einfach nicht vorstellen, dass Christoph etwas mit den Morden zu tun hat.«

Tim machte ein Gesicht, als ob sie seine Katze überfahren hätte.

»Er hat einen Chip im Auge. Er steckt da mit drin.«

»Ja, okay, bei den Chips bestimmt.«

»Du konntest dir auch nicht vorstellen, dass er heimlich ein Mädchen operieren lässt.«

»Ich hab mir darüber Gedanken gemacht«, sagte sie.

»Na, super.«

Tatsächlich hatte sie während der Autofahrt an nichts anderes gedacht. Ihre beiden Chauffeure hatten sich als Kollegen aus der Mordkommission vorgestellt. Sie schienen nicht genau zu wissen, was los war, aber waren immerhin eine Art von Verstärkung. Sie waren vor dem Haus im Auto geblieben.

»Christoph ist die eins«, redete sie unbeirrt los. »Das heißt, er hat als Erster einen Chip eingesetzt bekommen. Das passt zu ihm. Dass er mittlerweile den besten Chip von allen hat, sogar mit Ausschaltfunktion, heißt, er hat mehrere Produkte an sich getestet. Wahrscheinlich an beiden Augen. Beide Nasenflügel waren geschwollen.«

»Was?«, fragte Tim gereizt.

»Operationen an den Sehnerven erfolgen meistens durch die Nase. Der Sehnerv liegt direkt an der Keilbeinhöhle.«

Sie zeigte es mit einem Finger an ihrem Gesicht.

»Genauer gesagt ist der Knochen der Keilbeinhöhle

die Außenwand des Sehnervkanals. Mit entsprechenden Instrumenten kommt man gut …«

»Worauf willst du hinaus?«, unterbrach Tim ungeduldig.

Nina gefiel seine Aggressivität nicht. Sie zog ihre Jacke aus und ging zu den anderen, die mit betretenen Mienen zuhörten.

»Christoph hat sich mehrfach operieren lassen. Noch vor den anderen Probanden. Das heißt, er wusste, dass es nicht schaden würde.«

»Oh, wow, jetzt wird er mir richtig sympathisch«, spottete Tim. »Was macht das für einen Unterschied?«

»Natürlich ist es immer noch scheiße«, erklärte Nina. »Aber es ist meilenweit davon entfernt, diese Leute ermorden zu lassen. Seine Ex-Freundin über den Haufen fahren zu lassen. Ich bin mir sicher, er weiß nichts davon. Und wenn wir mit ihm reden, dann …«

»Du hörst nicht damit auf«, ging Tim dazwischen. »Die konnten dich sehen! Wenn sie nun eine Verbindung zu der Freundin von Franziska herstellen?«

»Ihr habt doch meinen Namen nicht veröffentlicht.«

»Du standst daneben, als es passiert ist. Was, wenn der Fahrer dich gesehen hat?«

»Das glaube ich nicht.«

»Das glaubst du nicht?«

So aufgebracht hatte Nina Tim bisher nicht erlebt. Er schüttelte immer wieder den Kopf.

»Du siehst doch, wie schnell die jemanden umbringen.«

Er schnippte mit den Fingern.

»Weißt du, was wir hier eben für einen Schiss hatten, als wir dich da gesehen haben?«

Nina kannte mittlerweile seine aufbrausende Art. Er war nicht nur sauer, sondern ernsthaft um Nina besorgt. Sie wusste nicht, was sie dazu sagen sollte.

»Nina, wir wissen jetzt, wer hinter dem Maulwurf steckt. Das sind Leute, die ... Die haben keine Angst vor uns. Das ist ein ganz anderes Kaliber als dein Christoph.«

»Das kann ich doch nicht wissen. Was ... Wer denn?«

Tim atmete tief durch. Er bat Nina, sich zu setzen. Während alle vier wieder auf die Monitore schauten, berichtete Tim in knappen Worten, was in Ninas Abwesenheit passiert war. Von seinem Chef, der sie besucht hatte. Mit seiner Hilfe hatte man eine Verbindung des Mannes vom SEK zu einer international arbeitenden Söldnertruppe hergestellt, die auch einmal für Ruby tätig gewesen war. Unter der Leitung eines Ex-SEK-Chefs und eines Ex-Bundeswehroffiziers hatte die vermeintliche Security-Firma Aragorn schon an vielen Brennpunkten der Welt gearbeitet. Zum Ärger der Bundesregierung und ohne jegliche Skrupel. Mehrere ungeklärte Skandale hatten sich mit Aragorn in Verbindung bringen lassen. Kemal präsentierte Nina Bilder von bis auf die Zähne bewaffneten Soldaten. Sie musste an die Männer vor dem GEM-Hauptquartier denken, die dagegen wie Parkwächter ausgesehen hatten. Waren das auch Männer von Aragorn gewesen? Schwer vorstellbar.

»Ihr habt keinen Beweis gefunden, dass Christoph mit drinsteckt?«, fragte Nina, als Tim fertig war.

Er seufzte. Nina redete einfach weiter: »Es passt nicht

zusammen. Ich kenne Christoph und … Ich verstehe zum Beispiel nicht, warum sie die Streams nicht einfach ausschalten, wenn sie doch wissen, dass Franziska was gesehen hat.«

»Weil sie glauben, dass mit Franziskas Tod das Thema beendet war«, sagte Tim, als ob Nina begriffsstutzig wäre. »Deswegen hocken wir hier in meiner Wohnung.«

»Aber darauf würde ich mich doch nicht verlassen. Ich würde die Streams trotzdem ausschalten. Was haben die überhaupt für einen Sinn?«

»Was weiß ich: Vielleicht überwachen sie den Killer. Oder helfen ihm. Was soll das sonst bedeuten?«

Nina wusste es auch nicht. Für einen Moment herrschte Stille in der Wohnung.

»Gott sei Dank. Er hat sich angezogen.«

Das kam von Kemal. Er hatte in dem Stream der Sexfrau gesehen, dass ihr Partner nun Jeans und Pullover trug. Er half der Frau beim Aufräumen, redete dabei mit ihr.

»Den Lover kann man auch nicht finden?«, fragte Nina.

Kemal schüttelte den Kopf.

»Aber ihr zieht jetzt mehr Leute hinzu?«, wandte sie sich wieder an Tim.

»Zwei Kollegen aus der Mordkommission. Denen können wir vertrauen. Andrea hat sich früher mal mit Langenhorst angelegt, als der über Türken hergezogen hat. Der hasst sie. Und Frauen wollten die eh nie abwerben … Und Marwan.«

Er winkte ab. Marwan war anscheinend der andere

Polizist, der Nina zurückgebracht hatte. Er war offensichtlich arabischer Abstammung und passte damit ebenfalls nicht in das Profil der nationalistischen Söldnertruppe.

»Sie helfen uns«, fuhr Tim fort. »Aber mein Chef sitzt in der Keithstraße und tut so, als ob der Dienst ganz normal weiterlaufen würde. Er schreibt sogar Berichte in meinem Namen. Wir müssen jeden Hinweis vermeiden, dass wir hier zuschauen …«

»Ja, ja.«

Nina konnte es nicht mehr hören. Sie hatte das Gefühl, sie machten es sich schwerer, als es ohnehin war.

»Nina«, sagte Tim eindringlich. »Wenn dir das zu viel ist … Du kannst auch nach Hause gehen.«

Er sah sie ernst an. Nina wollte auf keinen Fall nach Hause. Sie schaute zu dem Stream mit dem Mädchen, auf dem der Abspann des Films begonnen hatte. Das Kind stand auf und schaltete den Fernseher aus. Wortlos setzte Nina sich vor den Monitor und schaute zu, wie das Kind in sein Zimmer ging. Von der Mutter keine Spur. Tim rückte mit seinem Stuhl zu ihr und sah ebenfalls zu. Das Mädchen zog eine große Kiste mit Legosteinen aus dem Schrank und begann, damit etwas zu bauen.

»Er würde niemals einem Mädchen ins Auge schießen lassen«, flüsterte Nina.

Tim sagte nichts. Eine Weile lang beobachteten sie stumm das Geschehen. Irgendwann schaute Tim zu dem anderen Stream. Nina folgte seinem Blick und sah, dass die Frau ihr Handy in die Hand genommen hatte. Kurz sah man den Startbildschirm. Ein Foto ihres Typen. Er war also mehr als nur eine Gelegenheitsbekanntschaft. Auch Mel und Kemal konzentrierten sich auf diesen Stream. Man sah diverse Apps. Kemal machte ein Standbild davon. Auf den ersten Blick nichts Ungewöhnliches. Facebook, Wetter, Kalender etc. Im nächsten Moment hatte sie einen Browser geöffnet und gab bei Google »Odeon Matinee« ein.

»Sie will ins Kino«, entfuhr es Kemal.

Er tippte sofort los, während auf dem Handy das Programm des Odeon in Schöneberg erschien. Um 12 Uhr lief dort *Eyes Wide Shut*. Alle schauten mit der Frau gemeinsam auf die Uhrzeit, die das Handy vermeldete. Es war fast halb zwölf. Nina erschrak. Wieso raste die Zeit an diesem Tag so? Der Mord in Leipzig lag schon fast drei Stunden zurück. Der Mörder konnte mittlerweile längst in Berlin sein. Auf dem Stream blickte die Frau zu ihrem Freund. Sie redeten. Er lächelte und nickte.

»Sie gehen gleich raus.«

Man konnte die Aufregung in Kemals Stimme hören. Er hatte das Programm des Kinos ebenfalls geöffnet, außerdem eine Karte, auf der man sehen konnte, wo es lag. Tim schnappte sich eine Sporttasche, die Nina bisher noch nicht aufgefallen war, und griff sich daraus ein Gerät, das aussah wie ein kleines Funkgerät mit mehreren Antennen. Während die Frau ins Schlafzimmer ging, um sich anzuziehen, zog Tim seine Jacke an.

»Kann ich mitkommen?«, fragte Nina.

»Nein.«

Die Antwort kam sehr schnell. Nina hatte es geahnt.

»Wir brauchen so viele Leute wie möglich hier«,

erklärte er besänftigend. »Ich fahre mit Andrea und Marwan zum Kino.«

»Was ist das?«, fragte Nina und deutete auf das Gerät in seiner Hand.

»Störsender. Wenn die Frau in meiner Nähe ist, kann ich den Stream damit killen. Das Kino ist perfekt. Jeder weiß, dass es in Kinos schlechten Empfang gibt.«

»Aber nicht im Odeon«, wandte Kemal ein. »Ich war da schon oft.«

»Gehen wir mal davon aus, dass die Bösen keine Cineasten sind«, antwortete Tim gereizt. »Wir setzen uns mit dem Ding ins Kino, und sobald sie drin sind, fangen wir sie ab. Dann bringen wir sie an einen sicheren Ort.«

Er schaute zu dem Stream, in dem die Frau sich im Schlafzimmer vor den Spiegel gestellt hatte, um ihr Outfit zu überprüfen. Zum ersten Mal sahen sie ihr Gesicht. Eine gut gelaunte Frau Ende dreißig mit kurzen, blonden Haaren und Grübchen am Kinn. Sie hatte sich für einen grauen Rock über einer schwarzen Strumpfhose und einen körperbetonten schwarzen Pullover entschieden. Kemal machte sofort ein Standbild und jagte es durch alle Systeme. Währenddessen kam der Mann ins Schlafzimmer und legte von hinten den Arm um sie. Die beiden betrachteten einander verliebt im Spiegel. Ein schönes Paar. Sie drehte sich zu ihm und küsste ihn. Er begann ihren Hals zu liebkosen, fuhr mit seinen Händen unter den Rock und über ihren Po.

»Nein, nein«, protestierte Kemal. »Nicht schon wieder! Bitte nicht! Ihr müsst ins Kino. Ihr müsst raus da.«

Die beiden küssten sich weiter. Auch Nina war entschieden dagegen, dass die beiden wieder im Bett landeten. Es würde viel einfacher sein, sie draußen abzufangen. Als die Frau sich von ihrem Mann löste und ihm spielerisch auf die Finger klopfte, waren alle erleichtert. Sie zog sich die Sachen zurecht und ging zum Fenster, um nach draußen zu blicken. Wahrscheinlich wollte sie nach dem Wetter schauen. Damit verursachte sie Jubel bei der kleinen Gruppe vor dem Monitor. Denn nun sah man ein Schild auf der anderen Straßenseite, wo sich ein großer Park befand.

»Freiherr-vom-Stein-Straße«, murmelte Kemal. »Nicht mal ein Kilometer bis zum Kino.«

Im nächsten Moment rief er: »Wir haben sie!«

Tatsächlich: Die Suche im Internet hatte einen Treffer ergeben. Es fanden sich gleich mehrere Bilder der Frau, die Ausstatterin für Kinofilme war. Sie hieß Sylvia Wandowski. Nina kannte sogar ein paar der Filme, an denen die Frau mitgearbeitet hatte. Nina war gefangen von den vielen Neuigkeiten und hatte gar nicht mitbekommen, dass Tim bereits im Mantel an der Wohnungstür stand. Er rief: »Haltet mich auf dem Laufenden.« Dann war er auch schon aus der Wohnung. Auf dem Monitor erschienen immer mehr Informationen über die Frau, auch die genaue Adresse in der Freiherr-vom-Stein-Straße. Währenddessen ging Sylvia zusammen mit ihrem Freund in den Flur der Wohnung, wo sie sich ihre Jacken anzogen. Über die Facebook-Seite der Frau fand Kemal nun auch ihn: Roberto Novo. Er war Steuerberater. Das hatte man ihm nicht angesehen, aber was sah man Leuten beim Sex schon an? Mel schickte alle Informationen auf das

Handy von Tim, während Kemal weiter das Netz durchforstete. Doch im Grunde gab es nicht mehr viel zu tun: Sie hatten endlich einen Probanden gefunden, der sich in Reichweite befand.

Als das Paar die Wohnung verließ, sah Nina in den Augen von Kemal und Mel die Unsicherheit, die sie selbst auch verspürte. Am frühen Morgen waren sie schon einmal ähnlich weit gewesen, aber dann hatte sich das Blatt ganz schnell und brutal gewendet. Nina wünschte sich, dass die beiden nicht so glücklich und verliebt miteinander turteln würden, sondern lieber die dunklen Ecken des Treppenhauses im Auge behielten. Auch wenn der Mörder von Leipzig aus einen echten Sprint hätte hinlegen müssen, um bereits vor der Tür zu lauern. Natürlich war das Pärchen vollkommen unbekümmert.

»Kann man sie nicht anrufen?«, fragte Nina, als sie sah, wie Mel die Handynummern der beiden an Tim weiterschickte.

»Muss Tim entscheiden«, antwortete Mel. »Was will man denen erklären?«

»Dass sie in Gefahr sind.«

Mel sagte nichts dazu. Sie schauten alle gebannt auf den Monitor, als die beiden auf die Straße traten. Immerhin waren dort Leute unterwegs. Spaziergänger, die trotz des kalten Tags in den Park wollten. Und immerhin war Sylvia nicht alleine. Sie nahm Robertos Hand und schlenderte mit ihm die Straße entlang. Nina schaute nicht auf das Paar, sondern scannte dessen Umgebung, so gut es über den Stream ging. Sie hatte Angst, dass das vertraute Gesicht auftauchen würde. Der Mann mit der grauen Allwetterjacke. Es waren endlose Minuten. Als Mel etwas rief, drehte sich Ninas Magen um. Sie folgte Mels Finger und sah es dann auch: Der Wagen, der Nina in Mitte eingesammelt hatte. Der Wagen mit Tim und den anderen Polizisten. Sie standen auf der anderen Straßenseite und ließen Tim aussteigen – nicht weiter beachtet von dem Pärchen. Tim sorgte mit einer Wollmütze dafür, dass man ihn nicht sofort erkennen konnte. Aber Nina wusste, dass er es war. Erleichterung machte sich breit. Wenn Tim bei ihnen war, dann waren sie in Sicherheit.

23

Berlin-Schöneberg
Sonntag, 11:45 Uhr

Tim blieb hinter dem Pärchen – mit gebührendem Abstand. Er musste verhindern, dass die Frau ihm zu nahe kam, ihn direkt ansah. Denn er konnte davon ausgehen, dass die andere Seite die Streams auch sehen konnte. Doch die beiden waren so verliebt, quatschten so glücklich miteinander, dass die Gefahr, entdeckt zu werden, gering war. Sie gingen durch die Straßen von Schöneberg auf dem direkten Weg zum Kino. Ohne Eile. Ohne eine Ahnung, dass da draußen etwas lauerte. Tim musterte jeden Passanten. Sein Verstand sagte ihm, dass auf offener Straße keine Attacke stattfinden würde. Aber konnte er da sicher sein? Es machte ihn wahnsinnig, dass er den Mörder nicht einschätzen konnte. Die bisherigen Morde wirkten einerseits gut geplant. Ohne Zeugen, ohne Spuren. Andererseits mussten sie spontan gewesen sein, denn der Mann konnte die Bewegungen seiner Opfer nicht vorhergesehen haben. Ohne eine stark ausgeprägte Kaltblütigkeit war so ein Vorgehen nicht möglich. War es dem Kerl zuzutrauen, dass er die Frau in Begleitung mitten auf dem Gehweg angriff? Konnte er bereits in einer der Hauseinfahrten stehen und auf sie warten? Es war nicht gut, dass Tim auf sich alleine gestellt war. Marwan brachte Andrea mit dem Auto zum Kino, damit sie sich bereits mit dem Störsender ins Kino setzen konnte. Tim hatte den beiden ein Standbild des Killers gezeigt und in wenigen Minuten auf der Fahrt nach Schöneberg erklärt, was los war. Die Kollegen hatten es nicht glauben wollen. Bis Tim ihnen sein Handy mit dem Stream von Sylvia gezeigt hatte. Das Handy hielt er auch jetzt fest in der Hand, um den Stream überprüfen zu können. Aber auch, um Nachrichten aus seiner Wohnung nicht zu verpassen, falls sich bei den anderen Probanden etwas tat.

Nach einer Weile kam ihm Marwan im zivilen Polizeiwagen entgegen. Sie nickten sich zu. Marwan fuhr weiter. Er würde das Pärchen weiträumig umkreisen und dabei nach dem Killer Ausschau halten. Tim fragte sich, ob es nicht vielleicht doch besser wäre, mehr Kollegen dazu zu holen. Ob Nina nicht recht hatte. Riskierte er zu viel? Das Leben von Zivilisten? Nein. Er schützte die Leute. Er wusste genau, dass Langenhorst auch in den Mordkommissionen Freunde gehabt hatte. Nicht jeder Kollege war immun gegen das Gedankengut, das Langenhorst mitgebracht hatte. Selbst Tims Kollege Henk machte keinen Hehl daraus, dass er die Rechten wählte. Aus der sechsten Mordkommission war sogar ein Kollege zu der Söldnertruppe gewechselt. Natürlich bezahlte man dort sehr viel besser als im Staatsdienst. Wenn man Leute wie Ruby als Auftraggeber hatte, war das nicht überraschend.

Tim konnte nur deswegen gut von seinem Einkommen leben, weil er auf eine Familie verzichtete. Aber jemand mit zwei Kindern und einer Frau, die nicht arbeitete, konnte ins Grübeln kommen, ob sich das Leben nicht etwas einfacher gestalten ließe.

Das Pärchen überquerte die Hauptstraße. Das Kino war bereits in Sichtweite. Es waren noch fünfzehn Minuten bis zur Vorstellung. Tim zog das Tempo an, eilte bei Rot über die Straße. Als die beiden das Foyer betraten, war er dicht hinter ihnen. Das Odeon war ein altes Kino mit nur einem Saal, der dafür umso größer war. Tim war noch nie dort gewesen, weil in der Regel Filme in der englischen Originalfassung gezeigt wurden. Aber Kemal hatte ihm einen Grundriss auf das Handy gesendet. Während sich Sylvia und ihr Freund Roberto an der kurzen Schlange am Kassentresen anstellten, wollte Tim vor der Tür alle neuen Informationen auf seinem Telefon checken. Auch die Streams. Aber das Handy lud ewig. Er hatte schlechten Empfang. Erst wunderte sich Tim, dann musste er über seine eigene Dummheit lachen. Natürlich würde auch er die Auswirkungen von Andreas Störsender zu spüren bekommen. Marwan trat zu ihm.

»Der Wagen steht im Hof«, sagte er leise.

Ein Notausgang des Kinos führte zu einem Parkplatz im Hinterhof. Dorthin wollten sie mit dem Pärchen verschwinden. Marwan überreichte Tim seine Eintrittskarte und ging selbst schon mal in den Kinosaal. Sylvia und Roberto hatten nun ebenfalls Karten gekauft und wollten hineingehen. Tim warf einen letzten Blick auf die ruckelnden Streams. Gleich würden sie weg sein. Der von Sylvia war noch schlechter als die anderen. Der Plan ging also auf. Aber dass Tim den Kontakt zu den Kollegen nicht halten konnte, hatte er nicht bedacht. Unzufrieden steckte er das Handy ein und ging in den Vorraum. Fast wäre er Sylvia zu nah gekommen, denn sie blieb plötzlich stehen und holte ihr Telefon aus der Handtasche. Sie sah auf das Display und bat ihren Freund zu warten. Sie ging einen Schritt zur Seite und nahm den Anruf an. Tim hatte sich schnell mit dem Rücken zu ihr gedreht und musterte übertrieben interessiert ein Filmplakat.

»Hallo?«, hörte er Sylvia sagen.

Es war merkwürdig, zum ersten Mal ihre Stimme zu hören. Tim wusste schon so viel über diese Frau. Hatte so viele intime Situationen gesehen. Natürlich hatte sie in seinem Kopf längst eine Stimme. Ihre wirkliche Tonlage war deutlich höher.

»Anne, hörst du mich?«, rief sie ins Handy. »Anne?«

Wenig überraschend hatte auch ihr Telefon schlechten Empfang. Doch sie gab nicht auf. Der Anruf war ihr wichtig. Plötzlich ging sie direkt auf Tim zu, der sie in der Reflexion des Schaukastens mit dem Plakat sehen konnte. Er drehte sich noch ein Stück weiter weg, als sie an ihm vorbei nach draußen schoss. Roberto seufzte und folgte seiner Freundin. Draußen hatte sie besseren Empfang und konnte mit der Anruferin sprechen. Tim beobachtete das Geschehen durch die Glastür. Sylvia war nicht erfreut über den Anruf. Roberto stand mit Falten auf der Stirn vor ihr. Tim behielt die Passanten hinter den beiden im Auge. Schließlich beendete Sylvia das Telefonat und erklärte Roberto etwas. Als sie dabei die

Straße hinunterzeigte, reichte es Tim. Was war da los? Vorsichtig ging er nach draußen.

»Ich kann sie damit nicht allein lassen, Roberto«, erklärte sie mit ernster Stimme.

Er schüttelte enttäuscht den Kopf.

»Wir haben schon Karten«, sagte er und wedelte damit vor ihrem Gesicht herum.

»Ich geb dir das Geld wieder.«

»Darum geht's nicht«, antwortete er erbost. »Deine Schwester ruft ›Hopp‹, und du lässt alles stehen und liegen. Du kümmerst dich oft genug um deine Mutter. Sie ist jetzt auch mal dran.«

Ärger im Paradies. Das so glückliche Pärchen hatte natürlich auch ein Leben jenseits des Bettes.

»Das verstehst du nicht«, sagte Sylvia mit harter Stimme.

»Nein, das verstehe ich nicht, Silly«, sagte Roberto so zugewandt, wie es ihm möglich war.

Tim war auf seiner Seite. Die Schwester konnte sich wirklich auch einmal um die Mutter kümmern. Die beiden mussten jetzt endlich ins Kino gehen.

»Es tut mir leid«, sagte Sylvia hart und ging zum Bürgersteig zurück.

Roberto stöhnte und folgte ihr. Tim war enttäuscht. Der Kerl unternahm keine weiteren Versuche, seine Freundin zu stoppen. Tim zögerte nicht lange. Er konnte die beiden nicht draußen herumlaufen lassen. Das alles dauerte schon wieder viel zu lange. Mit schnellen Schritten rannte er den beiden hinterher, zog dabei seine Polizeimarke aus der Manteltasche. Er hielt sich genau hinter

Sylvia, als er sagte: »Entschuldigen Sie, Frau Wandowski. Polizei. Bitte bleiben Sie stehen, aber drehen Sie sich *nicht* um.«

Er betonte das »nicht« so harsch, dass beide erschrocken stehen blieben. Sylvia wollte ihn offenbar trotzdem sehen.

»Nicht umdrehen!«, befahl er noch einmal.

Sie hielt mitten in der Bewegung inne. Roberto auch. Tim redete so schnell er konnte: »Herr Novo. Sie können sich umdrehen. Und Ihrer Freundin bestätigen, dass ich ein Polizist bin. Tim Börde mein Name. Vom LKA. Das klingt jetzt alles sehr seltsam, was ich von Ihnen verlange. Aber es geht hier um eine ganz konkrete Gefahr für Sie beide. Bitte machen Sie exakt, was ich sage.«

Roberto schaute ihn überrumpelt an, musterte kurz die Marke. Tim bedeutete ihm, mit Sylvia zu reden.

»Er ist wirklich Polizist«, sagte Roberto vorsichtig. »Was ist hier los?«

»Erkläre ich gleich. Lassen Sie sich möglichst nichts anmerken. Bitte gehen Sie jetzt beide ins Kino. Ohne dass Sie mich anschauen, Frau Wandowski. Bitte.«

»Was?«, sagte sie. »Was soll das?«

Immerhin drehte sie sich nicht um.

»Ich erkläre es Ihnen drinnen. Es ist sehr wichtig, dass Sie nun ins Kino gehen. Sie sind sonst in Gefahr.«

Tim scannte die Umgebung und hoffte, dass sie nicht längst beobachtet wurden. Dann wäre das eigenwillige Unternehmen aufgeflogen. Sylvia schaute Roberto an, der immerhin die Fassung bewahrte und sie anlächelte. Er nahm ihre Hand und nickte.

»Drehen Sie sich langsam um, sodass ich hinter Ihnen bleiben kann«, sagte Tim.

Sie zögerte noch einen Moment und tat dann, was er von ihr verlangte. Auch Roberto musterte die Umgebung, ohne zu wissen, wonach er Ausschau hielt. Dann gingen sie zurück Richtung Kino.

»Sehr gut«, sagte Tim so freundlich, wie er konnte. »Sie machen das sehr gut. Gehen Sie einfach immer weiter, als ob nichts wäre. Dann kann nichts passieren.«

Tim blieb ein wenig zurück, damit sein Spiegelbild nicht in der Glastür des Kinos erschien. Roberto hielt die Tür für Sylvia auf, die wie auf Eiern ging. Es musste furchtbar für sie sein, nicht zu verstehen, was genau hier vor sich ging und wer oder was sie bedrohte. Tim folgte mit einem Meter Abstand, während Roberto und Sylvia zum Eingang des Kinosaals gingen, wo ein gelangweilter Mitarbeiter wartete. Als das Pärchen an ihm vorbeiwollte, sagte er launig: »Haben wir denn auch Eintrittskarten?«

Roberto zuckte zusammen. Er grub in allen Taschen, um die verdammten Karten zu finden.

»In der Jacke rechts«, flüsterte Tim, der gesehen hatte, wie er sie nach dem Streit mit Sylvia dort verstaut hatte.

Roberto nickte ihm nervös, aber dankbar zu. Sylvia blickte starr nach vorne, als würde ihr Kopf sich in einem Schraubstock befinden. Gute Frau. Roberto ließ die Karten abreißen und ging weiter. Tim schaute noch einmal hinter sich. Niemand von draußen beachtete sie. Im Vorraum befanden sich nur die Mitarbeiter des Kinos. Also ließ er seine Karte abreißen und folgte dem Paar ins

Kino. Die beiden standen noch am Eingang und wussten nicht, was sie tun sollten. Der Film hatte noch nicht begonnen. Das Kino war höchstens zu einem Viertel gefüllt. Andrea hatte die Aufgabe gehabt, jeden Besucher kurz mit dem Foto des Killers zu vergleichen. Tim entdeckte sie in einer der letzten Reihen, wo sie sich nichts anmerken ließ. Das war ein gutes Zeichen. Weiter vorne am Notausgang saß Marwan. Tim zog sein Handy heraus. Er hatte keinen Empfang mehr. Das hieß aber auch, dass er nicht überprüfen konnte, ob der Stream wirklich weg war. Geschweige denn, dass die Kollegen in seiner Wohnung ihn warnen konnten, falls nicht. Das nächste Mal mussten sie sich etwas einfallen lassen, um weiter miteinander kommunizieren zu können. Er ging jetzt einfach davon aus, dass es für Sylvia sicher war.

»Andrea«, zischte er.

Sie schaute sich vorsichtig um. Tim winkte sie zu sich. Er war froh, sie bei dieser heiklen Mission dabeizuhaben. Natürlich war es ein bisschen naiv, jemandem nur deswegen zu vertrauen, weil man Sex miteinander gehabt hatte. Doch es war nicht nur das. Tim kannte sie als gute Polizistin, und für Sylvia war es beruhigend, wenn eine Frau mit von der Partie war. Andrea näherte sich mit einem freundlichen Lächeln. Roberto beobachtete alles mit einem großen Fragezeichen im Gesicht. Als Andrea bei Tim ankam, ließ er sich den Störsender geben. Auf dem Gerät leuchtete ein grünes Licht.

»Okay«, sagte Tim. »Frau Wandowski, Sie können mich jetzt anschauen. Aber bitte nehmen Sie das hier, und halten Sie es fest.«

Sylvia drehte sich vorsichtig um. Mit feuchten Augen blickte sie Tim an, der sofort ein freundliches Lächeln aufsetzte. Die arme Frau war vollkommen überfordert. Er reichte ihr den Störsender. Sie nahm ihn mit zitternder Hand. In dem Moment schloss der Kinomitarbeiter hinter ihnen die Eingangstür. Kurz darauf ging das Licht aus. Sylvia zuckte zusammen.

»Was ist hier los?«, flüsterte sie. »Wieso sind wir in Gefahr?«

»Das sind Sie jetzt nicht mehr«, antwortete Tim und atmete tief durch.

Endlich hatten sie einen der Probanden gerettet.

24

Berlin-Kreuzberg
Sonntag, 12:15 Uhr

»Den kenne ich«, rief Nina.

Sie saß mit offenem Mund vor dem Stream des Computerspielers. Noch während das Pärchen vom anderen Stream vor dem Kino gestritten hatte, war der letzte schlafende Proband aufgewacht. Jetzt stand er in seinem Badezimmer und wusch sich das Gesicht. Nina kannte dieses Gesicht. Ein Informatik-Student, der ihnen früher bei der Forschung für Blinde geholfen hatte. Sie zermarterte sich das Hirn mit der Frage, wie der Kerl hieß.

»Ernsthaft?«, fragte Kemal ungläubig.

»Warte … warte … Jonas … Jonas …«

Sie schaute wieder zum Stream, wo der junge Mann sich das Gesicht abtrocknete und noch einmal in den Spiegel schaute. Nina hatte ihn nie sonderlich gemocht. Unfreundlicher Typ, schräger Humor. Er hatte schon damals sehr ungesund gewirkt. Auch jetzt sah man die blasse Haut, die dünnen Haare. Außerdem war sein linkes Auge deutlich gerötet. Es sah nach einer Lidrandentzündung aus, häufige Folge eines trockenen Auges. Jonas betrachtete es selbst nun sehr genau im Spiegel. Unzufrieden. Dann nahm er vom Rand des Waschbeckens ein Plastikfläschchen, dessen Inhalt Nina als Augengel identifizieren konnte. Kurz darauf sah man fast gar nichts mehr, weil er sich das Gel in die Augen tropfte.

»Ist das eine Folge der Operation?«, fragte Mel.

»Nur, wenn dabei was schiefgegangen ist.«

Jonas blinzelte einige Male. Dann sah er sich selbst nur noch verschwommen. Er ging noch einmal ganz nah an den Spiegel heran. Das Bild wurde langsam besser. Schließlich zog er den Kopf wieder zurück und hielt dann seinen Mittelfinger in die Höhe.

»Er weiß, dass jemand zuschaut«, stellte Mel beeindruckt fest.

»Er denkt, dass Christoph zuschaut. Oder wer auch immer. Er hat früher mit uns gearbeitet.«

Jonas hatte sich freiwillig der Operation unterzogen. So musste es sein. Das teure Zeug in der Wohnung zeigte, dass er dafür fürstlich entlohnt worden war. Wahrscheinlich bereute er es mittlerweile. Er war einer der ersten Probanden – Anfangsprobleme bei den Operationen. Bei den neueren hatte Nina keine solchen Schäden gesehen. Oder Jonas machte einfach gerne Stunk – wie er damals auch stets schlechte Laune verbreitet hatte.

»Jonas Reuther«, fiel es Nina endlich ein. »Mit h.«

Sie hatte für die Finanzierung der Forschung regelmäßig Anträge für die Hochschulleitung schreiben müssen, in denen auch die Mitarbeiter aufgelistet wurden. Dabei hatte sie seinen Namen viele Male geschrieben. Es waren deutlich zu viele Anträge gewesen. Kemal war bereits ins

Internet abgetaucht und suchte nach weiteren Informationen über Jonas, der währenddessen das Bad verließ und wieder in sein Wohnzimmer mit dem Computer ging. Dort kramte er in einem Berg aus Papieren, DVDs und anderem Zeug.

»Er wohnt in der Mittenwalder«, rief Kemal.

Er hatte einen Techblog von Jonas gefunden. Mit Foto. Und mit seiner Adresse im Impressum der Seite. Nina konnte sich dunkel erinnern, dass er auch damals schon in Kreuzberg gewohnt hatte. Einer von Kemals Monitoren zeigte sofort die Karte mit dem Haus. Doch Nina schaute längst wieder zum Stream. Jonas hatte unter seinem Kram auf dem Schreibtisch eine Augenklappe gefunden, die er im nächsten Moment auch schon anzog. Der Stream wurde schwarz.

»Warum schmeißt er uns raus?«, fragte Mel.

Kemal seufzte. Er wusste warum, aber aus irgendwelchen Gründen war es ihm unangenehm, seine Erkenntnisse zu teilen. Die beiden Frauen sahen ihn fragend an.

»Was?«, hakte Mel nach, als Kemal immer noch nichts sagte.

Auf einem der anderen Monitore sah er sich die letzten Minuten von Jonas' Stream noch einmal an. Das Bild fror ein, als man den Monitor seines Computers gut erkennen konnte. Die Startseite war Google. Nichts Ungewöhnliches. Kemal zeigte auf die diversen Tabs des Browsers, in denen man sehen konnte, welche Internetseiten Jonas im Hintergrund geöffnet hatte. Vier davon trugen Namen, in denen »porn« oder »xxx« vorkam.

»Er schaut Pornos?«, fragte Nina mit Unbehagen in der Stimme.

»Wäre ein Grund, dass er uns nicht dabeihaben will«, stellte Mel fest. »Wahrscheinlich schleudert er sich einen.«

Kemal verzog peinlich berührt das Gesicht.

»Ja, was?«, setzte Mel nach. »Der guckt Pornos doch nicht, um eine Filmkritik zu schreiben.«

»Ist ja gut«, murmelte Kemal.

Nina seufzte. Doch im nächsten Moment erkannte sie die Chance.

»Schnell«, sagte sie zu Kemal. »Such mir seine Handynummer. Solange er die Augenklappe trägt, kann er die Wohnung verlassen, ohne dass es jemand mitbekommt.«

»Du willst ihn anrufen?«, fragte Mel ungläubig.

Kemal suchte eher zögerlich nach der Nummer.

»Er kennt doch die Zusammenhänge«, erläuterte Nina. »Er kennt mich. Ihm muss man nicht viel erklären. So einfach kommen wir nie wieder an einen …«

»Und wenn er mit Ruby unter einer Decke steckt?«, ging Mel dazwischen.

Nina verstummte. Sie konnte es nach wie vor nicht akzeptieren, dass Christoph oder jemand aus seinem Team von den Morden wusste. Aber natürlich hatte Mel recht. Als Freiwilliger wusste Jonas mehr über das Projekt, und es war nicht auszuschließen, dass er nach ihrem Anruf sofort Ruby kontaktieren würde. Mit Gewissheit konnte man allerdings nicht sagen, ob er zu seinen Vertrauten gehörte. Immerhin versammelten sich heute alle bei GEM für die große Präsentation, während Jonas vor seinem Computer saß und Pornos schaute.

»Wir müssen trotzdem zu ihm«, stellte Nina fest. »Das Haus beobachten. Gucken, ob dieser Killer auftaucht. Die Mittenwalder ist nicht weit von hier.«

»Langsam, langsam«, ging Kemal dazwischen.

Er wirkte, als ob er die Grenze seiner Belastbarkeit erreicht hätte. In der Wohnung von Tim war es in den letzten Minuten Schlag auf Schlag gegangen. Erst hatte sich das Pärchen merkwürdig verhalten. Es war ins Kino gegangen, dann wieder raus. Als alle bereits panisch wurden, hatten Sylvia und Roberto sich noch einmal umentschieden und waren zurück ins Kino gegangen. Dort war der Stream dann wie geplant ausgefallen. Damit aber auch die Möglichkeit, Tim oder seine Kollegen zu kontaktieren. Kemal hatte laut darüber geflucht, dass sie keinen zweiten, sicheren Kommunikationskanal aufgebaut hatten. Nina war es zunächst egal gewesen, aber nun sah sie das nächste Problem auf sie zukommen.

»Wir können das nicht ohne Tim machen«, sagte Kemal, während er versuchte, ihn per Handy zu erreichen.

Der Stream von Sylvia war nach wie vor gestört. Natürlich war es erfreulich, dass dies unauffällig gelungen war. Es hatte wirklich so ausgesehen, als gäbe es im Kino lediglich keinen Empfang. Aber der Störsender war nun die ganze Zeit bei Sylvia. Solange Tim in ihrer Nähe war, würde man auch ihn nicht erreichen können. Sie wussten nicht einmal, wohin er mit der Probandin wollte.

»Wenn Jonas auf der Liste des Killers steht, dürfen wir keine Zeit verlieren«, erklärte Nina so ruhig sie konnte.

»Ich gehe hin. Wenn Tim sich meldet, soll er auch dahin kommen.«

»Das wird ihm nicht gefallen«, sagte Kemal verunsichert und schob seine Brille hoch auf die Nase.

»Es geht ja hier auch nicht darum, Tim zu gefallen.«

Sie nahm sich die Jacke, die nun irgendwie ihre war, und machte sich auf den Weg zur Tür.

»Ich komme mit«, sagte Mel entschlossen.

Nina hatte darauf gehofft, sich aber nicht getraut, so etwas wie Anweisungen zu geben. Sie lächelte Mel dankbar an.

»Aber, Leute …«, stammelte Kemal.

»Versuch Tim zu erreichen!«, sagte Mel zu ihm. »Und halt uns auf dem Laufenden.«

Sie griff sich einen Störsender und folgte Nina zur Tür. Dann verließen die beiden gemeinsam die Wohnung.

25

Berlin-Kreuzberg
Sonntag, 12:20 Uhr

Wieder einmal wurde Ole bewusst, wie sehr er Großstädte hasste. Auch wenn ihn diesmal nicht der Schmutz und die vielen Kaputten störten – wie damals in Hamburg –, sondern der simple Umstand, dass man nirgendwo einen Parkplatz für das Wohnmobil finden konnte. Er war in Rekordzeit über die Autobahn bis nach Berlin gelangt, aber nun kurvte er seit zwanzig Minuten durch Kreuzberg, wo selbst die Halteverbote niemanden vom Parken abgehalten hatten. Kurz hatte er überlegt, ob er nicht direkt vor dem Haus in zweiter Reihe parken sollte. Vielleicht gab es dann sogar eine Chance, die Zielperson in das Wohnmobil zu bringen. Aber für einen Sonntag war reichlich viel los auf den Straßen. Das konnte er vergessen. Sein Plan B musste es tun.

Endlich sah er, dass eine Familie in ihren Kombi einstieg. An einer Straßenecke. Der Platz musste reichen. Er setzte den Blinker und wartete geduldig, bis die Eltern ihre Kinder auf ihre Sitze verfrachtet hatten. Zwei Mädchen. Jünger als die von Ole. Trotzdem musste er unweigerlich an Jana und Finja denken. Den beiden würde es in Kalifornien gefallen. Da war er sicher. Natürlich würden sie nicht in eine der riesigen Großstädte ziehen. Sondern in einen kleinen Ort direkt am Pazifik. Im Internet hatten Nadine und er aus Spaß mit Google Street View die halbe Küste bereist. Es gab tolle Siedlungen mit großen Häusern und sauberen Straßen. Das Meer im Blick. Jana und Finja konnten dort zu Fuß zum Strand laufen.

Endlich wurde der Parkplatz frei. Ole stellte das Wohnmobil ab, stieg nach hinten, wo sicherheitshalber immer noch eine Plane auf dem Boden lag. Er würde heute mehrfach improvisieren müssen, und wer wusste schon, ob er nicht noch einmal jemanden in das Wohnmobil bringen konnte. Der Taxifahrer lag längst im Tank. Um seine Entsorgung würde Ole sich am nächsten Tag kümmern. Er ging zu dem geräumigen Schrank neben der kleinen Küche und begann, sich auszuziehen. Im Schrank hingen mehrere Outfits, die er je nach Situation einsetzte. Da es Sonntag war, nützte ihm die DHL-Uniform nichts. Für den gepflegten Overall einer Reinigungsfirma, den er vor zwei Tagen bereits benutzt hatte, war die Wohngegend nicht schick genug. Also entschied er sich für das karierte Hemd und die abgewetzte graue Latzhose. Gemeinsam mit den Arbeitsschuhen und der mit alten Farbflecken bekleckten Jacke würde ihm jeder den Handwerker abnehmen. Das hatte schon oft genug geklappt.

Nachdem er sich umgezogen hatte, nahm sich Ole die zweite Pistole aus ihrem Versteck. Die würde er zurücklassen müssen, wenn es glaubwürdig wie ein Selbstmord wirken sollte. Er steckte sie in die Innentasche seiner Jacke. Dann zog er ein paar Arbeitshandschuhe an, griff sich die zwei Benzinkanister und verließ das Wohnmobil. Wie erwartet, interessierte sich niemand für einen Handwerker mit ein paar Kanistern. Er ging schnurstracks die Straße entlang zum Haus der Zielperson. Nicht auffällig schnell. Aber auch nicht zu langsam, denn er hatte durch die Parkplatzsuche wertvolle Zeit verloren. Die nächste Zielperson würde gegen 13 Uhr aus dem Kino kommen. Dann musste er in Schöneberg sein.

Eigentlich hatte er sich zuerst die Blondine vornehmen wollen – Schöneberg lag näher an der Autobahn, über die Ole von Süden her in die Stadt gekommen war. Aber unterwegs hatte sein Auftraggeber angerufen. Er hatte gewusst, dass sich der Nerd aus Kreuzberg in seiner Wohnung befand, während die Blondine ins Kino gegangen war. Mit einem Begleiter. Das klang nach mehr Aufwand. Also war Ole dem Vorschlag gefolgt, mit dem Nerd anzufangen. Er fragte sich, woher sein Auftraggeber so genau über die aktuelle Situation der Zielpersonen Bescheid wusste. Ließ er sie beobachten? Waren seine Leute irgendwo in der Nähe?

Als Ole das Haus erreichte, schaute er sich noch einmal genau in der Straße um. Es gab keine Anzeichen von Beobachtern. Das war auch deswegen gut, weil er die Haustür aufbekommen musste. Durch sein jahrelanges Training an diversen Schlössern war das zwar bei einer altersschwachen Haustür an einem renovierungsbedürftigen Altbau kein großes Problem. Trotzdem durfte niemandem auffallen, was er tat. Er hatte die Technik so verfeinert, dass es auf einen flüchtigen Blick hin so aussah, als ob er mit einem Schlüsselbund vor der Tür stand. Mit der anderen Hand führte er seine Spezialkarte aus biegbarem Metall in den Türschlitz. Drei Sekunden später war die Tür offen.

»Reuther« stand an der Klingel im Erdgeschoss. Von der Straße aus hatte Ole gesehen, dass in den Fenstern der Wohnung die vergilbten Rollos heruntergezogen waren. Aber auch, dass dahinter Licht brannte. Offensichtlich jemand, der das Tageslicht scheute. Die Fotos, die sein Auftraggeber ihm von dem ungepflegten Mann gegeben hatte, bestätigten Oles Meinung über die Großstadt: Es war nur ein weiterer Parasit. Der Hausflur mit uralten Dielen, fleckigem Linoleum auf den Stufen zum Hochparterre und schief hängenden Briefkästen deutete darauf hin, dass dies nicht gerade ein Haus für Menschen war, die Gemütlichkeit mochten. Ole klingelte an der Tür. Von drinnen hörte er nichts. Er klingelte erneut und klopfte.

»Hallo?«, rief er laut, aber nicht zu laut. »Wir haben ein Problem mit den Gasleitungen im Haus. Ich müsste kurz in Ihre Wohnung.«

Gas machte den Leuten immer Angst. Der unsichtbare Horror. Deswegen durfte Ole allerdings auch nicht zu laut rufen, denn er wollte keine anderen Hausbewohner aufschrecken. Er schaute über die Treppe mit dem morschen Holzgeländer nach oben. Von dort war nichts zu hören. Dafür tat sich nun hinter der Wohnungstür etwas. Jemand schaute durch den Spion. Ole wartete geduldig und mit möglichst neutralem Gesichtsausdruck. Dann wurde auch schon von innen der Schlüssel umgedreht. Das freute Ole, denn eine abgeschlossene Tür wäre eine zwar nicht unüberwindbare, aber dennoch nervige Hürde gewesen.

Ein junger Mann in Shorts und T-Shirt öffnete die Tür. Es war der Mann von den Fotos. Reuther. Eine Augenklappe verstärkte den mürrischen Gesichtsausdruck. Nicht zum ersten Mal fragte Ole sich, was das mit den Augen bei den Zielpersonen sollte. Sein Auftraggeber hatte ihn nun schon zum wiederholten Mal daran erinnert, dass das rechte Auge zerstört werden musste. Dieser Kerl hatte das linke offensichtlich bereits verloren, denn dort trug er die Augenklappe. Ole war es gleich. Er lächelte freundlich und nahm seine Kanister hoch.

»Ich muss nur kurz zu Ihrer Gastherme«, sagte er und betrat, ohne zu zögern, die Wohnung.

»Ein Gasleck?«, fragte Reuther.

Der Mann war genervt, aber er war auch besorgt. Gas eben.

»Ich will es nicht hoffen«, antwortete Ole und schloss die Wohnungstür hinter sich.

»Und wofür brauchen Sie die Kanister?«, fragte Reuther irritiert.

»Das werden Sie Gott sei Dank nicht mehr erleben«, sagte Ole und zog seine Pistole aus der Jacke.

26

Berlin-Kreuzberg
Sonntag, 12:40 Uhr

Während Mel ihren VW Golf den kurzen Weg durch Kreuzberg steuerte, sprang Nina zwischen den Streams auf ihrem Handy hin und her. Der von Sylvia war nach wie vor gestört, was sie als beruhigendes Zeichen deutete. Bei Jonas war es immer noch dunkel. Nina vermied es, sich vorzustellen, was er gerade tat. Das kleine Mädchen spielte noch in seinem Zimmer, was alles andere als beruhigend war. Denn sie hatten nach wie vor keine Möglichkeit, an die Kleine heranzukommen. Warum kümmerte sich die Mutter so wenig um das Kind? Das würde die Ermittler zumindest ein Gesicht sehen lassen. Mit Gesichtern konnte man arbeiten, wie man bei Sylvia gesehen hatte.

»Ich checke, ob er in der Wohnung ist«, sagte Mel, als sie in die Straße bogen, in der Jonas wohnte. »Dann beobachten wir das Haus.«

Sie suchte bereits nach der Hausnummer. Ninas Gedanken waren längst woanders.

»Jonas könnte wissen, wer das Mädchen ist.«

Mel sagte nichts. Sie hatte ihr Ziel, einen heruntergekommenen Altbau, gefunden. Kemal hatte ihnen unterwegs eine SMS mit der Information aus dem Einwohnermelderegister gesendet, dass Jonas im Parterre links wohnte. Nina fixierte die heruntergezogenen Stoffrollläden in den zwei Fenstern zur Straße. Gegenüber davon befand sich eine Einfahrt, in der Mel den Golf zum Stehen brachte. Sie stellte den Motor ab und schaute Nina ernst an.

»Ich kenne ihn«, erklärte Nina. »Er hat mit dem Killer nichts zu tun. Aber mit den Operationen. Das heißt, er könnte das Mädchen kennen.«

Mel zögerte.

»Jetzt sag nicht, das muss Tim entscheiden. Dafür haben wir keine Zeit.«

Mel schaute die Straße hoch und runter. Es waren nur wenige Passanten unterwegs. Ab und an fuhr ein Auto vorbei.

»Ich mache das«, sagte Mel. »Du bleibst hier.«

»Was? Nein!«

»Nina, ich kann das nicht verantworten.«

»Ich kenne ihn. Mit mir geht's viel schneller.«

Mel zögerte immer noch. Nina versuchte es mit einem zugewandten Lächeln.

»Ich will nur mit Jonas reden. Und mit jeder Sekunde, die wir hier quatschen, machen wir es für uns alle gefährlicher, weil dieser Killer auftauchen kann. Hier oder bei ihr.«

Sie hielt Mel den Stream von dem Mädchen unter die Nase, wo ein paar Kinderhände mit kleinen Legofiguren ein fantasievoll errichtetes Haus bevölkerten. Nina wusste, dass sie manipulativ war, aber sie hatte einfach keine Geduld mehr.

»Dass wir den Fall mit so wenig Leuten machen, ist echt eine verdammte Scheiße«, fluchte Mel. »Aber okay.«

Nina nickte dankbar und öffnete die Wagentür. Mel eilte hinter ihr über die Straße. Kurz sah man hinter den speckigen Rollläden einen Schatten am Fenster vorbeigehen. Jonas bewegte sich durch die Wohnung, also war er hoffentlich fertig mit dem Porno. Mel hatte es ebenfalls gesehen. Sie nickte. Während sie an der Haustür rüttelte, schaute Nina auf den Stream von Jonas. Nach wie vor schwarz. Plötzlich warf sich Mel mit einem Ruck gegen die Tür, die sofort nachgab. Das Schloss war aus der Verankerung gebrochen, und Mel rieb sich nicht einmal die Schulter. Nina verstand nun, was Tim mit »Maschine« gemeint hatte. Mel inspizierte die Wohnungstür im Hochparterre.

»Ich stellte mich oben auf die Stufen«, flüsterte sie. »Du klingelst. Wenn er sich irgendwie komisch benimmt, lässt du dich hier zur Seite fallen. Sofort nach unten. Damit rechnet er nicht. Ich mache den Rest.«

Nina glaubte, dass das nicht nötig sein würde. Aber sie war froh, einen Profi dabeizuhaben. Aus der Wohnung hörten sie leise, undefinierbare Geräusche. Jonas war mit irgendetwas beschäftigt. Saß er wieder vor einem Computerspiel? Nina meinte sogar, so etwas wie einen gedämpften Schuss gehört zu haben. Ein Ballerspiel? Mel zog ihre Waffe, lehnte sich zwei Stufen oberhalb der

Wohnungstür mit dem Rücken an die Wand und nickte Nina zu, die sich an der Tür postiert hatte. Nina lauschte noch einen Moment lang. Sie hörte nichts mehr. Also klingelte sie. Keine Reaktion. Nichts war zu hören. Auch nach einer halben Minute nicht. Also klopfte Nina. Sie blickte zu Mel, die ihre Stirn in Falten gelegt hatte. Nina ahnte, dass sie die Aktion gleich abbrechen würde. Also klopfte Nina schnell noch einmal und rief: »Jonas, hier ist Nina. Ich weiß, dass du da bist. Ich muss dringend mit dir reden.«

Mel gefiel das nicht, aber Nina schaute nur noch zur Tür. Jonas konnte ihnen helfen, das Mädchen zu finden. Sie würde hier nicht weggehen, bevor er nicht die Tür öffnete.

»Jonas! Verdammt, es ist wichtig. Lass die Augenklappe auf und öffne die Tür. Ruby hat dich reingelegt. Das ist kein Witz.«

Nina hörte Mel ihren Namen zischen. Sie war nicht begeistert, dass Nina dieses Wissen preisgab. Aber es war der einzige Weg, diesen Idioten zur Tür zu bekommen. Egal, ob er gerade seinen Schwanz in der Hand hielt oder nicht.

»Jonas! Du bist in Gefahr.«

»Abbruch«, flüsterte Mel und kam die Treppe hinab.

Doch bevor sie Nina Richtung Haustür schieben konnte, hörten sie Schritte hinter der Wohnungstür. Dann drehte sich der Schlüssel im Schloss. Mel huschte mit einem alarmierten Blick zu Nina zurück auf ihre Position. Nina straffte sich. Na also. Gleich würden sie Jonas haben. So oder so. Die Tür öffnete sich. Aber dort stand nicht Jonas, sondern ein Mann, den Nina nur zu gut kannte. Er trug zwar nicht mehr seine Allwetterjacke, sondern eine Latzhose und ein kariertes Hemd, aber das Gesicht würde Nina niemals vergessen. Wie es die Frau im Wald und den Taxifahrer angeschaut hatte, bevor der Kerl die beiden getötet hatte. Er lächelte Nina milde an. Alles in ihr schrie danach, sofort loszurennen, aber sie spürte ihren Körper nicht mehr. Sie hatte Angst, dass ihre Beine versagen würden, wenn sie auch nur einen Schritt zur Seite machte. Immerhin hatte der Schreck auch ihre Gesichtszüge eingefroren, sodass der Mann nicht registrierte, dass sie ihn erkannt hatte.

»Guten Tag«, sagte er freundlich. »Jonas ist kurz Brötchen holen. Er muss jeden Moment wieder hier sein. Wollen Sie auf ihn warten?«

Nina sah erst jetzt, dass der Mann eine Hand auf dem Rücken hielt, während er an der anderen einen Arbeitshandschuh trug. Es war nicht schwer zu erahnen, was er verbarg. Es war auch nicht schwer zu erahnen, was er tun würde, wenn sie zu ihm in die Wohnung gehen würde. Sie schaffte es, einen Blick an ihm vorbei zu werfen. Der Flur, den sie aus dem Stream kannte. Die Tür zu Jonas' Wohnzimmer mit dem Computer war geschlossen. Der Raum, in dem sie von draußen den Schatten gesehen hatten. Es war nicht Jonas' Schatten gewesen. Lebte er überhaupt noch? Die anderen drei Türen waren ebenfalls geschlossen. Nina wusste: Zur Straße gab es noch das Schlafzimmer. Auf der anderen Seite lagen Bad und Küche.

»Wollen Sie?«, fragte der Mann noch einmal.

Nina spürte, wie langsam wieder Leben in ihren Körper kam. Ihre Arme und Beine kribbelten. Aus dem Augenwinkel sah sie, dass Mel die Waffe in Anschlag genommen hatte. Trotzdem wollte sich Nina nicht einfach fallen lassen, wie die Polizistin es ihr gesagt hatte. Solange sie hier in der Tür standen, würde der Mann ihr nichts antun. Wie sie wusste, war er sehr darauf bedacht, keine Spuren zu hinterlassen.

»Und Sie sind?«, fragte sie so gefasst, wie es eben ging.

»Ein Freund. Wir wollten nachher sein Bad renovieren. Jonas hat Schimmel hinter den Kacheln. Die Hausverwaltung hier kann man in der Pfeife rauchen.«

Er lachte. Der Mann war vollkommen entspannt. Wenn er gerade jemanden getötet hatte und dasselbe mit Nina vorhatte, dann musste ihn das doch aufwühlen. Aber er schien nicht einmal unruhig zu atmen. Dieser Mann kannte keine Angst. Nina umso mehr. Sie hatte jedoch einen Vorteil gegenüber vielen Menschen: Sie wusste, wie sie mit der Angst umgehen musste. Im Notdienst hatte sie schon in Situationen gesteckt, welche die meisten Leute überfordert hätten. Schwere Augenverletzungen sahen furchtbar aus. Nina funktionierte dann. Wie eine Maschine. Das tat sie auch jetzt: Sie atmete flach, konzentrierte sich. Sie wusste, was ihre Aufgabe war.

»Ich hab leider nicht viel Zeit«, sagte sie. »Aber ich habe etwas für Jonas im Auto. Ein Schränkchen. Vielleicht können Sie mir helfen, es reinzutragen. Dann bin ich auch schon weg.«

Sie wollte, dass er einen Schritt nach vorne machte. In die Schussbahn von Mel.

»Haben Sie nicht gerade eben noch gesagt, Sie müssten mit Jonas reden? Dringend?«

Er bewegte sich keinen Zentimeter. Nina schaffte es, ein Lachen zu simulieren.

»Das war nur, um ihn aufzuschrecken. Er macht ja oft nicht mal die Tür auf. Sie kennen ihn doch. Aber ich will das Scheißding endlich loswerden.«

Sie zeigt noch einmal zur Haustür. Der Mann schaute ebenfalls dorthin. Er würde niemals mit nach draußen kommen. Doch ein einziger verdammter Schritt würde reichen. Für einen Moment war es absolut still. Mel hielt die Luft an.

»Okay«, sagte er schließlich. »Gehen Sie vor.«

Er wollte ihr in den Rücken schießen. Nina hoffte, dass Mel schneller sein würde. Also ging sie ein paar Schritte rückwärts. Der Mann wollte einen Schritt nach vorne machen. Gleich war es so weit. Auch wenn Nina krampfhaft vermied, zu Mel zu schauen, wusste sie, dass deren Pistole genau auf der richtigen Höhe war. Der Mann beugte den Körper nach vorne. Da zerriss ein Klingeln die Stille. Mels Handy. Plötzlich ging alles furchtbar schnell. Der Mann riss die Hand hinter dem Rücken hervor, in der eine Pistole zum Vorschein kam. Nina schmiss sich dort, wo sie stand, auf den Boden. Sie lag ungeschützt im Hausflur vor dem Killer, der sie immer noch mit einer erstaunlichen Ruhe fixierte, während er die Waffe auf sie richtete. Mel feuerte einen Schuss ab. Er verfehlte den Mann deutlich und krachte in den Türrahmen. Immerhin schreckte der Killer zurück und schoss nicht auf Nina. Dafür packte er mit der freien Hand die

Wohnungstür und knallte sie so fest zu, dass der Rahmen bebte. Mel vergewisserte sich mit einem schnellen Blick, dass es Nina, die auf dem Rücken liegend zur Seite hinter den Treppenaufgang krabbelte, gut ging. Dann schoss Mel auf das Schloss der Tür und trat sie ein. Von drinnen hörte man weitere Schüsse. Jeder einzelne ließ Nina zusammenzucken, denn sie galten mit Sicherheit Jonas. Mel hatte die Lage im leeren Flur sondiert und verschwand in der Wohnung. Vorsichtig riskierte Nina einen Blick um die Ecke des massiven Holzpfostens am Fuße der Treppe. Die Tür zum Wohnzimmer stand offen. Flammen schlugen heraus. Binnen Sekunden war dort ein massives Feuer entfacht worden – wahrscheinlich durch die Schüsse des Killers. Er selbst war offensichtlich in die andere Richtung geflohen, denn die Tür zur Küche stand offen. Nina hörte von dort ein Klirren. Dann hörte sie durch die Tür hinter ihr, die zum Hof gehen musste, Schritte und Mels Stimme.

»Stehen bleiben!«

Dieser Aufforderung folgte er mit Sicherheit nicht. Für einen kurzen Moment hatte Nina Angst, dass der Kerl durch die Hoftür wieder ins Treppenhaus kommen würde. Aber die Schritte entfernten sich. Nina rappelte sich mit wackeligen Beinen auf.

»Hallo?«, hörte sie eine besorgte Frauenstimme von oben.

»Rufen Sie die Feuerwehr«, schrie Nina. »Und verlassen Sie das Haus. Es brennt.«

Es brannte lichterloh. Durch den Flur sah sie, dass das ganze Wohnzimmer in Flammen stand, die sich bereits in

Richtung Flur vorarbeiteten. Hier mussten massenweise Brandbeschleuniger eingesetzt worden sein. Noch war das Feuer auf einen Raum beschränkt. Nina trat vorsichtig näher. Schon aus einigen Metern Entfernung sah sie Jonas. Er lag auf dem Boden neben seinem Schreibtisch mit dem Computer. Seine Shorts hatten Feuer gefangen. Er hielt eine Pistole mit aufgeschraubtem Schalldämpfer in der Hand. Sein halber Kopf war weggeschossen. Die Augenklappe hing noch lose über der anderen Hälfte. Das war der Knall gewesen, den Nina kurz vor dem Klingeln gehört hatte. Verdammt. Sie waren buchstäblich nur wenige Sekunden zu spät gekommen. Der Killer hatte es aussehen lassen wollen wie einen Selbstmord, bei dem auch der Chip im Auge zerstört worden war. In diesem Moment durchzuckte Nina ein Gedanke. Der Killer hatte auf das falsche Auge gezielt. Jonas war der einzige Proband gewesen, der den Chip im linken Auge trug. Das Auge mit der Augenklappe. Trotzdem hatte der Killer das nicht verstanden. Oder gewusst. Wie konnte das sein? Nina wollte darüber nicht länger nachdenken, denn sie musste Jonas' Leiche aus den Flammen holen. Keiner wusste, ob sie an diesem Tag noch einen intakten Chip in die Finger bekommen würden. Was, wenn dies die einzige Gelegenheit war? Was, wenn dort zusammen mit der Leiche auch der einzige Schlüssel lag, der am Ende sogar ihrem Vater wieder zu seinem Augenlicht verhelfen konnte?

Glücklicherweise hatte Jonas nur eine kurze Hose getragen und war barfuß. Auch wenn seine Hose und sein Shirt brannten, konnte man ihn noch an den Beinen packen. Nina hörte, wie hinter ihr Menschen die Treppe herunterliefen und aus dem Haus stürmten. Keiner hatte das Bedürfnis, das Feuer zu löschen. Das blendete Nina aus, während sie ins Wohnzimmer ging. Eine unvorstellbare Hitzewelle schlug ihr entgegen. Nina ging automatisch in die Knie, um die heiße Luft nicht einzuatmen. Ihr Gesicht glühte, als sie wenige Zentimeter in den Raum gerobbt war. Es war nicht mehr weit bis zu Jonas' Füßen. Sie konnte es schaffen. Sie spürte, wie heißer Qualm ihre Lungen füllte. Das Brennen in den Augen erschwerte ihr die Sicht. Sie legte sich flach auf den Boden und streckte die Arme nach vorne. Die Hitze war kaum zu ertragen. Endlich bekam sie einen Fuß zu fassen. Sie zog daran, doch Jonas' Körper war nicht leicht. Sie zerrte an ihm, während sie das Gefühl hatte, dass ihre Lunge jeden Moment explodieren würde. Also stellte sie das Atmen ein, schloss die Augen, robbte noch ein Stück weiter und packte mit beiden Händen nach seinen Füßen. An ihrem Arm wurde es plötzlich sehr heiß. Ihre Jacke musste Feuer gefangen haben. Doch das interessierte Nina nicht. Sie legte ihre ganze Kraft in einen heftigen Ruck und schaffte es schließlich, Jonas zu sich zu ziehen.

»Bist du wahnsinnig?«, hörte sie eine vertraute Stimme hinter sich.

Plötzlich wurde sie selbst an den Füßen gepackt und über den Boden nach hinten gerissen. Sie krallte sich an Jonas fest und zog ihn mit sich. Es war ein wunderschönes Gefühl, als die Hitze rund um ihren Kopf nachließ. Im Flur öffnete sie die Augen und sah Tim, der mit Zornesröte im Gesicht an ihrer Jacke riss. Weil sie brannte. Nina richtete sich auf, um die Jacke loszuwerden. Beim ersten Atemzug bekam sie allerdings einen fürchterlichen Hustenanfall. Tim schaffte es, sie trotz ihres unkontrollierten Zappelns aus der Jacke zu befreien und diese zur Seite zu werfen. Der Jogginganzug darunter war unversehrt – wenn man von Franziskas Blutfleck absah. Während Nina nach Luft rang, zog Tim sie aus der Wohnung.

»Die Leiche«, röchelte Nina, sobald sie wieder einen Laut von sich geben konnte. »Wir brauchen … Chip … Er hat … falsches Auge … geschossen.«

Sie deutete wild auf den Körper von Jonas, der nun immerhin nah an der Tür lag. Instinktiv wollte sie wieder zu ihm, aber Tim war stärker als sie.

»Bleib hier sitzen«, fuhr er sie wütend an und platzierte sie unsanft auf den unteren Stufen der Treppe.

Dann eilte er zurück in die Wohnung. Nach Luft ringend, sah Nina, wie er die Füße der Leiche packte und sie aus dem Zimmer zerrte, durch den Wohnungsflur bis zu ihr.

»Was ist denn hier los?«, fuhr er sie fassungslos an. »Wo ist Mel?«

»Sie jagt ihn.«

»Wen?«

Nina schaute ihn vielsagend an. Meinte er die Frage etwa ernst? Tim fluchte.

27

Berlin-Kreuzberg
Sonntag, 13:00 Uhr

In Kreuzberg hatten die Häuser oftmals gleich mehrere Hinterhöfe, was für Ole ein enormer Vorteil war. Er war bereits über zwei Mauern geklettert und stieg nun auf das Dach einer Remise. Das kleine Haus im Hinterhof war bewohnt. Eine ältere Dame schaute ihn von ihrem Sessel am Fernseher durch das bodentiefe Fenster empört an, während er das Gitter ihrer Weinranken nutzte, um nach oben zu kommen. Einige Äste mussten daran glauben. Kaum war er auf dem geteerten Dach angekommen, sah er die Polizistin. Sie schrie erneut, dass er stehen bleiben sollte. Wie überflüssig. Im Prinzip hätte er ihr auf dem Dach auflauern und sie erschießen können. Aber er wusste, dass der Tod einer Polizistin sämtliche Einsatzkräfte in Bewegung setzen würde – mit unnachgiebiger Härte. Das wollte er sich ersparen. Also rannte er über das Dach, sprang auf der anderen Seite hinunter und rollte sich unten ab.

Auch wenn er lange nicht mehr hatte fliehen müssen, funktionierten die alten Instinkte noch. Wahrscheinlich war es genau wie mit dem Fahrradfahren. In den ersten Jahren seiner Arbeit war er ein paarmal der Polizei oder Angehörigen der Zielpersonen nur knapp entkommen. Noch öfter hatte er früher in Hamburg rennen müssen, etwa nach einem Einbruch oder was auch immer er sonst in seiner Jugend getrieben hatte. Und natürlich war er vor Papa weggerannt. Der hatte ihm diese besondere Fähigkeit – sicher nicht mit Absicht – beigebracht. Wenn Ole zumindest noch eine Weile vor Papas Gürtel sicher sein wollte, dann hatte er rennen müssen. Durch die Hochhausschluchten von Kirchdorf-Süd. Dabei hatte er viel gelernt. Als ihm seine Große einmal von einem »neuen« Trend an ihrer Schule berichtet hatte, der sich Parkour-Laufen nannte, hatte Ole lachen müssen. Über Mauern oder Treppengeländer springen, mit wenigen Kontakten Wände besteigen, über Dächer springen – das war für ihn nichts Neues. Das hatte Ole in seiner Kindheit erfunden. Sein Vater war jung und sportlich gewesen. Ole hatte diese Eigenschaften durch Geschick und fehlende Angst wettmachen müssen.

Er sprintete durch den nächsten Hinterhof und sah an einem Balkon im Hochparterre eine offen stehende Tür. Die Polizistin mühte sich wahrscheinlich noch mit dem Dach der Remise ab. Sie war gut, sicher Mitglied einer Spezialeinheit. Aber sie war nicht schneller als Ole. Er sah und hörte sie nicht. Dafür hörte er von der Straße her Polizeisirenen. Feuerwehrsirenen. Also änderte er die Richtung und nutzte den Schwung seines Sprints, um mit wenigen Schritten auf dem Balkon zu landen. Ein junges Paar saß mit einem vielleicht einjährigen Mädchen beim Mittagessen in der Küche, als er plötzlich vor ihnen stand. Noch außer Atem richtete er seine Waffe auf die kleine Familie.

»Seien Sie ruhig, und machen Sie, was ich Ihnen sage, dann passiert nichts«, stieß Ole zwischen seinen Atemzügen hervor.

Die Mutter in ihrem Jogginganzug schrie kurz auf, schnappte sich aber dann sofort ihr Kind und drückte es an ihre Brust. Der Vater – ebenfalls für einen gemütlichen Tag auf dem Sofa gekleidet – sprang auf und stellte sich instinktiv vor seine Familie. Ole freute das. Eine gute Familie, eine funktionierende Familie. Sein Vater hätte ihn dem Eindringling vor die Füße geworfen, um selbst abhauen zu können. Was heißt »hätte«? Als einmal die Polizei wegen irgendeiner Sauerei zu ihnen gekommen war, die Papa angestellt hatte, war genau das passiert.

»Schließen Sie die Tür«, sagte Ole leise zu dem Mann und deutete auf die Balkontür. »Ich tue Ihnen nichts.«

Der Mann zögerte noch, ging dann vorsichtig zur Balkontür und schloss sie mit zitternder Hand. Er ließ Ole dabei nicht aus den Augen. Also sah er nicht, wie die Polizistin in den Hinterhof gelaufen kam. Sie blieb kurz stehen, rannte dann zum Ausgang Richtung Straße. Der einzige offensichtliche Weg aus dem Hof hinaus.

»Was wollen Sie?«, stieß der Mann mit osteuropäischem Akzent hervor.

»Von Ihnen gar nichts«, sagte Ole und lächelte beruhigend.

Es war immer einfacher mit Leuten, die nicht allzu viel Angst hatten. Dann kamen sie auch nicht auf dumme

Ideen. Der Mann mit den kurzen, blonden Haaren wirkte kräftig genug, um glauben zu können, dass er Ole angreifen musste. Während Ole ihn musterte, bemerkte er, dass der Mann ungefähr seine Größe hatte.

»Oder doch«, sagte Ole freundlich. »Ich hätte gerne ein paar Klamotten. Dann lasse ich Sie in Ruhe. Wo ist das Schlafzimmer?«

Wenig später hatte Ole Mutter und Kind auf das Ikea-Bett gesetzt, das fast den gesamten Raum in dem nicht sonderlich großen Schlafzimmer einnahm. Lediglich für einen Schrank war noch Platz. Aus diesem holte der Mann nun Sachen für Ole heraus. Die Mutter saß derweil mit hochrotem Kopf auf dem Bett und redete in ihrer Sprache auf das Kind ein. Ole verstand aus seiner Zeit in Hamburg noch ein wenig Polnisch. Sie erklärte dem Kind, dass die Pistole nicht echt war. Dass sie ein Spiel spielten. Es funktionierte sogar. Das Kind beobachtete Ole aufmerksam, aber es weinte nicht. Mit der Waffe in der Hand seine komplette Kleidung auszutauschen war gar nicht so einfach. Er musste den Vater auf Distanz halten, der aber mittlerweile auch deutlich ruhiger geworden war. Als Ole die Jeans und den Pullover anhatte, sagte er: »Sie sind eine gute Familie. Bleiben Sie noch eine Weile in diesem Zimmer, dann passiert Ihnen nichts. Dann ist alles vorbei. Verstanden?«

Der Vater nickte.

»Schuhe sind im Flur?«

Er nickte wieder.

»Sehr gut.«

Ole nahm seine Handwerkersachen und ging zur

Schlafzimmertür. Er zog den Schlüssel ab und steckte ihn von draußen in das Schloss. Dann nickte er der Familie noch einmal zu.

»Mindestens zehn Minuten. Besser länger.«

Er schloss die Tür und verriegelte sie mit dem Schlüssel.

Die Schuhe waren für Ole zwei Nummern zu groß. Aber das war besser als zu klein. Außerdem fand er auch noch eine braune Winterjacke, eine Mütze und einen Schal. Er schnappte sich eine kleine Sporttasche, entleerte sie und steckte seine Latzhose, das Hemd und die Arbeitsschuhe hinein. Er wollte so wenig DNA-Spuren wie möglich zurücklassen. Aus dem Schlafzimmer hörte er nichts. Er sah keine Notwendigkeit, die drei Menschen darin zu töten. Gesehen worden war er so oder so. Jetzt galt es, aus diesem Schlamassel irgendwie herauszukommen.

Er steckte die Waffe in die Jacke, schaute kurz durch den Türspion und verließ dann mit der Tasche unter dem Arm die Wohnung. Sein Atem hatte sich längst beruhigt. Er stieg eine kleine Treppe hinab. Als er aus dem Haus auf die befahrene Straße trat, wirkte er wie ein ganz normaler Bewohner des Altbaus. Eine Ambulanz schoss mit Blaulicht an ihm vorbei. In der Ferne hörte er weitere Sirenen. Er zog sich den Schal ins Gesicht, was bei der Kälte niemanden wundern würde. Dann ging er in aller Seelenruhe die Straße hinunter.

Endlich hatte er Zeit zu überlegen, was schiefgegangen war. Er verstand immer noch nicht, wie diese Polizistin und die angebliche Freundin der Zielperson überhaupt auftauchen konnten. Es war kein zufälliger Besuch gewesen. Die andere Frau war vermutlich ebenfalls Polizistin gewesen. Sie hatte gewusst, dass die Zielperson in Gefahr war. Und sie hatte gewusst, wer Ole war. Ihr ganzer Körper hatte Anspannung ausgestrahlt, als sie ihn in der Wohnung entdeckt hatte. Sie hatte nicht unbedingt mit ihm gerechnet, war aber auch nicht überrascht gewesen. Die Geschichte mit dem Schrank im Auto hatte nur den Zweck gehabt, ihn in die Schussbahn der Polizistin zu locken. Wer war sie? Sie hatte etwas von »Ruby« gesagt. Hatte sie damit den bekannten Milliardär gemeint, über den immer wieder etwas in der Zeitung stand? Nadine hatte Ole einmal dazu überredet, eine Dokumentation über diesen Mann zu schauen. Sie sah sich gern Dokumentationen an. Ole fand den Milliardär nicht sonderlich sympathisch, aber er respektierte, wie dieser aus einfachen Verhältnissen stammende Programmierer mit viel Arbeit zu einem der reichsten Menschen der Welt geworden war. Auch wenn Ole damals schon das Gefühl gehabt hatte, dass der Film die Umstände beschönigte. Nach Oles Erfahrung kam man nicht so weit, wenn man sein Leben lang anständig geblieben war. Zumindest trickste der Mann bei den Steuern. Und wenn es stimmte, was die Frau gesagt hatte, dann steckte er vielleicht auch hinter Oles Auftraggeber. Das würde erklären, woher das viele Geld kam, das man ihm geboten hatte.

Ole bog um die Ecke in die Straße, in der sein Wohnmobil stand. Er sah die Polizistin sofort. Sie kam ihm im Laufschritt entgegen. Dabei suchte ihr Blick die Straße ab. Die Pistole hatte sie weggesteckt, aber eine Hand lag unter ihrer Jacke. Ole verlangsamte nicht einmal seinen Schritt. Er zog das Handy aus seiner Tasche und schaute sich den Wetterbericht an. Er musste nur den Augenkontakt meiden, dann würde sie ihn nicht weiter beachten. Das funktionierte immer. Die Menschen achteten zu sehr auf markante Äußerlichkeiten. Mit wenigen Veränderungen und der nötigen Ruhe konnte man sich unsichtbar machen. Tatsächlich eilte die Frau an ihm vorbei. Ole drehte sich nicht um, ging einfach weiter. In der Rückscheibe eines Kleinbusses sah er, dass sie es an der Straßenecke in der anderen Richtung versuchte. Aber ihr Zögern und ihre ganze Körperhaltung zeigten, dass ihr ihre Niederlage längst bewusst war. So gesehen hatten Großstädte auch einen Vorteil: Die Möglichkeiten, hier zu verschwinden, waren so zahlreich, dass die Polizei keine Chance hatte und es auch wusste.

»Mel«, schrie jemand neben Ole.

Er schaute auf. Ein Mann mit dunklen Haaren und Dreitagebart rannte an ihm vorbei. Er hätte Ole fast angerempelt. Aber Ole konnte im letzten Moment ausweichen. Der Mann stieß eine Entschuldigung hervor und lief weiter. Zweifelsohne ein Kollege der Polizistin. Ein Kollege, der ihn ebenfalls nicht wahrgenommen hatte. Ole sah, wie sich die zwei an der Straßenecke trafen und aufgeregt miteinander sprachen. Dann rannten sie weiter in Richtung des Hofes, in dem sich die Spur verloren hatte. Dort würden sie früher oder später den Polen begegnen. Also war es Zeit für Ole, aus dieser Gegend zu verschwinden. Nach wenigen Metern erreichte er sein Wohnmobil. Ohne sich umzuschauen –

denn Umschauen war immer verdächtig –, stieg er hinten ein.

Er hatte sich gerade wieder umgezogen, als das Handy klingelte. Sein Auftraggeber. Ole nahm ab.

»Was ist los?«, blaffte es von der anderen Seite der Verbindung. »Was ist passiert?«

»Das würde ich gerne von Ihnen wissen«, zischte Ole zurück.

Die Polizei war nicht durch ihn auf die Sache aufmerksam geworden. Er hatte keinen Fehler gemacht. Da war er sicher.

»Wieso stand die Polizei vor der Tür von Herrn Reuther?«, fragte er.

»Die Polizei?«

»Ja, und sie wusste, dass er in Gefahr ist.«

Kurz sagte sein Auftraggeber nichts.

»Ist er tot?«

»Ja, aber zwei Polizistinnen haben mich gesehen.«

»Wo sind Sie jetzt?«

»Ich? Verschwunden.«

Er würde seinen Standort nicht preisgeben. Nicht ohne Not.

»Nach Ihnen wird gefahndet. Sie werden mit Bild gesucht. Die Polizeikanäle sind voll von dem Mord und dem Feuer in der Mittenwalder Straße.«

»Mit Bild? Wie kann das sein?«

Wieder herrschte auf der anderen Seite Stille. Ole ging bereits zurück zu seinem Schrank. Er zog die Schubladen auf, in denen sich Perücken und Schminke befanden. Heute wurde ihm wirklich alles abverlangt.

»Hören Sie mir zu«, sagte die schneidige Stimme seines Gesprächspartners. »Die Zielpersonen tragen so etwas wie eine Kamera in ihrem rechten Auge. Deswegen haben Sie den Auftrag, die Augen zu zerstören. Wir waren bisher davon ausgegangen, dass niemand die Bilder dieser Kameras sehen kann. Aber es muss eine geheime Einheit der Polizei geben, die dazu in der Lage ist.«

Ole wusste nicht, ob er das glauben sollte. Er hatte sich natürlich schon gefragt, was das mit den Augen sollte. Aber diese Geschichte klang absurd.

»Da waren keine Kameras«, stellte er fest.

Das hätte er bei der Frau mit dem Hund sehen müssen. Oder bei der ersten Zielperson vor zwei Tagen. Von einer Kamera wären Rückstände in der Lauge zu sehen gewesen.

»Sie sind sehr klein«, sagte Oles Auftraggeber. »Glauben Sie es mir einfach. Denn es ist extrem wichtig für den Auftrag.«

Ole spürte Wut in sich aufsteigen.

»Sie hätten mir das sagen müssen«, antwortete er mit schneidender Stimme.

»Sie haben selbst gesagt, Sie müssen nicht alles wissen. Bisher dachten wir, dass es nicht notwendig ist.«

»Es war nicht notwendig zu wissen, dass Bilder von mir gemacht werden können?«

»Niemand sollte diese Bilder sehen.«

»Das ist ja dann wohl schiefgegangen. Bei Ihnen. Ich habe keine Fehler gemacht.«

Wieder Stille auf der anderen Seite.

»Passen Sie auf. Wir haben keine Zeit. Ich lege für

Ihre Unannehmlichkeiten noch einmal fünfzigtausend Euro drauf. Und wir helfen Ihnen, nach der Sache außer Landes zu kommen.«

Ole lachte spöttisch.

»Mit Ihrer Familie«, ergänzte der Mann am anderen Ende der Leitung.

Der Tonfall irritierte Ole. Noch viel mehr irritierte ihn, dass der Mann von Oles Familie sprach. Er sollte nicht einmal Oles Namen kennen. Und schon gar nicht wissen, dass er eine Familie hatte. War das ein Schuss ins Blaue, oder wusste der Mann mehr? War Oles Familie in Gefahr? Drohte der Kerl ihm?

»Ich möchte die Hälfte des Geldes jetzt sofort sehen«, sagte Ole, um die Oberhand zu behalten.

»Wir haben keine Zeit für so etwas.«

»Jetzt sofort«, wiederholte Ole. »Lassen Sie sich etwas einfallen.«

Wieder Stille. Ole wusste, dass die Kinovorstellung in Schöneberg in einer halben Stunde vorbei sein würde. Man brauchte ihn dort. Wenn das mit dem Geld nicht klappte, würde er den Auftrag abbrechen. Auch wenn er dann wahrscheinlich gar nichts bekam.

»Gut«, sagte der Mann. »Ich rufe Sie zurück. Begeben Sie sich zu Ihrem nächsten Einsatzort.«

Die Verbindung war beendet.

28

Berlin-Kreuzberg
Sonntag, 13:45 Uhr

Dass er nun die volle Kraft des Polizeiapparats einsetzen konnte, erleichterte Tim keineswegs. Es fühlte sich vielmehr so an, als ob ihm die ganze Sache entglitten war. Erst der dumme Fehler, nicht für eine Kommunikation mit den Kollegen zu sorgen, während sein Handyempfang gestört war, dann das Desaster bei dem Computerfreak – und nun hatten sie auch noch die Spur des Killers verloren. Er war Mel entkommen, weil er in die Wohnung einer Familie eingedrungen und sich dort umgezogen hatte. Hätte Tim ihn gemeinsam mit Mel verfolgen können, wäre ihnen das nicht passiert. Aber er musste ja dafür sorgen, dass Nina sich bei dem Versuch, eine Leiche aus dem Feuer zu ziehen, nicht selbst umbrachte. Er spürte immer noch seine Wut wegen dieser überflüssigen Aktion. Wegen allem. Nina saß auf dem Weg zurück zu seiner Wohnung neben ihm in seinem Wagen. Mel war in der Mittenwalder Straße geblieben, um den Kollegen von der dritten Mordkommission und der Feuerwehr die Sachlage zu erläutern. Sie hatte sich endlose Vorwürfe gemacht, weil sie ihr Handy nicht ausgeschaltet und damit den Killer gewarnt hatte. Auch so eine Sache. Sie nahm die Schuld für den verpatzten Einsatz auf sich, aber Tim wusste längst, dass Nina Mel bedrängt hatte. Die Frau machte alle verrückt. Er schaute zu Nina, die auf ihrem Schoß ihr Handy hielt und den letzten verbliebenen Stream betrachtete. Den Stream mit dem Mädchen. Die Kleine hatte sich mittlerweile an ihren Schreibtisch gesetzt und malte ein Bild. Auch wenn Tim es durchaus bewunderte, wie lange sich dieses Kind alleine beschäftigen konnte, raubte es ihm den letzten Nerv. Sie mussten das Mädchen endlich finden.

»Wo ist Sylvia?«, fragte Nina plötzlich.

»In Sicherheit«, antwortete Tim knapp.

Er hatte sie mit den Kollegen ins Sarotti geschickt, ein kleines Hotel in der Nähe seiner Wohnung. Dort sollten sie mit dem Störsender so lange ausharren, bis die Situation geklärt war. Was immer das hieß. Gott sei Dank hatte die Frau sich einsichtig gezeigt und in jeglicher Hinsicht kooperiert.

»Sie ist auch von Doktor Luhm operiert worden?«, fragte Nina.

Tim nickte und bog in die Bergmannstraße.

»Wann?«

»Vor drei Monaten.«

»Und sie hat die ganze Zeit nicht gewusst, dass man ihr Leben durch ihre Augen sehen kann?«

Tim sagte nichts dazu. Denn es war ja offensichtlich. Die Frau war kreidebleich geworden, als sie von dem Chip an ihrem Sehnerv erfahren hatte. Als Tim gegangen war, hatte sie deswegen noch unter Schock gestanden. Mittlerweile begriff sie wahrscheinlich, welche Details aus ihrem Leben man hatte beobachten können. Ihrem Partner Roberto hatte Tim angesehen, dass es bei ihm schneller gegangen war. Aber er hatte nichts dazu gesagt.

»Tim?«, hakte Nina nach.

»Was?«

»Sie hat es nicht gewusst?«

»Natürlich nicht.«

Das kam etwas zu patzig heraus. Er schaute auf die Straße, während Nina ihn weiterhin anblickte.

»Denkst du ernsthaft, es ist meine Schuld, dass der Killer entkommen ist?«, fragte sie bissig.

Auf diese Diskussion hatte Tim keine Lust. Er sagte nichts.

»Das akzeptiere ich nicht«, brach es aus Nina heraus. »Wenn ich nicht darauf gedrängt hätte, zu Jonas zu gehen, hätten wir gar nichts. Wir wären noch viel später gekommen als sowieso schon. Dass wir zu spät gekommen sind, ist allenfalls deine Schuld, weil wir bisher verdammt noch mal viel zu wenig Unterstützung hatten.«

»Es geht doch hier nicht um Schuld«, herrschte Tim Nina an.

Sie verstummte. Er suchte ihren Blickkontakt, aber fand ihn nicht. Nun schaute sie ihrerseits stur aus dem Fenster nach vorne. Tim sah das Blut an ihrem Jogginganzug. Er atmete tief durch. Er musste sich beruhigen. Diese Frau hatte in den letzten vierundzwanzig Stunden weit mehr erlebt, als es einem Menschen zuzumuten war. Sie wirkte so tough, dass Tim manchmal vergaß, dass sie eine Zivilistin war. Dass sie Bewundernswertes leistete.

»Niemand macht dir einen Vorwurf«, sagte Tim bemüht freundlich. »Im Gegenteil: Es tut mir wahnsinnig leid, was du alles mitmachen musstest. Okay? Es ist halt eine Extremsituation und … Ich komme einfach nicht runter, solange wir dieses Kind nicht haben.«

Das war das richtige Stichwort. Nina schaute ihn endlich wieder an.

»Darum geht's mir doch auch.«

»Gut«, sagte Tim und lächelte.

Sie fuhren für einen Moment stumm weiter. Seit Nina so verbissen die Leiche des Probanden aus den Flammen gezerrt hatte, beschäftigte Tim noch eine andere Frage.

»Glaubst du, diese Chips könnten deinem Vater helfen, wieder zu sehen?«

Nina war irritiert. Aber sie drückte sich nicht vor einer Antwort: »In dieser Form nicht. Aber vielleicht kann man damit die Forschung neu anschieben.«

»Warum hast du damals aufgehört zu forschen? Warum bist du jetzt Ärztin?«

»Es war aussichtslos. Und … Nach dem Unfall damals … Mein Vater hätte seine Sehkraft nicht verlieren müssen. Die Notärzte waren keine Experten, es wurde zu viel Zeit verloren. Ich arbeite dafür, dass sich so etwas nicht wiederholt. Das war mir immer ein Anliegen.«

»Sind die Autos nicht inzwischen sicherer geworden?«, fragte Tim. »Mit den Airbags und so?«

»Sind sie. Dafür gibt es heute mehr Freizeitunfälle:

Golfbälle, Äste ins Auge. Bei Verletzungen mit Sektkorken ist Deutschland weltweit führend.«

Tim musste lachen. Auch Nina schmunzelte. Sie schauten einander für einen stillen Moment verbunden an. Es war wieder okay zwischen ihnen. Tim war das wichtig. Er steuerte den Wagen an den Straßenrand. Sie standen direkt vor seiner Haustür.

»Geh hoch«, sagte er freundlich. »Ich komme gleich nach.«

»Was machst du?«, fragte sie überrascht.

»Erzähle ich dir nachher. Tut alles, was ihr könnt, um die Kleine zu finden. Kemal kann alle Abteilungen nutzen.«

»Was ist mit Ruby?«

»Wir warten auf den Durchsuchungsbeschluss. Sobald der da ist, fahren die Kollegen zu ihm und stellen alles auf den Kopf. Die Zeit der Geheimhaltung ist vorbei. Genau wie du es immer wolltest.«

Nina lächelte.

»Aber ich habe das Gefühl«, fuhr Tim fort, »dass es nach wie vor wir sind, die die beste Chance haben, das Mädchen zu finden.«

»Das denke ich auch«, sagte Nina. »Bis gleich.«

Sie stieg aus dem Wagen. Tim schaute ihr kurz hinterher und lenkte den Wagen dann auf die Linksabbiegerspur. Er gab Gas. Kurz überlegte er, ob er das Magnetblaulicht aufs Dach setzen sollte. Doch das lohnte sich nicht, denn der Platz der Luftbrücke war nicht weit. Schon nach zwei Minuten war er dort.

Er ließ den Wagen direkt vor dem Eingang des Polizeipräsidiums stehen und rannte in das Gebäude. Ein anderer Pförtner tat Dienst, dem Tim nur seinen Dienstausweis unter die Nase hielt. Er sprach von einem Notfall und eilte dann zielstrebig weiter.

Dieses Mal war der Flur im zweiten Stock hell erleuchtet. Aus mehreren Büros waren Stimmen zu hören. Die Leitung des SEK war da, und der Laden brummte. Nach den Vorfällen mit dem Killer waren alle in Alarmbereitschaft versetzt worden.

»Tim?«, hörte er plötzlich hinter sich jemanden sagen.

Tim drehte sich um. Axel Burmeister kam aus seinem Büro geeilt – ein stämmiger Fünfzigjähriger mit Stiernacken, der nur knapp in seinen Anzug passte. Der Leiter des SEK. Sie kannten einander von Besprechungen.

»Was ist da los in Kreuzberg?«, fragte er. »Deine Mordkommission?«

»Nicht jetzt«, zischte Tim und eilte weiter.

»Hey? Junior?«

Er hörte nicht auf seinen SEK-Spitznamen, den er sowieso hasste, sondern zog das Tempo an. Dieses Mal musste er nicht die Türen abzählen, bis er zu Fischers Büro gelangte. Die Tür war geschlossen. Während Tim sich ihr näherte, zog er seine Dienstpistole aus dem Schulterhalfter. Ohne einen Moment zu zögern, drückte er die Klinke herunter, stieß die Tür auf und ging mit vorgehaltener Waffe in den Raum.

»Hände weg von der Tastatur! Aufstehen!«, rief er, noch bevor er Fischer gesehen hatte.

Der Maulwurf saß noch an seinem Computer und erschrak sichtlich. Als er Tim mit der Waffe sah, riss er die Hände hoch. Er zuckte nervös mit den Augen. Ihm war anzusehen, dass er die Situation ernst nahm. Und das konnte er nur, weil er genau wusste, dass man ihn ertappt hatte.

»Weg vom Computer!«, schrie Tim.

»Was soll der Scheiß?«, maulte Fischer, der sich wieder gefangen hatte.

Er stand trotzdem auf und ging mit erhobenen Händen einen Schritt zurück. Tim blickte kurz zum Computerbildschirm, auf dem ein Bericht über den Vorfall in der Mittenwalder Straße zu sehen war. Dieser war nun garantiert bei Ruby gelandet – oder wem auch immer bei Aragorn Fischer berichten musste.

»Junior! Was wird denn das?«

Im Flur hinter Tim erschien Burmeister. Ihm war seine Verblüffung anzusehen – allerdings auch die Tatsache, dass Tims Waffe ihm keine Angst machte. Anders als Fischer, dessen Augen nervös hin und her rasten. Der Mann hatte etwas zu verbergen.

»Er ist ein Verräter«, erklärte Tim. »Er gibt Informationen an die Gegenseite weiter.«

»Was?«, fragte Burmeister ungläubig. »Was denn für 'ne Gegenseite? Jetzt nimm erst einmal die Knarre runter, verdammt noch mal.«

»Nur, wenn er seine ablegt.«

»Ich bin unbewaffnet«, sagte Fischer. »Ich hab keinen Schimmer, was der Scheiß soll.«

»Waffe runter«, blaffte Burmeister Tim an.

Der sah, wie zwei weitere SEK-Männer in Kampfmontur hinter ihm erschienen. Sie wollten Tim nicht attackieren, aber er wusste auch so, dass er keine Chance haben würde. Und wer sagte, dass nicht noch mehr Leute im SEK für Aragorn arbeiteten? Tim senkte langsam die Waffe.

»Wir haben seit gestern eine Mordserie, bei der unsere Informationen an die Täter weitergegeben werden«, erklärte Tim. »Von ihm.«

»Quatsch«, maulte Fischer. »Ich weiß überhaupt nicht, worum es geht.«

»Sei mal ruhig«, befahl sein Chef und fixierte Tim. »Wieso von ihm? Wie kommst du darauf?«

»Unsere Berichte wurden von diesem Gebäude aus angeschaut. Er hat keinen Dienst, sitzt hier aber schon die ganze Nacht am Computer. Ich habe ihn heute Nacht gesehen.«

Burmeister sah zu Fischer.

»Ja, und? Ich hab Stress mit meiner Alten. Keinen Bock nach Hause zu gehen, und ich muss noch zig Berichte machen.«

»Das ist kein Bericht von dir«, ging Tim dazwischen und zeigte auf den Monitor. »Das ist einer der Morde.«

»Wir haben eine Lage«, erklärte Fischer sofort. »Natürlich gucke ich mir die an. Ist doch kein Verbrechen.«

»Mehr hast du nicht?«, fragte Burmeister Tim. »Er ist verdächtig, weil er in dem Gebäude sitzt, in dem Berichte gelesen wurden?«

»Daraufhin ist eine Zeugin ermordet worden«, blaffte Tim.

»Mehr hast du nicht?«, wiederholte Burmeister.

Tim antwortete nicht. Er musterte Burmeister genauer, der mit Falten auf der Stirn zwischen Fischer und Tim hin- und herschaute. Er wirkte einigermaßen ratlos. Tim konnte nicht sicher sein, ob Burmeister nicht sogar mit Fischer unter einer Decke steckte. Auch wenn Tim ihn als unbestechlichen und guten Polizisten kannte: Burmeister hatte damals mit Langenhorst zusammengearbeitet, bevor der zu Aragorn gegangen war.

»Der macht doch nur wieder auf Rambo«, schaltete sich plötzlich einer der SEK-Männer ein.

Tim schaute ihn an. Er kannte ihn, wusste aber seinen Namen nicht. Er war bei dem Einsatz dazugekommen, bei dem Tim alleine den betrunkenen Mörder in der Wohnung festgenommen hatte. Wahrscheinlich fühlte der Kerl sich in seiner Ehre als Kampfmaschine verletzt, weil Tim für den Wohnungssturm nicht einmal einen Helm angezogen hatte.

»Junior, das ist 'ne harte Nummer, was du hier aufrufst«, sagte Burmeister, ohne auf seinen Mitarbeiter einzugehen.

Tims Handy vibrierte in seiner Hosentasche. Er zog es heraus. Eine SMS von Kemal: »Wo steckst du? Wir haben eine Idee, wie wir an das Mädchen rankommen.«

Das erdete Tim. Er sah ein, dass er seine Zeit mit den Gorillas vom SEK verschwendete. Er steckte das Handy zurück in die Hosentasche und richtete sich an Burmeister.

»Hör mir zu«, sagte er zu dem massigen Kerl und schaute ihn eindringlich an. »Ich muss weg. Sperrt Fischer in den Arrest, lasst ihn auf keinen Fall an den Computer oder sein Handy ...«

Burmeister schüttelte bereits angestrengt den Kopf, aber Tim redete einfach weiter.

»Wenn wegen dieses Scheißkerls noch einer draufgeht, vielleicht sogar einer von uns, dann wird das an dir hängen, Burmeister. Wenn er unschuldig ist, geb ich liebend gerne meine Marke ab. Aber der Kerl ist ein Verräter. Und wer weiß, wie viele von euch noch.«

Dabei schaute er den Kollegen an, der ihn gerade angepisst hatte. Er erntete einen bösen Blick und ein spottendes Lachen. Aber immerhin widersprach niemand. Tim steckte seine Waffe ein und ging zwischen den SEK-Männern hindurch auf den Flur. Erneut zog er sein Handy aus der Tasche. Während er die Blicke der Kollegen in seinem Rücken spürte und keine Ahnung hatte, was sie aus der Situation machen würden, rief er den Adler an. Der musste jetzt Himmel und Hölle in Bewegung setzen, damit dieses Arschloch Fischer ihnen nicht weiter schaden konnte. Tim musste zu den anderen und schauen, ob sie wirklich einen Weg gefunden hatten, das Mädchen zu retten.

29

Berlin-Kreuzberg
Sonntag, 14:20 Uhr

»Kriminalkommissar Bayramoğlu hier, wir brauchen Ihre Unterstützung bei einem Einsatz. Hören Sie mir bitte genau zu.«

Nina stand direkt hinter Kemal, während er über ein Headset telefonierte. Er hatte den Lautsprecher aktiviert, sodass sie und Mel zuhören konnten. Mel war kurz vorher zurückgekehrt. Kemal hatte seine Idee erläutert, und alle waren sich einig gewesen, dass sie nicht noch mehr Zeit verlieren durften. Sie hatten Tim zwar eine SMS gesendet, aber niemand war der Meinung gewesen, dass sie wieder auf ihn warten mussten.

»Wer sind Sie?«, kam es ungläubig aus dem Lautsprecher des Monitors. Die nicht unfreundliche, aber doch etwas gelangweilte Stimme eines jungen Mannes.

»Polizei. Wir brauchen Ihre Hilfe. Sie müssen einen Suchaufruf über den Sender schicken.«

»Kann ja jeder sagen, dass er von der Polizei ist.«

Nina schwoll der Kamm. Wieso mussten sie ausgerechnet jetzt auf einen Idioten treffen? Kemal blieb erstaunlich ruhig, obwohl seine Finger bereits die Tastatur vor ihm bearbeiteten.

»Sie bekommen soeben eine Mail vom offiziellen Account der Polizei. Wie heißen Sie?«

»Paul«, kam es zögerlich zurück.

»Hören Sie mir gut zu, Paul: Es geht um das Leben eines Kindes. Es ist in Gefahr. Wir können es über eine Kamera sehen, aber wir wissen nicht, wo es sich befindet.«

»Warten Sie mal einen Augenblick«, lautete die viel zu entspannte Antwort. »Gerade kommt die Mail.«

»Und wir haben keine Zeit«, sagte Kemal etwas schärfer.

Nina bewunderte seine Ruhe. Sie hätte den Kerl am anderen Ende der Leitung längst angeschrien. Kemal gab ihm ein paar Sekunden.

»Aha«, kam es schließlich aus dem Lautsprecher. »Wieso können Sie das Kind sehen, ohne zu wissen, wo es ist?«

»Es ist einfach so. Glauben Sie mir, wir würden Sie nicht anrufen, wenn wir Sie nicht bräuchten.«

»Aber was haben wir damit zu tun?«

»Das Mädchen hört Radio Teddy.«

Kemal hatte auf dem Stream entdeckt, dass ein kleines Radio auf dem Schreibtisch des Mädchens eine Frequenz anzeigte. Das legte nahe, dass es eingeschaltet war. Die Frequenz gehörte zu Radio Teddy, einem bei Berliner Kindern beliebten Radiosender. Genau bei dem hatte Kemal angerufen.

»Aha«, sagte Paul.

»Ich möchte, dass sie einen Aufruf senden, in dem das Kind und sein Zimmer beschrieben werden, mit der Bitte, dass das Kind sofort bei der Polizei anrufen soll.«

Das Mädchen hatte sein Smartphone auf dem Tisch neben sich liegen.

»Das soll funktionieren?«, sagte der Radiomitarbeiter skeptisch.

»Das werden wir herausfinden.«

»Kinder hören sehr selektiv zu«, entgegnete Paul. »Vor allem, wenn etwas kommt, was nicht an diese Stelle gehört. Es kann gut sein, dass sie es für eine Geschichte hält, aber dafür hunderte andere Kinder verängstigt werden.«

»Das müssen wir in Kauf nehmen«, zischte Kemal, der nun allmählich auch am Ende seiner Geduld angelangte.

Dafür hielt Nina den Radiomitarbeiter nun gar nicht mehr für dumm. Schließlich hatten die Mitarbeiter des Senders große Erfahrung mit ihren jungen Hörern. Sie sah auf den Stream, wo das Mädchen sein Bild zu Ende malte.

»Wie wär's mit einem Gewinnspiel?«, warf sie laut ein.

»Wie bitte?«, hörte sie aus dem Lautsprecher.

Kemal schaute sie irritiert an. Sie ging näher an sein Headset.

»Das Mädchen ist Fan von Bibi und Tina. Sie hat überall Poster von dieser Bibi hängen. Wenn sie … weiß ich nicht … ein Treffen mit der Darstellerin verlosen, würde das eher klappen?«

»Würde es, aber dann rufen zig Kinder an.«

»Wir können Ihnen genau sagen, wann sie anruft. Wir sehen es.«

»Und Sie können ihr Kontrollfragen stellen«, ergänzte Kemal, der Ninas Idee unterstützte.

»Das ist ein Riesenaufwand«, hörten sie Paul unwillig sagen.

»Es geht um das Leben eines Kindes«, zischte Nina. »Haben Sie Kinder?«

»Okay, okay«, kam es zurück. »Ich … ich rede mit der Moderatorin. Bleiben Sie dran.«

Kemal schnaufte, nickte aber Nina zu. Auf einem Nebenmonitor stellte er den Audiostream des Senders etwas lauter. Dort lief ein fröhliches Kinderlied. Als es endete, spitzten alle vor den Monitoren die Ohren. Doch es folgte lediglich ein aktueller Popsong. All das dauerte eine gefühlte Ewigkeit. Nina zuckte zusammen, als hinter ihnen an die Tür geklopft wurde. Mel eilte hin und ließ Tim herein.

»Was habt ihr vor?«, fragte er ansatzlos in die Runde, während er zu den Monitoren kam.

Genau in diesem Moment hörte man Paul über die Lautsprecher: »Nach dem nächsten Lied kommt es.«

»Sehr gut, Paul«, rief Kemal. »Vielen Dank. Wenn sie das richtige Mädchen an der Leitung haben, notieren Sie bitte Namen, Adresse und Telefonnummer. Und geben Sie alles sofort an uns weiter.«

»Okay, aber … Was ist denn die Gefahr?«

»Das kann ich Ihnen jetzt nicht erklären. Bitte machen Sie, was ich sage. Ich gebe Ihnen zur Kontrolle nun ein paar Informationen über das Zimmer des Mädchens.«

Während er das tat, brachte Mel Tim flüsternd auf den neuesten Stand. Er hatte nicht viel Zeit, etwas dazu zu sagen, denn der Popsong endete bereits. Auch Kemal war fertig mit Paul und verstummte. Man hörte aus dem Lautsprecher die zuckersüße Stimme der Moderatorin, die mit großer Begeisterung ein Gewinnspiel ankündigte. Nina fixierte den Stream des Mädchens, wo ein sehr treffend gemaltes Bild von Bibi und Tina zu sehen war.

»Wir haben eine große Überraschung für euch«, flötete die Moderatorin bei Radio Teddy. »Wer jetzt sofort bei uns anruft, kann ein Treffen mit Lina Larissa Strahl gewinnen. Besser bekannt als Bibi aus den Kinofilmen mit Bibi und Tina.«

Schon bei dem Namen der Schauspielerin hatte das Mädchen im Stream zu seinem Radio geschaut. Es war das richtige Reizwort gewesen.

»Wir holen dich zu Hause ab und bringen dich ins Studio. Du kannst Lina bei uns treffen, mit ihr plaudern, ein Autogramm bekommen und all deine Fragen stellen. Ruf jetzt an.«

Während sie die einprägsame Nummer des Senders mehrfach wiederholte, ging der Blick des Mädchens zu seinem Handy. Nina spürte, wie ihre Hände feucht wurden. Am liebsten hätte sie der Kleinen zugerufen, dass sie verdammt noch mal endlich anrufen sollte. Noch zögerte das Kind. Sein Blick ging zur Zimmertür. Was war da? Fragte sie sich, ob ihre Mutter die Teilnahme am Gewinnspiel erlauben würde? Oder hörte sie etwas? Dann blickte sie wieder zu ihrem Handy. Sie schaltete es ein. Alle rund um Nina hielten die Luft an. Auf dem Startbildschirm des Handys sah man ebenfalls ein Bild von Bibi und Tina, die gut gelaunt auf ihren Pferden über eine

Wiese ritten. Die Moderatorin hatte den ganzen Aufruf noch einmal wiederholt und kam nun an die Stelle, an der sie die Nummer wiederholte. Das Mädchen drückte auf den Telefonhörer auf dem Display. Ninas Blick traf kurz den von Tim. Stille Verbundenheit. Sie hatten es endlich geschafft. Auf dem Stream sah man die kleinen Finger des Mädchens die Zahlfelder antippen. Kemal klatschte erfreut in die Hände.

»Paul«, rief er aufgeregt in sein Headset. »Sie ruft jetzt an. Einen Moment noch.«

Denn sie hatte noch nicht fertig gewählt. Plötzlich hielt sie inne und schaute auf. Ausgerechnet jetzt hatte sich die Tür geöffnet. Ihre Mutter stand dort, daneben ein anderes Mädchen – ebenfalls um die zehn Jahre alt mit langen braunen Haaren und einem Paar Schlittschuhen über ihrer lila Winterjacke. Sie lächelte das Mädchen gut gelaunt an und sagte etwas. Die Mutter stand nickend daneben.

»Warum denn ausgerechnet jetzt?«, entfuhr es Mel verzweifelt.

Mit Entsetzen sahen alle, wie das Mädchen das Handy ausschaltete und wegsteckte.

»Nein!«, schrie Nina.

»Was ist denn jetzt?«, hörten sie die Stimme von Paul.

»Sie ruft nicht an«, sagte Kemal matt. »Ich melde mich wieder.«

»Aber was machen wir denn jetzt mit den Anrufern?«, kam es noch aus dem Lautsprecher, doch Kemal drückte das Gespräch weg.

Mel fertigte bereits an dem anderen Monitor Standbilder mit den Gesichtern der Mutter und des Besuchermädchens an.

»Wir kriegen sie trotzdem«, sagte Tim aufmunternd. »Sie wird nach draußen gehen. Dann haben wir sie.«

Tatsächlich hatte die Kleine nun ihre eigenen Schlittschuhe aus einem Schrank geholt. Auf der Innenseite der Schranktür gab es einen Spiegel, in dem man sie kurz sehen konnte. Mit ihren langen schwarzen Haaren. Sie freute sich. Endlich war sie nicht mehr allein. Nina empfand es nicht als Fortschritt, dass das Kind nun nach draußen ging, wo der Killer herumlief. Doch Nina konnte sie nicht aufhalten. Niemand konnte sie aufhalten. Sie ging mit ihrer Freundin durch den Flur zur Haustür, wo sie sich Schuhe und Jacke anzog.

»Kann man die Mutter nicht finden?«, rief Nina.

Mel versuchte es längst mit der Bildersuche. Doch es gab keine brauchbaren Treffer.

»Kann man nicht nach ihr fahnden?«

»Wir haben gleich einen Straßennamen«, sagte Tim. »Dann schicken wir sofort einen Wagen hin.«

Er war ebenfalls aufgestanden und wollte offensichtlich unmittelbar aufbrechen, sobald sie eine Adresse wussten.

»Das läuft gut, Nina«, beschwor er sie. »Warte ab.«

Man sah Nina an, wie sehr es sie zerriss, was gerade geschah. Sie wollte nicht, dass das Kind die Sicherheit des Hauses verließ. Sie wollte, dass sich diese verdammte Mutter um ihr Kind kümmerte. Es beschützte. Aber die Frau kam nicht einmal zur Tür, als das Mädchen ging. Man sah es kurz in den Flur schauen, wahrscheinlich rief es eine Verabschiedung. Dann ging es mit ihrer Freundin auch schon nach draußen.

Man sah eine Straße mit älteren, sehr großen Einfamilienhäusern. Eine gute Wohngegend. Durch einen kleinen Vorgarten mit für den Winter zurückgeschnittenen Rosen und hohen Büschen ging es zum Bürgersteig, den ein Metallzaun von dem Gelände um das Haus trennte. Teure Autos standen am Straßenrand. Es waren keine Passanten zu sehen. Die Mädchen gingen auf dem Bürgersteig los, vorbei an weiteren Vorgärten mit dichten Baumbeständen. Nirgendwo war ein Mensch zu sehen. Auch kein Straßenschild. Das Mädchen schaute sowieso fast nur seine Freundin an, die mit einem spitzbübischen Grinsen etwas erzählte. Dann musste sie lachen.

»Da«, rief Kemal.

Kurz sah man in der Ferne ein Straßenschild, bevor die Straße auf eine größere Grünfläche mit hohen Bäumen zulief. Es war zu schnell gegangen. Auch als Kemal das Bild zurückholte, konnte man den Namen nicht entziffern. Aber die Mädchen kamen dem Schild Schritt für Schritt näher. Ihnen kam ein alter Mann mit grauem Bart und Nordic-Walking-Stöcken entgegen. Tim, Mel, Kemal und Nina klebten fast an dem Monitor. Alle schauten auf das Schild, das sporadisch auftauchte, wenn das Mädchen nach vorne blickte.

»Jetzt«, sagte Tim.

Endlich war es nah genug. Kemal machte wieder ein Standbild. Mel hatte bereits das Handy mit der Einsatzleitung am Ohr.

»Föhrenweg«, erkannte Kemal als Erster.

Seine Finger schossen über das Touchpad zur Berlinkarte, während seine Brille bedrohlich nach unten rutschte.

»Dahlem. Föhrenweg, Ecke Auf dem Grat.«

Mel wiederholte alles für die Einsatzleitung. Der nächstliegende Polizeiwagen machte sich auf den Weg. Tim nickte und eilte zur Tür.

»Kann ich mit?«, rief Nina ihm hinterher.

Er stoppte, während er sich seinen Mantel anzog. Sie sah ihn flehend an. Er nickte. Plötzlich rief Mel hinter ihr: »Scheiße!« Den panischen Klang in ihrer Stimme würde Nina nie wieder vergessen. Alle wirbelten herum. Im ersten Moment sah man nicht, was das Problem war. Die Mädchen bogen an der Grünfläche um die Ecke und gingen weiter, direkt an einem Wohnmobil vorbei. Doch Kemal hatte mit zitternden Fingern auf dem anderen Monitor die letzten Sekunden zurückgespult und zeigte auf den alten Mann im grauen Trainingsanzug mit den Stöcken, der die Mädchen passiert hatte. Ninas Beine wurden weich. Trotz Sportmütze und Bart erkannte sie ihn. Niemals würde sie diese Augen vergessen.

»Nein!«, entfuhr es ihr jammernd. »Wo ist der Einsatzwagen?«

Mel schrie längst in ihr Handy, dass die Kollegen sich beeilen und alle verfügbaren Einheiten zu dem Ort gesendet werden sollten. Sie erläuterte eindringlich, wie gefährlich der Mann war, den sie beschrieb. Doch all das hörte Nina nicht. Sie starrte nur auf den Stream. Auf das Lachen der Freundin mit den Schlittschuhen über den Schultern. Sie sah das traurige Mädchen vor sich. Wie es ebenfalls lachte. Endlich lachte. Es war die Hölle, nicht zu wissen, wo der Kerl steckte. Zu wissen, dass das Kind keine Chance hatte. Als das Bild plötzlich schwarz wurde, sackte Nina auf ihrem Stuhl zusammen. Sie spürte, wie jegliche Lebenskraft aus ihr wich. Wie hatte sie nur glauben können, dass sie das Mädchen retten würde? Das Mädchen war nicht zu retten. Nie zu retten gewesen. Nie.

»Er hat sie nicht getötet«, hörte sie Tim neben sich sagen.

Er stand in seinem Mantel vor dem Monitor. Nina folgte seinem Blick. Der Stream war nach wie vor schwarz, aber als sie für einen Moment genauer hinschaute, sah sie Veränderungen im Farbton. Hellere Flecken. Dann Lichtblitze von unten.

»Er hält ihr die Augen zu«, rätselte Nina. »Er … er hat ihr etwas über den Kopf gezogen.«

Ganz kurz konnte man durch den Lichteinfall von unten grauen Stoff erkennen. Ein Sack. Sofort wurde es wieder schwarz. Das Mädchen wurde durch die Gegend geschoben. Mit einem Sack über dem Kopf.

»Wo ist der Einsatzwagen?«, rief Tim.

»Gleich da«, antwortete Mel.

Gab es noch eine Chance? Oder würden die Polizisten sowieso nichts ausrichten können, wenn er das Mädchen in seiner Gewalt hatte? Tötete er sie deswegen nicht direkt vor Ort? Um entkommen zu können? Was war mit dem anderen Mädchen?

Tim zog seinen Mantel wieder aus. Bis nach Dahlem würde er mindestens zwanzig Minuten benötigen.

Zu lange. Er nahm seinen Blick nicht von dem Stream. Alle hofften, dass sie irgendein Indiz dafür bekommen würden, was mit der Kleinen geschah. Wohin er mit ihr gehen würde. Endlose Sekunden verstrichen, in denen nichts geschah. Mel hatte mittlerweile die Kollegen aus dem Einsatzwagen direkt am Handy. Sie beschrieb ihnen das neue Erscheinungsbild des Killers. Kemal schickte parallel ein Standbild, auf dem man den Mann einigermaßen erkennen konnte. Alles dauerte viel zu lange.

»Sie biegen in die Straße«, sagte Mel endlich. »Da liegt jemand. Das andere Mädchen ... Sonst ist niemand zu sehen. Sie fahren jetzt zu diesem Mädchen.«

Nina wollte protestieren, doch natürlich musste auch dem anderen Kind geholfen werden.

Dabei gewann der Killer immer mehr Zeit. Er konnte Abstand zwischen sich und den Tatort bringen. Mittlerweile wussten sie, dass er ein Meister darin war zu verschwinden.

»Das andere Mädchen ist bewusstlos«, wiederholte Mel die Information, die sie am Handy erfuhr. »Wunde am Kopf. Nicht lebensgefährlich.«

Ein wenig Erleichterung. Mehr aber nicht.

»Und?«, fragte sie Mel. »Unser Mädchen?«

»Sie sehen niemanden. Keinen alten Mann. Kein Mädchen. Es kommt noch ein Einsatzwagen. Sie versuchen, die Nachbarschaft abzuriegeln.«

»Es gibt mindestens vier Möglichkeiten, da wegzukommen«, erklärte Kemal mit Blick auf den Stadtplan unzufrieden. »Wenn er sofort mit ihr in ein Auto gestiegen ist, kann er schon überall sein. Er hat mindestens zwei Minuten Vorsprung. Und wir wissen nicht, mit was für einem Wagen.«

»Kann das Mädchen nichts sagen?«, fragte Nina.

»Noch bewusstlos«, warf Mel ein.

»Die Kollegen sollen vor Ort Fotos machen«, forderte Tim. »Von den Fahrzeugen in den Straßen rundherum. Und sie uns schicken. Schnell.«

Kemal machte Standbilder aus dem Stream des Mädchens, auf denen man möglichst viele Fahrzeuge sehen konnte. Mel beschrieb am Telefon das Haus des Mädchens, damit weitere Polizisten die Mutter verständigen konnten und sie endlich einen Namen erfuhren, ein gutes Foto von ihr bekamen. Tim hatte sein Handy ebenfalls am Ohr und bereitete die Berliner Polizei auf eine Fahndung im gesamten Stadtgebiet vor. Die Polizisten in Tims Wohnung funktionierten. Sie arbeiteten Hand in Hand. Nina saß daneben und spürte ihre Erschöpfung. Wieso hatten sie schon wieder so kurz vor dem Ziel versagt? Lag es vielleicht doch an ihr? War sie ein Klotz am Bein? Hatte sie Diskussionen begonnen, die zu viel Zeit gekostet hatten? War sie schuld am Tod von Jonas und bald am Tod dieses Mädchens?

Die Fotos der Beamten vor Ort trafen ein. Kaum dass Kemal sie geöffnet hatte, rief Tim auch schon: »Das Wohnmobil!«

Es war mehr als offensichtlich. Wo eben noch ein großer weißer Kasten gestanden hatte, klaffte nun eine Lücke. Kemal schaffte es, in einer Einstellung das Kennzeichen heranzuzoomen, während Tim der Einsatzleitung das Fahrzeug beschrieb. Das Kennzeichen war nicht leicht zu entziffern, weil das Mädchen es nur kurz mit seinem Blick gestreift hatte. Aber als Kemal die dritte mögliche Variante der Zahlen in das System der Polizei eingab, kam eine Meldung über ein gestohlenes Kennzeichen zurück.

»Das ist es«, sagte Kemal.

Tim gab es an die Einsatzleitung durch. Er schaute dabei auf die Uhr und sagte ins Handy: »Es sind exakt sieben Minuten und zwanzig Sekunden vergangen, seit er das Mädchen geschnappt hat. Konzentrieren Sie sich auf einen Radius, den man in zehn Minuten schaffen kann.«

Kemal hatte derweil den Fahrzeughalter auf den Bildschirm geholt, der zu dem Kennzeichen gehörte. Ein Vertreter aus Freiburg, der ebenfalls ein Wohnmobil besaß. Das Kennzeichen war ihm am Vortag auf einem Campingplatz bei Garmisch-Partenkirchen gestohlen worden. Nicht weit entfernt von den Ammergauer Alpen – dem Ort des ersten Mordes, den Franziska live gesehen hatte.

»Wenn wir mehr Kameras in dieser verdammten Stadt hätten, könnte er uns überhaupt nicht entkommen«, schimpfte Tim und fluchte lautstark.

»Der Wagen ist so auffällig«, entgegnete Mel. »Den müssen sie finden.«

Tim sagte nichts dazu. In dem Moment erschien ruckartig ein Bild auf dem Stream des Mädchens. Es war verschwommen, aber man konnte trotzdem erkennen, dass die Kleine sich im Innern des Wohnmobils befand. Sie blickte direkt auf eine Schrankwand. Vor dem Monitor unterbrachen alle, was sie taten, und blickten zu dem

Stream. Nina bekam Angst. Einfach nur Angst. Wollte er sie zusehen lassen, wie er das Kind hinrichtete? War der Killer ein solcher Sadist? Schon im nächsten Moment erschien der Mann – noch mit Bart und Mütze, wie sie ihn auf der Straße gesehen hatten. Das Bild blieb schlecht, unscharf, verschwommen. Das Problem war nicht das Licht oder die Übertragung, sondern ganz einfach der Umstand, dass das Mädchen weinte. Sie blickten durch ihre Tränen hindurch. Trotzdem erkannte Nina, dass der Mann improvisierte Papptafeln in der Hand hielt. Darauf stand etwas in großen Buchstaben geschrieben – mit der Hand in schwarzer Schrift. Kaum hatten sie das erste Schild gesehen, ließ er es auch schon fallen und zeigte ein zweites. Auch das blieb nur eine Sekunde stehen, und es folgte ein drittes. Das Ganze sah aus wie eine absurde Version des berühmten Musikvideos von Bob Dylan.

»Er kommuniziert mit uns«, flüsterte Kemal ungläubig.

Nach der fünften Tafel war bereits Schluss. Der Mörder ließ die letzte Tafel fallen, ging auf das Mädchen zu, und das Bild wurde wieder schwarz. Die Lichtflecken zeigten, dass er ihm erneut den Sack über den Kopf gestülpt hatte. Das Kind durfte weiterleben.

Kemal war mittlerweile extrem schnell darin, Standbilder aus gerade gesehenen Streams zu generieren. Der Killer musste genau darauf spekuliert haben. Er wusste gut über ihre Möglichkeiten Bescheid. Bisher hatte das an diesem Tag nicht so gewirkt. Auf dem Monitor erschienen die Pappen als Standbilder. Leicht unscharf durch die Tränen, aber die Buchstaben waren groß genug, um alles entziffern zu können: »Wenn Sie mich verfolgen, ist das Mädchen tot. Wenn Sie sich dem Hauptquartier von GEM nähern, ist es tot. Wenn Sie irgendwelche Tricks versuchen, ist es tot. Dabei können Sie es auch lebend bekommen. Wenn Sie machen, was ich Ihnen sage. Weitere Anweisungen folgen in einer Stunde.«

Das war alles. Die Ermittler und Nina saßen fassungslos vor den Bildern mit den Pappkarten. Die Suche nach den Probanden war vorbei. Aber der Kampf um ihr Leben noch lange nicht.

30

Berlin-Dahlem
Sonntag, 15:00 Uhr

Am meisten tat es Ole um das Wohnmobil leid. Er hatte in den letzten Jahren viele Stunden Arbeit in sein Gefährt gesteckt, bis es zu seinem perfekten Einsatzwagen geworden war. Und noch viel mehr Stunden hatte er darin verbracht. Auf der Autobahn, aber auch zum Schlafen. Im Wohnbereich hatte Jana ihre ersten Schritte gemacht, wenige Monate nachdem er den Wagen für ihre Reise nach Norwegen gekauft hatte. In der Koje über dem Steuer hatten Nadine und er Finja gezeugt. Auch ihre Kleine hatte Sommer für Sommer ihre größten Entwicklungsschübe gemacht, als sie mit dem Wohnmobil unterwegs gewesen waren. Ihren ersten Milchzahn hatte sie hier verloren und unter das Kissen in ihrer Schlafkoje gelegt, wo er nachts von der Zahnfee gegen einen Fünf-Euro-Schein ausgetauscht worden war. Die Kleine hatte sich nicht mehr eingekriegt vor Freude, weil sie vorher noch nie so viel Geld besessen hatte. Beide Mädchen hatten mit dem Wohnmobil sogar ihre ersten Erfahrungen als Autofahrerinnen gesammelt, auf leeren Parkplätzen in Südfrankreich oder Kroatien. Ole erinnerte sich, wie Finja auf seinem Schoß gesessen hatte und sie beinahe eine Böschung heruntergerast wären, weil sie das Gas durchgetreten hatte. Auch bei der Arbeit war das Wohnmobil ein treuer Weggefährte gewesen. Nachts vor oder nach einem Auftrag hatte es Ole ein Gefühl von Zuhause gegeben. Selbst in der Ferne, nach harter Arbeit, war seine Familie immer bei ihm gewesen. Die Erinnerungen, die Gerüche, die kleinen Spielsachen, die sich immer wieder irgendwo in den Ecken der Schränke oder unter dem Fahrersitz fanden.

Das alles würde nach diesem Tag vorbei sein. Nicht nur weil die Polizei den Wagen gesehen hatte. Er würde das Gefährt kaum mit nach Kalifornien nehmen können. Andererseits war Ole kein sentimentaler Mensch. Wenn etwas vorbei war, dann war es vorbei. In den USA gab es viel größere und komfortablere Wohnmobile, mit denen sie das riesige Land bereisen konnten – ohne eine Vorrichtung für den Tank mit sich herumschleppen zu müssen. Ole freute sich auf die bevorstehende Reise. Er freute sich auf das Staunen von Nadine und den Mädchen, wenn sie erfuhren, dass sie dem Winter entkommen konnten. Weihnachten würden sie schon in der neuen Welt feiern.

Ole steuerte den Wagen im Grunewald um eine Kurve. Es war nun nicht mehr weit bis zu dem Waldweg, den sein Auftraggeber bei seinem letzten Anruf beschrieben hatte. Auf der Straße waren nicht viele Autos unterwegs. Bei der Kälte blieben die Leute sonntagnachmittags lieber zu Hause. Oder sie waren auf dem Weihnachtsmarkt.

Er hoffte, dass kein Polizeiwagen auftauchen würde. Noch war er nicht besonders weit entfernt von dem Ort, an dem er das Mädchen mitgenommen hatte. Und dass diese Sache mit den Pappschildern funktionierte, bezweifelte er. Dennoch hatte er alles genau so gemacht, wie sein Auftraggeber es ihm vermittelt hatte. Der Mann schien zu wissen, was zu tun war. Er war professionell ruhig geblieben, obwohl an diesem Tag so einiges schiefgegangen war. Erst die Polizistinnen, die bei dem Nerd aufgetaucht waren. Und dann war die Blondine nicht aus dem Kino gekommen. Ole hatte eine halbe Stunde gewartet, war sogar durch den leeren Saal gegangen, unter dem Vorwand, sein Portemonnaie zu suchen. Aber die Frau war nicht mehr dort gewesen. Als er das seinem Auftraggeber am Telefon erklärt hatte, war dieser ruhig geblieben. Für ihn war das noch nicht das Ende des Auftrags gewesen. Tatsächlich befand sich nun das Mädchen, mit dem sein Auftraggeber was auch immer erreichen wollte, oben in Oles Koje.

Ole sah die Abzweigung hinter der vom Blitz getroffenen Eiche. Wie beschrieben. Kein anderes Auto war zu sehen, als Ole den Wagen auf den Waldweg steuerte. Das Fahrzeug wurde plötzlich durchgeschüttelt, sodass das Mädchen über ihm wieder zu jammern begann. Das Wohnmobil passte nur knapp zwischen den Bäumen hindurch. Er hörte, wie die Äste über die Außenwand kratzten. Gleichzeitig kämpften die Stoßdämpfer mit dem unebenen Weg. Den Wagen würde Ole wirklich vergessen können. Im Schritttempo arbeitete er sich tiefer in den Wald vor, bis er zu einem Bereich mit dicht stehenden Nadelbäumen kam. Von der Straße aus konnte man das weiße Wohnmobil nun nicht mehr erkennen. Hundert Meter weiter machte der Weg eine leichte Kurve. Dahinter kam die Lichtung in Sicht, auf der zwei moderne Jeeps standen. Den Mann neben einem davon hätte Ole beinahe übersehen, da er eine Hose und einen Parka in dezenten Camouflage-Tönen trug. Außerdem eine Armee-Kappe in den gleichen Farben über stoppelkurz geschnittenen Haaren. Ein drahtiger, nicht besonders großer Mann. Auch wenn er keine offizielle Uniform trug, wirkte er wie das Abziehbild eines Soldaten. Ole stoppte das Wohnmobil direkt vor ihm. Er vergewisserte sich mit einem unauffälligen Griff, dass seine Pistole im Bund seines Trainingsanzugs steckte. Dann stieg er aus.

Der Soldat kam auf ihn zu und streckte ihm die Hand entgegen.

»Ich grüße Sie«, sagte er mit der vom Telefon vertrauten Stimme.

»Guten Tag«, antwortete Ole und schüttelte die Hand.

Der Griff war eisenhart, als ob der Soldat damit etwas beweisen wollte. Ole machte es nichts aus. Schmerzen machten ihm selten etwas aus.

»Wo ist das Kind?«, kam der Mann sofort zur Sache.

Ole deutete auf die Kabine über dem Fahrerbereich. Dabei warf er einen Blick in die Jeeps. In beiden saßen je zwei weitere Männer, die von ihrem Outfit her seinem Auftraggeber exakt glichen. Sie hatten sogar denselben Haarschnitt. War das eine Privatarmee?

»Was haben Sie vor?«, fragte Ole.

»Wir haben weitere Karten, die Sie dem Kind zeigen

werden«, erklärte der Soldat. »Nachrichten für die Polizei. Dann übernehmen meine Männer das Kind.«

Er deutete auf einen der Jeeps.

»Ist mein Auftrag damit erfüllt?«, fragte Ole.

»Nein«, sagte der Soldat sofort. »Wir brauchen Sie noch.«

»Soll heißen?«

»Wir mussten aufgrund der Ereignisse die Planung ändern. Es wird eine größere Operation in einem Gebäude in der Innenstadt geben. Dort brauchen wir jeden Mann. Sie fahren mit mir dorthin.«

»Ich bin keiner Ihrer Männer«, stellte Ole fest.

»Sie werden wie gehabt für die Zielpersonen verantwortlich sein, während meine Männer sich um den Rest kümmern.«

»Die Zielpersonen? Mehrzahl? Ich dachte, die Polizei hätte die Blondine?«

»Noch.«

Er wandte sich zu einem der Jeeps und winkte den Beifahrer zu sich. Dieser stieg mit Karten aus Pappe in der Hand aus. Sie waren größer und ordentlicher als die, die Ole aus alten Kartons improvisiert hatte.

»Holen Sie das Mädchen«, befahl der Soldat Ole. »Danach werden wir das Wohnmobil unsichtbar machen.«

Er nickte den Männern in dem anderen Jeep zu, die ebenfalls ausstiegen und von der Ladefläche ihres Wagens ein großes Tarnnetz holten. Auch wenn Ole es überhaupt nicht gefiel, wie der Tag verlaufen war, so musste er sich eingestehen, dass sein Auftraggeber gut vorbereitet war. Ole schätzte das. Andernfalls wäre er sicher nicht den neuen Anweisungen gefolgt. Der Mann hatte es sogar geschafft, jemanden mit einem Koffer voller Bargeld zu ihm ans Kino zu schicken. In kürzester Zeit. Es war nicht exakt die Hälfte der mittlerweile vereinbarten Bezahlung, aber Ole honorierte die Bemühung. Das Geld hatte er an einem sicheren Ort verstaut, bevor er zu dem Mädchen gefahren war.

Er stieg hinten in das Wohnmobil und holte das Mädchen aus der Koje. Es weinte immer noch, aber schon sehr viel leiser als zuvor, direkt nachdem er die Freundin mit dem Nordic-Walking-Stock niedergeschlagen hatte. Ole hatte versucht, das Mädchen zu beruhigen, aber natürlich war die Kleine mit dem blickdichten Sack über dem Kopf sehr verängstigt gewesen. Als er sie nun aus der Koje hob, heulte sie auf. Trotzdem klammerte sie sich an ihn, als ob er sie retten würde. Ole stellte erneut fest, dass sie viel leichter als jede seiner Töchter war. Dabei musste sie ungefähr in Janas Alter sein. Nadine verwöhnte die Mädchen mit zu vielen Süßigkeiten und fettigem Essen. Das hatte er ihr schon oft gesagt.

Mit dem Mädchen auf dem Arm stieg er aus dem Wagen. Dann stellte er sie mit dem Rücken vor die Bäume, sodass sie auf die Wand des Wohnmobils blickte. Das Wohnmobil hatte die Polizei sowieso schon gesehen.

»Bleib ganz ruhig«, sagte er zu dem Mädchen. »Dann passiert dir nichts.«

Er nahm die von dem Soldaten gereichten Karten an sich.

»Machen Sie es wieder sehr schnell«, sagte der Mann. »Die Polizei wird es lesen können.«

»Und wenn sie nicht zuschaut?«, fragte Ole.

»Sie schaut zu.«

Ole zuckte mit den Schultern und ging zu dem Mädchen. Hinter ihm winkte der Soldat seine Männer aus dem Blickfeld des Kindes.

»Guck nur zu mir«, sagte Ole freundlich zu der Kleinen.

Dann trat er zu ihr und nahm ihr den Sack vom Kopf.

31

Berlin-Kreuzberg
Sonntag, 15:15 Uhr

»Bringen Sie Sylvia Wandowski um 18 Uhr zur Säule auf dem Vorfeld des Olympiastadions! Stören Sie den Stream nicht! Nur eine Person darf mit Frau Wandowski zur Säule gehen. Wir nehmen sie nicht mit, sondern deaktivieren den Chip in ihrem Auge. Ist ohne Verletzung möglich. Ein Mitarbeiter wird es übernehmen. Wenn er gegangen ist, teilen wir Ihnen mit, wo das Mädchen unversehrt zu finden ist. Mit deaktiviertem Chip. Befolgen Sie diese Anweisungen nicht, wird das Mädchen sterben. Tauchen Polizeikräfte in der Nähe der Präsentation von GEM auf, wird es ebenfalls sterben.«

Diesmal hatte der Killer sechs Tafeln für die Nachricht gebraucht, die er Charlotte gezeigt hatte, bevor ihr Kopf erneut unter dem Sack verschwunden war. Dass das Kind Charlotte hieß, wusste Tim von den Kollegen, die sich bei der Mutter befanden. Die arme Frau war aus allen Wolken gefallen, auf die sie sich mit diversen Antidepressiva gebettet hatte. Tim hatte erfahren, dass die erfolgreiche Zahnärztin vor kurzem von ihrem Mann verlassen worden war und seitdem von psychischen Problemen geplagt wurde – die an diesem Tag sicher keine Besserung erfuhren.

»Eine andere Schrift«, stellte Kemal fest. »Und andere Papptafeln.«

»Er ist nicht mehr allein«, sagte Nina.

Sie stand neben Tim vor seinem Esstisch. Daran saßen nach wie vor Kemal und Mel.

Sie alle waren nach den ersten Tafeln, die der Killer gezeigt hatte, damit beschäftigt gewesen, sämtliche Polizeieinheiten zurückzuhalten. Plötzlich war der Stream wieder aufgetaucht. Jetzt war das Mädchen im Freien. Man sah Nadelbäume, lehmigen Boden, ansonsten nur den Killer als alten Mann verkleidet vor seinem Wohnmobil.

»Natürlich ist er nicht allein«, entfuhr es Tim etwas zu genervt. »Das wissen wir doch.«

»Nein, ich meine, jetzt da an seinem Wohnmobil. Das Mädchen wollte zur Seite schauen, aber er hat sie gestoppt. Da standen Leute.«

»Hilft uns das irgendwie?«, fragte Tim.

Er verstand nicht, warum Nina plötzlich auf Sherlock machte. Das Puzzle war gelöst. Sie hatten es nun mit einer Geiselnahme zu tun – mit absurden Forderungen noch dazu.

»Wann ist die Präsentation?«, fragte Tim Kemal.

»19 Uhr.«

»Sie wollen uns von GEM weglocken«, dachte Tim laut nach. »Es ist eine so offensichtliche Ablenkung oder Falle, dass sie unmöglich davon ausgehen können, dass wir uns darauf einlassen. Man kann die Chips nicht ausschalten, oder?«

Er schaute Nina fragend an. Sie warf ihm einen bösen Blick zu. Ihr gefiel es nicht, wie er mit ihr sprach. Doch Tim hatte keine Kraft mehr für Diplomatie.

»Christoph kann es«, sagte sie schließlich. »Jonas konnte es nicht, sonst hätte er es gemacht. Aber Sylvia und Charlotte sind die Probanden sechs und acht, mit späteren Entwicklungen des Chips. Vielleicht geht es bei ihnen.«

»Gut, aber wir sind uns doch einig, dass es bisher die Aufgabe des Killers gewesen war, die Chips zu zerstören, richtig? Was bringt es, sie auszuschalten? Besonders jetzt, da sowieso alles aufgeflogen ist? Wollen die ernsthaft die Sache mit der Präsentation durchziehen?«

Tim hatte Mühe, seine Gedanken zu ordnen. Die einzige gute Nachricht war, dass es bis zu der vermeintlichen Übergabe noch mehr als zwei Stunden waren. Sie hatten Zeit, in Ruhe die nächsten Schritte zu durchdenken. An das Mädchen kamen sie im Moment sowieso nicht heran.

»Was willst du machen?«, fragte Nina.

Tim störte ihre Anwesenheit plötzlich. Von einer Sekunde auf die andere. Bisher war er froh gewesen, dass Nina bei ihnen gewesen war. Jetzt wurde es reine Polizeiarbeit, und sie war sowieso fix und fertig. Er hatte das dringende Bedürfnis, sie loszuwerden – auch wenn er sie mochte. Das Gefühl wurde immer stärker. Vielleicht lag es auch an der Idee, die sich in seinem Hinterkopf formte. Er ahnte, dass sie Nina nicht gefallen würde.

Sie gefiel nicht einmal ihm selbst. Aber wenn sie sich nicht zumindest zum Schein auf die Forderungen einließen, war das Mädchen tot. Sie mussten im Endeffekt nur dafür sorgen, dass sie in die Nähe des Kindes kamen, bevor sie Sylvia in die Nähe des Übergabeortes brachten. Beziehungsweise sie mussten nicht einmal Sylvia zum Olympiastadion bringen. Es würde dunkel sein. Tim musterte Mel. Ja, ihre Statur war der von Sylvia nicht unähnlich.

»Ich glaube, es ist besser, wenn du jetzt nach Hause gehst«, sagte Tim zu Nina.

»Was?«, entfuhr es ihr empört.

»Wir werden die Operation ins LKA-Gebäude verlegen. Es gibt keinen Grund mehr, uns zu verstecken.«

Der Adler hatte es tatsächlich geschafft, dass Fischer trotz Protest seines Chefs für diesen Tag unter Arrest gestellt worden war. Tim befürchtete zwar, dass er nicht der einzige Maulwurf war, aber die Polizeiaktivitäten waren mittlerweile sowieso weithin sichtbar. Also konnten sie auch in die Keithstraße umsiedeln, wo sie über eine bessere Infrastruktur verfügten. Tims kleines Manöver, über das er immer ernsthafter nachdachte, würde trotzdem niemand mitbekommen, dem er nicht vertraute.

»Du hast eine Pause verdient«, fügte Tim an Nina gewandt hinzu und lächelte sie an.

»Was hast du vor?«, fragte sie ihn scharf.

»Nina, sei mir nicht böse, aber das ist jetzt eine Polizeiaktion. Wir haben dich schon viel zu lang …«

»Du willst ihnen Sylvia geben?«, unterbrach sie ihn.

»Nein«, antwortete er sofort.

»Dann willst du jemanden anstelle von Sylvia hinschicken? Verkleidet?«

Dumm war sie nicht.

»Bitte, Nina, das ist jetzt nicht mehr dein …«

»Du lässt dich auf seine Forderungen ein«, redete sie immer aggressiver weiter. »Du willst ihn mit einem Köder aus der Deckung locken.«

Tim war empört, aber er kam bei Nina einfach nicht dazwischen.

»Du riskierst ein Menschenleben. Das macht man nicht. Das macht man einfach nicht!«

Nina wurde richtig laut. Sie war mit den Nerven am Ende. Tim hatte ebenfalls Mühe, seine unter Kontrolle zu halten.

»Was soll der Scheiß denn jetzt? Ich versuche die ganze Zeit, dich von allem fernzuhalten. Aber du rennst zu deinem Ex, du rennst zu Jonas, obwohl es gefährlich ist. Du hast dich selbst in Gefahr begeben.«

»Es geht nicht um mich. Es geht um deinen Köder. Um Mel oder wen auch immer du dafür nimmst.«

Mel machte große Augen. Sie hatte seinen kurzen Seitenblick während Ninas Spekulation, jemand anderen zu der Übergabe zu schicken, nicht gesehen. Nina schon.

»Du musst jetzt gehen«, herrscht er Nina an.

»Wieso schickst du nicht ein paar Leute zu GEM? Dort gibt es den Empfänger für den Stream. Mit ihm kann man garantiert den Chip orten.«

»Hast du nicht richtig gelesen?«

Er zeigte auf die Papptafeln, die noch vor Kemal auf

dem Bildschirm zu sehen waren. Neben dem schwarzen Stream von Charlotte.

»Christoph steckt nicht mit da drin«, sagte Nina betont. »Mit ihm können wir reden.«

Tim reichte es. Diese Leier konnte er nicht mehr hören. Er packte Nina am Arm und zog sie zur Tür.

»Draußen steht ein Einsatzwagen«, erklärte er knapp. »Die bringen dich nach Hause. Dusch, schlaf. Ich melde mich, wenn alles vorbei ist.«

An der Tür riss sie sich von ihm los.

»Du machst einen Fehler«, sagte sie.

Tim schüttelte den Kopf. Sie machte es sich verdammt einfach.

»Nicht hilfreich.«

»Es geht nicht um hilfreich. Es geht darum, das Richtige zu tun.«

Tim hasste ihren überheblichen Blick.

»Kein Wunder, dass dein Ex es mit dir nicht ausgehalten hat. Bei dieser Selbstgerechtigkeit …«

Er schüttelte den Kopf. Ninas Augen blitzten ihn wütend an. Dann riss sie die Tür auf und verschwand im dunklen Treppenhaus. Tim knallte die Tür hinter ihr zu.

32

Berlin-Tiergarten
Sonntag, 15:40 Uhr

Die Sonne stand bereits tief, als Nina auf dem Rücksitz eines Einsatzwagens nach Hause gefahren wurde. Die beiden Polizisten in Uniform kannten das Ziel schon, als sie in den Wagen stieg. Kurz hatte Nina überlegt, ob sie aus reinem Stolz mit der U-Bahn fahren sollte. Aber dafür hatte sie keine Kraft mehr. Außerdem hatte sie auch keine Jacke, und der eisige Wind, der ihr beim Verlassen des Hauses entgegengeweht hatte, ließ sie innerhalb von Sekunden am ganzen Leib zittern. Sie wollte endlich unter die verdammte Dusche.

Hatte sie sich deswegen nicht vehementer gewehrt, als Tim sie davonjagte? Natürlich hatte sie verstanden, warum er sie nicht mehr bei sich haben wollte. Er hatte Angst, dass sie ihm sein Kamikaze-Manöver ausreden würde. Das war der einzige Grund für ihren Rausschmiss. Im Grunde war der coole Cop auch nur ein unsicherer Junge ohne moralischen Kompass. In ihrer Hand hielt Nina längst wieder das Handy mit dem Stream von Charlotte. Dass nach wie vor kleine Flecken und Lichtblitze zu sehen waren, beruhigte sie. Immer wieder ging sie in Gedanken das durch, was bei dem Anruf bei dem Radiosender schiefgelaufen war. Hätte sie nicht den Vorschlag mit dem Gewinnspiel gemacht, wäre alles vielleicht schneller gegangen. Am Ende waren es Sekunden gewesen. Genau wie bei Jonas, wo sie auch zu lange gezögert hatte. Vielleicht war es am Ende sogar besser, dass sie nicht mehr am Einsatz beteiligt war. Ihr verzweifelter Versuch, irgendetwas gut zu machen, machte alles nur schlimmer.

»Ich wünsche Ihnen noch einen schönen Abend«, sagte der Polizist auf dem Beifahrersitz.

Nina hatte nicht mitbekommen, dass sie bereits vor ihrem Haus am Karlsbad angekommen waren. Sie musste innerlich lachen. Wie sollte sie heute einen schönen Abend haben? Die beiden Beamten hatten wahrscheinlich überhaupt keinen Schimmer, was an diesem Tag alles passiert war. Sie dankte ihnen und stieg aus dem Wagen in die Kälte.

Als sie wenig später in ihre Wohnung kam, hörte sie sofort ihren Vater.

»Nina? Bist du das?«

»Ja, Papa.«

Er erschien in der Tür seines Zimmers, stand einfach da, den Kopf in ihre Richtung gewandt, und sagte nichts. Er war noch sauer, weil sie sich nicht um ihn gekümmert hatte. Weil sie in seiner Vorstellung bei einem Mann gewesen war und ihn angelogen hatte. Im Prinzip stimmte das sogar, aber nicht so, wie er dachte. Nina hatte keine Lust, sich nun auch noch mit ihrem Vater auseinanderzusetzen.

»Ich muss duschen«, sagte sie nur.

Sie wollte ins Bad.

»Du riechst nach Rauch«, stellte er fest.

»Ich erzähl dir alles später.«

Sie huschte ins Bad und schloss schnell die Tür hinter sich. Mit dem Handy in der Hand lehnte sie sich an die Tür. Das taube Gefühl war wieder da. Ihr ständiger Begleiter in der letzten Zeit. Ein Gefühl, das sie irgendwann am Tag zuvor vergessen hatte. Auch wenn sie darüberstehen wollte: Sie sehnte sich nach dem Esstisch in Tims Wohnung. Nach der Anspannung. Dem gemeinsamen Kampf gegen das Böse. Nach Mel und Kemal. Ja, und auch nach Tim. So furchtbar die letzte Nacht in vielerlei Hinsicht gewesen war, sie hatte Ninas Leben endlich wieder einen Sinn gegeben. Eine Hoffnung, es nicht komplett zu verplempern. Aus der Sackgasse herauszukommen, in der sie in den letzten Jahren gelandet war. Nein! Sie schüttelte über sich selbst den Kopf. So durfte sie nicht denken. Wie egoistisch. Aus dem Verderben der armen Menschen einen Vorteil für sich selbst zu machen – das ging doch nicht. Sie gab sich einen Ruck und zog endlich den blutbefleckten und verschwitzten Trainingsanzug aus.

33

Berlin-Mitte
Sonntag, 15:50 Uhr

Ole musste schmunzeln, als er durchs Fenster das Schild an dem großen und gut bewachten Bau auf der anderen Straßenseite sah: »Bundesministerium für Justiz«. Sein Auftraggeber hatte Eier. Gegenüber der obersten Verfolgungsbehörde eine Wohnung für seine Operation anzumieten war genau die Art von Manöver, die Ole mochte. Er selbst wusste zu gut, wie blind die Justiz war, wenn direkt vor ihren Augen ein Verbrechen geschah.

Bei seinem vorgezogenen Job am Freitagabend hatte Ole am Flughafen in Nürnberg die Zielperson in Sichtweite der Sicherheitskontrollen außer Gefecht gesetzt. Dem jungen Amerikaner hatte er eine Spritze mit Ketamin in den Hals gejagt. Als der Kerl danach die Orientierung verlor, hatte sogar noch ein Mann vom Sicherheitsdienst geholfen, den vermeintlich Betrunkenen zum Aufzug zu bringen. Natürlich eine riskante Aktion, aber Ole hatte unter Zeitdruck gehandelt. Der Mann hatte Oles ersten Job in Berlin beobachtet, weswegen der ursprüngliche Plan, sich zuletzt um den Amerikaner zu kümmern, auf den Kopf gestellt worden war. Oles Auftraggeber hatte sehr deutlich gemacht, dass der Mann sein Flugzeug nach London nicht erreichen durfte. Bei ihm war es nicht einmal notwendig gewesen, das Auge zu zerstören. Natürlich hatte Ole trotzdem den ganzen Körper in Lauge aufgelöst und auf einem Campingplatz bei Garmisch-Partenkirchen ins Abwasser geleitet.

Er schaute wieder auf den zerschrammten Laptop mit acht kleinen Fenstern, den der General ihm überlassen hatte. So nannten ihn seine Männer, auch wenn Ole nicht glaubte, dass er wirklich ein General war. Egal: Ole war nun an diesen Mann gebunden. Durch die öffentliche Fahndung waren Ole und seine Familie in Gefahr. Der General hatte Hilfe zugesagt – im Gegenzug würde Ole enger mit ihm zusammenarbeiten und bis zum Schluss den Auftrag durchziehen.

Der Anführer und zwei seiner Männer zogen sich im Nebenzimmer um, während Ole es sich in dem sehr modern, aber auch kalt eingerichteten Wohnzimmer auf dem Ledersofa bequem machte. Mit dem Laptop, der wohl einmal gezeigt hatte, was die Zielpersonen sahen. Nun waren die meisten Fenster schwarz. Lediglich bei einem sah man ab und zu Lichtblitze. Das sollte angeblich das Mädchen sein, das mit Sack über dem Kopf im anderen Jeep weggebracht worden war.

Die Soldaten kamen zurück ins Wohnzimmer. Sie trugen nicht mehr ihre Tarnkleidung, sondern die dunkelblauen Uniformen eines Sicherheitsdienstes.

»Wieso musste das Auge von dem Mann in Nürnberg nicht zerstört werden?«, fragte Ole. »War es schon kaputt?«

»Der Mann war keiner von diesen Leuten«, antwortete sein Auftraggeber. »Er war ein Mitarbeiter, der eigentlich erst nach seinem Beitrag sterben sollte. Aber dann hat er Sie gesehen und ist geflohen. Deswegen mussten wir ihn vorziehen. Er hatte etwas, das wir brauchten.«

Der General winkte mit dem Sicherheitsausweis, den Ole damals am Flughafen dem Amerikaner hatte wegnehmen und per Kurier nach Berlin senden sollen. Nun steckte der General die Karte mit dem Foto des Amerikaners ein.

»Aber wer ist dann die achte Person hier?«, fragte Ole und deutete in Richtung der Fenster auf dem geschundenen Laptop.

Außer dem Amerikaner hatte Ole fünf Zielpersonen aus dem Verkehr gezogen. Die Blondine und das Mädchen lebten noch. Es waren also nur sieben Menschen mit der obskuren Kamera in ihrem Auge.

»Dazu kommen wir später«, sagte der General knapp. »Wir verschaffen uns nun erst einmal Zugang zu der Quelle dieser Streams. Dann können wir sie endlich ausschalten. Sie warten hier auf weitere Anweisungen.«

Ole nickte. Das würde ihm Zeit geben, Nadine zurückzurufen, die es ein paarmal bei ihm versucht hatte. Er musste ihr sagen, dass sie die Mädchen am nächsten Tag nicht in die Schule lassen durfte. Ole wollte noch in der Nacht nach Hause fahren, aber er wusste nicht, ob er es rechtzeitig bis zum Morgen schaffen würde. Außerdem sollte Nadine schon einmal die Koffer packen. Er würde es ihr als kleine Überraschungsreise verkaufen und das wahre Ausmaß erst preisgeben, wenn sie auf dem Weg nach Belgien waren, wo der General ihm eine sichere Unterkunft zugesagt hatte, bis die neuen Papiere für alle da waren. Ole war sich zwar sicher, dass die Polizei ihn mit seinem heutigen Aussehen nicht in ihrem System oder anderswo finden konnte, aber natürlich konnte es sein, dass sie längst nach ihm fahndeten und sich vielleicht auch an die Öffentlichkeit richteten. Er musste so schnell wie möglich nach diesem Tag mit seiner Familie verschwinden.

Der General signalisierte seinen Männern, dass sie gehen sollten. Ole schaute wieder auf den Laptop. Der Monitor hatte einen Sprung. Er fragte sich, ob man kein besseres Gerät hatte auftreiben können. In dem Moment erschien in dem sechsten Fenster ein Bild. Man sah eine Wand, an der ein Foto der Berliner Skyline hing. Davor stand ein Mann, der Ole bekannt vorkam. Er hielt Pappschilder in der Hand, auf denen in großen Buchstaben etwas geschrieben stand.

»Warten Sie«, rief Ole. »Hier passiert etwas.«

Der General kam gefolgt von seinen Männern zurück zum Sofa und schaute Ole über die Schulter.

»Das ist der Stream von Sylvia Wandowski«, stellte der General fest.

Jetzt wusste Ole auch, woher er den Mann mit dem Dreitagebart kannte: Er war in Kreuzberg beinahe in ihn hineingerannt, nachdem er sich bei der polnischen Familie die Klamotten geliehen hatte. Der Mann war ein Polizist. Womöglich der leitende Beamte dieses Falles.

Ihr Gegenspieler. Er schaute mit grimmigem Blick direkt zum Betrachter und hielt das erste Pappschild hoch. Nicht nur so kurz, wie Ole es gemacht hatte, sondern lange genug, um alles lesen zu können.

»Wir werden um 18 Uhr mit Sylvia Wandowski am Olympiastadion sein«, las der General vor.

Dann kam die nächste Papptafel.

»Unter zwei Bedingungen. Erstens: Ihr Mitarbeiter unterzieht sich einer Leibesvisitation, bevor wir ihn zu Frau Wandowski lassen.«

Das machte Oles Auftraggeber keine Sorgen. Er wartete geduldig auf die nächste Tafel. Als sie kam, las er laut vor: »Zweitens: Bis zum Abschalten nach 18 Uhr lassen Sie die Augen von Charlotte unverdeckt, damit wir sehen können, dass es ihr gut geht.«

Ole sah Falten auf der Stirn des Generals. Das war offenbar ein Problem. Es kam noch eine weitere Tafel.

»Andernfalls gilt die Vereinbarung nicht«, las der General.

Dann nickte der Mann im Stream jemandem zu, der neben der Frau mit der Augenkamera stand. Im nächsten Moment wurde das Bild wieder schwarz. Der General richtete sich auf und sagte nichts.

»Ist das ein Problem?«, fragte Ole.

Sein Auftraggeber schüttelte den Kopf.

»Nein, wir müssen lediglich den Plan noch einmal ändern.«

Dann sah Ole ihn zum ersten Mal lächeln. Offensichtlich fand er die neue Entwicklung gar nicht so schlecht.

34

Berlin-Kreuzberg
Sonntag, 16:05 Uhr

»Keine Angst, die können nichts mehr sehen.«

Tim legte Sylvia beruhigend die Hand auf die Schulter. Sie saß auf dem Bett des geräumigen Hotelzimmers im vierten Stock des Sarotti und zitterte immer noch. Wieder und wieder schüttelte sie den Kopf. Roberto saß neben ihr und legte ihr den Arm um die Schultern.

»Du hast das super gemacht«, sagte er beklommen.

»Ich will, dass dieses Ding aus meinem Auge rauskommt«, zischte Sylvia und schaute Tim wütend an.

»Sobald die Situation geklärt ist, werden wir uns darum kümmern. Wir haben Kontakt zu einer der besten Augenärztinnen Berlins.«

Tim war sicher, dass Nina diese Operation übernehmen würde. Tatsächlich würde er Sylvia und auch Charlotte niemand anderem anvertrauen. Als er an Charlotte dachte, ging ein Ruck durch ihn.

»Sie müssten sich dann jetzt umziehen«, sagte Tim vorsichtig.

Er schaute zu Mel, die hinter dem Bett am Fenster

stand und den Störsender in ihren Händen hielt. Das Ding würde immer in der Nähe von Sylvia bleiben. Neben Mel stand der Adler, der außer seiner Tochter und Kemal der Einzige war, der wusste, was nun passieren würde. Andrea und Marwan hatten sie zurück in die Keithstraße geschickt.

»Ich werde diesen Arzt verklagen«, wütete Sylvia weiter. »Und GEM und alle, die mit drinstecken.«

Roberto streichelte ihr Haar und versuchte, sie zu beruhigen. Doch es war zwecklos.

»Du hast keine Ahnung, wie beschissen sich das anfühlt. Seit Monaten … Jedes Mal, wenn ich auf die Toilette … Und wenn wir … Kapierst du das nicht?«

Es war unfair, ihren Freund so anzugehen, aber irgendwohin musste sie ihren Ärger kanalisieren. Er nickte und wirkte jetzt auch selbst nicht mehr ganz ruhig.

»Ich kapiere das, Sylvia. Die meiste Zeit konnte man übrigens mich sehen. Egal, was wir gemacht haben.«

Das holte Sylvia auf den Boden zurück. Tim wartete geduldig ab. Auch wenn sie wenig Zeit hatten.

»Sie haben heute Morgen zugeguckt, nicht wahr?«, richtete die aufgebrachte Frau sich an Tim. »Sie alle! Die ganze Polizei hat uns beim Ficken zugeschaut, ja?«

Nachdem sie ihre Wut nicht mehr an Roberto auslassen konnte, hatte sie nun ein neues Opfer gefunden.

»Nein«, sagte Tim so souverän, wie es nur ging. »Es war nur eine sehr kleine Einheit, die Zugang zu den Streams hatte. Bei intimen Situationen haben wir sie ausgeschaltet.«

Sylvia lachte zynisch.

»Können wir das mit dem Umziehen jetzt machen?«, fragte Tim noch einmal.

»Was soll das überhaupt bringen?«

Tim musste tief durchatmen, um ruhig zu bleiben. Seitdem er Sylvia als Kamera benutzt hatte, war etwas mit ihr geschehen. Sie war nicht mehr so kooperativ wie vorher. Als ob sie alles vergessen hatte, was Tim ihr über die derzeitige Situation berichtet hatte.

»Wir versuchen, das Leben eines zehnjährigen Mädchens zu retten«, sagte er und klang bissiger als beabsichtigt.

Es funktionierte trotzdem. Sylvia schluckte ihren Ärger herunter und nickte. Dann stand sie auf und ging zum Bad des Hotelzimmers. Tim bedeutete Mel, ihr zu folgen.

Nachdem die beiden Frauen im Bad verschwunden waren, kam der Adler zu Tim. Sein sonst so abgeklärter Chef wirkte unsicher.

»Wie lange willst du das durchziehen? Mit Melanie? Bis zum Olympiastadion?«

»Wir müssen so viel Zeit gewinnen, wie's nur geht.«

Während sie im Hotel miteinander sprachen, war Kemal in der Keithstraße mit einer kleinen Gruppe von Experten damit beschäftigt, den Aufenthaltsort des Mädchens auf technischem Wege einzukreisen. Sie hofften auf weitere Spuren, wenn die andere Seite den Stream sichtbar machte. Für den Fall, dass das alles zu nichts führte, waren mehrere Spezialeinheiten damit beschäftigt, die Umgebung des Olympiastadions unauffällig, aber nahtlos zu überwachen. Tim war bewusst, dass ein weiterer Maulwurf diese Aktion verraten konnte – oder dass die andere Seite vielleicht sowieso nicht vorhatte, das Mädchen laufen zu lassen. Er hoffte, dass es schon reichte, wenn die Entführer Charlotte in die Nähe des Stadions brachten. Dafür war es aber absolut notwendig, dass alle glaubten, Sylvia würde dort auftauchen.

»Wofür die Säcke?«, fragte der Adler kritisch und deutete auf zwei graue Säcke, die Tim sonst für seine Schmutzwäsche benutzte. Einen für Kochwäsche, einen für Buntwäsche.

»Wenn die Zeit abläuft, muss ich mit ihr aussteigen. Aber ich kann den Stream nicht faken. Also ziehe ich ihr den Sack über und ...«

»Das checken die doch.«

»Es wird sie verunsichern, klar, aber ... Es muss halt schnell gehen. Und sie sehen ja den Stream von ...«

Er verstummte, schaute zu Roberto, der mit ernster Miene am Fenster stand und den letzten Strahlen der Sonne hinterherblickte.

»Deswegen musst du dasselbe bei Sylvia machen«, flüsterte Tim und reichte ihm einen Sack. »Hier im Hof.«

Dem Adler gefiel es nicht.

»Aber glaub mir: So weit wird's nicht kommen«, versicherte Tim. »Wir finden Charlotte vorher.«

»Du bist ein viel zu optimistischer Mensch für diesen Beruf«, stellte der Adler mit tiefer Traurigkeit fest.

Trotzdem lächelte er.

»Mel ist sicher«, sagte Tim. »Am Olympiastadion werden mehr Polizisten sein als bei einem Spiel der Hertha.«

Die Tür zum Bad öffnete sich. Mel kam als Erste heraus. In den Sachen von Sylvia. Rock, Strumpfhose und

Pullover. Alles passte ihr mehr oder weniger. Was Sylvia an Extrapfunden auf den Hüften mit sich herumtrug, waren bei Mel Muskeln. Mit Mantel würde man das nicht erkennen können. In der Keithstraße hatten sie auch noch eine blonde Kurzhaarperücke, die die Illusion zumindest so perfekt machen würde, dass man Mel auf dem Rücksitz eines Polizeiwagens für Sylvia halten konnte. Die echte Sylvia folgte ihr jetzt und trug den Bademantel des Hotels.

»Steht dir«, sagte Tim zu Mel.

Sie grinste, aber sagte nichts, um Sylvia nicht noch mehr zu verärgern. Der Rock war alles andere als Mels Stil. Sylvia ging zu Roberto und setzte sich mit betroffener Miene zu ihm. Sie war nicht mehr ausschließlich wütend. Denn sie hatte begriffen, in welche Gefahr Mel sich begab. Allen war klar, dass der Killer versuchen wollte, Sylvia zu töten. Die Variante mit dem Ausschalten schien extrem unwahrscheinlich.

»Meinst du, die machen das echt – mit dem Stream von Charlotte?«, fragte Mel und deutete auf das Tablet auf dem kleinen Schreibtisch an der Wand, das Kemal ihnen mitgegeben hatte.

Tim blickte zu den Streams, die alle schwarz waren.

»Wir müssen ihnen Zeit lassen. Sie werden versuchen, Charlotte so zu postieren, dass wir ihre Umgebung nicht erkennen können.«

Mel atmete tief durch. Sie nickte. Tim hoffte, dass die Entführer dabei einen Fehler machten. Oder dass die Technik sie verriet. Dass irgendetwas passierte, damit er nicht wirklich mit Mel auf dem Platz vor dem Olympiastadion erscheinen musste.

35

Berlin-Tiergarten
Sonntag, 16:35 Uhr

Ninas Körper war fast aufgeweicht, weil sie schon seit einer gefühlten Ewigkeit unter der heißen Dusche stand. Es tat so unglaublich gut, die Kälte, das Blut und den Rauch von sich zu waschen. Unter dem beständigen Strom des warmen Wassers fühlte sie sich sicher. Sie hatte Angst davor, was passierte, wenn sie aus der Dusche heraustrat. Sie wusste nicht, was sie dann mit sich anfangen sollte. Ihr graute vor einem Abend mit Papa. Vor dem gemeinsamen Kochen. Vor seinen Fragen. Vor den Augen hinter seiner Brille, die nicht echt waren. Ihretwegen.

Nina schloss ihre Augen. Doch sofort sah sie Franziska durch die Luft fliegen. Sie sah den Killer die Waffe auf sie richten, nachdem er den Hund erschossen hatte. Die Tüte über dem Kopf des Taxifahrers. Die Leiche von Jonas. Aber sie sah auch, wie eine Kugel Charlotte ein Auge zerfetzte und ein klaffendes Loch in ihrem kindlichen Kopf hinterließ. Nina riss die Augen auf. War das soeben passiert?

Schnell stellte sie die Dusche ab und eilte zu ihrem

Handy, sodass sie sich beinahe auf dem nassen Boden hinlegte. Im letzten Moment konnte sie sich am Waschbecken abfangen. Die plötzliche Abwesenheit des heißen Wassers ließ sie frösteln, während sie das Handy aktivierte und den Stream von Charlotte aufrief. Er war schwarz, aber es gab noch die Lichtblitze. Sogar mehr als vorher. Das Kind bewegte sich, es wurde irgendwohin gebracht. Nina schaute auf die Uhrzeit. Es war kurz nach halb fünf. Wie lange hatte sie geduscht?

Sie schnappte sich ein Handtuch, verließ das Bad und eilte in ihr Zimmer. Im Flur war es noch einmal um einige Grad kühler. Die Wirkung der Dusche verkehrte sich ins Gegenteil. Sie zitterte.

»Bist du denn heute Abend da?«, hörte sie ihren Vater, der schon wieder in der Tür seines Zimmers erschienen war.

»Ja, Papa. Ich muss mich anziehen.«

»Du hast sehr lange geduscht.«

Erstaunlich, dass man sogar eine so simple Feststellung wie einen Vorwurf klingen lassen konnte. Oder kam es Nina nur so vor? Sie schloss die Tür hinter sich, warf das Handy auf ihr Bett und rubbelte sich mit dem Handtuch warm. Dabei nahm sie eine Bewegung auf dem Handydisplay wahr. Sie schaute genauer hin. Charlottes Stream war wieder da. Kurz war das Bild noch hell überstrahlt, dann gewöhnte sich das Mädchen an das Licht einer einzelnen Glühbirne, die vor ihr in einem leeren Raum baumelte. Man sah kurz einen Mann in komplett schwarzer Montur mit einer Sturmhaube. Es war nicht der Killer, sein Körperbau verriet ihn. Der Mann war kleiner, dafür muskulöser. Er hatte noch den Sack in der Hand, den er dem Kind vom Kopf gezogen hatte. Nun setzte er sich damit auf einen Stuhl neben einer großen Metalltür. Mit verschränkten Armen saß er da und fixierte das Kind vor sich. Das Mädchen schaute einen Moment in seine Richtung. Da aber nichts weiter geschah, blickte es sich in dem Raum um. Er war nicht größer als Ninas Zimmer, Wände aus roh verputztem Beton. In einer Ecke gab es oben zwei kleine Kellerfenster, hinter denen man die Dunkelheit erkennen konnte, in die Berlin mittlerweile gehüllt war. Lichter waren draußen zu sehen, aber Nina konnte sie nicht zuordnen. Ein Auto vielleicht. Dann wandte das Mädchen seinen Blick ab. Die Kleine schaute an sich herunter. Man sah, dass sie auf einem Holzstuhl saß. Nina spürte bei dem, was man nun außerdem sah, einen Stich im Herzen: ein dunkler Fleck auf der Jeans des Kindes. Sie hatte sich in die Hose gemacht. Nina konnte sich kaum vorstellen, wie dreckig es Charlotte gehen musste. Ihr Blick suchte immer weiter den Raum ab. Hektisch ging er hin und her. Aber es gab sonst nichts zu sehen. Nur sie selbst auf dem Stuhl, die Glühbirne und den maskierten Mann an der Tür.

Was sollte das? Wieso ließ man die Polizei wieder den Stream sehen? Eine gute Stunde vor der Übergabe? Nina spürte das Bedürfnis, Tim anzurufen. Natürlich sah er den Stream längst und würde alle Hände voll damit zu tun haben, Informationen über den Aufenthaltsort des Mädchens daraus zu ziehen. Nach wie vor verstand Nina nicht, was der Killer und seine Leute mit dieser Übergabe bezweckten. Am Vortag war sie noch der Meinung gewesen, dass Ruby die Spuren der illegalen Operationen auslöschen wollte. Das konnte er jedoch längst vergessen. Bald würde die ganze Welt wissen, was er getan hatte. Es war auch sinnlos, die Präsentation durchzuziehen. Oder war er so berauscht von sich und seiner bahnbrechenden Entwicklung, dass er hoffte, man würde ihm das alles vergeben, wenn MyView erst einmal öffentlich war? Dann musste Ruby noch weit durchgeknallter sein, als er damals schon den Eindruck gemacht hatte. Vor allem aber konnte Nina sich nicht vorstellen, dass Christoph bei so etwas mitmachen würde. Es gab für sie nach wie vor nur eine Schlussfolgerung: Christoph hatte von all dem, was heute in Berlin geschah, keine Ahnung. Weder von den Morden noch von der Geiselnahme. Er war auf die Präsentation fixiert, bei der die Welt durch seine Augen schauen würde. Sonst nichts.

Nina sah zu ihrem Schreibtisch, wo die Einladung für die Präsentation lag, die vor einer Woche mit der Post gekommen war. Sie hatte sie nicht weggeworfen, weil sie ernsthaft darüber nachgedacht hatte hinzugehen. War das nicht immer noch möglich? Der Killer hatte verlangt, dass die Polizei sich dem GEM-Gebäude nicht näherte. Aber Nina war keine Polizistin. Und sie war schließlich eingeladen.

36

Berlin-Wilmersdorf
Sonntag, 17:15 Uhr

In dem Augenblick, in dem die Aktivitäten wegen der Morde innerhalb der Polizei bekannt geworden waren, hatte auch die Bürokratie zugeschlagen. Plötzlich waren viel zu viele Leute zuständig, alle wollten informiert werden, jeder hatte einen Plan, was zu tun war. Irgendein Spaßvogel hatte sogar eine »SOKO Auge« bilden wollen, aber wahrscheinlich diskutierte man immer noch, wer dazugehören sollte. Tim dankte dem Adler auf Knien, dass er diesen ganzen Schwachsinn so weit wie möglich von ihm fernhielt. Als sie zu zweit von der Tiefgarage ins Gebäude an der Keithstraße kamen und Tim sah, wie der Adler vom Leiter des LKA, Friedrich Pfeiffer, angegangen wurde, ahnte er, was sein direkter Vorgesetzter auf sich nehmen musste. Er schirmte Tim dann sogar mit dem Körper gegen die auf dem Flur auftauchenden Kollegen ab und sprach ein Machtwort: »Leute, wir haben keine Zeit. Tim hat die Leitung. Alle hören auf ihn. Niemand geht in diesen Raum, wenn er nicht dazu aufgefordert wurde. Niemand!«

Er zeigte auf die Tür zum großen Besprechungsraum, den er für Tim und seine Leute geblockt hatte. Bei dieser Aufforderung schaute der Adler auch seinen Vorgesetzten an. Da er noch um einige Jahre diensterfahrener als Pfeiffer war und Legendenstatus in diesem Gebäude genoss, konnte er sich das leisten. Tim wusste allerdings auch, dass man ihn zerfleischen würde, wenn sein junger Schützling einen Fehler machte. Wie der Adler gesagt hatte: Sie hatten keine Zeit. Auch nicht für solche Gedanken.

Tim ging in den Raum, in dem Kemal mit drei Kollegen saß, die er selbst aus den technischen Experten des LKA hatte aussuchen dürfen. Die Männer hatten diverse Computer auf dem Besprechungstisch aufgebaut. Sogar noch mehr als in Tims Wohnung. Für Tim wirkte das schon fast hilflos. Schließlich spielten nur noch zwei Streams überhaupt eine Rolle. Leider. Sie hatten gehofft, das Signal des Chips irgendwie ausfindig machen zu können. Zwei Kollegen beschäftigten sich alleine damit. Bisher ohne Erfolg. Dafür hatten sie neue Bilder von Charlottes Stream in einem Kellerraum irgendwo in der Stadt. Kemal hatte sie auf zwei Monitoren isoliert und schaute mit vor Aufregung glänzenden Augen durch seine Brille, als Tim hereinkam.

»Ich hab was«, verkündete er.

Tim hatte im Auto Charlottes Stream gesehen, aber aus dem kargen Raum nicht ansatzweise Informationen ziehen können. Er war froh, dass er Kemal hatte, und stellte sich zu ihm an einen Monitor, auf dem er Charlottes Blick zu den Kellerfenstern als Standbild vergrößert hatte. Tim sah in groben Pixeln diverse Lichter, aber konnte sich keinen Reim darauf machen.

»Was siehst du?«, fragte Kemal.

»Ich weiß nicht. Ein Gebäude.«

»Das ist der Fernsehturm. Guck: die unteren Leuchtfeuer, die oberen. Hier die Scheinwerfer von unten.«

»Oh, okay.«

Tim erkannte es nun auch. Wenn man genau hinschaute, sah man sogar die charakteristische Silhouette des Turms. Noch stellte sich keine Begeisterung bei Tim ein.

»Den Fernsehturm kann man praktisch von überall in Berlin sehen.«

»Ja«, sagte Kemal. »Aber nicht von einem Kellerfenster aus. Das ist sehr ungewöhnlich. Meistens sind Gebäude im Weg.«

Begeisterung war es noch nicht, aber Tim verstand allmählich, warum Kemal aufgeregt war.

»Das heißt, das Haus mit dem Keller muss vor einem freien Platz stehen oder einer Straßenflucht. Wahrscheinlich erhöht.«

Tim nickte. Kemal zog ihn um den halben Tisch.

»So. Thorsten hier rechnet anhand des Blickwinkels aus, wie weit wir ungefähr vom Fernsehturm entfernt sind. Er ist von Haus aus Physiker.«

Thorsten sah mit seinen verwaschenen Jeans und den langen Haaren eher wie ein später Grunge-Musiker aus. Tim nickte ihm zu, doch Thorsten hob nur die Hand, ohne aufzuschauen. Dann kritzelte er weiter auf einem der zahllosen Papiere herum, die er auf dem Tisch ausgebreitet hatte. Soweit Tim es erkennen konnte, hatten sie mit den diversen Bildern aus dem Keller – anhand der Höhe der Tür, sogar der Größe von Charlottes Aufpasser – ungefähre Maße und Entfernungen für den Raum errechnet. Außerdem hatten sie das düstere Bild des Fernsehturms vermessen und mit den richtigen Maßen des Wahrzeichens in Verbindung gesetzt.

»Ich würde sagen, etwas mehr als zwei Kilometer«, sagte Thorsten nach wenigen Sekunden.

Kemal sprang zu einem weiteren Monitor, auf dem der Stadtplan von Berlin zu sehen war. Tim dachte nun nicht mehr, dass die vielen Bildschirme übertrieben waren. Allerdings ignorierte Kemal den großen Stadtplan an der Wand des Besprechungsraums, auf dem bunte Nadeln die laufenden Fälle des LKA markierten – Fälle, die Tim unfassbar weit weg erschienen. Eine junge Frau mit dicken Brillengläsern kam bibbernd von draußen in den Raum. Sie trug zu der Jeans nur eine Bluse, hielt ihr Handy in der Hand. Tim glaubte, sie einmal bei den Leuten vom Kriminaltechnischen Institut gesehen zu haben. Da Kemal bei ihrem Erscheinen nicht protestierte, nahm Tim an, dass sie zu seiner Mannschaft gehörte. Tim nickte ihr zu. Dann schaute er wieder über Kemals Schulter. Mit einigen Tastenkombinationen hatte er auf der digitalen Berlinkarte bei gut zwei Kilometern Entfernung einen Ring um den Fernsehturm gelegt. Tim spürte sie jetzt endlich auch, die Aufregung.

»Wir lassen den Ring von den Kollegen abfahren«, sagte er und wollte zum Handy greifen.

»Nein, nein«, stoppte ihn Kemal. »Warte! Guck mal hier.«

Er zog Tim wieder zu dem Monitor mit dem Standbild von Charlottes Stream. Währenddessen stand die junge Frau mit dem Handy zitternd hinter ihnen. Normalerweise hätte Tim ihr eine Jacke besorgt, aber Kemal ließ ihm keine Chance.

»Siehst du den Schatten?«, fragte er.

Tim sah oberhalb der Strahler am Fernsehturm einen leichten Knick in der ansonsten halbrunden Form. Er nickte.

»Das ist die Außenplattform zum Fensterputzen. Sie hängt zu jeder Zeit da draußen.«

Tim erinnerte sich an den großen Klotz, den man immer wieder an einer anderen Stelle des Fernsehturms ausmachen konnte.

»Biggi war gerade oben auf dem Dach und hat ein Foto gemacht, wo die Plattform sich genau jetzt befindet.«

Endlich hatte Biggi ihren Auftritt. Sie reichte Kemal mit zitternder Hand ihr Handy, der ihr dankend zunickte und dann das Foto vom Fernsehturm neben den Monitor hielt. Mittlerweile hatten sich all seine Kollegen hinter ihnen versammelt. Alle sahen auf Biggis Foto, dass die Plattform von ihnen aus gesehen, also aus dem Westen der Stadt, genau auf der entgegengesetzten Seite des Bildes aus Charlottes Untergeschoss hing. Es war fast um 180 Grad gedreht. Kemal sprang zum Bildschirm mit der Berlinkarte, zog eine Linie von der Keithstraße zum Fernsehturm und darüber hinaus bis zum Prenzlauer Berg. Genau dort, wo die Linie auf der anderen Seite den Zweikilometerradius traf, machte er eine rote Markierung.

»Passt«, sagte Kemal strahlend. »Der Prenzlauer Berg liegt höher als der Alex. Tim, das Mädchen ist dort irgendwo. In einem Keller mit freiem Blick Richtung Westen.«

Jetzt war Tim wirklich aufgeregt. Sie hatten noch fünfundvierzig Minuten bis zur Übergabe, aber nun einen Sektor, der nicht viel größer als zwei Häuserblocks war. Tim hatte das Handy bereits am Ohr. Er beorderte Andrea und Marwan mit ihrem Wagen sofort in die Gegend, wo sie schon einmal nach Häusern mit offenliegenden Kellerfenstern Ausschau halten sollten.

»Sehr gute Arbeit«, lobte er Kemal. »Von euch allen. Das rettet dem Kind das Leben.«

Er sah in strahlende Gesichter. Doch Tim hatte noch einen schwierigen Anruf vor sich. Natürlich musste eine Einheit des SEK zu dem Haus geschickt werden. Andrea und Marwan konnten den Aufpasser des Mädchens nicht überwältigen. Die massive Tür, neben der er saß, erforderte zudem Spezialausrüstung. Also blieb Tim nichts anderes übrig, als SEK-Leiter Burmeister zu informieren. In der Hoffnung, dass man dem Mann wirklich trauen konnte.

»Du bist jetzt der große Zampano, hm?«, bellte Burmeister, nachdem Tim sich gemeldet hatte.

»Können wir zusammenarbeiten?«, fragte Tim herausfordernd. »Es geht um das Leben einer Zehnjährigen.«

»Na klar. Und wenn du nur für eine Sekunde denkst, dass ich die Kleine nicht retten will, reiße ich dir den Arsch auf, wenn wir sie befreit haben.«

Tim glaubte dem Leiter des SEK und gab ihm die

ungefähre Zieladresse. Als er auflegte, atmete er tief durch und setzte für die anderen ein Lächeln auf.

»Wir finden sie!«

Er legte Kemal dankbar die Hand auf die Schulter.

»Ich muss jetzt mit Frau Wandowski zum Olympiastadion«, erklärte er. »Halt mich jede Sekunde auf dem Laufenden.«

Kemal nickte. Dann machte Tim sich auf den Weg zurück in die Tiefgarage, wo Mel noch im Auto wartete. Viel lieber wäre er zum Prenzlauer Berg gefahren, um das Mädchen in die Arme zu nehmen. Aber solange die Spezialkräfte es nicht befreit hatten, musste alles weiterhin so aussehen, als ob sie sich auf die skurrile Übergabe einließen.

37

Berlin-Mitte
Sonntag, 17:30 Uhr

Ruby war nie ein bescheidener Mann gewesen. Auch nach vielen Jahren des Erfolgs umgab ihn immer noch die Aura eines Neureichen. Entsprechend pompös war der Eingang zum Gebäude von GEM gestaltet. Seit Ninas Besuch am Vormittag hatte sich noch einiges getan. Der rote Teppich wurde von goldenen Bändern gesäumt. Rechts und links sah man üppige Blumenbouquets, die wahrscheinlich noch im Laufe des Abends am Frost zugrunde gehen würden. Vor allem fiel aber eine riesige Laserprojektion über dem Torbogen aus Stein auf: Die Großaufnahme eines Auges. Mindestens drei mal drei Meter groß. Es war so perfekt aufgenommen, dass es trotz der markant positionierten Pigmentflecke in der Iris künstlich sein musste.

Nina hatte das Auge bereits kurz durch das Taxifenster gesehen. Als sie dem Fahrer sein Geld gegeben hatte und ausstieg, erschrak sie. Denn das Auge hatte geblinzelt. Im nächsten Moment schaute es von rechts nach links. Es wirkte so echt, dass einige der ankommenden Gäste in Ehrfurcht erstarrten. Schon wurden sie von dem Auge fixiert. Eine junge Frau rief »Huch«, andere lachten. Viele zückten ihr Handy und fotografierten sich mit dem Auge im Hintergrund. Die äußerst lebendig wirkende Illusion steigerte die Neugierde und das Gefühl, zu einem ganz besonderen Event eingeladen worden zu sein. Das hatte Ruby auf jeden Fall schon einmal erreicht. Aufgekratzt gingen die Leute die Treppe zur Empfangshalle hoch, wo Nina eine Heerschar an Hostessen ausmachen konnte.

Sie blickte noch einmal hinter sich und musste schmerzhaft feststellen, dass ihr Smart nicht mehr an dem Platz stand, an dem sie ihn zurückgelassen hatte. Natürlich war das nicht verwunderlich – schließlich hatte sie in einer Einfahrt geparkt. Was Nina aber auch auffiel: Es war keine Polizei anwesend. Die Präsentation hatte in den letzten Tagen vor allem deswegen mediale Aufmerksamkeit erhalten, weil es Drohungen von islamistischen Gruppen gegeben hatte, die als Überraschung des Abends die Wiederbelebung eines muslimischen Frauennetzwerkes erwarteten. Ein klassischer Fall von Fake News. Wer auch immer diese falsche Information in die Welt gesetzt hatte, schürte damit Aggressionen, die auch nach hinten losgehen konnten. Nina hatte erwartet, dass man die für solche Situationen vorgesehenen Polizeikräfte trotz der Drohung von Charlottes Entführer bereithalten würde. Das musste schließlich auch in Rubys Interesse sein. Aber es war nicht einmal ein Streifenpolizist zu sehen. Nur zwei Leute von Rubys Sicherheitsdienst standen in ihren blauen Uniformen neben der Tür. Nina hoffte, dass das Großaufgebot in den Nebenstraßen lauerte.

Nina begann zu frieren. Sie hatte sich für ein dunkles Wollkleid mit Strumpfhose entschieden, um dem hippen Rahmen der Präsentation zu entsprechen und nicht aufzufallen. Trotz ihres Mantels war sie nun jedoch zu leicht bekleidet, um draußen herumzustehen. Also eilte sie über die Straße zum Eingang. Das Auge über der Tür blickte auf sie herab. Nina fröstelte es. Sie ging schnurstracks weiter nach drinnen.

Sofort wurde es deutlich wärmer. Zusätzlich spürte Nina ihr Herz schneller schlagen. Sie befand sich in der Höhle des Löwen. Zwar nahm niemand in der Halle Notiz von ihr, aber sie war sicher, dass überall Überwachungskameras angebracht waren. Wenn Ruby wusste, dass sie mit der Polizei zusammengearbeitet hatte, dann würde es einfach für ihn sein, sie auszumachen. Sie hoffte, dass er anderes zu tun hatte. Entschlossen ging sie zu einem der Schalter und präsentierte ihre Einladung.

»Herzlich willkommen, Frau Kreuzer«, flötete die Hostess

Nach einem Blick auf ihr Tablet fügte sie hinzu: »Für Sie habe ich ein VIP-Band.«

Sie verkündete diese Neuigkeit, als ob Nina im Lotto gewonnen hätte. Tatsächlich irritierte es Nina eher.

»VIP? Das stand nicht auf der Einladung.«

»Nein, das … mhm … hat Herr Becker heute kurzfristig veranlasst.«

Nina wusste nicht, was sie davon halten sollte. Dass sie nun Zutritt zu mehr Bereichen hatte, war sicher kein Nachteil. Aber dass Christoph ihr diese Art von Aufmerksamkeit widmete, konnte auch ein schlechtes Zeichen sein. Selbst wenn ihr Gefühl ihr sagte, dass er mit den Morden nichts zu tun hatte, konnte sie es nicht mit letzter Gewissheit sagen. Als die Hostess das goldene Band um Ninas Handgelenk schloss, leuchtete es kurz auf. Auf dem Tablet blinkte ebenfalls etwas. Spätestens jetzt wusste jeder, dass sich Nina auf der Veranstaltung befand. Es gab keinen Weg zurück.

»Wissen Sie zufällig, wo Herr Becker sich jetzt gerade befindet?«, fragte Nina die Hostess.

»Nein, tut mir leid. Aber nach der Präsentation werden Sie sicher Gelegenheit haben, ihn im VIP-Bereich zu treffen.«

Sie strahlte Nina verheißungsvoll an. Nina nickte dankbar und machte sich auf den Weg in den Innenhof, wo die Präsentation stattfinden sollte. Dort angekommen, suchte sie jede Ecke nach ihrem Ex-Freund ab.

Wenn sie erwartet hatte, dass sie draußen ihren Mantel benötigte, so hatte sie sich getäuscht. Trotz des dünnen Zeltdachs unter dem Sternenhimmel war es auf dem Hof angenehm warm. Grund dafür war ein ganzes Bataillon Heizstrahler, die den Hof umrandeten. In der Mitte standen Stuhlreihen für ungefähr zweihundert Leute. Nina gehörte zu einem auserwählten Club. Die Stühle waren auf eine große Bühne ausgerichtet, die von einer enormen Leinwand überragt wurde. Fast bildfüllend war darauf dasselbe Auge zu sehen, das auch über dem Eingang gethront hatte. Nina konnte sich vorstellen, wie das Publikum staunen würde, wenn es später sich selbst auf der Leinwand sehen würde – durch die Augen von Christoph. Kemal hatte berichtet, dass Christophs

Stream am Nachmittag noch ein paarmal kurz aktiviert worden war – dabei hatte er auf dieser Bühne gestanden. Ein Testlauf für den Abend. Für das Ereignis, das alle von den Sitzen reißen sollte. Noch saß allerdings niemand in den Stuhlreihen. Es war noch über eine Stunde bis zum Beginn der Präsentation, und die bereits anwesenden Gäste standen an den Stehtischen oder der Bar im hinteren Bereich, wo sie mit Champagner und exquisiten Häppchen versorgt wurden.

Nina kam das alles absurd vor. Hier wurde gefeiert, und alle hatten beste Laune, während draußen in der Stadt um das Leben von Charlotte gekämpft wurde. Bis zur Übergabe des Mädchens – wenn sie denn stattfinden würde – waren es noch etwas mehr als fünfzehn Minuten. Nina schaute alle paar Sekunden auf ihr Handy, wo der Stream immer dieselben Bilder zeigte. Charlottes Blick auf ihren Bewacher. Charlottes Blick in den kleinen Kellerraum. Die perverse Variante von MyView, das heute der Weltöffentlichkeit vorgestellt wurde. Über der Bar war dafür eigens eine Empore gebaut worden, auf der sich diverse Kameras befanden, die das Ereignis nicht nur auf die Website von Rubys Unternehmen übertragen würden, sondern auch für die Nachrichten aufzeichneten. Die Sensation würde sich in wenigen Stunden wie ein Lauffeuer in der ganzen Welt verbreiten.

Konnte das wirklich sein? Konnte Ruby damit durchkommen – trotz allem, was die Polizei mittlerweile über die illegalen Operationen und vor allem über die toten Probanden wusste? Nina spürte ein flaues Gefühl im Magen. Sie hatte den ganzen Tag viel zu wenig gegessen. Zu Hause hatte sie sich nur eine Banane gegriffen, als sie unter dem Gemecker ihres Vaters das Haus wieder verlassen hatte. Jetzt konnte sie nichts mehr essen. Egal wie köstlich die Kanapees aussahen.

Sie hatte mittlerweile ihren Mantel ausgezogen und eine Runde um den Innenhof gedreht. Von Christoph war nichts zu sehen. Auch Ruby war nicht hier draußen. Immerhin entdeckte sie nun einen Zugang zum hinteren Gebäude, an dem neben einem schweren Vorhang ein goldenes VIP-Schild hing. Sie steuerte darauf zu, präsentierte den zwei lächelnden Hostessen ihr Band und ging nach innen. Den Raum, der nach Ninas Erinnerung normalerweise ein großer Konferenzraum war, hatte man zu einer bequemen Lounge mit vielen Sitzmöbeln, einer großen Bar und sogar einer Tanzfläche mit DJ-Pult umgestaltet. Ruby erwartete eine Feier bis tief in die Nacht. An den Wänden hingen große Monitore, auf denen momentan nur eine weitere Variante des Auges vom Eingang zu sehen war. Zusätzlich lag auf jedem Tisch mindestens ein Tablet. Ruby wollte den ganzen Abend über jeden an den Bildern von Christoph teilhaben lassen – wo immer man sich befand.

Als sie gerade an Christoph dachte, sah Nina ihn. Er stand mit dem Rücken zu ihr an der Bar und ließ sich einen Wodka Lemon geben. Sein Lieblingsdrink, den er normalerweise nur spät am Abend bestellte, wenn er schon angetrunken war. Nina vermutete, dass die Aufregung ihn zur Bar getrieben hatte. Auch bei ihr stellte sich jetzt wieder ein schnellerer Herzschlag ein. Dies war ihre einzige Chance. Noch hatte Charlotte fünfzehn Minuten.

Wenn Christoph ihre Position herausfinden konnte, gab es die Möglichkeit, ohne Köder oder andere Manöver zu dem Kind zu kommen. Als Nina sich gerade quer durch den Raum auf den Weg zu ihm machen wollte, versagten ihr fast die Beine. Denn in diesem Moment trat eine ihr nur allzu vertraute Person zu Christoph: der Killer. Er trug die blaue Uniform des Security-Teams und bekam sofort Christophs Aufmerksamkeit. Nina stand mitten im offenen Raum und würde sofort von dem Kerl gesehen werden, wenn er sich umdrehte. Er kannte sie. Wusste er bereits, dass sie anwesend war? Sprach er Christoph deswegen an? Arbeitete Christoph doch mit ihm zusammen? Ninas Gedanken rasten, während sie sich flink auf eins der ausladenden Sofas warf und mit dem Rücken zu den beiden hinsetzte. Sie nahm ihr Handy hoch, öffnete die Foto-App und aktivierte die Selfie-Kamera. Damit konnte sie hinter sich zu den Männern schauen. Es war nicht erkennbar, worüber sie redeten. Es war auch nicht erkennbar, wie gut Christoph den Killer kannte. Oder kannte er ihn gar nicht? Hatte der Mann vielleicht sogar den Auftrag, am Ende auch noch Christoph zu ermorden? Als mehr oder weniger letzten Chipträger? In wessen Auftrag? Der Killer gestikulierte mit den Händen in Richtung Hinterausgang, als ob er einen Weg beschreiben würde. Christoph nickte schließlich. Dann ging der Killer davon – in Ninas Richtung. Christoph blieb an der Bar, atmete tief ein und trank von seinem Longdrink, während er eins der zahllosen Augen auf dem Monitor vor sich anstarrte. Hatte ihn die Begegnung aufgewühlt? Oder war er einfach deswegen aufgeregt, weil ihm die wichtigste Präsentation seines Lebens bevorstand? Nina war nicht mehr so sicher, dass ihn anzusprechen das richtige Vorgehen war.

Der Killer spazierte in aller Seelenruhe an Nina vorbei. Sie schaute zur Seite, wo ein knutschendes Pärchen auf dem Sofa saß und die Welt um sich herum vergaß. Als der Killer durch eine große Tür in das hinter dem VIP-Bereich liegende Treppenhaus gegangen war, atmete sie durch. Was machte er hier? Musste er nicht bei dem vermeintlichen Austausch von Sylvia dabei sein? Nina stand auf und ging ein paar Schritte näher zu der Tür, durch die er verschwunden war. Dort draußen waren auch die Toiletten, sodass der Bereich für die Gäste geöffnet war. Der Killer ging an einem Aufzug vorbei zu einem Hinterausgang des Gebäudes. Nina konnte ihn nur noch als Reflexion in einer Glastür zum Treppenhaus sehen. Weiter traute sie sich nicht vor. Niemand sonst war in diesem Bereich unterwegs – sie wäre sofort aufgefallen. Als er die Tür nach draußen öffnete, sah Nina einen weiteren Mann in blauer Uniform. Dieser redete kurz mit dem Killer, der sich dann nach hinten umschaute. Nina zog blitzschnell ihren Kopf zurück. Hatte er sie gesehen? Sie wartete eine Weile, wagte sich dann ganz langsam wieder nach vorne. Sie erwartete fast, dass der Kerl direkt vor ihr stehen würde, wie mittags in der Wohnungstür von Jonas. Aber es war viel schlimmer. Der Killer war zusammen mit dem anderen Mann in den Aufzug gestiegen. Die Tür schloss sich bereits und verdeckte so eine weitere Person zwischen den Männern. Nur für den Bruchteil einer Sekunde hatte Nina die rechte Seite dieser Person gesehen. Sie war trotzdem ziemlich sicher, wer es war, denn besonders viele Kinder mit schwarzen Haaren und einer rosa Jeans hatten an diesem Tag keine wichtige Rolle gespielt: Sie hatte Charlotte gesehen.

Nina riss ihr Handy hoch und schaltete von der Foto-App zum Stream des Mädchens. Doch dort blickte Charlotte nach wie vor im Untergeschoss auf ihren Bewacher mit der Sturmmaske. Wie konnte das sein?

38

Berlin-Westend
17:50 Uhr

Wenn keine Veranstaltungen im Olympiastadion stattfanden, war die Umgebung des monumentalen Gebäudes aus den Dreißigerjahren so gut wie ausgestorben. Besonders an einem bitterkalten Sonntagabend im Dezember. Die Säule vor den Eingängen zum Stadiongelände stand zudem auf einem freien Platz. Es war ein gut gewählter Ort für das, was an diesem Abend dort passieren sollte. Man konnte sich selbst bei mäßiger Beleuchtung der Säule nicht nähern, ohne schon von weitem gesehen zu werden.

Als Tim den Kleinbus mit den verdunkelten Scheiben am Ende des Olympischen Platzes stoppte, kam sofort der Einsatzleiter vom MEK zu ihm. Nicht nur wegen Mel, die zu der Einheit gehörte, hatte Tim sich in dieser Lage für das Mobile Einsatzkommando entschieden. Das SEK sollte Charlotte befreien. Gebäude waren dessen Expertise. Das MEK, das für Zugriffe auf bewegliche Objekte zuständig war, verfügte auf dem freien Platz über mehr Erfahrung. Und es war durchaus möglich, dass es nach

18 Uhr auch zu einer mobilen Lage kommen würde – wenn sie dem Gehilfen der Entführer folgten.

Stefan Stadler hieß der Mann, der zu Tims Wagen kam. Er wusste nicht, dass seine Kollegin Mel hinter Tim saß. Sie trug mittlerweile die Perücke zu der Jacke von Sylvia. Nun hielt sie sich die Hand vor die Stirn, um nicht erkannt zu werden. Tim vertraute nach wie vor niemandem. Er stieg schnell aus dem Wagen.

»Du hast die Zeugin dabei?«, fragte Stadler.

Tim nickte und musterte die Örtlichkeit. Wie er angeordnet hatte, standen zwei Kastenwagen der Polizei gut sichtbar auf dem Parkplatz hundert Meter vor der Säule. Die Anweisung hatte gelautet, dass nur eine Person mit Sylvia bis zur Säule gehen durfte. Aber die Entführer konnten nicht davon ausgehen, dass keine Polizeikräfte in der Nähe sein würden. Wahrscheinlich würde die Abwesenheit sämtlicher Polizei sie eher skeptisch machen und genauer hinschauen lassen. Neben den deutlich sichtbaren Polizisten befanden sich fast vierzig weitere Beamte des MEK in der Dunkelheit rund um das Stadion. Tim sah einen Spaziergänger mit Hund. Er sah Menschen an der fünfhundert Meter entfernt liegenden S-Bahn-Station auf ihre Bahn warten. Jemand parkte seinen Wagen auf der Straße, die zum Stadion führte. Er war sicher, dass diese Menschen zum größten Teil Polizisten waren. Weitere saßen versteckt in den Verkaufshäuschen des Stadions, in geparkten Autos oder sogar zwischen den Bäumen. Im oberen Rang des hundert Meter entfernten Stadions lagen sogar Scharfschützen des PSK – des Präzisionsschützenkommandos. Jede Richtung war abgedeckt.

»Irgendetwas Auffälliges?«, fragte Tim.

Stadler schüttelte den Kopf.

»Wir hatten nicht viel Zeit«, erklärte er. »Aber da wir selbst so ziemlich jedes Versteck besetzt haben, kann hier eigentlich niemand mehr hocken, den wir nicht kennen.«

Tim nickte und schaute auf die Uhr. Es waren noch sieben Minuten bis zum vereinbarten Zeitpunkt.

»Sollen wir hier nicht ein bisschen mehr Licht machen?«, fragte Stadler.

»Nee, nee, lass mal«, antwortete Tim.

Sollte er mit Mel aussteigen müssen, war es ihm recht, dass man nicht so viel sehen konnte. Ihm wäre weniger sogar lieber gewesen. Aber das würde Aufmerksamkeit erregen. Er zog sein Diensthandy aus der Tasche und steckte sich einen kleinen Hörer ins Ohr, an dessen Kabel das Mikrofon hing. Es könnte durchaus wichtig werden, beide Hände frei zu haben. Er wollte nicht auf den Funk zurückgreifen, bei dem unklar war, wer mithörte. Tim nickte Stadler zu und machte einen Schritt zur Seite, um mit Kemal zu reden, zu dem er eine Standleitung hatte.

»Was Neues?«, fragte er.

»Das SEK ist in Position«, hörte er die Stimme seines treuesten Mannes, der die Operation für Tim koordinierte. »Sie haben noch kein passendes Haus gefunden. Vielleicht haben sie im Dunkeln was übersehen. Andrea und Marwan machen noch eine Runde.«

Tim seufzte. Er nahm sein privates Handy heraus, mit dem er den Adler informierte. Er war zu Sylvias Hotel zurückgekehrt und saß nun mit ihr im Hinterhof des Hotels in Kreuzberg in einem identischen Kleinbus der Polizei. Natürlich war es nicht gerade glücklich, dass er ausgerechnet jetzt in der Keithstraße fehlte, aber sie waren sich einig gewesen, dass niemand anders den wahren Aufenthaltsort von Sylvia kennen sollte. Für einen Moment hatte Tim sogar daran gedacht, Nina zurückzuholen. Aber der Adler wollte sich sowieso nützlich machen.

»Noch nichts«, sagte Tim zu ihm. »Es kann sein, dass wir aussteigen müssen.«

»Okay«, antwortete der Adler.

Mehr nicht. Tim hörte trotzdem die Vibration in der Stimme seines Chefs. Danach hörte man das Klicken eines Feuerzeugs. Der Adler steckte sich eine Zigarette an. Tim legte auf. Er wollte sich wieder an Stadler richten, als sein privates Handy klingelte. Erst dachte er, der Adler würde zurückrufen. Doch das Display zeigte Ninas Nummer. Sie rief vier Minuten vor dem Übergabezeitpunkt an. Tim musste jetzt einfach davon ausgehen, dass es wichtig war. Er meldete sich hastig: »Es geht hier gleich los.«

»Da stimmt was nicht«, hörte Tim die Stimme, die er trotz des Streits in der letzten Stunde vermisst hatte.

Lag es daran, dass sie einer der wenigen Personen gehörte, denen er noch vertraute?

»Was?«, fragte er irritiert.

»Ich bin bei der Präsentation und …«

»Bist du bescheuert?«, ging Tim dazwischen.

»Lass mich ausreden. Ich habe den Killer gesehen. Und ich glaube, dass ich Charlotte gesehen habe. Bei ihm.«

Tim bereute es, ans Handy gegangen zu sein. Er hatte sie doch nicht vermisst. Sofort überfuhr ihn die bereits bekannte Mischung aus Wut und Sorge wegen Nina. Wie konnte sie zu GEM gehen? Sie brachte sich und die ganze Operation in Gefahr. Und wieso erzählte sie ihm nun so einen Quatsch? Er hatte vor drei Minuten noch den Stream von Charlotte gesehen. Sie saß in einem Keller in Prenzlauer Berg.

»Mach, dass du da rauskommst, Nina«, herrschte er sie an.

»Hast du mich nicht gehört? Das Mädchen ist hier.«

»Ist es nicht. Wir sehen ihren Stream. Was heißt überhaupt, du ›glaubst‹, du hast sie gesehen?«

»Ich hab nicht ihr Gesicht gesehen. Aber der Killer hatte ein Mädchen bei sich. Wer soll das sonst sein?«

»Nina, das ist jetzt nicht dein Ernst. Mach, dass du da …«

Er stockte, weil er auf dem anderen Ohr Kemal hörte.

»Marwan hat das Gebäude gefunden. Kellerfenster, Blickrichtung. Alles stimmt.«

Tim drückte Nina einfach weg und rief Kemal zu: »Sofort Zugriff!«

Gleichzeitig riss er die Tür des Kleinbusses auf und holte sich das Tablet vom Beifahrersitz, auf dem Charlottes Stream zu sehen war.

»Was ist los?«, zischte Mel.

»Sie sind am Haus mit Charlotte.«

»SEK kommt. Zwei Minuten«, hörte Tim Kemal sagen.

Zwei Minuten? Tim hatte gedacht, das SEK sei schon

längst vor Ort. Warum brauchten die so lange? Ein schneller Blick auf die Uhr. Eine Minute vor 18 Uhr.

»Hat Marwan das Mädchen gesehen?«, fragte er Kemal. »Durch das Fenster?«

Nina geisterte ihm im Hinterkopf herum. Wieso war der Killer bei GEM und hatte ein Mädchen bei sich?

»Wir sehen es im Stream«, antwortet Kemal.

»Hat er durchs Fenster geguckt?«, wiederholte Tim.

»Aus der Ferne, ja. Er hat … er hat sie gesehen.«

»Warum stotterst du?«

»Er ist nicht so nah rangegangen, weil es zu auffällig gewesen wäre. Aber er hat dort unten jemanden sitzen gesehen. Was ist denn das Problem? Wir haben doch den Stream?«

»Okay, klar«, sagte Tim.

Das musste ihm reichen. Nina hatte sich offensichtlich vertan. Er konnte diese Chance nicht aufs Spiel setzen, weil sie glaubte, ein Mädchen gesehen zu haben.

»Da hinten kommt einer«, hörte Tim Stadlers Stimme von draußen auf dem Olympischen Platz. »Er bewegt sich direkt in Richtung der Säule.«

Tim schaute auf seine Uhr, die in diesem Moment auf 18 Uhr umsprang.

39

Berlin-Mitte
Sonntag, 18:00 Uhr

»18:00«, stand groß auf Ninas Handy.

Die Uhrzeit, zu der vor dem Olympiastadion Sylvias Chip ausgeschaltet werden sollte. Eine Aktion, von der jeder wusste, dass sie nie und nimmer stattfinden würde. Trotzdem machten alle weiter, weil sie sich gegenseitig hereinlegten. Nur befürchtete Nina, dass die einzigen Dummen am Ende Tim und seine Leute sein würden. Sie wusste nicht, ob er wirklich mit Mel oder einem anderen Köder zu der Säule vor dem Stadion gehen wollte. Aber wenn, dann konnte das nur schlimm enden. Auch wenn Tim es nicht hatte hören wollen: Sie übersahen etwas. Nachdem sie schon wieder viel zu lange gehadert hatte, nahm sie ihr Handy erneut hoch und wählte Kemals Nummer.

Sie wartete auf die Verbindung, während sie Christoph an der Bar nicht aus den Augen ließ. Er trank seinen Longdrink hastiger, als er das normalerweise tat. Endlich antwortete Kemal.

»Nicht jetzt, Nina.«

»Der Stream ist manipuliert«, stieß sie hervor.

»Was?«

»Ich bin bei GEM und habe Charlotte hier gesehen. Ihr schaut auf einen falschen Stream.«

Sie machte nicht noch einmal den Fehler, ihm Vermutungen mitzuteilen. Es musste Charlotte sein, und das musste heißen, dass mit dem Stream etwas nicht stimmte. Wenn der Killer Zugang zum Gebäude von GEM hatte, dann hatte er vielleicht auch Zugang zu den Originalstreams, und damit konnte man im Prinzip alles manipulieren. Und man konnte sie ausschalten.

»Bist du sicher?«, fragte Kemal.

Sie hörte viele Stimmen um ihn herum. Eine davon war garantiert auch die von Tim auf einer anderen Leitung.

»Schau dir den Stream an«, sagte Nina.

»Warte«, rief Kemal aufgebracht.

Sie war sich nicht sicher, dass sie gemeint war. Für endlose Sekunden hörte sie nur Tastengeklapper und entfernte Stimmen. Eine dunkle Männerstimme sagte über Funk: »SEK ist in Position.« Eine andere sagte: »Sie kommen raus.« Dazwischen herrschte Kemal jemanden an, still zu sein. Plötzlich hörte Nina ihn etwas rufen, das sie lieber nicht gehört hätte: »Verdammte Scheiße, es ist ein Loop!«

Der Stream von Charlotte lief in einer Schleife. Er zeigte immer wieder alte Bilder.

»Abbruch!«, schrie Kemal in sämtliche Handys und Funkgeräte. »Abbruch!«

40

Berlin-Westend
Sonntag, 18:03 Uhr

»Wir gehen jetzt zur Säule«, sagte Tim in sein Handy zum Adler.

Denn der Adler musste nun genau das, was Tim mit Mel machte, zeitgleich mit Sylvia im Hinterhof des Hotels tun. Tim hatte noch gewartet, bis zwei Männer vom MEK den Neuankömmling durchsucht hatten. Ein sportlicher Typ in einem schwarzen Kampfanzug und mit Baseballkappe. Sie hatten keine Waffen bei ihm gefunden. Nur ein elektronisches Gerät, nicht größer als ein elektronischer Autoschlüssel. Der Mann hatte nichts gesagt, war dann zielstrebig weiter zur Säule gegangen. Da das SEK noch damit beschäftigt war, in den Keller des Gebäudes mit Charlotte zu gelangen, wollte Tim eine weitere Minute rausholen. Er musste verhindern, dass Charlottes Aufpasser kontaktiert wurde, eventuell sogar mit tödlichen Anweisungen. Es ging nicht anders: Er musste mit Mel zu der Säule.

Zwei Minuten nach 18 Uhr war er mit ihr aus dem Kleinbus gestiegen. Er hatte ihr seinen Wäschesack über den Kopf gezogen und sein privates Handy an das Revers seines Mantels gehängt, um mit dem Adler reden zu können. Damit dieser jede Aktion zeitgleich simulierte. Auch Kemal war informiert und aufgefordert, sofort Bescheid zu geben, wenn das SEK bei Charlotte war. Aber Kemal hatte nur unverständliches Zeug mit jemand anderem geredet, während Tim Mel am Arm gefasst hatte, um sie in Richtung der Säule zu leiten. Er musste kurz an Nina denken, die sicher besser darin war, einen Menschen zu führen, der nichts sah.

»Wir gehen jetzt zur Säule«, hatte Tim dann ins Handy zum Adler gesagt.

Doch sein Satz wurde lautstark unterbrochen. Tim brauchte eine Sekunde, um zu verstehen, dass es Kemal war, der »Abbruch! Abbruch!« schrie.

Diese eine Sekunde fehlte danach. Sie fehlte, als Tim in der Ferne den Schuss hörte und er Mel einen Meter vom Kleinbus entfernt nach unten riss. Tim hörte die Kugel. Das Zischen. Den Aufprall. Er warf sich auf Mel, schützte sie mit seinem Körper. Weitere Schüsse fielen, diesmal aber von Tims Leuten. Schreie, Schritte. Binnen Sekunden lag der Mann an der Säule auf dem Boden, und vier Leute mit Schutzpanzerung schirmten Tim und Mel gegen die Schussrichtung ab. Tim sah das Blut auf seinem verdammten Wäschesack. Er riss ihn Mel vom Kopf. Die Kugel hatte sie über dem rechten Auge in den Kopf getroffen. Knochen waren zersplittert, Blut spritzte heraus, die Kugel war an der Seite wieder ausgetreten. Mel lebte. Noch. Blitzschnell drückte Tim den Sack auf die Wunde und schrie nach einem Notarzt.

Mel stöhnte.

»Das kriegen wir hin, Mel«, rief er. »Bleib bei mir, ja? Bitte bleib bei mir.«

Der Stoff des Sacks sog sich schnell mit Blut voll. In der Ferne hörte Tim weitere Schüsse. Aus der Richtung, aus der der Schuss auf Mel abgefeuert worden war. Oben vom Olympiastadion, wo die Scharfschützen saßen. Die Männer, die eigentlich zu Mels Schutz dort postiert waren. Tim hörte überall Schreie und Stimmen der unterschiedlichsten Art. Er konnte sie nicht auseinanderhalten. Dabei war eine darunter, die wichtig war. Das wusste er, während er Mel im Arm hielt und immer wieder auf sie einredete. Erst als zwei Notärzte im Spurt bei ihm ankamen und ihm Mel abnahmen, begriff er, wessen Stimme es war.

»Tim, was ist? Was ist mit Melanie? Tim?«, kam es immer wieder aus seinem Handy an der Brusttasche.

Der Adler fragte nach seiner Tochter.

41

Berlin-Mitte
Sonntag, 18:05 Uhr

»Lebt sie?«, fragte Nina.

Es kam keine Antwort. Zumindest keine, die für sie bestimmt war. Kemal hatte weiß Gott anderes zu tun, als Nina auf dem Laufenden zu halten. Sie hatte den Schuss gehört. Sie hatte Tims Schreie nach einem Notarzt gehört. Sie hörte immer noch eine Kakophonie von Stimmen über Funkgeräte und Handys. Eine davon sagte nun: »Kellerraum gesichert. Keine Personen anwesend.«

Im Grunde reichte das Nina. Charlotte war nicht in dem Keller, in dem die Polizei sie vermutet hatte. Vor ein oder zwei Stunden war sie dort gewesen. Man hatte es aufgezeichnet und spielte es nun den Polizisten in Dauerschleife vor. Niemand war auf die Idee gekommen, dass man den Stream manipulieren konnte. Weil es in den gesamten letzten vierundzwanzig Stunden nicht geschehen war, obwohl es aus Sicht der Entführer mehr als eine Notwendigkeit dafür gegeben hätte. Wahrscheinlich hatten sie es früher nicht gekonnt. Aber nun war der Killer bei GEM. An der Quelle der Streams.

Nina schaute zu Christoph hinüber, der noch an der VIP-Bar stand, während der Raum sich immer weiter mit gut gelaunten Hipstern, Journalisten und Wissenschaftlern füllte. Mit einem letzten hastigen Schluck leerte Christoph sein Glas und stellte es auf die Theke. Nina musste jetzt handeln. Sie funktionierte. Wie bei einer Notoperation nach einem Verkehrsunfall. Sie konnte es verdrängen, wenn Unfallopfer bereits für tot erklärt wurden, während sie noch dafür kämpfte, bei einem anderen das Augenlicht zu retten. Was immer mit Mel geschehen war und jetzt geschah, Nina konnte es nicht beeinflussen. Aber es gab etwas, für das Nina kämpfen konnte. Das Leben von Charlotte. Vielleicht konnte sogar nur Nina noch für das Mädchen kämpfen. Denn es befand sich in dem Geschoss unter ihr.

Christoph kam in Ninas Richtung, aber er sah sie nicht. Er hatte seinen eigenen Tunnelblick, den er bei konzentriertem Arbeiten annahm. Dann sah er buchstäblich nichts, was sich rechts und links von ihm befand. Er wollte zum Treppenhaus. Nina stellte sich ihm in den Weg. Er entdeckte sie und staunte. Trotz seiner Nervosität eroberte ein Lächeln sein Gesicht.

»Hey, Nina, hallo! Wie schön, dass du doch …«

»Heiko Rupprecht, Jonas Reuther, Sylvia Wandowski, Charlotte Burg«, sagte Nina, die keine Zeit verlieren wollte.

Christophs Gesichtszüge entgleisten.

»Was … woher kennst du diese Namen?«, stotterte er.

»Ich weiß von den Operationen, und ich weiß von

MyView. Ich habe heute Morgen deinen Stream beobachtet.«

Sie schaute ihm direkt in das Auge, in dessen Nerv sich der Chip verbarg. Christoph war baff. Er wusste nicht, was er sagen sollte.

»Wer war der Mann, mit dem du an der Bar geredet hast?«, fragte sie.

»Was? Wieso? Nina, woher weißt du das alles?«

»Wer war der Mann?«

»Jemand vom Sicherheitsdienst.«

»Was wollte er von dir?«

Nina fixierte Christoph. Sie hatte während ihrer Beziehung ein Gespür dafür entwickelt, wann er log. Seine Augen wandten sich dann unkontrolliert von seinem Gegenüber ab – obwohl er einen sonst immer anschaute. Sie konnte ihn lesen. Er wusste es. Deswegen hatte er die Affäre mit Franziska ganz von allein gebeichtet.

»Es gibt gleich noch eine Sicherheitsbesprechung. Er hat mir gesagt, ich soll nach unten kommen.«

»Wusstest du von der Besprechung?«

»Nein, aber wir haben erhöhte Sicherheit, weil irgendwelche Salafisten mit Angriffen auf die Veranstaltung gedroht haben. Der Sicherheitstyp sagte, es gab eine neue Droh-Mail.«

»Kennst du den Mann? Hast du ihn vorher schon mal gesehen?«

»Nein, keine Ahnung. Die sehen doch alle gleich aus.«

Er hielt seinen Blick nach wie vor auf sie fixiert. Hatte er gelernt, ihn zu kontrollieren, oder sagte er die Wahrheit?

»Rupprecht und Jonas sind tot«, sagte Nina. »Auch noch zwei oder drei andere Probanden, deren Namen wir nicht wissen.«

Christoph wurde blass.

»Und Franziska.«

»Was?«, entfuhr es Christoph so laut, dass die kleine VIP-Gruppe neben ihnen erschrocken herüberschaute.

»Das kann nicht sein. Was soll … Das kann nicht sein.«

»Sie ist vor meinen Augen von einem Auto überfahren worden, Christoph. Mit Absicht.«

Christoph ging ein paar Schritte zurück und setzte sich auf eins der bequemen Sofas. Er spielte das nicht. Er war schockiert, aber er war auch nicht überrascht. Nina konnte sehen, wie seine Gedanken rasten. Setzte er Hinweise zusammen, die er gehabt hatte? Hinweise auf Rubys Verbrechen? Nina setzte sich neben ihn.

»Ich hab heute schon fünfmal versucht, Franzi zu erreichen. Sie meldet sich nicht. Sie … Was ist denn los?«

Er schaute Nina verzweifelt an. Sie war noch nicht so weit, alles zu offenbaren.

»Wieso musstest du sie erreichen?«

»Wir brauchen sie hier.«

Er schaute in alle Richtungen, um sicherzugehen, dass ihnen niemand zuhörte. Doch die Gäste waren mit sich selbst oder ihren Getränken beschäftigt. Christoph sprach gedämpft weiter.

»Jayden, unser Chefprogrammierer, das Gehirn hinter MyView, ist spurlos verschwunden. Angeblich ist er

Freitagabend nach Nürnberg geflogen, aber das ergibt keinen Sinn. Vor der Präsentation! Wir können ihn nicht erreichen und …«

Er zuckte hilflos mit den Schultern. »Spurlos verschwunden« klang nach dem Killer, den Nina mittlerweile zu gut kannte. Aber wieso hatte er den Chefprogrammierer getötet? Brauchte Ruby ihn nicht?

»Ruby will die Präsentation trotzdem durchziehen«, plapperte Christoph aufgebracht weiter. »Es läuft auch einigermaßen, aber ich wollte Franziska dabeihaben, für alle Fälle und … Wer hat sie umgebracht? Was heißt ›wir‹ wissen die anderen Namen nicht? Wer ist ›wir‹? Was ist denn hier los?«

Er konnte sich kaum beruhigen.

»Die Polizei, Christoph. Seit gestern oder wahrscheinlich seit Freitag wird ein Proband nach dem anderen ermordet. Franziska hatte im Internet Streams gefunden, die die Perspektive der Opfer zeigten. Hast du die erstellt?«

»Nein, warum sollte ich? Wir schauen seit Tagen nicht auf die anderen Streams. Die sind im Moment zweitrangig.«

»Jemand hat sie nach außen geleitet.«

»Das kann nur Jayden gewesen sein«, mutmaßte Christoph. »Wann hat Franziska die Streams gefunden?«

»Gestern früh.«

»Dann hat Jayden sie am Freitag installiert und ist hinterher abgehauen.«

»Aber warum? Okay, egal, mit diesen Streams konnten wir Sylvia Wandowski retten.«

»Was ist mit Charlotte?«, fragte Christoph.

Nina spürte, dass es noch einen Teil von ihr gegeben hatte, der davon ausgegangen war, dass Christoph nichts mit der heimlichen Operation an einer Zehnjährigen zu tun hatte. Doch das war nun vorbei.

»Ihr habt ein Kind operiert«, platzte es wütend aus Nina heraus.

Christoph machte das bekannte Froschgesicht, welches signalisierte, dass er ertappt worden war.

»Was ist mit ihr?«, wiederholte er, ohne weiter auf Ninas Vorwurf einzugehen.

»Sie wird hier im Haus versteckt, und du wirst mir helfen, sie zu finden.«

Christophs Kinn klappte nach unten. Aber er nickte schon, bevor er fragte, was in aller Welt das Kind bei GEM machte. Nina erläuterte ihm in knappen Worten, was während der letzten beiden Tage geschehen war. Christoph hörte atemlos zu. Seine Augen waren vor Schrecken geweitet. Aber das mysteriöse Verschwinden von Jayden und die Drohungen der Salafisten hatten ihn bereits paranoid gemacht, sodass er schnell alles glaubte, was Nina berichtete. Lediglich als sie ihm erklärte, dass Ruby den Killer und die Söldnertruppe für die Morde angeheuert hatte, wollte er protestieren. Nina ließ es nicht zu. Sie endete mit ihrer Beobachtung am Fahrstuhl. Damit, wie Charlotte mit dem Killer davongefahren war.

»Der Fahrstuhl ist nach unten gefahren«, erklärte sie. »Wo kann man sie im Untergeschoss verstecken?«

»Puh, das Untergeschoss ist riesig. Da gibt es zig Möglichkeiten. Können wir nicht Hilfe holen? Die Polizei?«

Nina strafte Christoph mit einem kritischen Blick.

»Die Polizei ist weit weg und hat ihre eigenen Probleme. Und den Sicherheitsdienst im Haus können wir ja wohl kaum einschalten.«

Christoph nickte. Er brauchte einen Moment. Dann sagte er: »Wieso schauen wir nicht auf ihren Stream? Dann sehen wir, wo sie ist.«

»Hörst du mir nicht zu? Sie haben ihren Stream abgeschaltet.«

»Nein, ich meine nicht den aus dem Internet«, widersprach er. »Den Originalstream. Den kann man nicht abschalten. Er ist unten im Inner Circle.«

»Okay«, nickte Nina. »Das ist ein Anfang.«

Nach unten mussten sie so oder so.

42

Berlin-Charlottenburg
Sonntag, 18:20 Uhr

An seinem ersten Tag beim LKA hatte Tim permanent gegrinst. Er war so glücklich gewesen, endlich dort angekommen zu sein, wo er seit seiner Kindheit hingewollt hatte. Endlich hatte er alle Hürden und Umwege genommen. Endlich konnte er richtige Fälle bearbeiten und musste sie nicht abgeben, wenn es interessant wurde. Er hatte sich auf die »Action« gefreut. Der Adler hatte seine Freude mit kritischen Augen gesehen.

»Es wird der Tag kommen«, hatte er gesagt. »Der Tag, an dem du dich nach deinem Schreibtisch im Abschnitt zurücksehnst.«

Er hatte es nicht böse gemeint. Er hatte Tim nicht herunterziehen oder seinen eigenen Frust abladen wollen. Nein, er hatte es faktisch gemeint. So wie man sagte, dass am nächsten Morgen die Sonne aufging. Damals hatte Tim über den alten Mann geschmunzelt. Er hatte sich nicht vorstellen können, dass die Arbeit als Ermittler ihm jemals Angst machen könnte. Ihn belasten könnte. Er hatte bei der Schutzpolizei Tote gesehen. Er hatte schwere Jungs gejagt. Er hatte auch schon bei einem Einsatz im Rotlichtmilieu schießen müssen – was außerhalb des SEK bei Polizisten weit seltener vorkam, als es das Fernsehen einen glauben machen wollte. Tim hatte mit einem gezielten Schuss einen durchgedrehten Junkie gestoppt – ihn aber nicht getötet. Ein nervenaufreibender Einsatz. Genau wie die Sache mit dem besoffenen Messerstecher. Das alles hatte Tim jedoch nicht verändert. Ihm den Job nicht madig gemacht. Angst war allenfalls sein Freund, weil sie ihn aufmerksamer machte. Er konnte mit allem umgehen. Also hatte er beim besten Willen nicht gewusst, warum die Arbeit beim LKA ihm jemals zu viel werden sollte. Er hatte nicht an diesen Tag geglaubt.

Doch dieser Tag war nun gekommen. Nicht, weil er zum wiederholten Male in den letzten vierundzwanzig Stunden einen Fehler gemacht hatte. Nicht, weil das Mädchen sich noch da draußen in den Händen einer Gruppe von kaltblütigen Mördern befand. Und schon gar nicht, weil er Angst um sich selbst hatte. Sondern weil er ausgerechnet dem Adler hatte sagen müssen, dass es nicht gut um seine Tochter stand. Dass sie wegen Tims Fehleinschätzung mit einem Loch im Kopf auf dem Weg ins Krankenhaus war und er nicht einmal wusste, ob sie noch leben würde, wenn sie dort ankam.

Tim hatte dieses Unheil über den Mann gebracht, der all seine Verrücktheiten mitgemacht hatte. Immer für ihn da gewesen war. Der ihm der Vater gewesen war, den er nie gehabt hatte. Noch dazu hatte der Adler, ohne zu zögern, das Leben seiner Tochter riskiert, als Tim es vorgeschlagen hatte. Und alles, was der alte Mann zu Tims Versagen gesagt hatte, war: »Sie ist ein starkes Mädchen. Sie wird es schaffen.«

Mit Tränen in den Augen saß Tim am Steuer des Kleinbusses, mit dem er Mel zum Olympiastadion gebracht hatte. Er fuhr mit Blaulicht und Vollgas durch die Stadt. Denn zu allem Überfluss war die Geschichte mit dem Schuss auf Mel noch nicht beendet. Nein, im Gegenteil. Tim musste weiter funktionieren. Er musste ein Mädchen retten. Er musste die Schweine fangen, die Mel das angetan hatten. Allein schon, weil es der Adler und sämtliche Kollegen von ihm erwarteten. Dabei dachte Tim in diesem Moment nur an seinen alten Schreibtisch im Abschnitt in Kreuzberg. Der Schreibtisch, an dem er morgens durchs Fenster den Sonnenaufgang hatte sehen können.

»Otter zwei an Caesar vier«, wurde Tim vom MEK über den Funk seines Wagens angesprochen. »Wir haben ihn nicht gekriegt. Muss ein Profi gewesen sein. Einer, der früher bei uns war.«

Das Schwein, das geschossen hatte, war weg. Sie hatten schon wieder nichts in der Hand. Nachdem die Ärzte Mel an sich genommen hatten, war Tim zu dem Typen gerannt, den die Entführer geschickt hatten. Der Mann blutete aus dem Mund, nachdem die MEK-Männer ihn härter zu Boden geworfen hatten, als es notwendig gewesen war. Dabei hatten sie zu dem Zeitpunkt nicht einmal gewusst, dass es ihre Kollegin war, die hinter ihnen in die Ambulanz verfrachtete wurde. Tim hatte dem Kerl die Faust ins Gesicht geschlagen. Seine Hand schmerzte immer noch davon. Aber schon bald hatte er dem jungen Mann angesehen, dass er keine Ahnung hatte, was überhaupt los war. Er entpuppte sich als Kleinkrimineller, der von einem Fremden fünftausend Euro dafür bekommen hatte, am Stadion aufzutauchen, sich von der Polizei durchsuchen zu lassen und an die Säule zu stellen. Mehr wusste er nicht. Das Ding in seiner Tasche war tatsächlich ein nutzloser Funkautoschlüssel, den man ihm gegeben hatte. Der Kerl war benutzt worden und mehr oder weniger unschuldig.

Anders sah es mit dem Schützen aus. Der Leiter des PSK war zu Tim gekommen und konnte nur mühsam rekapitulieren, was passiert war. Oben im Stadion hatten sie einen ihrer Kollegen bewusstlos aufgefunden. Offensichtlich war er während der Durchsuchung des Stadions vom späteren Schützen in der Dunkelheit überwältigt worden. Der Täter hatte sich dann mit der Uniform und Sturmmaske des Kollegen als dieser ausgegeben und eine Position als Scharfschütze bezogen. Er hatte alle Abläufe so überzeugend mitgemacht, alle Codewörter gekannt, dass niemand Verdacht geschöpft hatte. Es konnte nur ein ehemaliger Präzisionsschütze der Einheit gewesen sein. Auch jemand, den Langenhorst für Aragorn abgeworben hatte. Diese Leute waren der Polizei immer einen Schritt voraus.

Weil sie sich auf deren Forderungen eingelassen hatten, waren die Polizeikräfte auch von GEM viel zu weit entfernt. Dem Hauptquartier von Rubys Firma, in der bald die Präsentation starten sollte. In der mindestens ein Hintermann für die Morde und den Schuss auf Mel saß.

Aber immerhin hatte die Polizei dort auch noch jemanden, der recht behalten hatte.

Während der Kleinbus Richtung Mitte flog, nahm Tim sein Handy aus der Tasche und wählte Ninas Nummer.

43

Berlin-Mitte
Sonntag, 18:25 Uhr

Das Vibrieren ihres Handys ließ Nina vor Schreck zusammenzucken.

Sie hatten es ungestört durch die unterirdischen Flure des Hauptquartiers von GEM bis in den Inner Circle geschafft. Der Raum hieß tatsächlich so. Er lag in der Mitte des Gebäudes und war kreisrund. Seit Nina bei der Führung mit Ruby vor fast vier Jahren hier gewesen war, hatte der Raum sich deutlich verändert. Während Ruby sie damals noch mit haufenweise Computern und modernstem medizinischem Untersuchungsequipment beeindrucken wollte, war das Herzstück nun eine Wand mit Bildschirmen, die im Halbkreis die Hälfte des Raumes belegte. Acht Bildschirme von der Größe eines Fernsehers waren rund um einen enorm großen Bildschirm angeordnet, der vom Boden bis zur Decke ragte. Auf diesem stand oben in der Ecke »Sylvia«, ansonsten war er schwarz. Bei den acht kleineren Bildschirmen fand sich Sylvias Name ebenfalls in einer Ecke. Auf den anderen standen die Namen Christoph, Liz, Jonas, Hermann,

Heiko, Sylvia, Marah und Charlotte. Alle Bildschirme waren im Moment ausgeschaltet, aber nachdem Christoph die Tür hinter ihnen geschlossen hatte, war er zu jenem mit dem Namen »Charlotte« geeilt und hatte sich auf einen der bequemen Stühle davor gesetzt.

Nina holte derweil das klingelnde Handy aus ihrem Mantel, den sie immer noch mit sich herumschleppte, aber nun weglegte. Auf dem Display sah sie, dass der Anruf von Tim kam. Sofort schossen Nina erneut die Geräusche in den Kopf, die sie vor wenigen Minuten gehört hatte.

»Was ist mit Mel?«, meldete sie sich leise zischend.

Christoph schaute erschrocken zu ihr. Er hatte den Anruf nicht mitbekommen und stand sichtbar unter Strom. Nina machte eine beruhigende Geste.

»Auf dem Weg ins Krankenhaus«, kam eine Stimme aus ihrem Handy zurück.

War das wirklich Tim? Die Stimme klang matt und hart. Sie hatte alles Tollkühne und jeden Witz verloren, den Tim auch noch im Streit gehabt hatte.

»Überlebt sie?«

»Ich weiß es nicht.«

Es war Tim. Und dennoch war er es nicht. Denn der Tim, den Nina am Vortag kennengelernt hatte, hätte Hoffnung verbreitet.

»Wo bist du?«, fragte er.

»Im Inner Circle, der Schaltzentrale von GEM.«

»Wie bist du da hingekommen?«

»Mit Christoph.«

Keine Reaktion. Normalerweise hätte Tim sich fürchterlich aufgeregt, dass Nina sich ihrem Ex anvertraut hatte. Doch nichts war mehr normal.

»Hilft er dir?«

»Ja.«

In dem Moment tat Christoph dies wirklich. Er hatte den Bildschirm von Charlotte hochgefahren, der nun wieder ihren Stream zeigte. Nicht den aus dem anonymen Kellerraum, der nach wie vor in Dauerschleife auf Ninas Handy zu sehen war. Allerdings hatte die Situation sich gar nicht so sehr verändert: Charlotte saß wieder in einem Raum mit kahlen Wänden und bewegte sich nur wenig. Das Wichtigste war aber sowieso, dass sie lebte.

»Ich sehe Charlottes Stream«, rief Nina aufgeregt ins Handy. »Den echten.«

Christoph sah sie kritisch an und legte einen Finger auf den Mund.

»Sie ist im Serverraum nebenan«, flüsterte er.

Er deutete auf die Wand hinter dem großen Bildschirm.

»Wo ist sie?«, fragte Tim zeitgleich.

»In einem Serverraum im Untergeschoss des Gebäudes«, flüsterte Nina in den Hörer. »Neben uns. Aber es ist jemand bei ihr.«

Als das Mädchen kurz den Kopf zur Seite bewegt hatte, war das Blau einer Security-Uniform aufgetaucht. Hinter ihr. Ninas Nackenhaare stellten sich hoch. Den Killer hinter sich zu haben war an diesem Tag nie ein gutes Zeichen gewesen. Als Charlotte in die andere Richtung blickte, sah man dort einen anderen Mann – ebenfalls in Uniform. Die beiden waren hinter einer

Armada von Serverschränken mit etwas beschäftigt, das man nicht sehen konnte. Sie hatten Charlotte den Rücken zugewandt.

»Er ist bei ihr«, sagte Nina und betonte dabei das Wort »Er«.

Tim würde es verstehen. Doch es kam keine Reaktion von ihm. Dafür hörte Nina ihn viel zu laut und schnell atmen.

»Bist du noch da?«, hakte sie nach.

»Wir sind zu spät. Wir machen alles falsch. Ich … Ich mache alles falsch. Dieser Tag ist ein Desaster.«

Seine Stimme überschlug sich. Er bekam kaum noch Luft. Tim hatte eine Panikattacke.

»Es ist noch nicht vorbei, Tim«, flüsterte Nina eindringlich. »Ich brauche dich hier.«

»Sicher?«, kam es mit sarkastischem Unterton zurück.

Tim steckte in einer handfesten Krise. Nina konnte es weiß Gott verstehen. Natürlich hatte er Fehler gemacht. Wie sie alle. Aber deswegen durften sie jetzt nicht aufgeben.

»Ich bin schuld an dem ganzen Schlamassel, in dem wir stecken«, redete Tim hastig weiter. »Wenn ich auf dich gehört hätte …«

»Pass auf«, ging Nina dazwischen. »Wer was falsch gemacht hat, klären wir später, okay? Jetzt musst du erst einmal ruhig atmen und …«

»Das sagst du so leicht.«

»Nee, das sag ich nicht leicht«, brach es etwas zu laut aus Nina heraus. »Ich kenne mich mit Schuld aus, glaub mir das. Was sie mit einem macht. Ich weiß, was sie mit uns allen machen wird, wenn wir dieses Mädchen nicht retten.«

Sie blickte auf den Monitor, auf dem Charlottes Blick durch Tränen verschleiert wurde. Man sah unscharf den Boden vor ihr.

»Wieso? Du machst doch alles richtig!«, kam es von Tim verzweifelt zurück.

»Ach ja?«, erwiderte Nina. »Glaubst du wirklich, mein Vater hat damals den Gurt nicht richtig geschlossen?«

Stille am Handy. Christoph riss den Kopf zu ihr herum. Nina wusste selbst nicht, wo das plötzlich hergekommen war. Noch nie hatte sie jemandem die Wahrheit gesagt, nicht einmal andeutungsweise. Auch dem Mann nicht, der sie viele Jahre geliebt und so manches mit Papa erlebt hatte. Entsprechend verwundert schaute Christoph sie an. Keiner wusste es. Auch nicht ihr Vater. Nina hatte ihr Leben lang kein Wort darüber verloren, dass sie allein an seiner Blindheit schuld war.

»Was?«, kam es ungläubig aus dem Handy.

Tim atmete ruhiger, war ganz bei Nina. Sie weinte. Ohne es kontrollieren zu können.

»Wir laden alle Schuld auf uns, Tim«, sagte sie mit zitternder Stimme. »Damit müssen wir leben. Aber … Hey … Bevor's noch mehr wird: Reiß dich verdammt noch mal zusammen und komm her. Ich brauche dich.«

Wieder Stille. Dann sagte Tim mit entschlossener Stimme: »Ich bin gleich bei dir.«

Die Verbindung war weg. Christoph stand vor Nina.

»Wovon redest du da?«, fragte er irritiert. »Was ist damals passiert?«

»Nicht jetzt«, flüsterte Nina entkräftet und schaute ihn flehend an.

Christoph nickte. Er hatte sowieso längst verstanden, was sie gebeichtet hatte. Nur für einen kurzen Moment stand er sprachlos neben ihr. Dann ging er zurück zu den Bildschirmen und schaltete einen Stream nach dem anderen ein. Er folterte sich selbst, denn mit jedem Bildschirm, der zwar ein wenig heller wurde, aber dann doch kein Bild zeigte, zuckte ein Schmerz durch seinen Körper. Als auch der Stream von Sylvia schwarz blieb, schaute er Nina erschrocken an.

»Ich dachte …«

»Sie haben ihn mit einem Störsender ausgeschaltet«, erklärte sie schnell.

»Okay«, sagte er und atmete tief durch. »Aber die anderen sind alle tot?«

Nina nickte. Christoph schloss kurz die Augen. Doch schon bald riss er sie entschlossen wieder auf.

»Wir müssen Charlotte retten.«

»Natürlich.«

»Nina, ich hätte das nie gemacht, wären die Operationen nicht absolut sicher gewesen«, sprudelte es aus ihm heraus. »Ich bin schon viermal operiert worden.«

Nina schaute auf die geschwollene Nase. Sie wollte nichts dazu sagen, auch wenn sie den ganzen Tag das Bedürfnis gehabt hatte. Was nützten Schuldzuweisungen jetzt noch? Vorwürfe waren der letzte Dreck. Christoph ahnte trotzdem, was sie dachte.

»Ich weiß: Es sieht nicht so aus. Bei den ersten OPs war Doktor Luhm noch nicht so erfahren. Aber schon bei Hermann gab's keinerlei Nebenwirkungen mehr.«

Christoph zeigte auf den vierten Stream. Hermann war wohl der Name des älteren Mannes, den der Killer vom Berg gestoßen hatte. Der Killer, der nun bei Charlotte war. Mittlerweile stand er mit dem anderen Mann da und unterhielt sich. Diesen anderen konnte man nur von hinten sehen, wenn Charlotte in seine Richtung schaute. Die beiden Männer schienen zu warten, schauten gleichzeitig auf ihre Uhren. Nina gefiel es nicht, aber sie konnte im Moment nichts machen außer ebenfalls abzuwarten. Obwohl Christoph mit Sicherheit bald bei der Besprechung vermisst werden würde, zu der der Killer ihn gebeten hatte. Obwohl Charlotte noch lange nicht gerettet war.

»Wieso habt ihr keine Freiwilligen genommen?«, fragte Nina.

Sie spürte, dass Christoph reden wollte. Also ließ sie ihn.

»Haben wir am Anfang. Ich war der erste. Dann Liz, eine Assistentin von Ruby. Jonas kennst du ja.«

Es brach wie ein Wasserfall aus Christoph heraus. Als ob er schon seit langer Zeit das Bedürfnis gehabt hatte, sich Nina gegenüber zu rechtfertigen.

»Hermann war ein Patient von Doktor Luhm, der sich freiwillig gemeldet hat. Sie wurden alle sehr gut bezahlt. Aber Hermann hat nach der OP plötzlich horrende Summen gefordert. ›Schmerzensgeld‹, obwohl bei ihm alles gut gelaufen war. Er hat uns erpresst. Ruby hat sogar gezahlt. Trotzdem bestand immer die Gefahr, dass Hermann das Projekt öffentlich macht. Uns anzeigt wegen der nicht genehmigten Versuche. Was weiß ich. Das war verdammt unangenehm, dabei waren wir schon so weit. Ich hatte mittlerweile die dritte Generation bei mir selbst einpflanzen lassen, und es funktionierte perfekt. Wir brauchten nur noch mehr Daten für die Software. Wir mussten mehr Leute haben, die über längere Zeiträume die Chips trugen. Die Software lernt dadurch, weißt du? Künstliche Intelligenz. Also hat Luhm vorgeschlagen, dass wir einige seiner Patienten nehmen, die es halt nicht wissen. Ich war dagegen, aber Ruby hat mich überstimmt. Heiko, der Mann aus Leipzig, musste wegen eines Tumors operiert werden. Luhm hat nicht nur den Tumor entfernt, sondern ihm dabei auch den Chip untergejubelt. Ohne Komplikationen. Da das so gut geklappt hat, und dann auch bei den Frauen, war ich … war ich leicht zu verführen, als wir Charlottes Schieloperation in Luhms Patientenplan fanden.«

Er verstummte, kämpfte mit sich. Dabei schaute er wieder zu dem Stream des Mädchens.

»Wir mussten herausfinden, wie sich der Chip bei einem Sehnerv im Wachstum verhielt. Es war die letzte Baustelle, die wir hatten. Das letzte große Fragezeichen. Ich weiß, dass ich nicht hätte zustimmen sollen. Ich weiß es doch, Nina. Verdammt. Und nicht nur deswegen.«

Er deutete verzweifelt auf den Bildschirm mit dem Stream aus dem Nebenraum. Dort tat sich nun etwas. Der andere Sicherheitsmann hatte sich umgedreht. Er schaute auf sein Handy. Zum ersten Mal hatte Nina eine Möglichkeit, sein Gesicht zu sehen. Kurz verspürte sie den

Impuls, nach Kemal zu suchen, der bestimmt schon ein Standbild des Mannes gemacht hätte. Er kam ihr bekannt vor. Der militärische Haarschnitt, das hagere Gesicht. Als er noch einmal prüfend zu Charlotte schaute, wusste Nina wieder, woher sie den eiskalten Blick kannte. Aus den Berichten über die Söldnerfirma Aragorn, die Kemal ihnen gezeigt hatte. Es war der Ex-Bundeswehroffizier, der zusammen mit diesem SEK-Mann das Unternehmen leitete. Plötzlich gingen die beiden Männer zur Tür und verließen den Raum. Charlotte blieb alleine zurück. Der Blick des Mädchens wurde sofort hektischer. Er ging hinunter zu dem Stuhl, auf dem sie saß. Ihre Arme und Beine waren mit Stricken daran festgebunden. Sie versuchte, sich zu befreien. Sie hatte immer noch die Kraft zu kämpfen.

»Hast du etwas zum Schneiden?«, fragte Nina.

Christoph sprang auf und eilte zu einem Schreibtisch in der Mitte des Raumes, wo er bald eine Schere fand.

»Wo ist der Serverraum?«, fragte sie.

»Zwei Türen nach rechts. Aber dazwischen ist der Besprechungsraum, in dem ich sein sollte. Da sind die beiden wahrscheinlich hingegangen. Wir können ihnen jederzeit über den Weg laufen.«

»Ich weiß«, sagte Nina und nahm die Schere, die er ihr reichte.

Dann ging sie zur Tür. Christoph folgte ihr.

»Was machst du?«, fragte sie ihn überrascht.

»Ich komme mit«, antwortete er sehr selbstverständlich und umfasste eine weitere Schere in seiner Hand wie eine Waffe.

Eigentlich war Christoph in Ninas Augen eher ein Feigling – ein Mann, der den Weg des geringsten Widerstands ging. Doch sie sah ihm an, dass ihn in diesem Moment nichts aufhalten konnte. Sie war froh, ihn bei sich zu haben.

»Eine Frage noch«, sagte sie, weil sie nicht wusste, wann sie wieder reden konnten – und ob überhaupt. »Kann der Chip Blinden helfen?«

Christoph verzog das Gesicht, als ob sie ihn geschlagen hätte. Nina brauchte keine Antwort mehr.

»Es tut mir so leid, Nina«, sagte er. »Das Wunder von MyView liegt zu fünfundneunzig Prozent an der Software, die aus wenigen Bildpunkten den Stream errechnet. Ohne die Software würdest du nicht viel mehr sehen als bei den alten Experimenten von Dobelle. Damit kann man keinem Gehirn ein Bild vormachen.«

Nina spürte erst jetzt, wie sehr sich die verdammte Hoffnung schon wieder in ihrem Hinterkopf ausgebreitet hatte. Es war gut, sie zu zerstören, denn dann konnte sie klarer denken bei dem, das nun kommen würde.

»Sorry«, flüsterte Christoph.

»Ist ja jetzt auch egal«, antwortete sie knapp und straffte ihren Körper.

Dann öffnete sie vorsichtig die Tür zum Flur.

44

Berlin-Mitte
Sonntag, 18:30 Uhr

Ole hatte sich nie als Teamplayer gesehen. Er hatte immer alleine gearbeitet. In seinen jungen Jahren, damals in Hamburg, hatte er sich für Einbrüche mit anderen zusammengetan. Aber die meisten von den Kerlen waren beschränkt oder Junkies gewesen. Typen, die plötzlich auf bescheuerte Ideen kamen oder irgendeine Hausbewohnerin vergewaltigen wollten. Typen, die einen in Gefahr brachten. Es war damals wie eine Erleuchtung gewesen, als der Graf – eine der großen Nummern in St. Pauli – ihm nach seinem ersten Auftragsmord erklärt hatte, dass genau das in Zukunft seine Aufgabe sein würde. Für andere zu töten. Gegen Geld. Alleine. Der Graf hatte Oles wahres Talent erkannt. Auch als er später den Grafen umgebracht hatte, weil er Ole an die Polizei verraten wollte, und dann aus Hamburg verschwunden war, hatte er immer gewusst: Er arbeitete am besten alleine.

An diesem Tag spürte Ole zum ersten Mal, dass es auch seine Vorteile hatte, wenn man im Team arbeitete.

Vorausgesetzt, die Kollegen waren so gut vorbereitet und ausgestattet wie der General und seine Männer. Ole fragte sich, ob er es sich in all den Jahren hätte einfacher machen können, wenn er in einer Firma gearbeitet hätte. Er genoss seine Freiheit, aber die große Operation, die verschiedenen Taktiken, klare Anweisungen, die Kameradschaft – das hatte etwas.

Mittlerweile wusste Ole auch, dass er es mit einer ganz großen Nummer zu tun hatte. Für die enger gewordene Zusammenarbeit hatte er sich vom General den Hintergrund für diesen Auftrag erläutern lassen. In den Augen der Zielpersonen befanden sich keine Kameras, sondern hochmoderne Chips, von deren Existenz noch kaum jemand etwas wusste. Mit ihnen und der Software in den riesigen Computeranlagen konnte man buchstäblich mit den Augen anderer Menschen schauen. Ole hatte den Stream des Mädchens gesehen und war enorm beeindruckt gewesen. Es hatte so echt gewirkt. Der Geheimdienst eines mächtigen Staates interessierte sich für diese bahnbrechende Technologie, weswegen der General sie an sich bringen wollte. Er würde damit Millionen verdienen und seiner Firma weitere internationale Aufträge sichern. Am wertvollsten war die Technik, wenn niemand etwas von ihrer Existenz wusste. Denn der Geheimdienst plante wohl, sie heimlich in die Augen eines Diktators einzubauen, der bald operiert werden musste. Darum sollten alle bisherigen Beteiligten an dem Projekt sterben, alle Hinweise vernichtet werden. Ole fühlte fast so etwas wie Stolz, dass er an einer Operation teilhatte, durch die ein gefährlicher Diktator unschädlich gemacht werden sollte. Wenn man erst einmal sah, was dieser Mann alles tat, würde er keine Bedrohung mehr darstellen. Ein Teufelsplan!

Doch alles daran funktionierte leider nicht. Die absolute Geheimhaltung war durch die aufmerksame Polizei unmöglich geworden. Auch die Blondine war immer noch nicht ausgeschaltet. Die Polizei war zwar auf das Manöver des Generals hereingefallen, aber sie hatte ebenfalls getrickst und ihnen ein Double untergejubelt. In dem Moment, in dem die Frau vor dem Olympiastadion zusammengebrochen, aber der Stream der Blondine stabil geblieben war, war das klar geworden. Dass die Polizei einmal mehr seine Informanten umgangen hatte, nötigte dem General Respekt für seine Gegner ab. Ansonsten hatte er bei dieser Niederlage nicht einmal mit den Augen gezuckt.

»War einen Versuch wert«, hatte er nur gesagt.

Er hatte eine Schlacht verloren. Aber den Krieg noch lange nicht. Auch wenn die Polizisten von den Chips wussten, konnte man sie noch teuer verkaufen. Vorausgesetzt, niemand sonst hatte die Technologie. Der General hatte längst einen weiteren Plan und die Mittel dafür direkt vor sich gehabt.

Ole folgte ihm nun durch die unterirdischen Flure zu dem Besprechungsraum. Kurz glaubte er, hinter der Tür nebenan eine Bewegung zu vernehmen. Aber sie blieb geschlossen. Ole konnte nicht einschätzen, wer hier unten zu ihnen gehörte. Der General war nur mit wenigen Leuten in Berlin. Allerdings hatte er auch den Chef von Rubys Sicherheitsfirma in der Hand.

Dieser – ein kleiner Glatzkopf namens Wolfgang – stand nun schwitzend mit zwei Männern des Generals hinter der Tür des Besprechungsraums, den sie betraten. Am Tisch saßen zwei weitere Männer. Einen davon erkannte Ole unzweifelhaft als Besitzer des Gebäudes und der Firma wieder: Der Milliardär Ruby trug einen schicken Anzug und sah den General staunend an, als dieser den Raum betrat.

»Kerber? Was machen Sie denn hier?«, rief er aufgebracht.

»Wo ist Christoph Becker?«, fragte der General, ohne auf Rubys Frage einzugehen.

»Weiß ich doch nicht. Was soll das? Sind Sie es, der uns hier festhält?«

Er war sehr wütend. Auch der Mann neben ihm, ein ernst blickender, hagerer Mann in einem feinen Anzug, hatte Schweiß auf der Stirn.

»Das wird Konsequenzen haben«, schimpfte Ruby weiter, während sein Gesicht eine bedrohlich rote Färbung annahm. »Ich rufe die Polizei. Wir haben gleich eine Präsentation, die die Welt verändern wird. Ist Ihnen …«

»Haben Sie nicht«, unterbrach ihn der General.

Der schneidige Tonfall brachte Ruby zum Schweigen. Der General wandte sich an Ole.

»Wir brauchen Becker. Ohne ihn macht das keinen Sinn. Suchen Sie ihn.«

Ole nickte. Klare Anweisungen. Gute Bezahlung. So schlecht war das nicht. Während Ruby erneut begann, hinter ihm zu zetern, verließ Ole den Besprechungsraum.

Eigentlich wollte er wieder nach oben gehen, wo er diesen Becker zuletzt gesehen und aufgefordert hatte, zu der »Besprechung« zu kommen. Aber sein Instinkt ließ ihn noch einmal zu der Tür nebenan schauen. An der sich vorhin etwas getan hatte. Er wusste, dass sich dahinter der kreisrunde Raum befand, in dem sie früher an diesem Tag den Stream des Mädchens verändert hatten. Der Zugang zu diesem Raum war sehr streng reglementiert. Becker war eine der wenigen Personen, die eine entsprechende Sicherheitsstufe hatten. Ole dank des Ausweises, den er dem Mann am Nürnberger Flughafen abgenommen hatte, allerdings auch. Er ging zur Tür und hielt die Karte an den Scanner. Dann drückte er sie blitzschnell auf. Mit einem Blick konnte er sehen, dass sich in dem Raum niemand befand. Es gab hier keine Orte, an denen man sich verstecken konnte. Gerade als er die Tür wieder zuziehen wollte, fiel sein Blick auf die Monitore. Einer davon war aktiviert. Er zeigte einen der Streams, die Ole mittlerweile kannte. Den Stream des Mädchens. Er ging ungläubig näher. Denn er sah, wie besagter Christoph Becker zusammen mit einer Frau die Fesseln des Mädchens durchtrennte, die Ole dem Kind gerade erst angelegt hatte. Auch die Frau kannte er: Sie hatte heute in Kreuzberg schon einmal vor ihm gestanden.

45

Berlin-Mitte
Sonntag, 18:30 Uhr

Charlotte fiel Nina um den Hals, als sie die Kleine endlich von den Fesseln befreit hatten – auch wenn das Mädchen sie noch nie gesehen hatte. Nina spürte mit Erleichterung die Hände, die sie seit mehr als vierundzwanzig Stunden immer und immer wieder in den Streams beobachtet hatte. Charlotte weinte fürchterlich.

»Sch-sch-sch« machte Nina und streichelte sie. »Du musst dich noch einmal zusammenreißen, dann ist alles vorbei, ja? Dann kommst du wieder nach Hause.«

Das Mädchen schnappte nach Luft, beruhigte sich mühsam und nickte dann. Sie schaute Christoph an, den sie kannte.

»Alles wird gut, Charlotte!«, sagte er mit gebrochener Stimme.

Sie hatte längst verstanden, dass sie so etwas wie eine Kamera in sich trug. Aber sie wusste nicht, dass Christoph ihr das angetan hatte. Nina klärte sie nicht auf. Sie hatten Wichtigeres zu tun. Sie mussten so schnell wie möglich das Gebäude verlassen. Natürlich wegen des

Killers und der Männer von Aragorn. Doch seit Christoph einen genaueren Blick zwischen die Servertürme geworfen hatte, war die Dringlichkeit noch einmal erhöht worden. Dort standen vier große Kisten, randvoll mit weißen Kristallen. Sie waren mit arabischen Schriftzeichen versehen – genau wie die Wände dahinter.

»TATP«, vermutete Christoph. »Der Lieblingssprengstoff von Islamisten. Hochexplosiv. Das Zeug reicht, um die gesamte Etage in die Luft zu jagen.«

Nina bedeutete ihm zu schweigen und zeigte auf Charlotte. Wahrscheinlich war es gar nicht möglich, das Kind noch weiter zu verängstigen. Aber trotzdem mussten sie es ja nicht übertreiben. Nina hatte längst verstanden, was die Männer von Aragorn planten: Sie wollten das Untergeschoss von GEM zerstören und es islamistischen Terroristen in die Schuhe schieben. Wahrscheinlich hatten sie selbst für die Drohungen in den letzten Tagen gesorgt, um es glaubwürdig zu machen. Christoph sah sich die Kabel, die zu einem Zünder liefen, genauer an. Dabei achtete er darauf, nichts zu berühren.

»Fernzünder«, murmelte er.

»Kann man den ausschalten?«

»Ich kann es nicht.«

»Dann komm da weg«, zischte Nina in seine Richtung. »Guck lieber, ob jemand auf dem Flur ist.«

Er ging zur Tür. Vorsichtig öffnete er sie einen Spalt weit. Dann nickte er Nina zu. Sie stand mit Charlotte an der Hand auf und eilte zu ihm. Doch als Christoph die Tür weiter aufstoßen wollte, ergriff pures Entsetzen Besitz von seinen Gesichtszügen. Nina sah zuerst die auf Christoph gerichtete Waffe. Dann sah sie ihn. Den Mann, den sie den ganzen Tag jagten. Oder der sie jagte. Charlotte schluchzte laut. Nina stellte sich instinktiv vor sie. Der Killer schaute sie an und lächelte.

»So sieht man sich wieder«, sagte er geradezu erfreut.

»Lassen Sie wenigstens das Kind gehen«, flehte Nina. »Das ist doch völlig übertrieben.«

»Da habe ich leider andere Anweisungen vom General«, sagte er. »Sehr klare Anweisungen.«

Er signalisierte Christoph und Nina zurückzuweichen. Während sie das taten, hörten sie Schritte auf dem Flur und die Stimme von Ruby. Steckte er also doch hinter der ganzen Sache?

»Ich werde Sie fertigmachen«, schimpfte er. »Das werden Sie bis an Ihr Lebensende bereuen. Sie werden der Polizei erklären müssen …«

Er stockte, als er zur Tür kam und den Killer mit der Waffe sah, die er auf Christoph, Nina und Charlotte richtete. Seine Überraschung, Nina und auch das Kind hier zu sehen, war ihm deutlich anzumerken. Genauso wie dem Mann neben ihm, den Nina als ihren berühmten Kollegen Doktor Luhm erkannte.

»Die Polizei ist bereits da«, hörte Nina eine weitere Stimme hinter den beiden. »Sie lässt oben das Gebäude räumen. Deswegen müssen wir uns beeilen.«

Die Stimme gehörte zu dem Chef von Aragorn, den der Killer offensichtlich mit »General« gemeint hatte. Der schneidige Soldat in der dunkelblauen Uniform des Sicherheitsdienstes kam ebenfalls in den Serverraum – drei weitere Männer mit derselben Uniform hinter ihm.

»Setzen Sie sich alle an die Wand«, befahl er. »Hände auf den Rücken. Los!«

Alle gehorchten, nur Ruby stand wie vom Blitz getroffen in der Mitte und wusste nicht, wie ihm geschah. Nina sah in seinen Augen etwas, das sie in den letzten Stunden viele Male selbst erlebt hatte: Er war so kurz vor seinem Ziel gewesen, aber nun ging alles den Bach hinunter. Er wirkte wie das berühmte Häufchen Elend. Es tat ihr leid, dass sie ihn als Strippenzieher hinter den Morden vermutet hatte.

»Was geht hier vor sich?«, fragte er mit erstickter Stimme.

»Setzen!«, herrschte ihn der sogenannte General an.

Ruby ließ sich neben Charlotte nieder, die neben Nina saß. Auf ihrer anderen Seite kauerte Luhm, den Nina leise wimmern hörte. Daneben Christoph. Alle nahmen die Hände hinter den Rücken. Dann wandte der General sich an seine Männer: »Schaut nach Handys.«

Sofort schwärmten die anderen aus und durchsuchten alle Erwachsenen nach Telefonen. Der Killer blieb mit seiner Waffe ungerührt stehen. Genau wie der General, der die Hände hinter dem Rücken hielt und geduldig abwartete. In der Stille konnte Nina aus der oberen Etage gedämpft Rufe und Schritte von vielen Menschen hören. Tatsächlich: GEM wurde geräumt. Einer der Männer hatte in Ninas Tasche ihr Handy gefunden, das er nun an den General weiterreichte. Er betrachtete es kurz, fixierte dann Nina.

»Code?«

Nach kurzem Zögern nannte Nina ihn. Andernfalls würden sie ihr vielleicht den Daumen abschneiden und für die Touch-ID benutzen. Sie war sicher, dass diese Männer zu so etwas fähig waren. Der General tippte die Zahlen ein, hantierte dann noch einen Moment mit dem Handy und holte schließlich ein kleines Gerät mit einem Mikrofon und einem kleinen Lautsprecher aus seiner Tasche, das er an dem Telefon befestigte. Der General drückte Ninas letzte Verbindung.

»Hallo?«, sagte er schließlich mit einer durch das Gerät verzerrten Stimme. »Ich möchte mit dem verantwortlichen Polizisten sprechen.«

Nina hörte die Antwort nicht, aber sie war sicher, dass Tim am anderen Ende der Leitung war und sich als Verantwortlicher zu erkennen gab.

»Gut, Kriminalkommissar Börde. Hören Sie mir genau zu: Sollte einer Ihrer Beamten das Untergeschoss dieses Gebäudes betreten, töten wir sofort die Geiseln. In unserer Gewalt sind das Mädchen Charlotte Burg, Doktor Luhm, Ruby, Christoph Becker und die junge Frau, über deren Handy ich spreche. Wie ist Ihr Name?«

Die Frage war an Nina gerichtet. Er klang, als wollte er in einem Restaurant nach ihrer Reservierung schauen.

»Nina Kreuzer.«

»Nina Kreuzer«, wiederholte er am Telefon.

Dann fügte er hinzu: »Warten Sie einen Moment.«

Er nahm das Handy herunter, bedeckte die Sprechmuschel mit der Hand und wandte sich an einen seiner Männer.

»Schalte ihren Livestream frei.«

Er deutete auf Charlotte. Der Mann nickte und verschwand.

»Was soll das alles?«, nutzte Ruby die kurze Pause. »Wenn es Ihnen um Geld geht … Wir können über alles reden.«

Der General schaute ihn streng an.

»Sie können und würden mir niemals das geben, was diese Technologie wert ist«, sagte er fast genüsslich und zeigte dabei auf Charlotte.

»Sie wollen MyView?«, fragte Ruby ungläubig.

Der General antwortete nicht. Stattdessen zog er aus der Jacke seiner Security-Uniform eine schwarze Sturmhaube, die er sich über den Kopf zog. Seine Männer taten es ihm gleich. Bis auf einen kleinen, älteren Mann mit Glatze, der sich von den anderen deutlich unterschied. Er wirkte nicht wie eine Kampfmaschine, hielt sich im Hintergrund. Vor allem wirkte er verängstigt. Auch der Killer zog keine Sturmhaube an. Nina verstand: Den Mann mit der Glatze und den Killer hatte man schon im Stream gesehen. Aber der General ging davon aus, dass er noch unerkannt war. Dabei wusste jeder in diesem Raum, wer er war. Ruby hatte noch ganz andere Verständnisprobleme. Seine dünnen Haare klebten ihm mittlerweile an der Stirn.

»Nehmen Sie MyView«, rief Ruby. »Es sollte heute sowieso präsentiert werden.«

Der General lachte verächtlich. Sein Blick wanderte kurz zu dem Sprengstoff zwischen den Servern.

»Sie wollen alles zerstören?«, antwortete Ruby fassungslos. »Dann haben Sie selbst nichts.«

Der General schwieg. Diese Feststellung schien ihn nicht anzukratzen. Ruby sah so ratlos aus, wie Nina sich fühlte, während sie versuchte, die Puzzleteile zusammenzusetzen. Christoph war schneller.

»Jayden«, sagte er zu dem General. »Sie haben sich damals in Riad gut mit ihm verstanden, nicht wahr? Er hat Sie an Bord geholt. Er hat Ihnen alles gegeben, was Sie brauchen.«

Der General fixierte zum ersten Mal Christoph. Er war durchaus beeindruckt von seiner schnellen Analyse.

»Er war unzufrieden mit seinem Arbeitgeber«, erklärte der General süffisant. »Sein Anteil an der Erfindung wurde nicht genügend gewürdigt. Deswegen hat er sich an mich gewandt. Er wollte, dass ich MyView für ihn sicherstelle. Aber er erkannte das wirkliche Potenzial nicht.«

»Deswegen haben Sie ihn töten lassen«, vervollständigte Christoph.

Jetzt war das Puzzle auch für Nina komplett: Jayden hatte den General zu Hilfe geholt, aber kalte Füße bekommen, als dieser damit begann, Leute töten zu lassen. Er hatte die Streams eingerichtet – vielleicht wirklich, um den Probanden helfen zu können. Aber bei seiner Flucht war Jayden dann selbst umgebracht worden.

»Was ich immer noch nicht verstehe …«, fuhr Christoph fort. »Warum geben Sie nicht auf? Sie sind gescheitert. Sie kommen hier niemals raus. Alle wissen, dass Sie dahinterstecken.«

»Das werden wir sehen«, sagte er, als sein Mitarbeiter zurückkehrte.

Er hatte ein Tablet dabei, das Charlottes Stream zeigte. Nina konnte sehen, wie sich der General mit der Sturmmaske in dem Stream selbst betrachtete. Nina hielt es für kein gutes Zeichen, dass er so freimütig seine Absichten erklärte. Auch nicht, dass er keine Angst vor der Polizei hatte.

»Das Mädchen auf den Stuhl«, befahl er einem seiner Männer.

Nina schrie auf und wollte dazwischengehen, aber sie wurde von einem Helfer mit einem Tritt zurück auf den Boden gestoßen. Ihre Schulter brannte vor Schmerzen.

»Ihr passiert nichts!«, erklärte der General. »Ich brauche sie noch«.

Einer der Männer zog das Mädchen zurück auf den Stuhl, auf dem sie zuvor gesessen hatte. Gegenüber von den Erwachsenen, die alle auf dem Boden an der Wand kauerten. Der General nahm nun wieder den Stimmverzerrer mit Ninas Handy hoch.

»Sehen Sie den Stream?«, fragte er Tim.

Dann ging alles ganz schnell. Der General nahm die Waffe des Killers aus dessen Hand, richtete sie auf die Erwachsenen und drückte ab. Der Knall schleuderte Nina zurück. Sie fühlte die warme Flüssigkeit auf ihrem Gesicht. Den Schmerz im Kopf. Doch sie atmete noch. Sie lebte. Sie war lediglich mit dem Schädel gegen die Wand geknallt. Während sie den furchtbaren Schrei von Charlotte hörte, schaute sie an sich herab. Doktor Luhm war in ihren Schoß gesunken. In seinem Hinterkopf klaffte eine große Wunde, aus der das Geschoss ausgetreten war. Er war tot.

46

Berlin-Mitte
Sonntag, 18:50 Uhr

Obwohl draußen auf der Straße die Hölle losgebrochen war, herrschte in der mobilen Einsatzzentrale der Polizei Totenstille. Alle starrten entsetzt auf den Bildschirm vor Kemal, den dieser eben erst in Betrieb genommen hatte. Dort sah man den Oberkörper von Doktor Luhm in Ninas Schoß liegen. Da sie in dem hochmodernen Lastwagen mit der Einsatzzentrale die Schreie der anderen Geiseln nicht hören konnten, war es ein fast friedliches Bild. Wenn man von dem Blut absah, das unter Nina eine stetig wachsende Lache bildete.

»Alle fünfzehn Minuten stirbt eine weitere Person«, hörte Tim aus seinem Handy die Roboterstimme sagen. »Sie können das stoppen, indem Sie Frau Wandowski zu uns bringen. Diesmal die echte.«

»Sind Sie wahnsinnig?«, rief Tim ins Telefon, doch er hörte nur ein Klicken.

Der Mann hatte die Verbindung beendet. Tim saß atemlos in dem Lastwagen, den sie gerade erst vor dem Haupteingang des GEM-Gebäudes abgestellt hatten. Er war bisher noch nicht in den Genuss gekommen, den Wagen mit den zahlreichen Computern und Platz für eine mittelgroße Führungsrunde bei einer Lage einzusetzen. Das Ding war erst vor kurzem für die immer größer werdende Bedrohung durch den Terrorismus angeschafft worden. Durch eine von außen verspiegelte Scheibe konnte Tim auf die Straße schauen. Aus dem Gebäude gegenüber strömten schick gekleidete Menschen – teilweise verängstigt, teilweise empört. Begleitet von einer immer größer werdenden Zahl von Kollegen des SEK und MEK. Die Mehrzahl der Polizeikräfte in der Stadt war auf dem Weg nach Mitte. Egal, ob sie Dienst hatten oder nicht. Viele hatte man nicht einmal rufen müssen, als sich der Schuss auf Mel herumgesprochen hatte. Auf die Tochter des Adlers.

»Das kann der nicht ernst meinen«, stellte Kemal mit matter Stimme fest.

Auch Burmeister, der vor Ort die Leitung des SEK hatte und in Kampfmontur neben Kemal stand, schüttelte den Kopf. Er hatte seine Männer bereits zähneknirschend davon abhalten müssen, das Untergeschoss zu stürmen. Nun pulsierten die Adern an seinem Kopf bedrohlich. Er hatte sich bei seiner Ankunft mit markigen Worten bei Tim entschuldigt, denn mittlerweile war auch er davon überzeugt, dass sein Mann Matthias Fischer ein Maulwurf war. Tim war froh, Burmeister auf seiner Seite zu haben.

»Der ist durchgedreht«, stieß der SEK-Chef hervor.

Tim ignorierte diese Spekulation und rief Ninas Nummer zurück. Dabei schaute er – wie die Kollegen – auf den Monitor, auf dem man durch den Tränenschleier von Charlotte sah, wie Nina Doktor Luhms Kopf vorsichtig neben sich legte. Christoph Becker wollte ihr helfen, doch er handelte sich einen Anschiss von dem Anrufer ein, der nach wie vor die Waffe in der Hand hielt, mit der er den Arzt erschossen hatte. In der anderen Hand hielt er Ninas Handy, das zweifelsohne klingelte. Aber nun schaltete er es vor Charlottes Augen aus. Die Kommunikation war beendet. Kemal war wie immer reaktionsschnell und startete einen Countdown, der in fünfzehn Minuten enden würde.

»Wir müssen stürmen«, sagte Burmeister.

»Dann sind alle tot«, entgegnete Tim.

Es musste einen anderen Weg geben. Er sah durchs Fenster, wie drei Männer in Handschellen aus dem Haus zu einem Einsatzwagen abgeführt wurden. Sie trugen dieselben Security-Uniformen wie die Männer im Untergeschoss. Tim riss die hintere Tür des schicken Lastwagens auf und sprang nach draußen.

»He! Stehen bleiben«, rief er den Kollegen zu, die die Männer verhaftet hatten.

Alle blieben stehen. Auch viele Leute, die überhaupt nicht angesprochen waren. Tim bahnte sich einen Weg durch den Strom von enttäuschten und besorgten Partygästen, die hinter Absperrungen gebracht wurden. Auf der ganzen Straße standen unterschiedlichste Einsatzwagen von Polizei, Feuerwehr und Rettungsdiensten. Ein solches Aufgebot hatte selbst diese Stadt noch nicht erlebt. Das Lagezentrum am Tempelhofer Flughafen hatte die Koordination übernommen und versuchte, das Chaos in den Griff zu kriegen. Tim hatte man vorerst die Entscheidungsgewalt über den Umgang mit den Entführern überlassen. Niemand wusste, dass er auf dem Weg nach Mitte fast zusammengebrochen war. Nina hatte ihn aufgefangen. Sie vertraute ihm. Sie brauchte ihn. Nur deswegen funktionierte er noch.

Er kam zu den Securityleuten und blickte in tief verunsicherte Gesichter.

»Wer hat hier das Sagen?«, fuhr er sie an.

»Der ist im Keller«, sagte ein älterer, rundlicher Typ, der kreidebleich war. »Wolfgang Grassmann. Wenn er noch lebt.«

Das nahm Tim den Wind aus den Segeln. Die Hoffnung, über diese Leute Kontakt zu dem Oberhaupt der Entführer herzustellen, schwand.

»Was soll das heißen?«, wandte Tim sich an den Mann, der geantwortet hatte.

»Grassmann … irgendwas hatten die gegen ihn in der Hand«, stammelte der Mann. »Ich weiß es nicht … Er ist nicht so einer … Wir wussten alle nichts …«

»Langsam, langsam«, ging Tim dazwischen, obwohl er eins nicht hatte: Zeit. »Erzählen Sie von vorne, was passiert ist.«

Der Mann fing sich glücklicherweise schnell wieder. Er berichtete, dass Grassmann früher für Aragorn gearbeitet, sich aber mit deren Chefs überworfen hatte. Da auch Ruby nach negativen Erfahrungen bei einem Auftrag in Saudi-Arabien nicht mehr mit Aragorn arbeiten wollte, aber Grassmann schätzte, hatte dieser schon vor Jahren die Security für Veranstaltungen von Ruby übernommen. Am Morgen war jemand von Aragorn aufgetaucht, der Grassmann in fürchterliche Angst versetzt hatte. Der rundliche Mitarbeiter hatte ihn danach gesehen und das Gefühl gehabt, Grassmann hätte den Tod persönlich getroffen. Er hatte mit Tränen in den Augen auf den Sperrbildschirm seines Handys geschaut. Auf dem befand sich ein Foto seiner Familie, die sich sehr wahrscheinlich in akuter Gefahr befand. Plötzlich hatte Grassmann niemanden mehr in bestimmte Bereiche des Hauses gelassen und war die ganze Zeit mit etwas beschäftigt gewesen, von dem seine Mitarbeiter keine Details wissen durften. Er tat es nicht freiwillig, da waren sich alle sicher. Vor zwei Stunden waren dann eine Handvoll »neue« Mitarbeiter gekommen, die seitdem die einzigen waren, die überhaupt noch in das Untergeschoss und in die Nähe der Führung von GEM durften. Als ein alter erfahrener Mitarbeiter von Grassmann Bedenken geäußert hatte, hatte der ihn kurzerhand nach Hause geschickt. Alle waren extrem verunsichert.

»Wie viele Leute waren das genau?«, hakte Tim nach. »Die neuen Mitarbeiter?«

»Sechs«, sagte der Mann unsicher.

Er schaute zu seinen Kollegen, die beide nickten.

»Sie haben 'ne ganze Menge Krempel nach da unten geschleppt«, fügte er hinzu.

»Tim!«

Kemal stand in der Tür des dunkelblauen Lastwagens mit der großen Aufschrift »Einsatzzentrale«.

»Krempel?«, fragte Tim den Security-Mitarbeiter.

»Kisten … Unbeschriftet. Ich weiß nicht … Waffen?«

»Haben Sie Funkkontakt zu Ihrem Chef? Zu den anderen Typen? Irgendeinen Kontakt?«

»Seit Ihre Leute angekommen sind, nicht mehr«, antwortete der Mann bedauernd. »Alle Frequenzen sind tot.«

Tim fluchte leise und eilte zu Kemal, der bereits zurück in den Lastwagen gegangen war.

»Man hält ihr die Augen zu«, erklärte er, während Tim hereinkam.

Man sah in Charlottes Stream einen dunkelroten Farbton, der ab und an heller wurde. Lichtblitze hier und da. Offensichtlich wurde das Mädchen mit verschlossenen Augen durch die Gegend geführt. Was machten die Schweine mit ihr? Auf einem weiteren Monitor hatte Kemals IT-Kollege Thorsten längst einen Grundriss des Untergeschosses aufgerufen. Kemal zeigte dort auf ein kleines Zimmer neben dem runden Raum in der Mitte.

»Hier waren sie. Aber ich fürchte, sie wechseln jetzt den Ort.«

»Wir müssen stürmen«, wiederholte Burmeister.

»Das Untergeschoss hat fast tausend Quadratmeter und zig Räume«, entgegnete Kemal. »Ruby hat es wie eine Festung bauen lassen. Man kommt nur über ein einziges Treppenhaus beziehungsweise einen Aufzug hinein. Alles videoüberwacht. Stürmen wäre Selbstmord.«

Alle schauten Tim an, der nur mit einem Ohr zugehört hatte. Ihm war längst klar, dass es nicht möglich war zu stürmen. Genauso wenig, wie es möglich war, Sylvia an diese Wahnsinnigen auszuliefern. Es gab nur eine Chance, auch wenn sie verschwindend gering war.

»Ich gehe ins Untergeschoss«, stellte er fest und griff sich aus einem Regal eine kugelsichere Weste.

47

Berlin-Mitte
Sonntag, 19:00 Uhr

Als der Mann mit der Glatze Ninas Hände auf dem Rücken fixierte, passierte etwas Merkwürdiges: Nachdem er sie gefesselt hatte, zog er ihre Hände ein Stück auseinander. Das Seil gab nach. Dann zog er an einem Endstück, sodass die Hände wieder eng aneinandergebunden waren. Aber Nina war sicher, dass sie das Seil sehr einfach lösen konnte. Der Mann stellte sich vor sie und schaute sie sehr ernst an. Nina sah seine geröteten Augen. Er hatte geweint. Sein Gesicht offenbarte tiefe Verzweiflung. Er nickte Nina kaum sichtbar zu. Sie nickte zurück. Sodass es keiner der beiden Männer mit den Sturmhauben sehen konnte, die damit beschäftigt waren, Ruby, Christoph und das Mädchen zu fesseln. Jeder wurde in einer Ecke des Raumes auf einem Stuhl platziert, sodass sie nicht zu nah beieinandersaßen.

Man hatte sie alle durch das Untergeschoss geführt und dabei Charlotte die Augen zugehalten. Sie befanden sich nun in einem Besprechungsraum zwei Flure vom Serverraum entfernt. Nachdem alle gefesselt waren, schoben die Helfer des Generals den großen Besprechungstisch und die restlichen Stühle nach draußen. Danach brachten sie einen Schreibtisch mit Computer heran. Die ganze Zeit über hielt der Killer Charlotte die Augen zu. Das Mädchen war ruhig geworden. Es weinte nicht mehr. Der Killer flüsterte ihr leise etwas zu. Es sah fast so aus, als ob er sie beruhigen wollte. Als ob er auf ihrer Seite war.

Der Mann mit der Glatze war tatsächlich auf ihrer Seite. Dessen war Nina sich spätestens in dem Moment sicher, als er von einem der maskierten Männer angezischt wurde, gefälligst zu helfen. Er zuckte zusammen wie ein Hund, den man getreten hatte. Dann half er dabei, einen Zeichentisch in einer Ecke zu platzieren. Bald wirkte der Raum wie das Büro eines Grafikers. Sie dekorierten den Raum um, damit die Polizei keine Anhaltspunkte hatte, wo sie sich befanden. Das hieß, dass sie Charlotte bald wieder übertragen lassen würden. Natürlich. Der nächste Mord sollte live geschehen. Nina hatte kein Gefühl dafür, wie viele Minuten der Frist schon abgelaufen waren. Für sie fühlte es sich wie Stunden an, seit Luhm tot auf sie gesunken war.

Bisher hatte sie die Frage verdrängt, wer wohl der Nächste sein würde. Sie hatte nach Fluchtmöglichkeiten gesucht. Aber alle Überlegungen waren sinnlos. Die Entführer waren zu gut ausgebildet und bewaffnet. Man würde nicht einmal einen von ihnen überwältigen können. Auch Rubys wiederholte Versuche, mit enormen Geldsummen und anderen Versprechungen etwas zu erreichen, waren ungehört verhallt. Diese Männer arbeiteten mit militärischer Präzision und würden sich nicht von ihrem Vorhaben abbringen lassen. Auch wenn Nina es nicht verstand. Es war schließlich klar, dass die Polizei niemals eine Zivilistin an Verbrecher übergeben würde. Es war genauso klar, dass der General die Geiseln nicht überleben lassen wollte. Sonst hätte er sich ihnen nicht gezeigt und sogar noch Teile seines Plans preisgegeben. Sein Ziel war es, jegliche Hinweise auf und jegliches Wissen über MyView auszulöschen. Christoph und Charlotte hatten schon wegen der Chips keine Chance zu überleben. Ruby wegen seines Wissens. Wahrscheinlich konnte der General nicht ganz einordnen, welche Rolle Nina spielte, aber natürlich würde er auch sie nicht gehen lassen. Da sie am wenigsten bedeutete, standen die Chancen sogar gut, dass sie als Nächste dran glauben musste.

Plötzlich hoben die beiden Männer mit Sturmhaube synchron die Köpfe. Einer von ihnen eilte sofort aus dem Raum. Sie waren über einen Ohrhörer alarmiert worden. Der Zurückbleibende wies den Mann mit der Glatze an, weiter den Raum zu dekorieren. Es war sogar ein Mülleimer mit persönlichen Sachen irgendeines Mitarbeiters gebracht worden, die nun auf dem Schreibtisch platziert wurden.

Draußen fielen Schüsse. Zwei kurze Salven aus einer automatischen Waffe. Alle Geiseln zuckten zusammen. Ninas Herz schlug wieder ungesund schnell. Sie spürte den Schweiß an ihren Händen. Rufe kamen aus der Ferne. Die Situation war schwer einzuordnen. Bestand Gefahr? Oder war es ein Versuch der Polizei, sie zu befreien? Dafür war es allerdings viel zu schnell wieder ruhig geworden. Bald hörte sie Schritte. Der Raum war gerade fertig umgestaltet, als der General gefolgt von seinem Mann hereinstürmte. Mit Maske über dem Kopf und Ninas Handy samt Stimmenverzerrer in der Hand. Der andere Mann hielt das Tablet mit Charlottes Stream.

»Verschwinden Sie«, zischte der General ins Handy. »Und versuchen Sie das nicht noch einmal.«

Er lauschte kurz Tims Antwort. Dabei nickte er dem Killer zu, der Charlotte die Hand von den Augen nahm. Das Mädchen blinzelte unsicher ins Licht. Nina spürte Schwäche in ihrem Körper. Alles wurde weich. Arme, Beine.

»Ich werde niemanden austauschen, Kommissar Börde! Ich bestimme hier, was passiert. Das war ein Befreiungsversuch. Dafür gab es klare Regeln.«

Ein Befreiungsversuch war es nicht gewesen. Nina war sicher, dass Tim hatte reden wollen. Dass er sich im Austausch für die Geiseln angeboten hatte. Dem General hatte er eine Steilvorlage geliefert, um wieder jemanden töten zu können. Er nahm die Waffe, die der Killer ihm bereits reichte. Ruby wimmerte leise. Nina blickte zu Christoph. Er lächelte sie traurig an. Es war ein Abschied. Wer sich von wem verabschiedete, war nicht klar, aber alle wussten, was jetzt passieren würde.

Der General hob den Arm, drehte sich in Ninas Richtung. Sie schloss die Augen, hörte erst Charlottes »Nein« und dann den Schuss. Doch sie spürte nichts. Sie hörte lediglich, wie neben ihr ein Körper zu Boden fiel. Als sie die Augen öffnete, sah sie den glatzköpfigen Mann mit einem Loch im Kopf vor ihr liegen. Seine verheulten Augen starrten gebrochen an die Decke. Er war auf ihrer Seite gewesen.

»Den haben Sie auf dem Gewissen«, bellte der General ins Handy. »Der Countdown bleibt. In zwei Minuten stirbt der Nächste, wenn Sie mir nicht Frau Wandowski bringen.«

Mit Verve drückte er das Gespräch weg. Dann schaute er die Geiseln nacheinander an. Als Nina an der Reihe war, sah sie die kalten Augen hinter den Löchern der Sturmmaske. Sie musste es einfach versuchen: »Können Sie nicht wenigstens das Kind gehen lassen? Sie ist zehn. Sie ist noch so klein.«

Nina musste nicht spielen, um Verzweiflung in ihre Worte zu legen.

»Kein guter Soldat tötet Kinder«, fügte sie an, als sie sah, dass der General ihr zuhörte.

Er kam einige Schritte näher, fixierte sie dabei. Die Waffe hatte er nach wie vor in der Hand.

»Da irren Sie sich«, erklärte er sachlich. »Wenn die Umstände es erfordern, dann bricht es dem Soldaten das Herz, aber er tut es.«

Er meinte das vollkommen ernst. Sah er sich selbst als Märtyrer?

»Wieso erfordern es die Umstände?«, blieb Nina am Ball. »Sie weiß nichts über das Projekt. Sie ist viel zu traumatisiert, um gegen Sie auszusagen oder Sie überhaupt zu beschreiben.«

»Sie hat einen Chip im Auge«, sagte er.

Damit hatte Nina ihn, wo sie ihn haben wollte.

»Den kann ich ihr herausoperieren. Ich bin Augenärztin. Es gibt hier unten einen Operationssaal.«

Auf dem Weg zum Inner Circle waren sie daran vorbeigekommen. Christoph hatte ihr erklärt, dass dort die Operationen an ihm und den Freiwilligen stattgefunden hatten. Für einen Moment war der General still. Zumindest hatte sie ihn überrascht. Dachte er über Ninas Angebot nach?

»Der Versuch ehrt Sie«, erklärte er respektvoll. »Aber das entspricht nicht meinen Plänen.«

Er blickte auf die Uhr. Nina wurde wütend.

»Was soll denn der ganze Mist?«, brach es aus ihr heraus. »Was sind Ihre Pläne? Sie wissen, dass die Polizei Ihnen niemanden geben wird. Niemals! Sie haben gar nicht vor, uns auszutauschen. Was soll das also? Was soll das?«

Nina bewarb sich mit ihrem Geschrei noch mehr darum, die nächste Kandidatin für einen Kopfschuss zu sein. Aber sie konnte sich nicht stoppen. Der Wahnsinn musste endlich ein Ende haben. Letztlich war es so oder so egal. Der General umfasste den Griff der Pistole fester.

»Sie sind durchgeknallt!«, schrie sie. »Sie haben die Kontrolle verloren und machen hier eine Psychonummer für Ihr Ego …«

In dem Moment spürte sie einen stechenden Schmerz an der Schläfe. Sie stürzte vom Stuhl und knallte auf den Boden. Die andere Seite des Kopfes schmerzte vom Aufprall. Der General hatte ihr die Pistole mit voller Wucht gegen den Kopf geschlagen. Aus dem Augenwinkel sah Nina, wie Christoph aufsprang, aber von einem der Entführer wieder auf seinen Stuhl gedrückt wurde.

»Seien Sie jetzt leise«, zischte der General und stellte erneut eine Verbindung auf dem Handy her.

Ein Mann mit Sturmmaske half Nina unsanft auf den Stuhl zurück. Sie spürte dabei, dass sich ihre Fesseln ein Stück gelöst hatten. Der Mann mit der Glatze hatte ihr – warum auch immer – eine Steilvorlage gegeben, um sich wehren zu können. Mit einem festen Zug am Strick würde sie sich befreien können. Noch während sie darüber nachdachte, spürte sie die Hand des Entführers in ihrem Nacken. Der Griff war so fest, dass er sie lähmte. Aufzuspringen war unmöglich, selbst wenn sie die Fesseln hätte lösen können. Hielt er ihren Kopf, damit dieser leichter zu treffen war?

»Die Zeit ist um«, sagte der General in den Verzerrer am Telefon.

Charlotte schluchzte. Nina wusste nicht, ob das Mädchen verstand, dass sie im Moment am wenigsten gefährdet war, weil sie die Verbindung zur Polizei darstellte. Weil der Chip an ihrem Sehnerv den Horror live übertrug. Doch viel Frieden brachte es Nina nicht, dass das Kind mindestens für eine weitere halbe Stunde sicher war. Sie glaubte, Tims Stimme aus dem Handy zu hören. Sie glaubte, seine Verzweiflung zu hören.

»Niemand wird getauscht«, ging der General dazwischen. »Außer gegen Frau Wandowski. Ist Sie bei Ihnen?«

Mehr als »Nein« konnte der General sich nicht von Tim angehört haben, bevor er die Pistole erneut erhob und ohne weitere Vorankündigung Ruby erschoss. Auch diesen traf er sauber mitten in der Stirn. Der Soldat war ein sehr guter Schütze. Nina hoffte, dass es bei ihr auch so schnell gehen würde. Sie hatte keine Angst mehr. Sie wollte einfach nur, dass es vorbei war. Man ließ Ruby dort liegen, wo er auf den Boden gefallen war. Charlotte weinte bitterlich, schaute ihn nicht an.

»Falls Sie das nicht gesehen haben«, sagte der General unzufrieden. »Das war Ruby. Ich bin aber kein Unmensch und honoriere all Ihre Bemühungen.«

Dabei schaute er zu Nina.

»Die nächste Geisel stirbt erst in dreißig Minuten.«

Mit diesen Worten drückte er das Gespräch weg. Das Handy landete in seiner Hosentasche. Erneut würde es dort ungehört klingeln. Der General signalisierte dem Killer und seinen Leuten, ihm auf den Flur zu folgen. Einer der Männer schloss die Tür hinter sich bis auf einen kleinen Spalt, durch den er ab und zu in den Raum schaute. Draußen gab es neue Anweisungen. Nina blickte zu Christoph, der sie mit den Augen fixierte, als wollte er ihr etwas sagen.

»Er wird uns alle töten«, flüsterte er.

Nina schaute zur Tür. Keine Reaktion auf das Flüstern. Ihre Peiniger waren mit anderem beschäftigt oder interessierten sich nicht für die Gespräche ihrer Geiseln.

»Was soll das alles?«, fragte sie leise.

Christoph sah noch einmal zur Tür und beugte sich dann nach vorne.

»Man kann vom Inner Circle aus den Standort der Chips orten«, zischte er leise. »Vielleicht wissen sie längst, wo Sylvia ist.«

Nina konnte sich das nicht vorstellen, auch wenn sie von der Möglichkeit der Ortung nichts gewusst hatte.

Sylvias Stream war seit Stunden deaktiviert. Man würde ihren Chip lediglich über das Handynetz lokalisieren können, aber dann auch nur, wenn sie mit diesem verbunden war. Nina erinnerte sich, dass Sylvias Stream im Inner Circle auf dem großen Monitor zu sehen gewesen war. Sie hatte gedacht, dass der General dort die mögliche Übergabe am Stadion hatte beobachten wollen. Doch die hatte es nie gegeben, weil Tim ja mit Mel zum Olympiastadion gefahren war. Es sei denn, sie hatten zumindest zeitweise Sylvias Stream eingeschaltet, um so zu tun, als ob sie unterwegs war. Ja, das klang nach etwas, das Tim versuchen würde. Auch wenn es nur für eine Minute gewesen war, hatte es dem General möglicherweise gereicht, um Sylvia zu orten. Dann war es nachvollziehbar, was hier geschah. Warum der General so klar bei seinen scheinbar sinnlosen Aktionen war. Er wollte Zeit gewinnen, um die Frau zu finden und zu töten.

»Aber wie kommt er zu ihr?«, zischte sie Christoph zu. »Wie kommt er hier raus?«

Charlotte hörte auf zu schluchzen, schaute nun auf. Nina sagte in die andere Richtung: »Charlotte, bitte guck nur auf den Boden. Guck uns nicht an. Sie überwachen deinen Stream.«

Nach wie vor hielt einer der Männer des Generals das Tablet mit Charlottes Stream in seinen Händen. Das Mädchen durfte nicht übertragen, dass Nina und Christoph miteinander sprachen. Als sie wieder zu Charlotte blickte, schaute das Kind gehorsam auf den Boden. Sie war ein verdammt tapferes Mädchen. So viel stärker als Nina in dem Alter, als sie eine trotzige, kleine Göre gewesen war.

»Es gibt einen geheimen Gang«, zischte Christoph.

Nina war sofort wieder bei ihm, fixierte ihn mit einem Fragezeichen im Gesicht.

»Ruby hat den bauen lassen. Panic Escape.«

Christoph schaute zu Rubys Körper, der in einem See von Blut auf der Seite lag. Sein Gesicht konnte man nicht sehen. Nina war froh darüber.

»Das wissen nur ganz wenige. Aber Jayden wusste es natürlich.«

Und damit auch der General.

»Die Polizei?«

»Nee«, flüsterte Christoph bitter lachend. »Er wollte zur Not auch vor denen fliehen können. Frag mich nicht.«

Die Puzzlestücke passten. Was der General tat, war kein Wahnsinn. Alles war durchdacht und Teil eines Plans. Wahrscheinlich war auch die großzügige halbe Stunde bis zum nächsten Mord von Anfang an geplant gewesen. Weil er sie nutzen würde, um zu Sylvia zu fahren, bevor er für immer mit dem Wissen über MyView verschwand.

»Wir müssen Tim warnen«, flüsterte Nina in Christophs Richtung. »Kannst du deinen Stream einschalten?«

Auf dem Tablet des Entführers war bildfüllend Charlottes Stream zu sehen. Er achtete nicht auf die anderen. Weil der von Christoph deaktiviert war. Dessen Gesicht sah Nina an, dass es nicht so leicht war, den Stream wieder einzuschalten.

»Ich hab eine Fernbedienung in meinem Jackett«, erklärte Christoph leise. »Aber da komme ich nicht dran.«

Nina wusste, was zu tun war. Sie hatte das Seil auf ihrem Rücken bereits gelockert. Nun zog sie es weiter auseinander. Der Entführer an der Tür schaute kurz zu ihr. Sie blieb absolut ruhig sitzen. Daraufhin konzentrierte der Mann sich wieder auf das, was der General vor der Tür erklärte. Es war mit Sicherheit der weitere Schlachtplan. Nina musste die Ausführung verhindern.

Als sie die Hände nach vorne nahm, staunte Christoph. Nina stand auf, zischte in Charlottes Richtung: »Kopf unten halten.« Mit drei Schritten war sie bei Christoph, kniete sich vor ihn. Sie roch seinen Schweiß, aber auch sein Eau de Toilette, das sie ihm beim ersten Weihnachtsfest nach ihrem Kennenlernen geschenkt hatte. Er benutzte es also immer noch. Sie hatte den Gegenstand in seiner Jackettasche schnell ertastet. Er war kleiner als eine Autofernbedienung – versehen mit einem Knopf. Nina drückte darauf, als sie hinter sich ein lautes »Hey« hörte.

Schon schoss der Entführer von der Tür zu ihr und packte sie hinten an ihrem Kleid. Nina ließ von Christoph ab. Die Fernbedienung blieb in seiner Tasche. Kurz tat sie so, als ob sie Christoph von seinen Fesseln hatte befreien wollen. Der Mann riss sie unsanft zurück zu ihrem Stuhl. In der Tür stand der General mit seinen Leuten.

»Wie konnte Sie sich befreien?«, fuhr er den Mann an, der Nina mit Gewalt auf ihren Stuhl drückte und das Seil aufhob.

»Grassmann hat sie gefesselt«, antwortete dieser und schaute dabei auf die Leiche des Security-Mannes neben Ninas Stuhl.

Der General seufzte.

»Fessel sie an den Stuhl«, befahl der General. »Dann komm wieder her.«

Der General hatte nicht viel Zeit. Nina wusste jetzt, warum. Sie stöhnte auf, als ihr Entführer sie mit roher Gewalt an den Stuhl band. Das Seil schnitt tief in ihre Handgelenke. Das würde sie nicht lösen können, und die Schmerzen würden sie außerdem eine Weile beschäftigen. Der Mann ging zurück zu seinem Chef, der Nina noch einmal musterte. Dann Christoph. Ahnte er, dass sie etwas anderes versucht hatte, als Christoph zu befreien? Schließlich bedeutete er seinen Leuten, nach draußen zu gehen. Diesmal blieb der Killer zurück. Man drückte ihm das Tablet mit Charlottes Stream in die Hand und schloss die Tür hinter ihm. Es war so weit. Der General setzte sich mit seinen Leuten ab. Der Killer würde erst folgen, wenn Sylvia tot war. Nachdem er sein Tagwerk mit dem Mord an Charlotte vollendet hatte. Für den Moment setzte er sich erst einmal auf Rubys Stuhl. Den freigewordenen Stuhl. Von hier aus hatte er die drei anderen Geiseln gut im Blick. Weitere Manöver konnte Nina vergessen. Vielleicht brauchte sie die aber auch nicht.

Sie blickte fragend zu Christoph, der unmerklich nickte. Zumindest schien er zu glauben, dass sein Stream aktiv war. Er schaute sie direkt an. Wie die Kamera einen Nachrichtensprecher. Nina spürte den Blick des Killers ebenfalls auf ihr. So konnte sie nichts unternehmen.

»Und warum machen Sie das?«, fragte Christoph plötzlich in Richtung des Killers. »Sie gehören nicht zu den Soldaten von Kerber.«

Der Mann lächelte.

»Heute schon«, sagte er und klang dabei zufrieden.

»Für Geld, ja?«, fragte Christoph. »Sie ermorden Menschen für Geld. Das ist Ihr Beruf? Ja? Warum?«

Der provokative Unterton funktionierte. Christoph hatte die volle Aufmerksamkeit des Mannes. Auch Charlotte schaute zu Christoph. Der wiederum behielt Nina im Blick, ohne jedoch dem Killer das Gefühl zu geben, dass er ihm nicht zuhörte. Während die beiden Männer sich unterhielten, formte Nina mit ihren Lippen Worte, ohne einen Laut von sich zu geben. Sie artikulierte so gut, wie es nur ging.

»Weil ich es kann«, antwortete der Killer geradezu freundlich auf Christophs Frage. »Ich kann es besser als die meisten Menschen. Es stört mich nicht, die Zielpersonen sterben zu sehen. Es ist nur ein Job.«

»Auch bei Kindern?«

»Es ist ein Job. Diese Menschen haben nichts mit mir zu tun.«

»Wäre es anders, wenn Sie selbst Kinder hätten?«, hakte Christoph nach.

Der Killer schaute zu Nina, die sofort den Mund schloss. Dann wandte er sich wieder an Christoph.

»Natürlich wäre das anders«, sagte er. »Mein eigenes Leben ist mir wichtig. Genau wie Ihnen. Genau wie ihm …«

Er deutete auf Ruby.

»Oder glauben Sie, dass solche Menschen so viel Geld verdienen, ohne dass andere leiden oder gar sterben? Es fällt ihm nur deswegen leichter, weil er seine Opfer nicht sterben sehen muss. Das ist der einzige Unterschied zu mir.«

48

Berlin-Mitte
Sonntag, 19:10 Uhr

Burmeister war nicht mehr in der mobilen Einsatzzentrale. Er bereitete den Sturm auf das Untergeschoss vor. Man hatte an oberster Stelle beschlossen, dass man das nächste Ultimatum nicht abwarten würde. Die verschiedenen Einsatzkommandos brachten sich an dem einzigen Treppenhaus, das nach unten führte, in Stellung. Kemal hatte mit der Hilfe eines GEM-Mitarbeiters den Raum identifiziert, in dem die Geiseln sich nun befanden. Es musste das Büro eines Grafikers sein, nicht weit vom Treppenhaus entfernt. Die Chancen standen nicht gut, aber es war auch nicht unmöglich, dorthin zu gelangen. Noch hatte man dreiundzwanzig Minuten Zeit, bis die nächste Geisel getötet werden würde. Das gab Burmeister die Gelegenheit, noch auf zwei weitere Einheiten warten zu können, die auf dem Weg nach Mitte waren.

Tim wollte nicht mehr warten. Er hatte Grassmann sterben sehen, weil er selbst mit dem Aufzug nach unten gefahren war. Man hatte Tim mit Gewehrsalven empfangen und wieder verjagt. Alle Angebote für einen Tauschhandel waren an Kerber abgeprallt. Tim war sicher gewesen, dass der Mann durchgedreht war und dort unten mit allen anderen sterben wollte. Wie ein General in der Schlacht. Tim hatte kein Problem damit, ihm höchstpersönlich diesen Gefallen zu tun. Auch wenn seine Brust vom Einschlag der Kugel in seine schusssichere Weste noch schmerzte, zog er bereits eine neue an und machte sich dafür bereit, mit dem SEK ins Untergeschoss zu gehen. Egal, ob man ihm das erlaubte oder nicht. Tim stand mit dem Rücken zu Kemal und Thorsten, die das Geschehen auf den Monitoren überwachten. Vor wenigen Minuten hatte Nina sich irgendwie befreit und war zu Christoph Becker gelaufen. Was genau geschehen war, hatten sie nicht sehen können, weil Charlotte die meiste Zeit auf den Boden starrte. Tim wusste nur, dass Ninas Ausbruchsversuch gescheitert war und dass sie nun wieder auf ihrem Platz saß, während der Killer höchstpersönlich über sie wachte.

»Quatscht Becker mit dem?«, fragte Kemal, der hochkonzentriert vor Charlottes Stream saß.

Tim kam zu ihm, während er die neue Weste befestigte. Sie drückte auf die Prellung. Tim blieb vor Schmerz die Luft weg, doch es war nicht annähernd so schlimm wie das, was er im Aufzug gespürt hatte. Ihm war schwarz vor Augen geworden, und er hatte bereits mit seinem Ende gerechnet. Doch die Aufzugtür hatte weitere Schüsse abgefangen. Burmeister hatte Tim hinterher wegen seiner selbstmörderischen Aktion angeschrien. In dessen Augen hatte er echte Sorge gesehen.

»Warum guckt sie die ganze Zeit auf den Boden?«, schimpfte Kemal über Charlotte.

Er meinte es nicht böse. Tim hätte es verstanden, wenn sie längst dauerhaft die Augen geschlossen hätte, anstatt sich einen brutalen Mord nach dem anderen anzuschauen. Kurz hob das Mädchen den Blick. Man sah, dass der Killer in Christophs Richtung sprach. Dann sah man Christoph, der zuhörte, aber dabei Nina anblickte. Offensichtlich wollte er nicht hören, was der Mörder zu sagen hatte. Oder wieso schaute er so stur Nina an? Kurz wanderte sein Blick zu dem Killer, dann wieder zu Nina. Es war eigenartig. Tims Bauch meldete sich mit einem ganz bestimmten Gefühl, das ihn aber an diesem Tag leider schon oft in die Irre geführt hatte. Er fragte trotzdem: »Sehen wir es eigentlich, wenn Beckers Stream anspringt?«

Anstelle einer Antwort klickte Kemal etwas auf seinem Bildschirm an. Ein kleines Fenster öffnete sich, das die beiden Männer sofort die Augen aufreißen ließ. Auch Thorsten kam zu ihnen. Beckers Stream war aktiviert. Sein Blick war auf Nina fixiert.

»Wie kann das sein?«, fragte Tim.

»Sie spricht in die Kamera«, stellte Kemal aufgeregt fest und schob seine Brille hoch.

»Was? Aber … Hört der Killer sie nicht?«

»Sie redet mit uns. Lautlos …«

»Wir brauchen einen Lippenleser«, rief Tim aufgeregt. »Haben wir einen Lippenleser?«

»Na klar«, sagte Kemal mit einem Lachen. »Wo ist Biggi?«

Er schaute Thorsten an, der längst aufgesprungen war und nach draußen rannte.

»Biggi kann Lippen lesen?«, fragte Tim ungläubig.

»Natürlich. Deswegen habe ich sie angerufen. Mich hat es schon den ganzen Tag genervt, dass wir nie etwas verstanden haben.«

Tim klopfte Kemal dankbar auf die Schultern. Er sah, wie der Computerexperte ein weiteres Fenster öffnete, in dem man die früheren Ereignisse auf Beckers Stream nachvollziehen konnte. Er war angesprungen, als Nina zu ihrem Ex gelangt war. Wahrscheinlich hatte sie den Stream aktiviert, ohne dass es jemand gemerkt hatte. Wie auch immer sie sich von den Fesseln befreit hatte – diese Frau war wirklich ein Glücksfall. Tim hatte den allerhöchsten Respekt vor ihr. Nach dem Einschalten war sie von einem der Arschlöcher brutal an ihren Stuhl gefesselt worden. Aber nachdem der Killer sich zu ihnen gesetzt hatte, hatte sie begonnen zu reden. Christoph lenkte ihn mit einem Gespräch ab, während sie mit ihren Lippen Sätze artikulierte. Tim versuchte, die ersten Worte zu entziffern, aber sie ergaben keinen Sinn. Im nächsten Moment flog die Tür der Einsatzzentrale auf und Thorsten kam gefolgt von Biggi herein. Die junge Frau trug mittlerweile eine Jacke der Polizei, aber fröstelte immer noch. Sie setzte sich ohne Gruß neben Kemal und fixierte die Aufzeichnung, als ob sie den ganzen Tag darauf gewartet hätte. Was ja sogar der Fall war. Alle hielten den Atem an, während sie Ninas Lippenbewegungen verfolgte.

»Die Geiselnahme ist ein … Bluff«, übersetzte Biggi.

Ihre Artikulation wirkte ungewöhnlich. Die Worte kamen nicht sauber aus ihrem Mund. Tim vermutete, dass sie selbst gehörlos war. Doch er konnte darüber nicht länger nachdenken, denn Biggi übersetzte weiter: »Der General weiß, wo Sylvia ist.«

Tim spürte den Knoten im Magen, den er auf dem Rückweg vom Olympiastadion kaum losgeworden war. Immerhin hatte er ihn nach seinem Telefonat mit Nina vergessen, aber nun war der plötzliche Druck kaum zu ertragen.

»Er verlässt das Gebäude durch geheimen Gang«, sprach Biggi weiter. »Er will sie töten. Wir sind ein ... eine Ablenkung. Wir werden so oder so sterben. Stürmt jetzt!«

Kemal schluckte und schaute zu Tim.

»Kann das sein?«, fragte er. »Das kann nicht sein, oder?«

Nein, es konnte eigentlich nicht sein. Nur der Adler wusste, wo Sylvia steckte. Tim hatte es nach wie vor geheim gehalten. Aber wenn er an diesem Tag etwas gelernt hatte, dann, dass er sich auf Nina verlassen konnte. Wie auch immer: Der General musste herausgefunden haben, dass sich Sylvia in dem Hotel wenige Häuser neben Tims Wohnung versteckte.

»Wir sitzen in einem Besprechungszimmer«, übersetzte Biggi weiter, was Nina lautlos sagte. »Sie haben es unter ... umgeräumt. Vom in ... innen ...«

»Inner Circle?«, ergänzte Kemal. »So heißt der runde Raum.«

Biggi nickte. Tim hatte längst das Handy am Ohr.

»Vom Inner Circle nach rechts. Erster Gang rechts ... Dann wieder rechts. Zweite Tür.«

Thorsten hatte ihre Beschreibung auf dem Plan verfolgt und deutete auf das entsprechende Zimmer. Das SEK peilte also den völlig falschen Raum an. Wie konnten sie nur ein ums andere Mal diesem selbsternannten General auf den Leim gehen? Der Adler meldete sich am Handy. Tim war froh, seine Stimme zu hören.

»Die wissen, wo ihr seid«, rief Tim ins Telefon.

»Also doch«, fluchte der Adler.

»Was ist?«, hakte Tim alarmiert nach.

Biggi hörte nicht, was in ihrem Rücken geschah, und redete einfach weiter: »In dem Raum neben dem Inner Circle gibt es große Mengen … Sch … Sprengstoff.«

Das hatte Tim noch gefehlt. Er zog sich hastig eine Einsatzjacke der Polizei über die kugelsichere Weste und hörte dem Adler zu: »In der Einfahrt vom Hof stehen seit zehn Minuten zwei Typen, die nicht aussehen wie Kreuzberger. Dicke Jacke, garantiert Waffen darunter. Sie glauben, ich sehe sie nicht. Aber sie spiegeln sich in einem Fenster auf der anderen Hofseite.«

»Kannst du raus?«

»Nicht ohne dass sie mich bemerken.«

»Bei uns ist nur noch der Killer«, redete Biggi weiter. »Die anderen sind unterwegs durch … den Gang. Seit drei Minuten.«

»Aber die Männer machen nichts?«, fragte Tim den Adler. »Das heißt, sie warten auf Verstärkung. Und die ist nicht schneller bei dir als ich. Sucht euch einen anderen Raum im Hotel. Ich bin unterwegs.«

»Okay«, hörte er noch, während er das Handy wegsteckte.

»Ruft die Einsatzleitung an«, befahl Tim Kemal. »Erklärt ihnen alles. Vor allem die Sache mit dem Sprengstoff. Und sagt ihnen, dass ich mich um Sylvia kümmere.«

»Allein?«, fragte Kemal ungläubig.

»Jetzt fängt sie wieder von vorne an«, erklärte Biggi, die den kurzen Austausch zwischen den Männern nicht mitbekommen hatte. »Die Geiselnahme ist ein Bluff. Der General weiß, wo Sylvia ist.«

Tim hatte genug gehört. Er sprang aus dem Lastwagen, denn er hatte Burmeister auf dem roten Teppich gesehen. Mit wenigen Schritten eilte er über die Straße, auf der die letzten Mitarbeiter von GEM hinter die Absperrung gebracht wurden. Das Haus war bis auf die Sicherheitskräfte evakuiert. Burmeister wollte nach drinnen zu seinen Männern gehen. Doch Tim stoppte ihn und zog ihn zur Seite. Der Leiter des SEK war seine einzige Möglichkeit, aber mittlerweile fühlte er sich damit nicht mehr so schlecht.

»Ich brauche drei deiner Leute, denen man hundertprozentig vertrauen kann«, sagte Tim zu dem Mann, der ihn um fast einen Kopf überragte.

»Wieso?«

»Kerber und seine Männer sind nicht mehr da drinnen. Sie sind unterwegs zu Sylvia Wandowski.«

»Was?«

»Ich erkläre es später. Ich muss zu der Frau. Mit deinen drei besten Leuten. Niemand sonst darf etwas davon mitbekommen. Wir wissen nach wie vor nicht, wer in unseren Reihen für Aragorn arbeitet. Der General darf nicht wissen, dass wir kommen.«

Burmeister schaute Tim einen Moment lang fassungslos an. Dann nickte er. Er eilte in die Empfangshalle, schrie zwei Namen. Diese Namen wurden von seinen Männern in Richtung Treppenhaus weitergegeben. Er orderte zwei Kollegen herbei, die in vorderster Front hatten stürmen sollen.

»Und der dritte?«, fragte Tim, als die Männer im Laufschritt und in Kampfmontur um die Ecke bogen.

»Der steht vor dir«, sagte Burmeister entschlossen.

49

Berlin-Mitte
Sonntag, 19:20 Uhr

Ole hatte sich noch nie mit einer seiner Zielpersonen unterhalten. Zumindest nicht nachdem dieser klar geworden war, dass er sie töten würde. Natürlich sprach er die Zielpersonen manchmal an, um sie in Sicherheit zu wiegen oder um sie dazu zu kriegen, sich an einen passenderen Ort zu bewegen. Wie zum Beispiel den Taxifahrer in Leipzig. Aber war er einmal unbeobachtet, führte Ole im Normalfall ohne zu zögern aus, was es auszuführen galt. Er kannte Leute, die sich gerne noch mit ihren Opfern unterhielten. Die die Angst in deren Augen genossen oder was auch immer. Das fand Ole pervers.

In diesem Fall war es anders, weil er die drei Leute noch nicht töten konnte. Der General würde signalisieren, wenn es so weit war. Wenn er mit seinen Männern bei der Blondine im Hotel angekommen und sie endlich ausgeschaltet hatte. Bis dahin musste für die Kamera im Auge des Mädchens die Illusion aufrechterhalten werden, dass die Befreiung der drei Personen in diesem Untergeschoss noch möglich war. Die Polizeikräfte sollten sich auf ihn konzentrieren und sonst auf nichts. Natürlich nutzte Ole gerne die Zeit, um dabei mehr über die neuen Zielpersonen zu erfahren, von denen zu Beginn des Auftrages nie die Rede gewesen war. Aber das sah er längst nicht mehr so eng. Sein Schicksal war mit dem Gelingen der gesamten Mission verbunden. Seine Bezahlung war gesichert und üppig. Also würde er auch alles tun, was notwendig war, um dem Team zum Erfolg zu verhelfen.

»Glauben Sie nicht, dass eine Gesellschaft zum Scheitern verurteilt ist, in der Menschen sich anmaßen, andere töten zu dürfen?«, fragte der Wissenschaftler mit den ergrauten Locken.

Für einen Moment hatte Ole es interessant gefunden, was der Forscher über seine Arbeit dachte. Aber allmählich wurde daraus das Klugscheißer-Geschwafel, zu dem es bei diesen studierten Leuten immer kam. Das langweilte Ole.

»Was haben Sie eigentlich mit der ganzen Sache zu tun?«, fragte er die Frau auf dem Stuhl gegenüber des Wissenschaftlers.

Sie schreckte hoch und schaute ihn überrascht an. Hatte er sie ertappt? Wobei? Löste sie schon wieder die Fesseln? Er warf einen Blick hinter sie, sah aber keine Veränderung. Wenn er jedoch an diesem Tag eins gelernt hatte, dann war es, dass er gerade diese Frau nicht unterschätzen durfte. Auch wenn sie offensichtlich keine Polizistin war, denn sie hatte ja behauptet, sie könnte Operationen an den Augen ausführen.

»Lassen Sie sie in Ruhe«, sagte der Wissenschaftler.

Ole hatte nicht das Gefühl, dass der Mann in der Lage war, ihm irgendwelche Anweisungen zu geben.

»Nina heißen Sie, ja?«, fragte Ole die Frau. »Sie sind Ärztin? Aber Sie arbeiten nicht hier, oder?«

»Hey«, rief der Wissenschaftler geradezu aggressiv.

»Lass ihn, Christoph«, ging die Frau dazwischen und nickte in Oles Richtung.

»Nein, ich arbeite nicht hier. Ich habe früher zu der Forschungsgruppe von Christoph gehört.«

Sie deutete auf den Mann. Dabei wirkte sie erstaunlich ruhig. Vor allem sprach sie ohne den vorwurfsvollen Unterton des Wissenschaftlers. Auch wenn Ole wusste, dass sie diese Show nur für ihn abzog, konnte er das respektieren. Hier war noch jemand, der äußerst professionell an die Sache heranging.

»Und wieso sind Sie heute mit der Polizei unterwegs?«, fragte er sie.

»Ich habe in einem Stream gesehen, wie Sie eine Frau in München ermordet haben«, antwortete sie sachlich. »Und ihren Hund. Außerdem habe ich gesehen, wen Sie außerdem noch töten wollten.«

Sie schaute kurz zu dem Mädchen gegenüber von Ole. Aber so, dass dieses es nicht mitbekam. Charlotte bekam sowieso nicht viel mit, weil sie die meiste Zeit stur auf den Boden starrte. Ihr Stream war momentan nutzlos – das sah Ole auch auf dem Tablet, das in seinem Schoß lag. Dem Mädchen ging es nicht gut.

»Das konnte ich nicht zulassen«, fügte die Frau hinzu.

Ole verstand das nicht so richtig.

»Kennen Sie das Mädchen?«, fragte er.

»Nein«, sagte die Frau.

Wenn jemand versucht hätte, Jana oder Finja zu töten, hätte Ole natürlich auch alles dafür getan, um sie zu retten. Aber doch nicht für irgendein Mädchen, das er im Internet gesehen hatte.

»Trotzdem riskieren Sie Ihr Leben für sie?«, fragte er nach. »Mehr als einmal?«

»Das verstehen Sie nicht«, sagte die Frau.

Ole schüttelte den Kopf.

»Sehen Sie«, sagte sie. »Das ist der Unterschied zwischen einem normalen Menschen und Ihnen.«

Wollte sie ihn jetzt auch provozieren?

»Nicht jeder Mensch würde machen, was ich heute gemacht habe«, fuhr sie fort. »Das hat wahrscheinlich … mit meinen eigenen Dämonen zu tun. Aber jeder normale Mensch würde zumindest verstehen, warum ich das Leben eines unschuldigen zehnjährigen Mädchens retten will.«

Auch diese Unterhaltung begann Ole zu langweilen. Er schaute einmal mehr auf die Uhr. Der General war nun seit sechzehn Minuten weg. Er hatte gesagt, dass er ungefähr eine Viertelstunde bis zu dem Hotel brauchen würde, in dem die Blondine sich versteckte. Es konnte also nicht mehr lange dauern. Ole tastete in seiner Hosentasche nach dem Auslöser für den Sprengstoff, der das Untergeschoss in Schutt und Asche legen sollte, nachdem er die drei Zielpersonen getötet hatte.

»Wie kommen Sie eigentlich hier raus?«, fragte der Wissenschaftler. »Durch die unterirdischen Gänge? Zu denen es hinten im Betriebsraum neben dem Treppenhaus einen Eingang gibt?«

Was wurde das denn jetzt?

»Eine Metalltür in einem Schrank, auf dem ›Sicherungen Block 6‹ steht.«

»Halten Sie den Mund!«, ging Ole dazwischen.

Natürlich hatte er den auffordernden Blick des Wissenschaftlers zu der Frau gesehen. Er hatte ihr verraten wollen, wo der Gang war, dessen Eingang der General ihm vorhin gezeigt hatte.

»Es nützt ihr nichts, wenn Sie ihr das erzählen«, machte Ole klar. »Sie wird hier genauso wenig herauskommen wie Sie.«

»Dann wird sie wenigstens nicht dumm sterben«, antwortete der Wissenschaftler. »Ich denke, es interessiert sie, dass man durch die Gänge in die Berliner Kanalisation kommt – irgendwo unter dem Gendarmenmarkt.«

»Halten Sie jetzt endlich den Mund«, ging Ole laut dazwischen.

Ihm gefiel es nicht, dass der Mann dies alles verriet. Warum hatte die Frau so ertappt gewirkt? Passierte hier etwas, das er nicht verstand? Er schaute wieder auf die Uhr und hoffte, dass der General sich bald melden würde. Es war höchste Zeit, diesen Auftrag abzuschließen.

50

Berlin-Kreuzberg
Sonntag, 19:25 Uhr

»In der Einfahrt zum Hof steht niemand mehr«, sagte Tim mit gedämpfter Stimme in sein Handy.

Sie standen mit dem schwarzen SUV des SEK an der Straße gegenüber der Sarottihöfe, in denen sich das Hotel von Sylvia befand.

»Dann sind sie im Haus«, flüsterte der Adler am anderen Ende der Leitung.

»Wir kommen. Öffne niemandem außer mir die Tür«, erklärte Tim.

Der Adler war mit Sylvia und Roberto längst aus dem Hotelzimmer geflüchtet und hatte sich in eine Abstellkammer in der ersten Etage zurückgezogen.

»Wer ist bei dir?«, fragte der Adler leise.

»Der Burmeister und zwei seiner besten Leute«, antwortete Tim. »Das muss reichen.«

Den drei Männern hatte er auf der Fahrt die wichtigsten Eckdaten der Situation geschildert. Sie wussten, dass sie es mit mindestens fünf gut ausgebildeten Gegnern zu tun hatten. In einem Gebäude, das sie nicht kannten, auch wenn Tim alles weitergegeben hatte, was er über das fünfstöckige Hotel wusste. Sie hatten einen Plan geschmiedet, in dem es nur darum ging, den Adler mit Sylvia und Roberto aus dem Gebäude zu bekommen. Und dann möglichst schnell in das SUV, in dem sie aber nicht einmal einen Fahrer zurücklassen konnten. Ihre Chancen standen schlecht. Trotzdem hatten die Männer keinen Moment gezögert, Tim in dieses Himmelfahrtskommando zu begleiten.

»Alter, wenn du in Badesachen da reingehst, dann werden wir ja wohl kaum hier draußen sitzen und Däumchen drehen«, sagte einer von ihnen.

Ömer war ein erfahrener SEK-Mann, den Tim nicht nur von diversen Einsätzen, sondern auch dem einen oder anderen Bier nach Dienstschluss kannte. Zu wissen, dass ein Mann wie er ihm Rückendeckung gab, machte Tim Hoffnung. Mit Badesachen meinte Ömer Tims Zivilkleidung und seine einfache Dienstwaffe. Auch wenn er immerhin eine schusssichere Weste trug, waren die Männer ungleich besser geschützt und ausgestattet. Schutzwesten und -schilder, Titanhelme mit Visier und natürlich Sturmgewehre. Tim atmete durch und nickte. Er hatte Angst. Weder als Schutzpolizist noch beim LKA musste er in gefährlichen Situationen stürmen. Auch wenn er durchaus dafür ausgebildet war. Aber in der Theorie war es eben doch anders. Kurz musste er lächeln, weil er sich immer nach »Action« gesehnt hatte. Nun hatte er sie.

»Wir kommen«, sagte er in sein Handy und beendete das Gespräch.

Er nickte dem dritten SEK-Mann Jerry zu, der am

Steuer des Wagens saß, weil nun seine Expertise gefragt war. Tim atmete tief durch und hielt sich an einem der verstärkten Griffe neben der Tür fest. Jerry gab Gas und fuhr direkt über den Grünstreifen in der Mitte des Mehringdamms knapp vor dem nahenden Gegenverkehr weiter in die Einfahrt des Hotels, wo er eine Vollbremsung absolvierte. Burmeister schob die Tür des SUV auf, und alle Männer sprangen heraus. Tim hielt seine Waffe fest umklammert, folgte den SEK-Männern. Die Passanten auf dem Bürgersteig waren erschrocken stehen geblieben. Jemand war sogar vor Schreck umgefallen. Aber dafür hatte Tim jetzt keine Zeit. Der einzige Vorteil, den sie hatten, war die Überraschung. Kerber konnte nicht ahnen, dass sie kamen. Also stürmten sie zu viert in das kleine Café im Erdgeschoss des Hotels. Dort befand sich die Rezeption, an der eine junge Frau erschrocken die Hände hochriss, als die Männer mit den Waffen im Anschlag hereinstürmten. Schnell war der Raum, in dem sich außer der Rezeptionistin nur eine Handvoll Gäste befanden, gesichert. Tim hielt seine Marke in die Luft und forderte alle auf, das Gebäude zu verlassen und weiträumig zu meiden. Von Kerber und seinen Männern keine Spur. Schon stürmten die vier Polizisten durch das Altbautreppenhaus nach oben in den ersten Stock. Der Adler hatte Tim genau beschrieben, wo sich die Abstellkammer befand. Die SEK-Männer sicherten den Flur. Keine Gegenwehr. Tim schlug trotzdem das Herz bis zum Hals. Er konnte nur hoffen, dass Kerbers Soldaten in der vierten Etage waren – bei Sylvias Zimmer.

Die Polizisten arbeiteten sich den Gang hinunter

voran – vorbei an mehreren Hotelzimmern. Aus einem davon hörte man den Fernseher, sonst war nicht viel los in dieser Etage. Als sie mit den Waffen im Anschlag um die nächste Ecke bogen, sah Tim die vom Adler beschriebene Tür am Ende des Ganges. Bis hierhin hatten sie es ohne Probleme geschafft. Der Rückweg mit den beiden Zivilisten in ihrer Obhut würde trotz Verstärkung durch den Adler ungleich schwerer werden. Besonders wenn Kerber herausgefunden hatte, dass sich niemand oben in dem Hotelzimmer befand.

Mit Ömer und Jerry im Rücken gingen Tim und Burmeister auf die Abstellkammer zu. Dann spürte Tim die Vibration in seiner Hosentasche. Sein Handy. Er zog es heraus. Kemal. Tim hatte den Kollegen angewiesen, nur in absoluten Notfällen anzurufen.

»Nicht jetzt«, zischte Burmeister, doch Tim vertraute auf Kemal.

»Ja?«, meldete er sich leise.

»Ist der Burmeister bei dir?«, fragte Kemal sofort.

Er klang geladen und sehr aufgebracht. So hatte Tim ihn selbst an diesem Tag noch nicht erlebt.

»Ja, wieso?«

»Warum hat er den Sturm untersagt?«

»Was?«

Bevor Burmeister mit seinen Männern und Tim zu dem Wagen des SEK gerannt war, hatte er seinem Vertreter die Leitung über den Sturm auf das Untergeschoss übertragen. Tim hatte die Anweisungen zwar nicht hören können, aber es war ganz klar mit allen vereinbart gewesen, dass der Zugriff so schnell wie möglich zu erfolgen hatte. Nina hatte ihnen alles gesagt, was sie wissen mussten, und befand sich mit den anderen Geiseln in höchster Gefahr. Außerdem war unten nur noch ein Mann, der sie bewachte. Tim war davon ausgegangen, dass in dem Gebäude in Mitte längst ein Kampf tobte.

»Du, ich dreh hier voll am Rad«, zeterte Kemal weiter. »Keiner hört auf mich. Aber wir müssen doch da rein! Nina fragt immer wieder, was los ist. Aber die Anweisung ist: Position halten. Was soll der Scheiß?«

»Warum stürmen deine Leute nicht?«, fragte Tim leise Burmeister, der direkt neben ihm im Hotelflur stand.

»Erst das hier«, zischte Burmeister und deutete vehement auf die Kammer, die zehn Meter vor ihnen lag.

Da war es wieder. Tims Bauchgefühl. So oft war er dafür verspottet worden in der letzten Zeit. So oft hatte es ihn getäuscht. Schon früher am Tag hatte es ihn vor Burmeister gewarnt. Doch dann hatte Tim die Bedenken verdrängt. Jetzt schrie sein Bauchgefühl ihn an, dass er dabei war, in eine Falle zu tappen. Das SEK hatte an diesem Tag auffällig viele Fehler gemacht. Burmeister nahm als oberster Chef sonst nie an einem Kampfeinsatz teil. Die überraschende Hilfe des erfahrenen Polizisten hatte Tim gerührt. Sie hätte ihn alarmieren sollen. Er umfasste seine Waffe fester und hob sie an. Doch im selben Augenblick schlug Burmeister ihm die Pistole aus der Hand, packte ihn mit eisenhartem Griff am Arm und zog ihn zu sich. Tim spürte kaltes Metall an seiner Schläfe, während Burmeister ihn zwischen sich und seine eigenen Männer schob.

»Ich will niemanden von euch töten«, zischte er leise. »Aber ich mache es, wenn's sein muss. Waffen runter!«

Trotz Sturmmasken konnte Tim die Überraschung in den Augen von Ömer und Jerry erkennen. Sie ließen ihre Gewehre sinken und legten sie auf dem Boden ab. Dann schoben sie die Waffen mit den Füßen außer Reichweite und hoben die Hände. Burmeister hatte Tim sein Handy abgenommen und es auf den Boden geworfen. Ein gezielter Tritt mit dem schweren Stiefel zerstörte es. Dann kam Burmeister ganz nah mit seinem Mund an Tims Ohr. Er spürte seinen Atem.

»Wir gehen jetzt zu der Kammer, und du sagst dem Adler, er soll die Tür öffnen. Kein Wort mehr. Hast du mich verstanden?«

51

Berlin-Mitte
Sonntag, 19:30 Uhr

Nina war wütend. Zigmal hatte sie lautlos vor Christophs Augen gesagt, dass die Polizei stürmen sollte. Die beiden hatten sehr viel dafür riskiert. Doch es geschah nichts. Funktionierte Christophs Stream nicht? Mittlerweile konnte sie nicht einmal mehr reden. Der Killer hatte sie beide genau im Blick. Er unterband jeden Versuch, etwas zu sagen, mit harschen Drohungen. Auch er war nicht mehr so entspannt, wie Nina ihn den ganzen Tag über erlebt hatte. Sein Blick ging immer öfter zu seiner Uhr. Eigentlich war längst genügend Zeit vergangen, damit der General und seine Männer zu Sylvia gelangen konnten. Dass der Killer noch nichts vom General gehört hatte, war der einzige Umstand, der Nina noch Hoffnung gab. Sonst sah es nicht gut aus für sie. Ihre Hände konnte Nina längst nicht mehr spüren. Eine Flucht war unmöglich.

Gerade als sie das alles dachte, fiel ihr Blick auf Charlotte, die nach langer Zeit wieder ihren Kopf gehoben hatte. Das Mädchen blickte Nina direkt an. Es war hellwach, keine

Anzeichen der früheren Panik und Angst waren mehr zu sehen. Charlotte hatte neuen Mut gefasst. Nina konnte die Kleine nur bewundern. Das Mädchen schaute zum Killer, der gerade wieder auf seine Uhr blickte. Charlotte deutete auf ihren Rücken. Nina warf einen Blick dorthin und sah mit Erstaunen, dass Charlottes Fesseln lose auf ihrer Hand lagen. Das Mädchen hatte es mit ihren zarten Fingern geschafft, sich zu befreien. Der Anblick ihrer Hände ließ neue Lebenskraft in Ninas Körper schießen. Doch was brachte es ihnen, dass das Mädchen frei war? Sie würde wohl kaum mit dem Killer kämpfen können.

Die Erkenntnis kam schnell: Es konnte nur darum gehen, Charlotte die Flucht zu ermöglichen. Das Kind saß am nächsten zur Tür. Der Killer ihr gegenüber am weitesten davon entfernt. Sie würde nur zum Treppenhaus laufen müssen. Die Polizei würde ihre Flucht in ihrem Stream sehen können und schnell bei ihr sein. Nina nickte Charlotte vorsichtig zu und drückte einmal ganz ruhig die Augen zu, um ihr zu signalisieren, dass sie abwarten sollte.

Dann schaute Nina zu dem Killer. Er hielt seine Pistole zwar in der Hand, aber diese lag entspannt in seinem Schoß. In der anderen Hand hielt er das Tablet, auf dem nach wie vor der Stream von Charlotte zu sehen war. Aber diesen beachtete der Mann nicht weiter, da die meiste Zeit sowieso nur der Boden zu sehen war, oder allenfalls er selbst. Ebenfalls an der linken Hand trug der Mann die Uhr, auf die er immer häufiger schaute. Wenn er das tat, wandte er sich noch ein Stück mehr von Nina ab, die zu seiner Rechten saß. Nina warf einen

Blick zu Christoph, der sie mit den Augen fixierte. Sie wusste nicht, wie sie ihm vermitteln sollte, was sie plante. Immerhin schien er zu bemerken, wie Nina all ihre Muskeln anspannte, sich aufrichtete und immer intensiver zu dem Killer starrte. Auch Christoph spannte sich an. Er war bei ihr. Gut. Nina atmete tief durch. Sie dachte nicht weiter darüber nach, dass dies wohl das Letzte war, was sie tun würde. Sie konzentrierte sich einfach auf ihr Ziel. Wie bei einer Notoperation. Sie war im Tunnel.

Als der Killer das nächste Mal auf seine Uhr blickte, sprang sie mit dem Stuhl an ihrem Rücken auf die Beine und rannte mit einem lauten Schrei auf den Mann zu. Fast versagten ihre Füße den Dienst, ein stechender Schmerz fuhr durch ihren Körper. Nina warf sich nach vorne. Der Mann war so überrascht, dass er nur mit Verzögerung seine Waffe hochreißen konnte. Als er sie gerade auf Nina richten wollte, war sie schon bei ihm und rammte ihn vom Stuhl.

»Renn, Charlotte! Renn!«, schrie sie, während sie mit dem Killer auf dem Boden landete.

Dort richtete der Kerl seine Pistole auf Nina. Doch dann traf ihn Christophs Schuh mitten im Gesicht. Dabei erwischte er Nina mit dem Knie, aber der Schmerz trieb sie nur weiter an. Sie rammte ihr eigenes Knie in die Weichteile des Killers, der sich an zwei empfindlichen Stellen getroffen zusammenkrümmte. Nina sah die Waffe nicht mehr. Christoph – dessen Hände auf dem Rücken gefesselt waren, der aber immerhin keinen Stuhl mit sich herumschleppte – schob Nina zurück auf ihre Beine.

Dabei sah Nina, dass Charlotte in der geöffneten Tür stand.

»Renn!«, schrie Nina noch einmal. »Zum Treppenhaus!«

Doch Charlotte dachte nicht daran. Zu Ninas Entsetzen kam sie sogar zurück in den Raum. Sie eilte zu dem Zeichentisch an der Wand neben der Tür und griff sich dort einen orangen Gegenstand. Gleichzeitig hörte Nina Christophs Tritte gegen den Körper des Killers. Rücken, Kopf. Immer wieder. Sie selbst hielt nach der Waffe Ausschau. Doch ihr Peiniger war auf den Bauch gerollt und hatte seine Pistole unter sich begraben. Wenigstens hielt er sie nicht mehr in den Händen. Mit einer davon packte er im nächsten Moment Christophs Fuß und riss ihn um. Mit dem anderen Fuß gelang es Christoph, einen erneuten Treffer im Gesicht seines Gegners zu landen. Nina war bereits auf dem Weg zur Tür. Die Seile schnitten noch tiefer in ihre Wunden, ihr Rücken drohte zu bersten.

»Raus jetzt!«, schrie sie Charlotte an, die endlich auf den Flur rannte.

Christoph hatte sich noch einmal aufgerappelt. Der Killer lag mit schmerzverzerrtem und blutendem Gesicht auf dem Boden. Ein Auge war zugeschwollen. Viel konnte er nicht sehen. Dennoch tastete er nach der Waffe unter sich. Christoph zögerte, wollte noch einmal zu dem Mann am Boden.

»Raus!«, schrie Nina, die Mühe hatte, mit der Last auf dem Rücken voranzukommen.

Als sie endlich auf den Flur gelangte, kam auch Christoph dort an. Der Killer riss die Waffe unter sich hervor und zielte auf die drei Flüchtenden. Christoph knallte im letzten Moment mit der Hüfte die Tür zu. Der Schuss krachte auf der anderen Seite hinein, aber die Kugel durchschlug die Tür nicht. Man sah nur eine Delle.

»Schnell, der Stuhl«, rief Christoph in Charlottes Richtung.

Neben der Tür standen die Möbel, die die Entführer zuvor aus dem Besprechungsraum geräumt hatten. Charlotte verstand, was Christoph wollte, und schob den Stuhl hastig unter die Türklinke. Christoph half mit einem Fuß mit. Genau in dem Moment, in dem auf der anderen Seite die Klinke gedrückt wurde, blockierte der Stuhl sie. Alle sprangen einen Schritt zurück. Die Tür bewegte sich nicht.

»Weg hier«, rief Nina trotzdem.

»Wartet«, hörte sie die zarte Stimme von Charlotte.

Sie holte das orangefarbene Ding, für das sie kurz zuvor ihr Leben riskiert hatte, aus ihrer Jeans. Als Nina erkannte, was es war, schossen ihr Tränen in die Augen. Wie klug dieses Kind war. Sie hatte einen Papierschneider gefunden. Mit dem sprang sie jetzt hinter Nina und bearbeitete das Seil. Es ließ sich nicht auf Anhieb durchtrennen. Charlotte war nervös und nicht besonders stark. Noch dazu ballerten weitere Schüsse von innen gegen die Tür. Nina wollte rennen.

»Alle Türen sind mit Metall verstärkt«, beruhigte Christoph sie atemlos. »Die ganze Etage ist bestens gesichert.«

Nina bedankte sich innerlich bei Ruby für seine angemessene Paranoia. Tatsächlich entstanden durch die Schüsse nicht mehr als weitere Dellen in der Tür. Nina wollte trotzdem nicht allzu lange warten. Charlotte ratschte das Messer immer wilder an Ninas Fesseln entlang. Als sich das erste Seil löste, war es ein befreiendes Gefühl, wie Nina es noch nie erlebt hatte. Schnell streifte sie die anderen Seile ab, der Stuhl fiel ihr vom Rücken. In fast allen Körperteilen hatte sie Schmerzen, aber es war trotzdem ein Hochgefühl. Sie fühlte sich um etliche Kilo leichter. Schnell nahm sie den Papierschneider und befreite Christoph, während er alle zum Gehen antrieb.

»Du bist eine Wucht«, sagte Nina zu Charlotte, die verlegen lächelte.

»Du hast es doch auch versucht«, entgegnete die Kleine.

Nina war gerührt. Zur Abwechslung war sie also mal ein gutes Vorbild gewesen. Als Christophs Fesseln gelöst waren, nahm sie Charlottes Hand. Ninas eigene Hand war so gut wie taub, aber die zarten Finger der Kleinen gaben ihr das Gefühl zurück. Sie rannten los.

»Moment«, sagte Christoph.

Er hatte ein automatisches Gewehr entdeckt, das an der Wand lehnte. Wahrscheinlich hatte der General es für den Killer zurückgelassen.

»Kennst du dich damit aus?«, fragte Nina, als Christoph es an sich nahm.

Er musterte die Waffe und zog an einem Hebel.

»Nee, aber kann ja nicht …«

Eine Gewehrsalve entlud sich unkontrolliert in den Flur hinter ihnen. Christoph wurde von den Füßen gerissen. Charlotte zuckte zusammen, musste dann aber sogar lachen. Christoph war nichts passiert.

»Okay«, sagte er und rappelte sich wieder auf. »Jetzt kenne ich mich damit aus.«

Nina schmunzelte. Für einen Moment fühlte sie sich ihm so nah wie früher. Der Moment ging schnell vorbei, als sie weitere Schüsse von der Tür vernahmen, hinter der der Killer lauerte. Sie rannten los. Einen endlosen Flur entlang. Hinter der nächsten Ecke konnte es nicht mehr weit bis zum Treppenhaus sein. Die Polizei wartete wahrscheinlich schon, denn nun zeigten gleich zwei Streams, dass ihnen die Flucht gelungen war. Nina konnte es noch immer nicht fassen. Gleich war der Albtraum zu Ende. Alle Schmerzen verschwanden auf wundersame Weise. Sie umfasste Charlottes Hand noch fester und rannte weiter. In dem Moment schlug ein ohrenbetäubender Knall direkt in Ninas Gehörgang ein. Die Wände auf der rechten Seite vor ihnen brachen auf. Felsgroße Brocken flogen durch die Luft. Nina verlor den Kontakt zum Boden. Sie schleuderte zur Seite und knallte an die gegenüberliegende Wand. Vor ihren Augen wurde es schwarz.

52

Berlin-Kreuzberg
Sonntag, 19:30 Uhr

Tim bewegte sich nicht von der Stelle. Er wollte nicht. Sollte Burmeister ihn doch erschießen. Er glaubte ihm nicht, dass er das nicht sowieso tun würde. Alles, was Tim an diesem Tag über Aragorn und seine Männer gelernt hatte, war, dass sie am Ende keine Gefangenen nahmen.

»Los jetzt«, zischte Burmeister und drängte Tim weiter in Richtung der Abstellkammer.

Er war nervös. Immerhin. Tim dagegen wurde ganz ruhig.

»Warum?«, fragte er Burmeister. »Warum verrätst du alles?«

Doch der lachte nur.

»Nee, jetzt echt. Warum machst du das, du Arsch?«

»Hundertfünfzig Euro Gefahrenzulage bekommen wir«, zischte Burmeister leise. »Hundertfünfzig Euro. Jetzt geh!«

»Für ein paar Euro bringst du deine eigenen Leute um?«

Tim sprach immer lauter, in der Hoffnung, dass der Adler ihn hören konnte.

»Ich bringe niemanden von uns um. Ihr kommt hier raus, wenn ihr gehorcht.«

»Und Mel?«

Burmeisters Gesicht verzog sich.

»Ich wusste nicht, dass es Mel war. Das tut mir leid. Hättest halt nicht so 'ne Geheimniskrämerei veranstalten dürfen.«

Eigentlich wäre noch größere Geheimniskrämerei nötig gewesen, aber diese Erkenntnis half Tim nun auch nicht mehr.

»Adler!«, schrie er ohne Vorwarnung.

Der Gewehrkolben von Burmeister donnerte vor seine Schläfe. Tims Beine knickten weg. Er stürzte zu Boden. Kurz konnte er nichts mehr sehen. Als er wieder aufschaute, sah er verschwommen, wie Burmeister mit stetem Blick auf ihn und die beiden SEK-Männer seitwärts zur Abstellkammer eilte und im nächsten Moment die Tür aufriss. Tim wollte eine letzte Warnung herausschreien, während Burmeister seine Waffe in den kleinen Raum richtete. Doch dieser war leer. Natürlich standen dort Stapel von Bettwäsche und zwei mit Handtüchern und Putzzeug beladene Wagen für das Housekeeping. Aber es waren keine Personen in dem kleinen Raum. Niemand. Burmeister wandte den Kopf herum und guckte mit Fragezeichen im Gesicht zu Tim. Doch selbst wenn Tim gewollt hätte, hätte er ihm nicht sagen können, wo sich der Adler mit Sylvia und Roberto befand. Er war selbst baff.

»Axel?«, hörte Tim im nächsten Moment die vertraute Stimme seines Chefs.

Sie kam von der Tür des letzten Hotelzimmers im Flur. Der angesprochene Burmeister wirbelte mit seinem Gewehr in der Hand herum. Zu langsam. Eine Kugel traf ihn direkt zwischen den Augen. Er brach auf der Stelle tot zusammen. Adler trat mit seiner Waffe in der Hand aus der Zimmertür und half Tim auf die Beine.

»Bist du okay?«, fragte sein Chef ihn.

»Ja«, log Tim, denn sein Kopf dröhnte, als ob jemand Fußball damit gespielt hätte.

Der Adler schaute zu Ömer und Jerry, die noch fassungslos im Flur standen, auch wenn sie die Arme wieder gesenkt hatten.

»Und auf welcher Seite steht ihr?«, raunte der Adler in ihre Richtung.

»Auf der richtigen«, sagte Ömer mit Wut in der Stimme.

Jerry nickte entschlossen.

»Dann bringt uns verdammt noch mal hier raus«, befahl der Adler.

Während die Männer ihre Waffen hochhoben, fragte Tim ihn: »Wieso warst du nicht in der Kammer?«

»Als du gesagt hast, der Burmeister kommt mit … Das passte nicht. Der geht nie mit. Das … Ich weiß nicht. Wahrscheinlich war's ein Bauchgefühl.«

Er grinste. Auch Tim musste grinsen, denn er wusste, wie sehr der Adler Bauchgefühle hasste. Sylvia und Roberto erschienen verängstigt in der Tür des Hotelzimmers. Instinktiv schaute Tim zu Ömer und Jerry. Wahrscheinlich hatte er das Vertrauen in seine Kollegen erst einmal für lange Zeit verloren. Aber die beiden Männer machten keine Anstalten, auf Sylvia loszugehen. Sie sicherten mit ihren Waffen bereits den Rückweg. Sylvia betrachtete den toten Burmeister mit Horror in ihrem Blick. Doch auch sie hatte an diesem Tag schon einiges erlebt, das sie abgehärtet hatte.

»Bleibt zwischen Tim und mir«, wies der Adler sie an.

In dieser Formation machten sie sich auf den Weg zurück zur Treppe nach unten. Vorne die SEK-Männer. Dann Tim, dann Roberto und Sylvia und zuletzt der Adler. Eine Zimmertür öffnete sich, eine junge Frau schaute besorgt heraus.

»Bleiben Sie drin«, rief Tim. »Nicht die Türen öffnen.«

Schnell schloss sich die Tür wieder. Tim hoffte, dass auch mögliche andere Gäste ihn gehört hatten und sich ruhig verhielten. Andererseits hatte er keine Ahnung, ob nicht noch irgendwo die Männer von Kerber versteckt waren. Theoretisch konnte hinter jeder Tür ein bis auf die Zähne bewaffneter Soldat lauern. Bisher hatten sie sich zurückgehalten, weil es mit Burmeister einfacher gegangen wäre. Sie hatten ihm vertraut. Vielleicht hatte er mit einer Perversion des Kameradschaftsgedankens wirklich darauf bestanden, dass keine anderen Polizisten getötet werden sollten. Das war nun alles vorbei. Kerber wusste, dass Burmeister gescheitert war, und er würde Sylvia nicht entkommen lassen. Dafür hatte er an diesem Tag schon zu viel Aufwand betrieben und zu viel riskiert.

Bis zum Treppenhaus gelangte die kleine Gruppe ohne Zwischenfall. Dort mussten sie sich dann anders formieren. Denn man konnte nicht um die Wendung nach unten schauen. Zusätzlich drohte Gefahr von oben. Tim fiel auf, dass es im Treppenhaus sehr ruhig war. Auch wenn sie alle Leute aus dem Foyer weggeschickt hatten, hätte man eigentlich etwas von unten oder vom Hof hören müssen. Jerry ging geduckt und lautlos die erste Treppe hinunter. Bis zum Absatz. Tim sicherte nach oben. Ömer wollte Jerry folgen und an ihm vorbei den nächsten Abschnitt der Treppe sichern. Doch dann schrie Jerry: »Waffe«. Sofort ging er in Deckung. Von unten wurde gefeuert. Auf Jerry, aber auch nach oben zwischen dem Holzgeländer hindurch, das in tausend Teile zersprang. Es musste mehr als ein Schütze sein, der nach oben schoss. Kugeln prallten von Jerrys Schutzschild und Helm ab, andere schlugen in seine Weste ein, was ihn von den Beinen warf. Doch er schoss zurück. Im nächsten Moment war Ömer bei ihm, der den Kollegen mit seinem Schild abschirmte und dabei eine ganze Gewehrladung nach unten entlud. Im ersten Stock hatten sich alle an die Wand gepresst. Sylvia wollte zurück in den Flur laufen, doch von dort hörte man Schreie. Die junge Frau aus dem Hotelzimmer? Wahrscheinlich waren Männer von Kerber durch ein Fenster in die Etage eingedrungen.

»Nach oben«, rief Tim. »An der Wand entlang.«

Sie hatten keine andere Wahl. Während von unten weiter geschossen wurde, zog Tim Sylvia und Roberto nach oben. Vor ihnen krachte eine Kugel nach der anderen ins Geländer. Der Lärm war kaum auszuhalten. Tim sah, dass Sylvia schrie, aber er hörte es nicht. Der Adler feuerte in den Gang hinter ihnen. Ömer hatte Jerry aus der Schussbahn gezogen und unterstützte den Adler. Von zwei Seiten wurde nun auf sie geschossen. Irgendwie behielten die Polizisten trotzdem die Nerven und erwiderten das Feuer, sodass sich niemand annähern konnte. Tim hastete eine Treppe nach der anderen weiter nach oben. Er konnte nur beten, dass ihm nicht noch mehr Leute entgegenkamen.

»Sollen wir nicht durch ein Fenster irgendwo raus?«, rief Roberto atemlos.

»Nein«, antwortete Tim, dem eine Idee kam. »Wir müssen aufs Dach!«

Er zog die beiden weiter, auch wenn sie schon am Rande ihrer Kräfte waren. Von unten drangen die Schüsse und Schreie zu ihnen. Als sie im vierten Stock ankamen, hätte Tim beinahe auf ein älteres Ehepaar geschossen, das plötzlich im Gang zu den Hotelzimmern vor ihnen stand. Er wies auch diese Leute an, zurück in ihr Zimmer zu gehen und die Tür nicht zu öffnen, bis die Polizei kam.

Während Tim weiter zum Dachgeschoss strebte, musste er innerlich lachen. Bis die Polizei kam. Das hatte Tim ja nun erfolgreich verhindert, weil niemand wusste, wo sie waren. Trotzdem hatte er Sylvia nicht schützen können, weil diese verdammten Verräter überall lauerten. Er ging davon aus, dass durch die Schießerei längst weitere Einheiten alarmiert worden waren und bald zu ihnen vorstoßen würden – auch wenn die meisten Polizisten in Mitte bei GEM gebunden waren. Kurz überlegte er, Sylvia nach ihrem Handy zu fragen und Kemal anzurufen – doch die Geräusche der Schüsse von unten kamen näher. Bei einem kurzen Blick durchs Treppenhaus sah Tim die Montur eines SEK-Manns in der zweiten Etage. Die anderen folgten ihm.

»Aufs Dach!«, schrie er nach unten.

Das war ihre einzige Hoffnung. Tim wusste nicht, ob es wirklich eine Möglichkeit gab, nach draußen zu gelangen. Er hoffte es einfach. Als sie ganz oben ankamen, hatten sie tatsächlich zum ersten Mal an diesem Tag Glück: Es gab ein Oberlicht. Tim hastete die letzten Stufen hoch und rang nach Luft. Sylvia war leichenblass, konnte sich kaum noch auf den Beinen halten. Roberto stützte sie. Es gingen Türen zu den Dachgeschossen ab – wahrscheinlich Abstellräume. Sie waren verschlossen. Aber sie interessierten Tim sowieso nicht. Wie in vielen Altbauten gab es passend zum Oberlicht an der Wand eine Leiter, mit der der Schornsteinfeger auf das Dach klettern konnte. Roberto verstand sofort, was Tim vorhatte und half ihm, die Luke mit einer Kurbel zu öffnen und die Leiter anzubringen. Das Geräusch der Schüsse kam näher.

»Was sollen wir auf dem Dach?«, stieß Sylvia verzweifelt hervor.

»Ich hab euch hier untergebracht, weil ich nicht weit weg wohne«, erklärte Tim, während er die Leiter oben befestigte. »Genau gesagt: sechs Häuser weiter. Man kann meine Wohnung über die Dächer erreichen.«

Er bedeutete Roberto, als Erster hochzuklettern, was dieser auch tat. In der Etage unter ihnen schlugen Schüsse ein, die den Mann antrieben. Sylvia folgte sofort.

»Tim?«, hörte er den Adler rufen.

Zum zweiten Mal in kurzer Zeit war Tim erleichtert, ein Lebenszeichen seines Chefs und Mentors zu hören. Er war eine Etage unter ihnen angekommen.

»Aufs Dach«, rief Tim. »Da können sie uns nicht folgen.«

Das war der andere Vorteil des Daches. Es gab nur diese Luke, die man mit ein paar Waffen leicht kontrollieren konnte. Tim folgte bereits dem Pärchen, als der Adler auf der Treppe von unten auftauchte. Er blutete am Arm.

»Bist du getroffen?«, fragte Tim entsetzt.

»Nicht schlimm. Geh weiter. Wir sind hinter dir.«

Tim kämpfte sich nach oben und kletterte hinaus aufs Dach. Von dort hatte man einen wunderbaren Blick über das nächtliche Berlin. Tim wusste das genau, weil er ab und an auf sein eigenes Dach kletterte. Daher kannte er auch den Weg bis zum Sarotti. Die Dächer waren nicht alle gleich hoch, aber mit etwas Geschick konnte man es über die anderen Häuser bis hierher schaffen. Während er Sylvia und Roberto mit hastigen Worten erklärte, worauf sie unterwegs zu achten hatten, stieg der Adler aus der Luke.

»Auf meiner Terrasse steht ein großer, runder Grill. Schmeißt ihn in die Fensterscheibe rechts. Dann macht, dass ihr auf die Straße kommt. Wenn noch keine Polizei da ist, wartet ihr in der Pizzeria unten. Okay?«

Sylvia nickte, obwohl sie überfordert wirkte.

»Aber sind wir da sicher?«, fragte Roberto.

»Sicherer als hier«, antwortete Tim.

Wie zur Bestätigung hörte man Schüsse von unten. Sylvia nahm Robertos Hand und zog ihn zu der ersten Leiter, die sie auf das Nachbarhaus bringen würde. In dem Moment erschien Jerrys Kopf in der Luke. Er hatte sich den Helm vom verschwitzten Kopf gerissen, verzerrte das Gesicht vor Schmerzen. Er hatte gleich mehrere Schüsse auf die Weste abbekommen. Tim wusste, wie sehr schon ein einziger einem das Leben zur Hölle machte.

»Wir müssen Ömer helfen«, stieß Jerry hervor.

Alle drei Männer beugten sich mit ihren Waffen in die Luke. Ömer befand sich eine halbe Etage weiter unten und feuerte hinter sich. Als er seine Kollegen sah, gab er sich einen Ruck und hastete los zur Leiter. Von oben feuerten Jerry, der Adler und Tim, was das Zeug hielt. Ein Kopf blitzte an der unteren Treppe auf. Tim musste die Ausrichtung seiner Pistole nur minimal korrigieren. Seine Kugel zerfetzte dem Mann den Schädel. Er brach sofort auf den Stufen zusammen. Für den Bruchteil einer Sekunde begriff Tim, dass er soeben einen Menschen getötet hatte. Zum ersten Mal in seinem Leben. Doch es blieb keine Zeit, sich damit zu beschäftigen. Ein zweiter Mann feuerte blindlings seine Waffe nach oben ab, während die Leiche von einem dritten nach unten gezogen wurde. Ömer war noch nicht oben, Tim feuerte weiter und weiter. Die Pistole des Adlers war zuerst leer geschossen. Als auch Tim keine Munition mehr hatte, war Ömer noch zwei Leitersprossen von der Luke entfernt. Jerry schoss mit seiner automatischen Waffe weiter, doch einem Soldaten gelang es, sich auf die untere Treppe zu werfen und auf Ömer zu feuern. Mehrere Schüsse trafen seinen Panzer. Auch wenn sie ihn nicht verletzten, riss es ihn von der Leiter. Tim packte seinen Arm im letzten Moment. Der Adler griff mit seinem verletzten Arm ebenfalls zu. Unter den Schüssen von unten zogen sie Ömer mit letzter Kraft nach oben. Er schrie auf, als eine Kugel ihn an einer ungeschützten Stelle im Bein traf. Kurz darauf lag er schon neben ihnen auf dem Dach. Fluchend. Aber auch lebendig.

Jerry stellte das Feuer ein und schrie nach unten: »Ihr habt keine Chance, hier hoch zu kommen. Gebt auf!«

Die Antwort waren weitere Schüsse. Doch sie schlugen nur unten in der Decke ein oder verschwanden im Nachthimmel. Kein Soldat würde es wagen, über die Leiter nach oben zu kommen. Er würde problemlos abgeschossen werden. Die Polizisten atmeten für einen Moment tief durch. Tim versuchte, die Wunden vom Adler und Ömer zu versorgen, aber die Männer übernahmen das bald selbst. Beim Adler war es nur ein Streifschuss, und Ömer konnte die Blutung mit einem improvisierten Druckverband auf seinem Oberschenkel stoppen.

»Weit komme ich damit nicht mehr«, murmelte er.

Als unten das Feuer eingestellt wurde, hörten sie einen Chor von Sirenen. In der Ferne wurden die Straßenschluchten von Blaulicht erfüllt.

»Nicht nötig«, sagte Tim und stand auf.

Er blickte über die Dächer. In der Dunkelheit machte er die Silhouetten von Sylvia und Roberto aus. Sie waren fast an seinem Dach angelangt. Er betete, dass sie auf der Straße den richtigen Polizisten in die Arme liefen. Dass es nicht noch mehr Drecksäcke gab. Tim wollte gerade den Adler um sein Handy bitten, als er eine dritte Silhouette entdeckte. Ein Haus weiter zog sich ein Mann von einem Balkon aufs Dach.

»Verdammte Scheiße«, entfuhr es Tim.

Der Mann schaute in die andere Richtung, hatte Sylvia und Roberto bald entdeckt.

»Einer von denen?«, fragte der Adler atemlos, nachdem er Tims Blick gefolgt war.

»Wir haben zwei von denen erwischt«, erklärte Ömer. »Noch zwei weitere waren eben hinter mir.«

»Und ballern hier im Treppenhaus herum«, ergänzte Jerry, denn das Feuer setzte wieder ein.

»Fehlt mindestens einer«, stellte Tim fest.

Er ahnte auch schon, wer.

»Kann ich deine Pistole haben?«, fragte er Ömer.

Beide SEK-Männer trugen neben den Gewehren noch Handfeuerwaffen. Ömer gab seine an Tim weiter, ohne zu zögern.

»Ich komme mit«, sagte der Adler und wollte sich mit seinem Handy in der Hand hochkämpfen.

»Nee, jetzt ist mal gut.«

Tim sagte es und feuerte in Richtung der Silhouette, die sich auf das Dach gerollt hatte. Der Mann ging in Deckung. Die Wut in seinem Bauch ließ Tim alle Schmerzen vergessen. Angst hatte er längst keine mehr. Sein Körper war voller Adrenalin. Mit der Pistole im Anschlag stürmte er los. Der Mann robbte flink bis zum nächsten Dach, das etwas höher als die anderen war, und ließ sich außer Sichtweite von Tim nach unten fallen. Zweifelsohne ein Soldat. Tim kletterte über eine Leiter auf das höhere Flachdach und ging geduckt bis zu dessen anderem Ende. Kaum dass er eine Holzplanke über den Rand schob, wurde von unten darauf geschossen. Tim erwiderte das Feuer. Nur kurz, denn er wollte nicht wieder mit einer leeren Waffe dastehen. Er sah den Schatten hinter einen Schornstein huschen, dann an der Seite einer größeren Mauer entlang. Der Kerl war schon bald ein Dach weiter als Tim. Also kam er aus der Deckung und sprang hinunter auf das nächste Haus. Im Dunkeln zwischen den Schornsteinen war der andere Mann nicht leicht auszumachen. Nur einmal hatte Tim eine Gelegenheit, auf ihn zu schießen. Aber seine Hand war nach den Strapazen nicht mehr besonders ruhig. Er verfehlte ihn deutlich. Kurz darauf hörte er ein lautes Klirren. Es kam von seiner Terrasse. Roberto und Sylvia waren dort angekommen und verschafften sich Zugang zu der Wohnung. Der Soldat war noch ein Haus von ihnen entfernt, konnte sie nicht daran hindern. Er sprintete nun los. Tim verzichtete auf weitere Schüsse, die auf die Entfernung sowieso nicht halfen, und rannte ebenfalls los. Er war schneller als der Kerl, kannte die Dächer besser. Als der Soldat kurz davor war, auf Tims Terrasse zu springen, war Tim nah genug für einen gezielten Schuss. Doch als er die Waffe abfeuerte, erwiderte der Soldat das Feuer. Eine Kugel zischte an Tims Kopf vorbei. Er warf sich am Rand des Daches auf den Boden. Dabei verlor er Ömers Pistole, die fünf Etagen nach unten in den Hof fiel. Verdammt. Der Soldat hastete weiter und kletterte an einem Vorsprung auf die Terrasse. Dadurch konnte er Tim nicht mehr sehen. Tim kam auf die Beine, rannte blindlings los und sprang mit Anlauf vom Dach direkt auf seine Terrasse. Sein Gefühl hatte ihn nicht getäuscht: Er sprang dem Soldaten auf den Kopf und riss ihn zu Boden. Dabei verlor auch sein Gegner seine Waffe.

Aus dem Treppenhaus fiel Licht, sodass Tim endlich sehen konnte, wer ihm den ganzen Ärger dieses Tages eingebrockt hatte: Unter ihm lag Kerber, der sogenannte General, der ihn mit eisigem Blick anstarrte und im nächsten Moment das Bein in den Rücken rammte. Die beiden Männer rangen um die Oberhand. Auch wenn Kerber um einige Jahre älter als Tim war, war er gut trainiert und kräftig. Außerdem kämpfte er mit allen Mitteln. Tim dagegen hatte seit seiner wilden Jugend nicht mehr allzu oft außerhalb des Polizeitrainings Mann gegen Mann kämpfen müssen. Er musste Schläge einstecken, geriet immer mehr in eine feste Umklammerung. Aber er kannte die Gegebenheiten auf seiner Terrasse und schaffte es, seinen Grillwender zu finden und Kerber damit vor den Kopf zu schlagen. Der Soldat ließ ihn los. Für einen Moment standen die beiden Männer atemlos voreinander. Dann stürmte Tim mit einem Schrei auf Kerber los. Zu ungestüm, wie sich zeigte. Kerber wich aus und nutzte Tims Schwung, um ihn gegen das Geländer zu pressen. Nicht nur das: Tim hatte keinen Bodenkontakt mehr und wurde immer weiter seitlich über das Geländer geschoben. Er bekam keinen Halt. Ein Bein hing bereits über der dunklen Leere in der Luft. Hinter ihm ging es fünf Stockwerke in die Tiefe. Doch um Tim gänzlich über das Geländer zu bekommen, musste Kerber alle Kraft aufwenden. Er stand selbst auf den Zehenspitzen. Tim wusste, dass er sich nicht mehr lange halten konnte. Aber er wusste auch, dass es möglich war, Kerber mit sich zu reißen. Bevor ihn seine Kräfte verließen, verkeilte Tim sein freies Bein zwischen zwei Geländerstreben. Dann gab er plötzlich dem

Druck von Kerber nach. Das Überraschungsmoment gab ihm die Oberhand. Er zog Kerber mit sich und sogar an sich vorbei über das Geländer. Sein Gegner ließ Tim los, versuchte, einen Mauervorsprung zu packen, griff aber ins Leere. Mit einem erstaunten Schrei stürzte er in die Tiefe. Tims Oberkörper folgte ihm, aber mit einem Krachen im Fußgelenk wurde er von seinem Stiefel gestoppt. Dieser war im Geländer eingequetscht. Auch wenn es infernale Schmerzen bedeutete, so konnte Tim für den Moment zumindest nicht abstürzen. Es würde ihn allerdings auch nicht lange halten. Sein Fuß glitt gezogen vom Körpergewicht langsam aus dem Stiefel. Verzweifelt versuchte Tim, mit seinen Händen nach etwas zu greifen. Es war nichts da. Mit aller Kraft, die seine Bauchmuskeln noch hergaben, schob er den Oberkörper nach oben. Doch die Kraft reichte nicht. Er rutschte nur noch schneller aus seinem Stiefel. Es hatte keinen Sinn. Das war das Ende. Tim dachte an Nina. Er hoffte, dass es ihr besser ergangen war als ihm. Gerade als der Fuß den kritischen Punkt in der Beuge des Stiefels überschritt und der sichere Absturz bevorstand, packten zwei starke Hände beherzt Tims Bein. Er riss den Kopf hoch und sah in die Augen des Adlers.

»Nicht du auch noch«, zischte sein Chef und zog so fest an Tim, wie es nur ging.

Tim half mit, doch so leicht war es nicht, nach oben zu kommen. In dem Moment trat noch jemand neben den Adler. Es waren gleich zwei Leute. Roberto und Sylvia. Mit vereinten Kräften zogen sie Tim hinauf und zurück über das Geländer auf seine Terrasse. Er war gerettet.

Völlig außer Atem lag er auf dem Boden und schaute das Pärchen an.

»Ihr solltet euch doch in Sicherheit bringen«, stieß er empört hervor.

Natürlich meinte er es nicht so. Er war heilfroh, sie zu sehen.

»Wir haben dich vom Treppenhaus aus gesehen«, erklärte Sylvia atemlos. »Wir konnten dich doch nicht hängenlassen.«

»Danke«, entgegnete Tim und kam langsam wieder zur Besinnung.

Der Adler schaute an ihm vorbei in den Hof. Tim rappelte sich auf und blickte ebenfalls hinunter. Durch den Bewegungsmelder war die Hofbeleuchtung angesprungen. Sie schien auf Kerbers toten Körper. Sein Kopf war zersprungen und hatte Blut über den gesamten Boden verteilt. Doch leider waren damit noch nicht alle Probleme gelöst.

»Hast du was aus Mitte gehört?«, fragte Tim den Adler.

»Es gab eine Explosion«, sagte der Adler schwer atmend. »Das Untergeschoss ist eingestürzt.«

»Was?«

»Totales Chaos. Eine halbe Einheit ist verschüttet.«

»Und Nina? Die Leute im Untergeschoss?«

»Ich weiß es nicht. Niemand weiß es.

Tim sah das Handy in der Hand des Adlers. Kaum dass er es eingeschaltet hatte, riss Tim es ihm weg. Er öffnete den Internetbrowser. Sofort erschien der Stream von Charlotte. Der Adler hatte ihn natürlich verfolgt, als er mit Sylvia im Hotel gewartet hatte. Was Tim erblickte, ließ die Freude über das Ende von Kerber gänzlich verpuffen. Man sah in schummrigem Licht einen zerstörten Flur, auf dessen Boden riesige Brocken der Wand und der Decke lagen. Es brannte, überall waren Rauch und Staub zu sehen. Es musste eine enorme Explosion gegeben haben. Immerhin lebte Charlotte, sonst würde sie sich nicht umschauen können. Man sah Beine mit Anzughosen unter einem großen Stück Wand hervorragen. Eine Metallstange hatte sich in den dazugehörigen Körper gebohrt. Es war Christoph, eingequetscht unter einem Stahlträger. Aber auch er hatte die Augen geöffnet und blickte sich benommen um. Tim klickte auf das Smartphone und aktivierte den ersten Stream, den von Christoph. Aus dessen Perspektive sah der Flur nicht viel besser aus. Man konnte jedoch sehen, dass Charlotte mehr oder weniger unverletzt war. Und man sah Nina. Sie lag neben Charlotte im Staub direkt vor einer intakten Wand auf dem Boden. Ihre Augen waren geschlossen. Sie regte sich nicht.

»Was ist mit ihr?«, entfuhr es Tim verzweifelt. »Verdammt, Nina, mach jetzt keinen Scheiß. Wach auf! Nina!«

53

Berlin-Mitte
Sonntag, 19:45 Uhr

»Jetzt ist aber Schluss«, zischte Ninas Vater sie an.

Er fixierte sie vom Beifahrersitz aus mit seinen leuchtend blauen Augen. Mama steuerte den Wagen durch das Schneegestöber. Man konnte draußen kaum die Felder oder den Wald ausmachen. Alles war unter einer weißen Decke verborgen.

»Ich wollte aber kein doofes Lego«, schrie Nina und warf den Karton neben sich auf die Rückbank. »Ich wollte ein Little Pony!«

»Nächstes Jahr bekommst du zu Weihnachten überhaupt nichts«, kam es von ihrem Vater zurück.

»Gar nicht wahr!«

»Wirst du sehen«, sagte ihr Vater und drehte sich nach vorne.

Vor Wut kochend, saß Nina auf dem Rücksitz hinter ihrer Mutter und schrie: »Ich hasse dich!«

Ihr Vater reagierte nicht. Er schaltete das Radio ein, aus dem die Titelmelodie von *Bibi und Tina* dudelte. Dann konzentrierte er sich auf die Straße vor ihnen, von der man nicht viel erkennen konnte. Entsprechend langsam fuhr Ninas Mutter. Das Mädchen auf dem Rücksitz konnte sich nicht beruhigen. Sie hatte extra nur eine einzige Sache auf ihren Wunschzettel geschrieben. Alle hatten ein Little Pony. Nur sie nicht. Nur wegen ihres blöden Vaters. Sie sah seinen Anschnallgurt vor sich. Nur kurz zögerte sie, dann beugte sie sich leise nach vorne und drückte vorsichtig auf die rote Taste. Der Gurt sprang aus dem Halter, blieb aber neben Papas Bauch liegen. Sollte er sich doch den Kopf stoßen, wenn Mama bremste. Das hatte er jetzt davon.

Trotzig schaute Nina aus dem Fenster. Es war weiß draußen. Nur weiß. Nichts sonst war zu sehen. Nicht einmal mehr die Bäume. Als ob sie in einem Berg aus Zuckerwatte herumfuhren. Der Wagen steuerte auf eine Kurve zu. Ninas Mutter bremste ab und schlug das Lenkrad ein. Doch es reagierte nicht. Genauso wenig wie die Bremse. Sie rutschten einfach weiter geradeaus. Ein weißer Baum kam auf sie zu. In diesem Moment schlug ein ohrenbetäubender Knall direkt in Ninas Gehörgang ein. Nina wurde nach vorne gerissen. Der Gurt schnitt ihr in den Oberkörper und ihre Handgelenke. Es schmerzte furchtbar. Sie sah, wie auch ihr Vater nach vorne geschleudert wurde. Doch ihn bremste kein Gurt. Sein Kopf knallte in die Frontscheibe, durchschlug sie. Glassplitter flogen durch die Luft. Vom Aufprall seines Oberkörpers wurde er wieder nach hinten geworfen, doch dann wie eine Puppe gleich wieder nach vorne gerissen, mit dem Kopf auf das Armaturenbrett. Mit den Augen auf das Armaturenbrett.

Für einen Moment war es mucksmäuschenstill im Wagen. Nina sah nur noch ihren Vater. Wie er nach vorn gebeugt auf dem Armaturenbrett lag. Blut tropfte von seinem Kopf auf die Fußmatte. Er stöhnte. Dann richtete er sich langsam auf und drehte seinen Kopf zu Nina.

»Bist du okay, Schatz?«, fragte er mit erstickter Stimme.

Nina konnte nicht antworten. Sie blickte starr vor Schreck in die blutigen Löcher in seinem Kopf, wo vorher die Augen gewesen waren.

»Nina«, hörte sie ein Rufen von weit weg, ohne dass Papa den Mund bewegte.

Er starrte sie einfach nur an. Ohne Augen.

»Nina!«, kam es noch einmal von ganz weit her.

Sie schaute durch das Seitenfenster, suchte den Waldrand und das große Feld nach demjenigen ab, der sie rief. Es war eine Kinderstimme. Aber kein Kind war zu sehen. Nur endlose weiße Weite.

»Nina! Mach die Augen auf!«

Was sollte das? Sie hatte die Augen doch geöffnet. Noch einmal schaute sie sich um. Doch nun waren die Felder weg, die Bäume, der Schnee. Alles war schwarz. Nina spürte, dass sie auf dem Boden lag. Noch immer tat ihr alles weh vom Unfall. Die Arme, die Hände, besonders die Handgelenke. Aber auch der Rücken, der Kopf. Sie konnte sich kaum bewegen.

»Nina!«

Mit Mühe erkämpfte sie sich ein offenes Auge. Wie durch einen Schleier hindurch sah sie sich selbst. Direkt vor ihr hockte die zehnjährige Nina auf dem Boden. Sie wirkte erleichtert, als Nina die Augen öffnete.

»Hörst du mich?«, fragte sie.

Sie hörte sich. Aber es klang so, als befände sie sich hinter einer Wand.

»Nina? Christoph ist eingequetscht.«

Christoph? Plötzlich war alles wieder da. Nina träumte nicht mehr. Sie lag auf dem Boden des Kellers von GEM. Vor ihr saß nicht ihr zehnjähriges Ich, sondern Charlotte, die aussah, als ob sie in eine Mehlschüssel gefallen wäre. Sie war voller Staub. Garniert mit roten Flecken, dort, wo sie Kratzer und andere Wunden hatte. Aber das Kind war okay. Das Kind war nicht sie. Nina richtete sich mühsam auf und sah, was Charlotte gemeint hatte: Die Wand war eingestürzt, und ein Stahlträger hatte Christoph unter sich begraben. Er lag auf dem Rücken. Eine Eisenstange hatte zudem seinen kompletten Oberschenkel durchbohrt, aus dem aber relativ wenig Blut floss. Er lebte. Er lächelte sogar, als ihre Blicke sich trafen.

»Scheiße«, fluchte Nina und rappelte sich auf.

Sie konnte ihre eigene Stimme kaum hören. Die Explosion musste ihr Trommelfell geschädigt haben. Dass es eine Explosion gewesen war, die sie alle von den Beinen gerissen hatte, war offensichtlich. Qualm überall. Diffuses Licht der Notbeleuchtung. Hinter der eingestürzten Wand brannten Schränke mit Aktenordnern. In der Ferne hörte sie ein Alarmsignal. Der ganze Flur lag in Schutt und Asche. Es war ein Wunder, dass die Decke noch hielt. Näher am Zentrum der Explosion war das sicher nicht mehr der Fall. Sie mussten hier weg.

Mit wackeligen Beinen stellte sich Nina zu Christoph und versuchte, den Stahlträger anzuheben. Doch er bewegte sich nicht mal einen Millimeter. Selbst wenn sie nicht völlig entkräftet gewesen wäre, gab es keine Chance, dass sie das Ding alleine bewegen konnte.

»Lass es«, sagte Christoph gefasst. »Lauft weiter. Ich komme klar.«

»Quatsch«, entfuhr es Nina.

Sie würde ihn nicht zurücklassen. Sie schaute sich suchend um und überlegte, ob sie mit einigen der Eisenstangen, die aus der aufgebrochenen Wand ragten, genügend Hebelwirkung erzeugen konnte, um ihn zu befreien.

»Ehrlich gesagt will ich gar nicht sehen, wie's darunter aussieht«, ächzte Christoph.

Nina begriff es nun auch: Der Abstand zwischen Boden und Eisenträger war so gering, dass Christophs Becken unmöglich noch intakt sein konnte. Im nächsten Moment traf es sie mit voller Wucht. Christoph würde sterben. Auch wenn diese Möglichkeit die ganze letzte Stunde im Raum gestanden hatte, kapierte Nina erst jetzt, dass ihr Ex keine Chance hatte. Dass er sterben würde. Der Mann, den sie einmal geliebt hatte.

»Nein«, sagte sie und spürte die Tränen.

»Ihr müsst gehen, Nina«, röchelte Christoph. »Bitte. Schnell!«

Nina wollte das nicht. Sie wollte diesen ganzen Tag auslöschen. Genau wie sie es seit Jahren mit dem Tag am Waldrand gewollt hatte. Sie konnte nicht mehr. Sie konnte einfach nicht mehr. Für einen Moment überlegte sie, sich einfach zu Christoph zu legen und mit ihm auf Hilfe zu warten. Hilfe konnte doch nicht weit sein. Die

Polizei musste einfach nur zu ihnen nach unten kommen und sie retten.

Ein Schuss. Nina warf sich auf den Boden und riss Charlotte mit sich herunter. Sie waren nur knapp verfehlt worden. An der nächsten Ecke des verwüsteten Gangs kauerte der Killer hinter einem Haufen Steine. Auch er sah nicht mehr taufrisch aus. Übersät mit Staub. Eine blutende Wunde am Arm. An seinem Schussarm. Das von Christophs Tritten zugeschwollene Auge. Aber er durfte sich nicht beschweren, denn wahrscheinlich war er es, dem sie diese Explosion zu verdanken hatten.

Christoph hatte noch das Gewehr in der Hand. Über seinen Kopf hinweg feuerte er es blindlings ab. Der Rückstoß ließ ihn in seiner schmerzhaften Lage aufjaulen. Der Killer duckte sich hinter die Steine.

»Du musst Charlotte rausbringen«, rief Christoph. »Ich schütze euch.«

Ninas Beine waren nach wie vor wie gelähmt. Sie schaute Christoph in die Augen und schüttelte den Kopf.

»Lass mir das, Nina!«, hauchte er. »Lass mich euch retten!«

Er feuerte ein weiteres Mal in die Luft. Es war ihm ein echtes Anliegen. Er wollte etwas wiedergutmachen. Nina wusste nur zu genau, wie stark dieses Bedürfnis werden konnte. Wie es alles andere dominieren konnte. Sie musste ihm die Chance geben. Eine andere Wahl gab es gar nicht. Nina beugte sich nach vorne und gab ihm einen Kuss auf seinen blutbefleckten Mund.

»Danke«, flüsterte sie.

Er lächelte. Dann riss sie sich von ihm los, packte

Charlotte an der Hand und rannte mit ihr Richtung Treppenhaus. Christoph schoss weiter, bis sie um die nächste Ecke gebogen waren.

Eigentlich hätten sie nun das Treppenhaus sehen müssen. Doch es war nicht mehr da. An seiner Stelle gab es einen endlosen Haufen Geröll, das den Weg nach oben genauso blockierte wie den Weg der Helfer nach unten. Die Decke war nicht mehr vorhanden. Zwei oder drei Etagen mussten von oben herabgestürzt sein. Das Desaster konnte nicht von der Explosion neben dem Inner Circle herrühren, dafür war das Treppenhaus zu weit entfernt. Es hatte eine zweite Explosion gegeben. Der General musste den Killer vor Zugriffen schützen und für einen freien Fluchtweg sorgen. Wahrscheinlich wäre diese Explosion auch ausgelöst worden, wenn jemand von oben das Untergeschoss betreten hätte. So oder so: Hier ging es nicht weiter.

Nina wusste nicht, ob es am anderen Ende der Etage einen weiteren Weg nach oben gab. Es erschien ihr unwahrscheinlich. Sie zog Charlotte weiter. Denn sie hatte noch einen Trumpf in der Hand: den unterirdischen Gang. Bald schon sah Nina den Betriebsraum neben dem Treppenhaus. Da er kleiner war als die anderen, war er auch stabiler. Die Decke hatte gehalten. Nina schob mit aller Kraft die verzogene Tür auf. Drinnen gab es kein Licht, nur die Notbeleuchtung aus dem Flur half weiter. Sie sah mehrere Schränke mit Metalltüren. Bald fand sie den Schrank mit der Aufschrift »Sicherungen Block 6«. Sie riss die Tür auf und sah sofort, dass der schmale Tunnel hinter einem Gitter eingestürzt war. Die nächste Sackgasse.

»Was ist?«, fragte Charlotte, die ungeduldig hinter ihr stand. »Nicht gut?«

Nina schüttelte bedauernd den Kopf. Aus der Ferne hörte sie weitere Gewehrsalven. Christoph hielt ihren Verfolger auf Abstand. Wie lange noch? Sie schaute zu Charlotte, die sie mit großen Augen anstarrte. Da wurde Nina bewusst, dass durch diese Augen möglicherweise auch der Killer sie anstarrte.

»Schließ die Augen«, sagte Nina. »Mach sie fest zu und erst wieder auf, wenn ich es sage. Ich führe dich.«

»Okay«, murmelte Charlotte und tat es.

Nina wusste nicht, ob der Stream noch funktionierte. Aber sie wollte kein Risiko eingehen. Schnell nahm sie die Kleine an der Hand und zog sie mit sich aus dem Betriebsraum. Ein weiterer Gang ging von dem Vorraum des ehemaligen Treppenhauses ab. Dort mussten sie ihr Glück versuchen. Auch wenn ebenfalls die Wand eingestürzt war und der Weg durch Steine, Stangen und allerlei anderen Kram erschwert wurde. Nina führte Charlotte durch das Chaos.

Wer, wenn nicht Nina, hatte es in den vergangenen dreißig Jahren gelernt, einen blinden Menschen zu führen? Sie wusste, wie es war, jemand anderem ihre Augen zu leihen. Sie hatte ihren Vater überall hingeführt, auch als ihre Mutter noch gelebt hatte. Weil sie es viel besser konnte. Ins Kino, zu ihrer Abiturfeier, zum Arzt, zum Studium, zu ihrem ersten Arbeitsplatz an der Uni und auch zu Mamas Beerdigung. Papa war nie gestürzt, nicht einmal gestolpert. Er hatte sich nie auch nur einen blauen Fleck geholt. Wenn andere ihn führten, übersahen sie manche Gefahr. Die Bordsteinkante, den Lenker eines Fahrrads, die Drehtür, in die man nicht zu zweit passte. Nina sah alles. Sie hatte gelernt, den Körper ihres Vaters zu einer Erweiterung ihres eigenen Körpers zu machen, wenn sie mit ihm unterwegs war. Sie hatte es perfektioniert, für ihn da zu sein.

Nun war sie für Charlotte da. Sie führte das Kind sicher durch den Gang, wich jedem Hindernis aus oder dirigierte sie mit klaren Worten. Sie würde Charlotte in Sicherheit bringen. Heraus aus dieser Hölle. Sie kamen zu einer weiteren Ecke. Der nächste Gang sah nicht besser aus. Da er zur Mitte des Untergeschosses führte, fürchtete Nina, dass er weiter hinten komplett eingestürzt war. Sie zuckte zusammen. Nicht, weil sie etwas gehört hatte. Im Gegenteil. Die Schüsse hatten aufgehört. Eine Welle der Angst durchfuhr ihren Körper. Hieß es, dass Christoph tot war? Sie zog Charlotte hastig weiter. Ohne zu wissen, wohin eigentlich. An der Wand hing ein Feuerwehrschlauch an einem Wasseranschluss. Daneben ein Feuerlöscher, ein Feuerwehrbeil und eine große Taschenlampe. Vielleicht musste Nina einfach kämpfen. Sie schaute sich an der Kreuzung der beiden Gänge um. Ihr Blick fiel auf eine Tür, neben der »Abstellraum U4« stand. Nina zog Charlotte dorthin und öffnete die Tür. Der Raum war nicht besonders groß, wodurch er stabil stand. Selbst die Regale mit Büroartikeln und Putzmitteln hingen noch an der Wand. Die Explosion hatte nur wenige Sachen auf den Boden geschleudert. Hier drin waren sie sicher.

»Charlotte«, begann Nina. »Mach nicht die Augen

auf, okay? Ich möchte, dass du dich hier in diesem kleinen Raum auf den Boden setzt und die Augen fest geschlossen hältst. Ist das okay? Schaffst du das?«

»Gehst du weg?«

»Nicht weit. Ich … Ich passe auf dich auf. Du bist hier in Sicherheit. Okay?«

»Okay«, antwortete Charlotte mit dünner Stimme.

Sie war alles andere als begeistert. Aber sie vertraute Nina. Also hockte sie sich mitten in der kleinen Kammer auf den Boden und hielt sich nun auch noch die Hände vor die Augen.

»Ich bin gleich wieder bei dir«, sagte Nina. »Und dann kommen wir hier raus.«

Sie hoffte, dass Charlotte nicht das Zittern in ihrer Stimme gehört hatte. Und sie hoffte, dass zumindest Charlotte es schaffen würde. Dass man sie finden würde, falls Ninas Ablenkungsmanöver für den Killer schiefging. Nina streichelte Charlotte noch einmal über die staubigen Haare. Dann schloss sie die Tür. Sie eilte zu dem Feuerwehrschlauch, griff sich die Taschenlampe und das Beil. Damit ging sie weiter den Gang hinunter. Hier und dort schlug sie mit dem Beil auf Metallstangen oder Steine ein. Sie machte einen Heidenlärm und entfernte sich dabei immer weiter von Charlotte. In der Hoffnung, dass er ihr folgen würde.

54

Berlin-Mitte
Sonntag, 19:50 Uhr

Ole hatte seine Meinung geändert: Es war eine beschissene Idee gewesen, mit anderen zusammenzuarbeiten. Natürlich konnte auch einfach etwas schiefgegangen sein, aber er hatte mittlerweile den starken Verdacht, dass der General ihn verarscht hatte. Dass er ihn in diesem verdammten Untergeschoss hatte versauern lassen wollen, bis die Polizei ihn fangen würde. Oder warum hatte er sich nicht mehr gemeldet? War nicht mehr an sein Handy gegangen? Natürlich war Ole teilweise selbst schuld. Er hatte – anders als sonst – zu viel gegrübelt. Er war unaufmerksam gewesen, hatte die Frau ein weiteres Mal unterschätzt, obwohl er gewusst hatte, dass man genau das nicht tun sollte. Plötzlich hatte er in seinem eigenen Gefängnis gesessen, aus dem es nur einen Weg hinaus gegeben hatte.

Er hatte sich hinter einem umgekippten Tisch verbarrikadiert und den verdammten Sprengstoff in die Luft gejagt. Tatsächlich hatte das die Tür aufbersten lassen. Herumfliegenden Wandstücken hatte er die entsetzlichen Schmerzen in seinem Arm zu verdanken. Wahrscheinlich steckte ein Stück Metall in der Wunde. Doch damit konnte er sich nicht weiter aufhalten. Er musste raus aus diesem Untergeschoss. Vorbei an diesem Idioten, der sein Magazin in die Luft verballerte. Aber leider ging selbst das viel zu langsam. Er schoss nur, wenn Ole schoss. Mit dem verletzten Arm, dem schlechten Licht und dem Schwindelgefühl war Ole kein guter Schütze mehr. Der Wissenschaftler war zu weit entfernt. Und auch Oles Munition ging zur Neige.

Sein Blick fiel auf eine Tür im Gang hinter ihm. Sie war durch die Wucht der Explosion aus der Verankerung geflogen. Genau wie in seinem Gefängnis. Sie lag zerbrochen in der Mitte des Ganges. Ole musste grinsen. Er dachte an die *Asterix*-Comics, die er als Kind so gerne gelesen hatte und die nun auch Jana las. Er liebte die Geschichten des kleinen unbesiegbaren Galliers. Manchmal hatten aber sogar die Römer gute Ideen.

Auch wenn die halbe Tür schwer war, schaffte Ole es, sie vor sich herzuschieben. Er konnte die Türklinke nutzen, um das massive Ding mit der eingebauten Stahlplatte zu bewegen. Es war der perfekte Schutz, falls eine der wild abgefeuerten Kugeln des Wissenschaftlers doch einmal in seine Richtung gelangte. Schritt für Schritt schob Ole sich näher an den Mann heran. Als es nur noch wenige Meter waren, blockierte ein Stahlträger den Weg. Doch das machte nichts, denn sein Ziel konnte sich nicht bewegen. Ole wartete eine Feuerpause ab und zielte dann mit der schwächeren linken Hand auf den Wissenschaftler. Wahrscheinlich erlöste er ihn von unfassbaren Qualen, als die Kugel von oben in seinen Kopf eindrang. Der Mann war sofort tot. So wie alle von Oles Zielpersonen.

Vorsichtig richtete er sich auf und ging näher heran. Er betrachtete die Leiche des Mannes. Das rechte Auge war intakt. Ole konnte nicht mit Sicherheit sagen, ob sein Auftrag noch galt. Aber wenn er hier rauskam und wenn der General ihm wirklich noch helfen konnte, das Land zu verlassen, dann durfte er keine halben Sachen machen. Also feuerte er ein weiteres Mal, direkt auf das Auge. So wie sein Auftraggeber es ihm zu Beginn des Jobs aufgetragen hatte.

Ole eilte weiter. Er kam bald zum eingestürzten Treppenhaus. Von oben vernahm er Rufe und ein Geräusch, das sich anhörte, als würde jemand Steine abtragen. Die Hilfskräfte arbeiteten sich nach unten durch. Sie klangen noch sehr weit entfernt. Ole steuerte auf den Betriebsraum zu. Er nutzte das Licht seines Tablets, um besser sehen zu können. Der Stream funktionierte nicht mehr, aber immerhin half das Ding ihm in der Dunkelheit. Die Tür zu dem beschriebenen Schrank stand offen. Doch der Weg in die Kanalisation war versperrt. Ebenfalls eingestürzt. Er war zu nah am Treppenhaus gewesen. Das hieß, dass die Frau und das Mädchen noch im Gebäude waren. Kannte die Frau einen anderen Weg nach draußen?

Er hörte in der Ferne Geräusche. Metall schlug auf Metall. Ole ging zurück zum Fuß des Treppenhauses. Oben wurde an den Steinen gearbeitet. Doch die metallischen Geräusche kamen aus dem Untergeschoss. Aus der anderen Richtung. Das musste die Frau sein. Sie schlug sich den Weg frei. Ole eilte los. Er folgte den Geräuschen, die immer lauter wurden, je weiter er den Gang entlanglief. Schließlich kam er an eine Kreuzung. Er bog vorsichtig um die Ecke und hörte die Schläge klar und deutlich von weiter hinten im Gang. Der Weg war durch Wandstücke und Stahlträger nur schwer einsehbar. Die Frau hatte viele Möglichkeiten, sich zu verstecken. Ole leuchtete mit dem Tablet den Gang hinunter. Er sah nichts. Die Geräusche stoppten.

Als er das Tablet herunternahm, leuchtete es kurz auf den Boden vor ihm. Ole musste innerlich lachen. Wieso war er nicht früher darauf gekommen? Der Boden war überall mit Staub bedeckt. Man konnte darauf problemlos Fußspuren erkennen. Er leuchtete ihn ab. Tatsächlich führte eine Spur in die Richtung, aus der die Geräusche gekommen waren. Noch deutlich mehr Spuren führten allerdings zu einer Tür an der Ecke. Eine Tür mit der Beschriftung »Abstellraum U4«. Große und kleine Schuhabdrücke führten dorthin, aber nur große davon weg. Ole wurde ganz ruhig. Er wusste nicht, wie dieser Tag enden würde, aber wenn er endlich das Mädchen erwischen konnte, dann hatte er es geschafft. Anstelle der Blondine hatte er den Wissenschaftler eliminiert. Sein Soll war erfüllt. Wieder ein erfolgreicher Job.

Leise ging er zu der Tür, davor löschte er das Licht des Tablets, denn eine Lampe der Notbeleuchtung hing direkt neben dem Abstellraum. Vorsichtig und sehr langsam drückte Ole die Türklinke herunter. Dann zog er ruckartig die Tür auf, verbarg sich dahinter und schaute mit seiner Pistole im Anschlag um die Tür herum. Da hockte sie, die Kleine. Auf ihren Unterschenkeln und leicht nach vorne gebeugt. Die Hände vor den Augen. Wenn sie genau wie Ole dieses verdammte Fiepen von der Explosion im Ohr hatte, dann hatte sie ihn nicht bemerkt. Ein friedliches Bild. Als ob sie beten würde. Wie Jana und Finja. Nadine wollte, dass sie jeden Abend vor dem Schlafen beteten. Sie selbst hatte es so in ihrer Kindheit gelernt und darin Halt gefunden. Ole glaubte nicht an Gott. Aber er wollte sich nicht mit Nadine streiten. Es hatte sogar etwas Beruhigendes, wenn die Mädchen am Abend vor ihren Betten knieten und sich für den Tag bedankten. Er war sicher, dass dieses Mädchen nicht dankbar für diesen Tag war. Immerhin würde es bald wissen, ob es einen Gott gab. Ole hob mit der linken Hand die Pistole und richtete sie auf den Hinterkopf mit den staubigen, schwarzen Haaren. Er zielte genau auf die Rückseite des rechten Auges. Damit würde sein Auftrag nach einem verdammt langen Tag endlich erfüllt sein.

Ein Stich im Kopf. Wie ein plötzlicher Migräneanfall. Ole wollte abdrücken, aber seine Finger gehorchten ihm nicht. Er konnte sich nicht bewegen. Die Pistole und das Tablet fielen aus seinen Händen. Es wurde dunkler um ihn herum, als ob jemand das Licht gedimmt hätte. Er hörte nichts mehr. Er fiel auf die Knie. Warum hatte er keine Kontrolle mehr über seinen Körper? Das Mädchen drehte sich um. Es öffnete die Augen und sah ihn an. Sie hatte einen viel zu ernsten Gesichtsausdruck für eine Zehnjährige. Er sah Wut darin, Hass, aber auch … Genugtuung. Das passte nicht zu einem Kind. Was sah sie? Sie sah Nina. Die Frau kam in sein Blickfeld, warf sich zu dem Mädchen auf den Boden und legte ihre Arme schützend um sie. Doch Ole konnte sowieso nicht zupacken. Er hockte gelähmt auf seinen Knien, wie ein Spiegelbild des Mädchens. Unmittelbar vor ihr. Jetzt starrte ihn auch die Frau an. Ungläubig, rätselnd. Was sahen die beiden? Er spürte, wie sein Körper langsam nach vorn kippte. Näher zu dem Mädchen. Es wich nicht zurück. Die Notbeleuchtung erhellte sie beide. Er konnte seine Reflexion in den Augen des Kindes sehen. Er sah sich selbst. Wie er da im Halbdunkeln hockte. Mit einem Beil im Kopf. Es war das Letzte, was er jemals sah.

55

Berlin-Wedding
Zwei Wochen später

Der Schnitt war gelungen. Auch wenn Nina Augenärztin war, hatte sie sich schon vor langer Zeit Zusatzqualifikationen in der Nasenchirurgie erworben. Sie war erfahren darin, minimal invasive Schnitte am Knochen der Keilbeinhöhle perfekt anzusetzen, sodass man die entscheidende Stelle des Sehnervs freilegen konnte, ohne ihn zu verletzten. Durch Röntgenbilder und Sonogramme hatte sie den Chip exakt lokalisiert und nun das richtige Stück Knochen entfernt. Dank ihrer ruhigen Hand und des Tunnelblicks. Daran hatte sich auch durch das Drama zwei Wochen zuvor nichts geändert. Im OP war Nina in ihrer Welt. Sie nahm den ultramodernen Operationssaal des Virchow-Klinikums nicht wahr, genauso wenig wie ihr vertrautes Team. Auch nicht die zahllosen teuren Geräte, die man ihr für diesen Tag zur Verfügung gestellt hatte. Obwohl sie diese Art der Operation noch nie durchgeführt hatte. Allerdings hatte auch sonst niemand je diese Operation durchgeführt, abgesehen von dem verstorbenen Doktor Luhm.

Gemeinsam mit dem Kollegen aus der Neurologie schaute Nina durch das Operationsmikroskop und konnte zum ersten Mal sehen, wie und wo genau der Chip am Sehnerv befestigt war. Es war natürlich kein Chip im herkömmlichen Sinne, sondern eine gallertartige Masse mit winzigen Elektroden, die einmal fast komplett um den Nerv gelegt war. In der Masse befanden sich nanoelektromechanische Systeme sowie der stecknadelkopfgroße Sender, genau wie die ebenso kleine Batterie. Nina war von den Verbindungspunkten der Elektroden zu den Nervenfasern überrascht. Eine raffinierte Konstruktion. Nach der Operation würde sie sich das alles noch viel genauer anschauen müssen. Sie dachte längst darüber nach, ihre alte Forschung wieder aufleben zu lassen.

Zunächst einmal entfernte sie aber nun das kleine Wunder der Technik, das so viel Leid über so viele Menschen gebracht hatte. Sylvia war die Erste, die sie operierte. Nicht nur, weil die Frau das Ding so schnell wie möglich hatte loswerden wollen, sondern auch weil Nina etwas Erfahrung sammeln wollte, bevor sie sich an den Sehnerv des Mädchens heranwagte. Charlotte selbst hatte keine Eile. Sie fand das mit dem Chip sogar ganz witzig und hoffte, dass man den Stream wieder zum Laufen bekam, um bei ihren Freundinnen damit angeben zu können. Aber ihre Eltern hatten anders entschieden. Verständlicherweise.

Als Nina den Chip entfernt hatte, bewahrheitete sich, was Christoph gesagt hatte: Die Operation war problemlos möglich. Es gab nicht einmal nennenswerte Verletzungen am Nerv. Sie waren allenfalls vergleichbar mit einem Nadelstich nach einer Impfung, aber um ein vielfaches kleiner. In wenigen Tagen würde der Sehnerv vollkommen verheilt sein. Nina zog den Chip vorsichtig aus Sylvias Nase und legte ihn in einem Metallschälchen ab. Streng genommen war der Chip Eigentum von GEM, dessen neuer CEO – eine langjährige Weggefährtin von Ruby – bereits einen Prozess angedroht hatte, wenn die Behörden die beiden Chips nicht herausgeben würden. Denn sie waren die einzigen, die derzeit funktionierten. Man hatte zwar auf einem ausländischen Server eine Kopie der MyView-Software gefunden, die von Jayden dort platziert worden war. Aber nach dessen Tod sowie dem von Ruby und Christoph stand die Firma vor enormen Herausforderungen, um die Früchte der Millioneninvestitionen der vergangenen Jahre ernten zu können. Umso wichtiger waren die beiden intakten Chips. Doch Nina hatte Anweisungen der Staatsanwaltschaft, ihr diese zu übergeben. Sie waren Beweisstücke in den diversen Gerichtsverfahren, die kommen würden.

Die Erinnerung an Christoph versetzte Nina einen Stich – wie jedes Mal, wenn sie in der letzten Zeit an ihn denken musste. Natürlich hatte er Fehler gemacht, aber er hatte es ganz sicher nicht verdient gehabt zu sterben. Dass Christoph als Held gestorben war, tröstete sie nicht. Auch nicht, dass sie sich vor seinem Tod hatten aussprechen können. Sie vermisste ihn.

Nina schloss die Wunde in der Nasenhöhle wieder und überließ die Versorgung ihrem Assistenten. Zufrieden streichelte sie Sylvia über die Haare. Die Frau hatte – wie sie alle – an dem Sonntag vor zwei Wochen verdammt viel erleiden müssen. Seitdem hatte sie eine Augenklappe über dem rechten Auge getragen, auch wenn man ihr immer wieder versichert hatte, dass der Stream nicht mehr existierte.

Nachdem Nina sich auf den zahllosen Geräten im Operationssaal noch einmal vergewissert hatte, dass Sylvias Werte stabil waren, verließ Nina die Station, streifte sich im Vorraum ihren Kittel, die Haube und die Handschuhe ab, um in den Wartebereich weiterzueilen. Als sie in dem weihnachtlich dekorierten Raum ankam, blickte sie in zahlreiche erwartungsvolle Augenpaare.

»Die OP ist gelungen«, verkündete Nina. »Keine Komplikationen.«

Kollektives Aufatmen und Freude. Es war fast wie nach einer Geburt. Nur dass die anwesende Familie ein bunt zusammengewürfelter Haufen war, der sich ohne die Ereignisse Anfang des Monats nie kennengelernt hätte. Am größten war die Freude bei Roberto, der Nina sofort überschwänglich dankte und fragte, wann er Sylvia sehen könnte. Er wollte genau wie seine Freundin, dass endlich wieder etwas Normalität in ihr Leben zurückkehrte. Auch wenn es gelungen war, der Presse die Identität der überlebenden Probanden zu verschweigen, hatte das Paar mit den Befragungen der Ermittler und den medizinischen Check-ups eine weitere Tortur hinter sich. Nina bat Roberto zu warten, bis Sylvia in ihrem Krankenzimmer war. Sie würde noch vor Weihnachten nach Hause können. Roberto lächelte dankbar.

Tim war ebenfalls sofort zu Nina gekommen. Er hatte etwas länger gebraucht, weil sein rechter Fuß vergipst war. Trotzdem nutzte er nur ungern seine Krücken, sondern humpelte ohne sie zu Nina. Er nahm sie in den Arm. Eine Übersprunghandlung, die ihr guttat. Überhaupt hatte er sie in den letzten zwei Wochen sehr oft in den Arm genommen. Angefangen am Abend jenes Tages, als er trotz offensichtlicher Verletzung einer der Ersten war, die mit dem Hilfstrupp in das Untergeschoss zu Charlotte und Nina gekommen waren. Es hatte nach dem Tod des Killers noch zwanzig Minuten gedauert, bis die Männer sich den Weg durch das Geröll am Treppenhaus gebahnt hatten. Aus dem einfachen Grund, weil darin einige der SEK-Männer lagen, die mit höchster Vorsicht geborgen werden mussten. Zwei von ihnen waren vor Ort gestorben, ein dritter später im Krankenhaus. Trotz Schutzausrüstung. Ein Dutzend weiterer Männer hatte Verletzungen davongetragen.

Als endlich ein stabiler Weg durch den Schutt entstanden war, hatte der gerade aus Kreuzberg zurückgekehrte Tim sich nicht zurückhalten lassen. Auf ein Gewehr gestützt, war er zu Nina gehumpelt und hatte sie sehr, sehr lange umarmt. Damals wie heute war seine Nähe willkommen gewesen. Nina sog auch jetzt seinen vertrauten Geruch in sich auf. Als er sich löste, lächelte er sie an. Es war nicht mehr das Jungsgrinsen, das sie von ihm kannte. Er wirkte ernster als früher, härter. Seiner Attraktivität schadete dies allerdings nicht. Sie sagte nichts zu der etwas übertriebenen Umarmung. Vielleicht war sie auch gar nicht übertrieben.

Gemeinsam gingen sie zu Mel, die zwischen ihrem Vater und Kemal auf einem Stuhl neben dem künstlichen

Weihnachtsbaum saß. Ihr Kopfverband wurde durch die Lichter im Baum rötlich gefärbt. Kurz dachte Nina daran, wie die junge Frau vor dem Olympiastadion ausgesehen haben musste, als die Kugel sie durch Tims Wäschesack getroffen hatte. Doch sie schüttelte das Bild schnell ab. Mel lebte. Das zählte. Sie lebte mit fürchterlichen Schmerzen, und es würde dauern, bis sie einigermaßen wiederhergestellt war, aber die Prognosen waren so viel besser als alle Befürchtungen an dem schrecklichen Tag. Mel hatte sogar schon Witze darüber gemacht, wie sexy die Narbe an der Stirn aussehen würde. Sie lächelte auch jetzt, als Nina zu ihr kam. Kemal rutschte zur Seite und machte ihr Platz neben Mel.

»Ich wünschte, du könntest mich auch operieren«, sagte die junge Frau nicht zum ersten Mal.

Ihr standen noch weitere Operationen bevor, die aber nicht zu Ninas Spezialgebiet gehörten.

»Ich werde dabei sein«, versprach Nina dennoch. »Und aufpassen, dass die Kollegen keinen Scheiß bauen.«

Mel nickte erfreut. Genau wie der Adler. Er hatte einen Tag nach den Ereignissen die frühzeitige Pensionierung angetreten. Ohne dabei den formal korrekten Weg einzuhalten, aber niemand hatte es gewagt zu protestieren. Im Gegenteil: Sein Einsatz war genau wie der von Kemal, Mel und Tim vom Polizeipräsidenten besonders gewürdigt worden. Sie hatten sogar Sonderurlaub bekommen. Keiner der vier hatte sich darüber gefreut. Sie waren alle nicht zur Ruhe gekommen in den letzten Tagen. Das lag teilweise auch daran, dass die Ermittlungen zu den Ereignissen zäh verliefen. Die meisten Übeltäter waren gestorben, was vielleicht einen gewissen Frieden für manche bedeutete, aber auch die Aufarbeitung der Hintergründe erschwerte. Zwei Männer des Generals waren in Haft, genau wie Matthias Fischer, neben Burmeister der zweite Maulwurf in der Polizei. Aber die Verhafteten verhielten sich wie Soldaten im Feindesgebiet und schwiegen beharrlich bei jeder Befragung. Man wusste nicht einmal mit Gewissheit, ob man den Scharfschützen gefunden hatte, der für Mels Zustand verantwortlich war. Unter den beim Kampf im Hotel erschossenen Soldaten war ein Ex-PSK-Mann, der prinzipiell für einen solchen Schuss ausgebildet war und die Einheit der Präzisionsschützen auch von innen kannte. Aber er war niemandem als derart guter Schütze in Erinnerung geblieben. Trotzdem nahm man einfach an, dass er vom Stadion aus geschossen hatte. Ebenfalls unbefriedigend war die Situation mit Aragorn. Der Partner des Generals und ehemalige SEK-Chef Langenhorst wies jegliche Verwicklung in die Morde von sich. Er stellte die gesamten Ereignisse als Alleingang seines durchgeknallten Partners dar. Auch zahlreiche Durchsuchungen in den Büros der Sicherheitsfirma und viele Befragungen von Mitarbeitern hatten keine Beweise gegen diese Behauptung erbracht. Langenhorst saß zwar in Untersuchungshaft, aber die Staatsanwältin, mit der Nina regelmäßig Kontakt hatte, befürchtete, dass sich dieser Zustand nicht mehr lange halten ließ.

Ebenfalls war unklar, um wen es sich bei dem Killer gehandelt hatte. Nirgends fanden sich Aufzeichnungen über ihn. Er hatte keinerlei Papiere oder andere Hinweise am Körper getragen, durch die er identifiziert werden konnte. Sein Handy war bei der Explosion zerstört worden. Und auch sein Wohnmobil hatte die Polizei bisher nicht finden können. Es war, als ob dieser Mann nie existiert hätte. Ein echter Profi eben.

Charlotte war natürlich auch in dem Wartezimmer und hüpfte nun freudig zu Nina. Sie hatte sofort tausend Fragen zu der OP. Nina ging jedes Mal das Herz auf, wenn das Kind sich auch wie ein Kind verhielt. Die Hoffnung, dass der Horror im Untergeschoss von GEM sie nicht vollkommen traumatisiert hatte, blieb am Leben. Von Charlottes Mutter wusste Nina natürlich, dass das Mädchen unter furchtbaren Albträumen litt und leider auch angefangen hatte, nachts ins Bett zu machen. Doch tagsüber war sie fast noch fröhlicher als zuvor. Ihre Eltern – die seit einem halben Jahr getrennt waren – hatten angesichts der Katastrophe einige ihrer Dauerstreitereien eingestellt und zumindest für diese Zeit dem Kind zuliebe Frieden geschlossen. Man wollte sogar Weihnachten zusammen feiern. Das half Charlotte. Genau wie ihre neue Freundin Nina, bei der sie jeden Tag anrief und der sie ständig Selfies schickte. Nina stand auf und nahm das Mädchen in den Arm.

Als alle Fragen geklärt waren, entfernte sich Nina ein wenig von ihren neuen Freunden und zog ihr Handy aus der Tasche. Sie hatte ihrem Vater versprochen, ihn über die Operation auf dem Laufenden zu halten. Tim beobachtete Nina, während sie Papa die gute Nachricht übermittelte und versprach, nicht zu spät nach Hause zu kommen.

»Wie geht es ihm?«, fragte Tim, als sie das Gespräch beendet hatte.

»Okay«, antwortete Nina. »Für ihn war es natürlich auch ein Schock, was an dem Tag alles passiert ist. Aber immerhin glaubt er jetzt nicht mehr, dass ich die Nacht bei einem Mann verbracht habe.«

»Streng genommen hast du das«, entgegnete Tim mit einem Grinsen.

Nina musste schmunzeln. Tim wurde wieder ernster.

»Er weiß nicht, was damals … bei dem Unfall … was wirklich passiert ist?«

Tims Worte waren wie ein Stich. Nina blieb kurz die Luft weg. Zwar hatte Tim ihr viele Male dafür gedankt, dass sie ihn bei seiner Panikattacke mitten im Einsatz aufgefangen hatte, aber über ihre Beichte hatten sie seitdem kein Wort mehr verloren. Nina hatte mehr oder weniger verdrängt, dass sie Tim die Wahrheit gesagt hatte, die sie seit ihrer Kindheit plagte.

»Das soll er auch nicht«, antwortete sie unsicher.

Tim schüttelte beruhigend den Kopf.

»Von mir erfährt er es nicht.«

Nina konnte Tim nicht einmal mehr anschauen.

»Nina?«, fragte er sie und suchte ihren Blick.

Es kostete sie Kraft aufzuschauen.

»Mach dir deswegen keine Vorwürfe.«

Nina lachte bitter. Dieser Hinweis kam viele Jahre zu spät.

»Ich bin schuld an seiner Blindheit«, sprach sie die schmerzhafte Wahrheit aus. »Wem soll ich sonst Vorwürfe machen?«

»Niemandem«, sagte er mit großer Selbstverständlichkeit. »Du warst ein Kind.«

Nina seufzte. Es rührte sie, dass Tim es so sah. Er war wirklich ein Guter. Naiv, aber im Herzen gut. Was er sagte, machte jedoch für Nina keinen Unterschied. Tim nahm plötzlich ihre Hand.

»Es ist sein Schicksal. Nicht deins. Dein Schicksal ist es ... dich am Samstagabend von mir bekochen zu lassen.«

Nina musste lachen. Dabei hatte sie einen dicken Kloß im Hals. Es war genau diese Kombination aus tiefem Gefühl und lockerer Art, die sie an Tim mochte.

»Ich meine es ernst«, beharrte er. »Ich bin ein guter Koch.«

»Ich weiß«, sagte Nina.

Sie war noch nicht so weit. Noch längst nicht.

»Gerne«, sagte sie trotzdem. Denn wer, wenn nicht sie, wusste, dass alles so verdammt schnell vorbei sein konnte? Rasend schnell. In einem Augenblick.

DANKSAGUNG

Berlin-Kreuzberg
Freitag, 12:45 Uhr

Meinen ersten Thriller habe ich ins Blaue hinein geschrieben. Ich wollte ihn bei einem großen Verlag unterbringen, ohne zu wissen, ob das überhaupt klappen kann. Einen Winter lang habe ich mit Blick auf den Fernsehturm und das Polizeirevier auf der anderen Straßenseite als Einzelkämpfer meine Geschichte vorangetrieben. Mein erster Dank geht an die namenlosen Zivilpolizisten gegenüber, die genau wie ich am Weihnachtsmorgen schon um sieben am Schreibtisch saßen. Dank für die Inspiration und den Motivationsschub.

Ungemein motivierend war auch das Feedback von meinen ersten Testleser/-innen Sabine, Astrid, Kathrin, Saskia, Nina, Damaris und Michael. Danke dafür. Wenn man sich auf ein neues Terrain begibt, zählen die ersten Stimmen doppelt. Sie haben geholfen, das Manuskript zu verbessern, bevor es in die professionelle Welt entlassen wurde.

Dort stieß meine Geschichte dann als Erstes auf Felix Rudloff. Sechs Monate kann es dauern, bis so ein vielbeschäftigter Agent sich meldet, sagte man mir. Wenn überhaupt. Und das heißt dann gar nichts, die müssen ja erst einmal lesen, und das dauert ewig. Nicht sechs Monate, sondern exakt sechs Stunden nach meiner Mail mit dem Exposé hat Felix sich gemeldet, um das gesamte Manuskript anzufordern. Neun Tage später hatte er gelesen und wollte meinen Roman vertreten. Diese schnelle Reaktion war ein unglaublich gutes Gefühl. Dafür, aber auch für alles, was danach kam, mein allergrößter Dank, lieber Felix.

Ebenfalls danke ich seiner Kollegin Lisa Volpp von ganzem Herzen, denn die Arbeit mit ihr hat das Manuskript noch einmal weit nach vorne gebracht. Ohne sie gäbe es den Prolog nicht, den ich auf keinen Fall mehr missen möchte.

Tim Müller ist der erste Verlagslektor, mit dem ich zusammenarbeite. Er setzt Maßstäbe. Ich habe mich vom ersten Telefonat an wohlgefühlt, habe eine Begeisterung für und einen Respekt vor meinem Text gespürt, die einen Autor nur glücklich machen kann. Dafür vielen Dank!

Ebenso erfreut bin ich über das Feilen am Text mit meinem Redakteur Lars Zwickies. Seinetwegen habe ich mir so manches Mal an die Stirn gefasst bei der Erkenntnis, wie man Sätze verständlicher und treffender hinbekommen kann. Vielen Dank! Natürlich auch an alle anderen Mitarbeiter/-innen bei Heyne, die aus meinen Wörtern Bücher machen und die Kunde von einer spannenden Geschichte in die Welt tragen.

Ein besonderer Dank geht in eine andere Welt: An meine Mutter, die trotz fehlendem Augenlicht meine gesamte Kindheit hindurch an ihren Büchern gearbeitet hat. Mit dem Klappern der Schreibmaschine bin ich groß geworden. Nicht nur dadurch bin ich das, was ich bin. Danke, Mama.

Auch Ihnen möchte ich danken, liebe Leserin, lieber Leser. Für die Zeit, die Sie mit mir verbracht haben. Hat es sich gelohnt? Schreiben Sie mir doch, ich freue mich über jede Mail: michael@michaelmeisheit.de